W0404928

LES ÉCHOS DU SOUVENIR

DE LA MÊME AUTRICE
CHEZ LE MÊME ÉDITEUR

ROMANS AUSTRALIENS

Lune de Tasmanie, 2021.
La Route de Savannah Winds, 2020.
Une pluie d'étincelles, 2019.
Les Fleurs du repentir, 2018.
Les Orages de l'été, 2017.
L'Île aux mille couleurs, 2016.
L'Or du bout du monde, 2015.
Les Pionniers du bout du monde, 2014.
La Terre du bout du monde, 2013.
L'Héritière de Jacaranda, 2012.
Le Chant des secrets, 2011.
Éclair d'été, 2010.
La Dernière Valse de Mathilda, 2007.

SAGA « LA PENSION DU BORD DE MER »

L'avenir nous appartient, 2021.
Quand on ne peut oublier, 2020.
Où le cœur se pose, 2019.
L'espoir ne meurt jamais, 2018.
Si loin des siens, 2017.
Et le ciel sera bleu, 2016.

TAMARA McKINLEY

LES ÉCHOS DU SOUVENIR

traduit de l'anglais
par Danièle Momont

ARCHIPOCHE

À mon regretté mari Ollie.
Tu seras toujours à mes côtés.

Ce livre a été publié sous le titre *Echoes from Afar*
par Quercus, Londres.

Notre catalogue est consultable à l'adresse suivante :
www.archipoche.com

Éditions Archipoche
92, avenue de France
75013 Paris

ISBN 979-10-392-0136-0

Copyright © Tamara McKinley, 2015.
Copyright © L'Archipel, 2021, pour la traduction française.

Prologue

Paris, 1956

Par-delà les années, il avait continué à espérer qu'un miracle lui permettrait de la revoir, de sorte qu'il se demanda, quand il la vit, s'il devait cette soudaine apparition à la seule puissance de son désir.

Le cœur battant et le souffle coupé, penché en avant dans son fauteuil roulant, à la fenêtre du troisième étage, oublieux de sa cigarette et de son verre de vin, il s'efforçait de croire qu'il s'agissait bel et bien d'elle. Vingt ans s'étaient écoulés, et ses yeux avaient perdu de leur acuité. Étaient-ils en train de lui jouer un vilain tour ? Son imagination avait-elle rompu ses digues ? Pourtant… Tandis qu'elle contemplait le cours impétueux de la Seine au-dessous du Pont-Neuf et, plus loin, la tour Eiffel et les toits de Paris, c'était comme si toutes ces années se trouvaient soudain balayées. Elle lui était revenue.

Il se pencha encore, assuré qu'elle ne pouvait le voir, dans l'obscurité grandissante de la pièce, mais doutant toujours de la réalité des informations que son regard lui transmettait. Elle avait les cheveux plus longs que dans son souvenir, qui cascadaient à présent sur ses frêles épaules en boucles soyeuses, mais de sa silhouette mince continuait d'émaner cette grâce délicate, qui dissimulait une énergie farouche et une détermination sans faille. Vêtue d'un pantalon étroit et d'un chandail, elle avait plié son manteau sur son avant-bras et tenait un carton à dessins. Des valises patientaient à ses pieds.

— Belle ? souffla-t-il, incrédule. C'est bien toi ?

Comme si elle l'avait entendu, elle cessa de contempler la Seine pour se tourner vers les grands immeubles du quai de la Mégisserie, dont les fenêtres et les balcons donnaient sur le fleuve.

Un réverbère éclaira son visage et, l'espace d'un instant, il crut que son œil cherchait le sien, mais, déjà, elle regardait ailleurs. Quelle déception. Il ne s'agissait pas de Belle. Il ne pouvait s'agir de Belle. Trop de temps s'était écoulé, et cette jeune fille n'avait pas même l'âge de Belle en ce jour où ils s'étaient rencontrés sur le pont. Et pourtant… Quelque chose, chez cette inconnue, faisait écho à ses souvenirs…

— Est-ce que tout va bien, monsieur ?

La lumière, qui venait de jaillir, le surprit, l'obligeant à cligner des yeux.

— Éteins-moi ça tout de suite et viens ici, ordonna-t-il au jeune homme, tandis qu'une fois encore il se tournait vers la fenêtre. Tu vois cette fille ? Va lui demander qui elle est et d'où elle vient. Dépêche-toi, avant qu'elle file.

Le jeune homme le considéra avec perplexité, un sourire au coin des lèvres.

— Elle est un peu jeune, monsieur, non ? Même pour vous.

— Contente-toi de faire ce que je te demande, Max, le moucha-t-il, rendu hargneux par l'impatience. Je t'expliquerai plus tard.

Comme Max quittait la pièce, il se remit à la vitre. Elle avait levé le nez vers les balcons en fer forgé, attirée peut-être par la lumière aussi soudainement allumée qu'éteinte. De nouveau, elle parut plonger son regard dans le sien, et, avant qu'elle se hâtât de rompre le charme en tournant la tête, il eut le temps de percevoir son malaise.

Il effleura la vitre, comme si ce geste possédait le pouvoir de la retenir, mais Max n'était pas encore dans la rue qu'elle avait repris ses valises, puis tourné les talons pour se perdre dans la foule des employés de bureau et des touristes.

Il se laissa aller contre le dossier de son fauteuil, profondément meurtri. Il ferma les paupières pour tenter de dissiper un peu sa douleur, mais il ne distinguait plus que la jeune et fougueuse Belle, qui elle aussi s'était un jour tenue sur le Pont-Neuf, il y avait de cela de très nombreuses années. Il se sentait sur le point d'être englouti par le flot de ses souvenirs et de son chagrin.

1

Londres, 1936

Annabelle Blake tira les fins rideaux pour découvrir qu'il pleuvait abondamment. L'eau qui bouillonnait dans les caniveaux obstrués pour s'épancher ensuite sur les pavés sales en vastes flaques, cette eau qui ailleurs tourbillonnait dans les tuyaux d'évacuation bouchés, lui parut aggraver encore sa triste situation. Deux semaines auparavant, on l'avait injustement renvoyée de l'hôpital, et la lettre de référence, guère élogieuse, dont la direction de l'établissement s'était fendue signifiait qu'elle ne parviendrait pas à décrocher un autre emploi d'infirmière et se trouverait bientôt à court d'argent.

Âgée de vingt-trois ans, Annabelle semblait ne plus pouvoir tirer le moindre profit de ses nombreuses années de formation, ni de l'énergie qu'elle avait dépensée chaque jour à l'hôpital. Depuis que son père, qui terrorisait assez sa mère pour que celle-ci se pliât à toutes ses décisions, l'avait chassée de leur demeure, il n'était plus question pour elle de se tourner vers sa famille. Elle habitait une pension délabrée, dans un quartier pauvre de Londres, où elle ne se sentait aucune affinité avec les autres locataires, et son isolement lui pesait d'autant plus que Caroline Howden, sa meilleure amie, était partie exercer ses talents d'infirmière en Espagne, où la guerre civile faisait rage. Quant à George Ashton, sur qui elle avait toujours pu compter, il ne prenait plus de ses nouvelles depuis qu'elle l'avait éconduit.

Elle passa une main dans sa chevelure en bataille en s'efforçant de voir le bon côté des choses. Au moins disposait-elle d'une lettre de référence, et tant pis si son contenu se révélait ambigu. George, de son côté, était assez intelligent pour réussir à comprendre bientôt les raisons qui l'avaient poussée à refuser de l'épouser. Et puis… Et puis, bien que le temps n'incitât pas à mettre le nez dehors, elle s'apprêtait à retrouver Camille, sa mère, pour prendre un café avec elle. Camille préférant dissimuler leurs rencontres à son mari, celles-ci étaient rares, aussi Annabelle estimait-elle important de faire bonne figure un jour comme celui-ci. Elle se donnait pour mission de réduire le fossé qui, durant ces cinq dernières années, n'avait cessé de se creuser entre sa mère et elle.

La jeune femme déplorait que Camille et elle n'eussent jamais été proches, et, même si elle savait que sa mère l'aimait, cette dernière veillait à dissimuler avec soin son amour sous un vernis de froideur. Durant son enfance, dans la grande maison lugubre de Fulham, elle n'avait eu que rarement l'occasion de vraiment faire connaissance avec sa mère – avec son père encore moins, mais, de cela, elle se réjouissait presque, car elle était terrorisée par son implacable œil gris et l'inflexible discipline qu'il imposait à tous.

Elle avait passé ses jeunes années à l'étage, dans la nurserie, en compagnie de nounous qui se succédaient auprès d'elle. Sa mère, elle ne la voyait que brièvement, le soir, lorsqu'elle montait lui souhaiter bonne nuit. Et jamais, dans ces moments-là, Camille ne prenait sa fille dans ses bras, jamais elle ne lui donnait un baiser, se contentant de lui tapoter distraitement l'épaule ou la tête. Camille fuyait les contacts physiques, au point de se montrer presque distante avec Annabelle et, à mesure que celle-ci grandissait, elle avait peu à peu compris que l'existence entière de sa mère tournait autour d'Edwin – quoiqu'à l'évidence elle en eût une peur bleue.

S'arrachant à ses pensées, la jeune femme consulta sa montre avant d'enfiler sa plus jolie jupe en tweed, ainsi qu'un pull en laine. Parce qu'elle avait tout juste de quoi manger, il lui faudrait se contenter de ces vilains bas en fil d'Écosse, mille fois reprisés. Et que dire de son imperméable et de ses chaussures noires…

Elle peignit ses lèvres, appliqua du mascara sur ses cils, puis brossa ses boucles d'un blond foncé pour y remettre un peu d'ordre. Elle contempla son reflet dans le miroir piqué, déplorant, sous ses yeux d'un mauve envoûtant, des cernes qu'elle devait à de longues nuits sans sommeil. Elle avait le teint terne. Elle poudra légèrement ses joues, enfonça un chapeau sur son crâne, puis noua une écharpe autour de son cou avant de s'emparer d'un parapluie. Camille, à n'en pas douter, pousserait les hauts cris. Camille pour qui les apparences importaient plus que tout.

Ayant résolu de prendre sa bicyclette pour arriver plus vite, Annabelle fourra son sac à main et son parapluie dans un panier, puis descendit l'escalier. Après avoir claqué la porte derrière elle, elle ouvrit le parapluie. Bientôt, elle s'efforça, de sa main demeurée libre, de diriger son vélo sur les pavés incommodes et semés de flaques.

Lorsqu'elle se gara enfin devant La Bouilloire, elle faisait peine à voir. Son parapluie s'était retourné, son manteau était trempé et ses bas constellés de boue. Elle abandonna le parapluie dans son panier après l'avoir rafistolé, et fonça dans le salon de thé.

Ce dernier était situé dans une étroite rue pavée, au cœur d'un quartier que le père d'Annabelle ne fréquentait pas. Un lieu accueillant, d'autant plus pour qui venait d'essuyer une averse glacée. Nappes blanches, porcelaine à fleurs. Trois clientes buvaient ensemble du café et ne prêtèrent aucune attention à la nouvelle venue.

Camille n'était pas là, et la jeune femme s'en émut. Pourvu que sa mère, en découvrant le mauvais temps, n'eût pas changé d'avis et renoncé à leur rencontre, car les six pauvres pence qu'elle avait en poche ne lui permettraient même pas de s'offrir une tasse de café dans ce petit établissement très snob.

— J'attends quelqu'un, se hâta-t-elle d'indiquer à la serveuse avec aplomb. Puis-je utiliser vos toilettes ?

On lui désigna une petite pièce peinte de blanc et d'un rose très vif. La jeune femme y trouva de l'eau chaude, du savon, ainsi qu'une serviette. Elle grimaça en apercevant son reflet dans le miroir – son chapeau de feutre s'était lamentablement affaissé sur une masse de cheveux désordonnés et ruisselants, son mascara et son rouge à lèvres avaient coulé, et son écharpe, ainsi que son manteau, étaient à tordre.

À l'aide d'un mouchoir, elle essuya les traînées de mascara et les bavures de rouge à lèvres, sécha ses cheveux avec la serviette, tamponna ses bas souillés. Enfin, elle passa un peigne dans ses boucles emmêlées. Le résultat n'était certes pas à la hauteur de ses attentes, mais il n'était rien de plus qu'elle pût tenter pour se rendre présentable.

Ayant secoué son manteau, puis fourré son écharpe dans l'une des poches du vêtement, elle pria pour que Camille fût enfin arrivée. Sans quoi elle devrait affronter l'embarras de ne réclamer qu'un verre d'eau. Elle ramassa ses affaires pour se rendre dans la salle.

— Mon Dieu..., glapit sa mère, qui arrêta son geste d'ôter son étole de vison. Tu fais peur à voir ! Que s'est-il passé ?

— Je sais que je suis affreuse, mais c'est ce qui arrive quand on pédale sous une pluie battante.

Annabelle sourit à sa mère, sèche et gourmée, vêtue d'un chapeau noir à voilette, d'un tailleur gris foncé et de souliers en cuir verni.

— Je constate que tu as échappé au déluge.

Camille fit une moue, s'assit en rajustant sa fourrure sur ses épaules.

— J'ai pris un taxi. Tu aurais dû en faire autant, au lieu d'opter pour la bicyclette.

Cette femme, qui n'avait jamais connu que l'aisance, ne pouvait imaginer qu'il existât des êtres moins chanceux qu'elle, dont sa fille faisait à présent partie, pour lesquels le taxi représentait un luxe inaccessible.

Ayant accroché son manteau et son chapeau, Annabelle rejoignit sa mère à la table.

— Tu penses bien que, si j'en avais les moyens, je t'aurais imitée.

Camille la considéra d'un œil dénué d'expression, puis la serveuse se présenta. Après avoir passé la commande, elle se tourna vers sa fille.

— En règle générale, je ne mange pas de gâteau, mais j'ai pensé qu'une petite douceur te ferait plaisir. D'ailleurs, je te trouve trop maigrichonne, et passablement dépenaillée.

— Merci pour le gâteau, se contenta de répondre Annabelle, résolue à ne pas gâcher leur rencontre.

Camille se tut longuement, pensive derrière sa voilette.

— La mère de Caroline m'a appris ce qui s'était passé avant que je reçoive ta lettre, dit-elle enfin d'un ton égal. Cela t'affecte-t-il beaucoup ?

— J'ai perdu un travail que j'adorais, maman, et j'en ai profité pour perdre aussi ma réputation. Les hôpitaux avec lesquels j'ai pris contact n'acceptent même pas de m'accorder un entretien d'embauche. Même les directeurs d'usine rechignent à m'engager, ne serait-ce que pour me confier les plus basses besognes. Bien sûr que oui, cela m'affecte beaucoup.

Elle secoua la tête, regrettant déjà l'amertume de sa tirade.

— Mais je n'en mourrai pas, je t'assure, se hâta-t-elle d'ajouter.

La serveuse revint. Après son départ, Camille prit le temps de verser le café dans les petites tasses, de le goûter, d'exprimer sa satisfaction d'un hochement de tête. Elle se pencha en avant.

— Je suis navrée de te savoir dans une si mauvaise passe, dit-elle doucement. Mais peut-être est-il temps de réfléchir de nouveau à la demande en mariage du Dr Ashton. Après tout, tu n'es plus une jeune première, Annabelle, et il peut t'offrir une réelle respectabilité, ainsi qu'une existence stable.

Sa fille la considéra avec perplexité.

— Je n'ai que vingt-trois ans, maman, je n'ai pas l'intention de me ranger déjà. Par ailleurs, il n'est pas question que j'épouse quelqu'un dans l'unique but d'échapper à ma situation. George est un ami, un excellent ami, mais je ne l'aime pas. Ce serait bien mal me conduire envers lui que de devenir sa femme, alors que je suis incapable de lui offrir l'amour qu'il est en droit d'attendre d'une épouse.

— Fadaises… L'amour n'a que fort peu à voir dans ce genre d'affaire.

Camille eut un geste brusque de la main, pour signifier son impatience.

— Tu l'aimes en ami et vous possédez beaucoup de choses en commun. Le socle idéal pour une union réussie. George Ashton est irlandais, je t'accorde que c'est regrettable, mais pour le reste, il s'agit d'un jeune homme sur qui on peut compter. Il mène une brillante carrière, son avenir est radieux. Que pourrais-tu souhaiter de plus ?

— Être amoureuse de mon futur époux. Je t'écoute et, pour un peu, je croirais entendre papa. Je t'en prie, maman, laisse-moi faire mes propres choix et me dépêtrer seule de la situation dans laquelle je me trouve. Le mariage ne constitue pas une réponse à mes yeux. Je suis infirmière, au chômage, certes, et pour l'heure je n'ai besoin que d'une chose : blanchir ma réputation, afin de pouvoir à nouveau exercer le métier pour lequel je suis faite. Rien d'autre ne m'importe.

Camille exhala un lourd soupir.

— Je m'en doutais, et j'aimerais te donner un coup de main.

— Il est exclu que je me réinstalle à la maison, si c'est ce que tu es en train d'insinuer.

— Non, non, il ne s'agit pas de cela.

Elle sortit une enveloppe de son sac à main.

Annabelle ouvrit tout grand la bouche en s'apercevant que cette enveloppe contenait de nombreux billets de banque.

— Maman ! Je ne peux pas accepter un tel cadeau. Si papa découvre ce que tu as fait, il sera furieux. Et tu sais aussi bien que moi ce que cela signifie.

Camille eut un mince sourire plein de mystère, puis elle choisit un petit gâteau recouvert de glaçage, le plaça dans l'assiette de sa fille et déposa dans la sienne une tranche de Madeira cake.

— Mange, Annabelle.

Celle-ci comprit que sa mère ne lui en dirait davantage qu'une fois sa pâtisserie avalée. Camille mit un morceau de gâteau dans sa bouche, soupira de plaisir.

— Il est presque aussi bon que ceux que l'on déguste en France, murmura-t-elle. Tu en veux un autre ?

La jeune femme s'impatientait, l'enveloppe, sur ses genoux, lui semblait à chaque instant plus lourde.

— Non, maman. Je préférerais que tu m'expliques ce qui te permet de croire que tu vas pouvoir m'offrir une pareille somme sans que papa s'en aperçoive.

Camille engloutit un autre morceau de gâteau.

— Edwin ignore que je possède cet argent.

— Mais… tu n'as pas un sou qui ne soit rien qu'à toi, voyons. Et je suis bien placée pour savoir qu'il compte le moindre penny que tu dépenses.

Camille demeurait d'un calme olympien… Qu'était-elle en train de manigancer ? Et d'où diable venait ce trésor ? Annabelle n'avait jamais vu sa mère se comporter de cette façon, ce qui la tourmentait beaucoup.

— Voilà déjà longtemps que je mets de côté un sou par-ci, par-là, sur l'argent qu'il me donne.

Sa fille secoua la tête.

— Il t'aurait fallu plusieurs années pour amasser une telle somme. Quelle est réellement sa provenance ?

— Je m'adonne à un petit passe-temps, répondit Camille avec un manque de précision qui mettait sa fille à la torture. Cela me rapporte un peu, de loin en loin.

— De quel genre de passe-temps s'agit-il ?

Camille haussa les épaules en décochant à Annabelle un sourire espiègle.

— Il m'arrive de jouer au bésigue, au piquet ou au bridge. Et lorsqu'on joue avec des femmes qui papotent plus qu'elles ne se concentrent sur leur jeu, il n'est pas bien difficile de gagner.

— Tu ne m'avais jamais dit que tu jouais aux cartes pour de l'argent.

Annabelle fixait sa mère, qui arborait un tel air de satisfaction qu'elle se demanda si, pour avoir remporté des sommes aussi importantes, il ne lui arrivait pas de tricher. Elle s'abstint cependant du moindre commentaire.

— Tu m'as l'air d'être une excellente joueuse, se contenta-t-elle de dire. Mais pour quelle raison conserves-tu tes gains, au lieu de t'accorder de temps à autre de petits plaisirs ?

Camille baissa le menton, fourgonna dans son sac à main.

— Ton père désapprouve les jeux d'argent, aussi m'est-il impossible d'acheter de nouveaux vêtements, ou un joli chapeau… Il m'aurait posé des questions.

Elle sortit de son sac un étui à cigarettes, à l'intérieur duquel elle préleva une Sobranie rose. Annabelle se sentait sur des charbons ardents.

— J'ai d'abord songé à conserver ce pécule pour le jour où j'aurai enfin le courage de le quitter. Mais je me suis prise au jeu, je me réjouissais de voir grossir cette somme. Chaque fois que ton père s'absentait, je recomptais mon argent en rêvant à ce qu'il me permettrait d'acheter si je me décidais à l'utiliser.

Annabelle, qui n'avait jamais entendu sa mère lui faire de pareilles confidences, n'en croyait pas ses oreilles. Puis, s'étant ressaisie, elle fit glisser l'enveloppe en direction de Camille.

— Dans ce cas, garde-le, maman. Tu en as plus besoin que moi. Tu possèdes là de quoi aller à Paris. Tante Aline pourrait te dénicher un emploi, ou…

La jeune femme s'interrompit, soudain consciente de l'absurdité de sa proposition. Camille chez sa sœur, dans cette demeure bondée…

Camille, de son côté, plantait avec soin sa Sobranie dans un porte-cigarette en ivoire. Lorsque la flamme de son briquet en or eut embrasé le tabac, elle aspira la fumée, pour la souffler aussitôt avec impatience.

— Cet argent est pour toi, déclara-t-elle avec fermeté. Je suis trop vieille et bien trop attachée à mes habitudes pour m'enfuir à Paris. Toi, en revanche, tu es encore jeune, et c'est toi qui dois entamer une nouvelle existence auprès d'Aline.

— Mais… je ne souhaite pas m'installer à Paris. Je suis anglaise. Ma vie se trouve ici.

— Du sang français coule dans tes veines, Annabelle, et il est grand temps pour toi de découvrir le vaste monde.

— Mais c'est à Londres que je travaille, et maintenant que j'ai reçu une lettre de référence, je suis assurée d'obtenir au moins un entretien d'embauche.

Camille fit tomber la cendre de sa cigarette dans le cendrier en verre.

— Mieux vaut parfois s'en aller pour tout recommencer ailleurs, fit-elle doucement.

— Je ne me sens pas prête à tout laisser tomber pour me rendre à Paris, s'enflamma sa fille. Il faut d'abord que je lave mon honneur et que je décroche ici même un autre poste d'infirmière.

Lorsque Camille releva le nez, il passa dans son regard une infinie tristesse.

— Tu t'es toujours montrée forte, Annabelle, bien que d'aucuns préfèrent parler d'entêtement et d'indocilité. J'admire ton courage, mais en l'occurrence, il te pousse à prendre de mauvaises décisions.

Elle saisit la main de sa fille.

— Ne perds pas ton temps à livrer un combat que tu ne peux gagner. Pas ici. Pas à Londres.

Annabelle s'émut :

— Que veux-tu dire ?

Poussant un profond soupir, Camille abandonna sa cigarette dans le cendrier, la laissant s'y consumer, tandis qu'elle prenait, cette fois, les deux mains de la jeune femme dans les siennes.

— J'aimerais, pour une fois, que tu te contentes de suivre mon conseil sans poser de questions. Prends l'argent, va-t'en à Paris et redémarre de zéro. Il ne t'arrivera rien de bon à Londres.

— Comment peux-tu en être aussi certaine ?

Camille leva les deux mains.

— Et voilà, encore des questions !... Tu mets ma patience à rude épreuve, Annabelle.

Ce disant, elle évitait le regard de sa fille et, lorsqu'elle saisit de nouveau sa cigarette, ses doigts se mirent à trembler.

— Qu'essaies-tu de me cacher, maman ?

Camille pinça les lèvres.

— Pourquoi voudrais-tu que je sois au courant de quelque chose ? Après tout, je ne suis qu'une ménagère de deuxième ordre.

— Arrête, maman, s'agaça Annabelle. Arrête de tergiverser et dis-moi tout.

De nouveau, elle poussa l'enveloppe en direction de sa mère.

Camille écrasa sa cigarette, puis, avisant les regards pleins de curiosité des autres clients, elle se pencha en avant, s'exprimant à mi-voix :

— Tu n'as obtenu une lettre de référence que parce que le père de Caroline a littéralement fait le siège du directeur de l'hôpital, mais plus jamais aucun établissement de santé londonien ne te proposera un poste d'infirmière. Je soupçonne ton père d'y avoir personnellement veillé.

Assaillie par mille pensées, la jeune femme ne lâchait plus sa mère des yeux.

— Papa ? Mais de quelle façon ? Je n'y comprends rien.

— C'est normal. Comment pourrais-tu savoir quoi que ce soit ? Par ailleurs, je ne possède pas de preuves de ce que j'avance, mais il s'agit du genre de chose que ton père pourrait très bien faire par pure vengeance. Il ne t'a jamais pardonné d'avoir intégré l'école d'infirmières contre son gré.

— Mais c'était il y a cinq ans, protesta Annabelle. Pourquoi avoir attendu aussi longtemps ?

Camille haussa les épaules de sous sa fourrure.

— Ton père est un homme patient, et il savait que, tôt ou tard, tu commettrais une erreur. C'est toujours au moment où quelqu'un fait un faux pas qu'il se montre le plus impitoyable.

Edwin Blake comptait parmi les avocats plaidants les plus redoutés d'Angleterre. La longue liste de prévenus qui croupissaient à présent en prison témoignait à elle seule de ses talents machiavéliques, mais jamais sa fille ne l'aurait cru capable d'user de son savoir-faire contre elle, sous prétexte de lui faire payer son indiscipline.

— Quelle grande sotte tu fais, soupira Camille. Pour quelle raison a-t-il fallu que tu participes à la bataille de Cable Street, puis que tu enfreignes le règlement de l'hôpital en volant au secours de ce manifestant venu de Jarrow ? Tu aurais quand même pu, pour une fois, songer aux conséquences de tes actes…

Annabelle se souvenait bien de cette journée à Hyde Park, peu après les terribles émeutes de Tower

Hill et Cable Street ayant opposé les fascistes aux communistes et aux nationalistes irlandais. Émeutes dans lesquelles George et elle s'étaient malencontreusement trouvés pris. La police avait assuré la protection des Chemises noires, chargeant leurs opposants à cheval, piétinant femmes et enfants pour repousser les antifascistes dans les ruelles. C'était à Hyde Park que certains manifestants avaient prévu d'achever leur longue marche pacifique entamée dans la ville de Jarrow. Au terme de leurs discours, la jeune femme en avait vu un tomber et se cogner la tête. Après s'être assurée que ses blessures n'étaient pas trop graves, elle lui avait offert de l'eau, ainsi qu'un peu de monnaie, pour qu'il pût prendre l'autobus qui le mènerait au prochain point de ralliement.

— Je n'ai pas participé volontairement aux émeutes, se récria-t-elle. George et moi étions au mauvais endroit, au mauvais moment, c'est tout. Quant à l'interdiction imposée par la direction de l'hôpital de soigner les manifestants, elle va à l'encontre de tout ce en quoi je crois, et je me suis contentée de faire ce que n'importe qui d'autre aurait fait à ma place. Comment pouvais-je deviner que quelqu'un me dénoncerait, ou que l'on me punirait si durement ?

Comme elle plongeait le regard dans celui de sa mère, elle comprit que cette dernière connaissait le délateur, mais que, peut-être par peur des représailles, elle hésitait à révéler son identité à Annabelle.

— Papa a tout manigancé, n'est-ce pas ?

— Je ne peux pas le prouver, pas vraiment, laissa tomber Camille à contrecœur. Mais je me fie à mon instinct, d'autant plus que cela fait de nombreuses années que je regarde ton père mener ses vendettas. En revanche, j'ignore comment il a su ce qui s'était déroulé à Hyde Park. Peut-être passait-il par là, et il t'aura repérée. Le fait est qu'il a des amis puissants et haut placés, dont il s'est toujours fait fort de connaître les petits secrets.

Elle alluma une autre cigarette.

— Mais il se trouve que, moi aussi, je suis passée maître dans l'art de découvrir les secrets, enchaîna-t-elle, et l'ombre d'un sourire flotta un moment sur ses lèvres. J'écoute aux portes, je surprends les conversations téléphoniques grâce à notre poste supplémentaire. Il se révèle souvent très utile d'être au courant de certaines choses. Voilà la principale leçon que mon mariage m'a apprise, ajouta-t-elle avec amertume.

Ainsi dévoilait-elle à sa fille une facette de sa personnalité dont jamais celle-ci n'avait soupçonné l'existence. La Camille qui se tenait devant elle avait peu à peu fourbi ses armes, dans l'intention de survivre à la loi d'airain imposée par son époux, à ses tactiques agressives. Cette Camille-là se montrait forte, pleine d'astuce et de ruse. Rien à voir avec le petit être consciencieux et timoré qu'Annabelle avait connu. Elle était très impressionnée.

— Bien sûr, reprit sa mère, je ne peux pas me charger de tout, mais il se trouve que Mabel Watkins, ma femme de ménage, fait une comparse idéale. Elle me livre l'identité de tous ceux qui rendent visite à ton père, elle me rapporte le contenu des conversations qu'elle a surprises derrière les portes pendant mon absence, elle me tient au courant des moindres faits et gestes d'Edwin.

Elle porta à ses lèvres une autre tasse de café.

— D'ailleurs, c'est grâce à elle qu'il y a environ deux semaines, j'ai appris que l'administrateur de l'hôpital avait rendu une visite surprise à ton père. Nous n'avons d'abord pas compris ni l'une ni l'autre pour quelle raison il s'était présenté chez nous.

Le café qu'Annabelle venait de boire lui laissait tout à coup un goût amer dans la gorge.

— Renseignements pris, ce pauvre homme ne trouvait personne pour l'aider à devenir membre d'un club huppé, dont Edwin fait justement partie. Il siège même au comité directeur. Ton père lui a promis son entier soutien, à condition que son visiteur s'arrange pour rendre ta position professionnelle totalement intenable.

— Mais… cela a quand même dû le choquer ? Sans compter qu'il n'aurait pas eu le bras assez long pour agir seul. La décision finale revient toujours au président de l'hôpital.

Camille écrasa son mégot.

— L'un des neveux du président en question est un vaurien, que la police a arrêté il y a déjà plusieurs mois. Eh bien, figure-toi qu'en dépit de toutes les preuves accumulées contre lui, Edwin est parvenu à le faire libérer pour vice de procédure.

Elle haussa les épaules.

— Il fallait bien qu'on lui renvoie l'ascenseur. Ton père a évité au président de l'hôpital un scandale familial, et l'administrateur est devenu membre de son cher club. Le jour où tu es venue en aide à ce malheureux garçon de Jarrow, ils n'ont plus vu en toi qu'un moyen de remercier Edwin.

— Et les autres hôpitaux ? Ne me dis pas que l'influence de papa est telle qu'elle lui permet d'en manipuler tous les présidents ?

— Un mot glissé ici ou là au sujet de ton manque de sérieux... Quelques vilaines insinuations sur ce qui pouvait t'avoir réellement valu ton renvoi... Une poignée de murmures à l'oreille de tel ou tel... L'effet est désastreux.

Et Camille d'exhaler un profond soupir, puis elle ferma les paupières, avant d'enfouir son visage dans ses mains. Pour le commun des mortels, Edwin Blake était un homme respectable et brillant, à qui tout réussissait, mais derrière cette façade se dissimulait une brute résolue à plier à sa volonté sa femme et sa fille. Il avait prouvé par le passé sa capacité à aller très loin pour obtenir ce qu'il désirait. Ainsi avait-il banni Annabelle de la maison familiale parce qu'elle avait refusé d'épouser l'homme qu'il avait choisi pour elle, et parce qu'elle avait utilisé le modeste pécule hérité d'une de ses grands-tantes pour financer ses études d'infirmière. Jamais la jeune femme n'avait compris la raison pour laquelle son père s'était à ce point élevé contre la profession qu'elle avait choisi d'exercer. Il ne lui avait fourni aucune explication. Elle en avait conclu que la voie élue importait peu, qu'il aurait, de toute façon, exprimé sa réprobation, car il s'agissait là pour lui d'un moyen de garder le contrôle sur l'existence de son enfant.

— Je suis navrée, Annabelle, je n'avais pas l'intention de te raconter cela. Mais, maintenant que tu sais tout, je crois que la sagesse te commande d'accepter cet argent et de partir le plus loin possible.

Camille poussa l'enveloppe vers la jeune femme.

— Tu trouveras, à l'intérieur, un billet pour Paris. Le ferry quitte Londres à 21 heures.

— Ce soir ? glapit Annabelle.

— À 21 heures.

— Mais, je…

— Annabelle, siffla sa mère. Montre-toi enfin raisonnable. Ton père a tué ta carrière dans l'œuf. Il essaie de te mettre à genoux. Il connaît ta situation, il sait comment tu vis, et, le connaissant, je serais très surprise qu'il n'enfonce pas le clou pour te contraindre à rentrer à la maison.

— Je n'y remettrai jamais les pieds, souffla la jeune femme.

— Dans ce cas, installe-toi chez Aline. Tu seras en sécurité là-bas, et puisque tu parles couramment le français, tu ne tarderas pas à dénicher un poste d'infirmière à ton goût.

Plongeant une main dans son sac, elle en sortit le passeport d'Annabelle ainsi qu'une seconde enveloppe.

— J'ai réussi à récupérer ton passeport dans le bureau de ton père, qui l'avait enfermé dans l'un de ses tiroirs. Mabel crochète les serrures mieux que quiconque, ajouta-t-elle avec un bref sourire. Ceci est une lettre pour Aline, dans laquelle je lui explique tout. Je t'ai écrit son adresse sur l'enveloppe, au cas où tu l'aurais oubliée.

Elle tendit à sa fille l'enveloppe et le passeport.

— Tu vas adorer Paris. C'est une ville jeune, une ville magnifique. Je t'envie presque.

— Alors, viens avec moi. Nous pourrions prendre un nouveau départ toutes les deux, et…

— Non. Pour moi, il est trop tard. Mais toi… Tu es jeune, tu es belle, tu as toute la vie devant toi.

Elle tapota la joue de son enfant avec douceur.

— Va à Paris, deviens celle que tu as toujours rêvé d'être. Je sais déjà que je serai très fière de toi.

Annabelle posa sa joue dans la paume délicate de sa mère et cligna des yeux pour en chasser les larmes.

— Je t'aime, maman, murmura-t-elle.

— Je t'aime aussi.

Mais Camille ne s'accorda guère plus de quelques secondes d'abandon :

— Sur ce, il est temps de nous quitter. J'ai un bridge cet après-midi, et tu dois faire tes bagages et préparer ton départ.

D'un geste, elle fit signe à la serveuse de lui apporter l'addition, puis elle lui demanda d'appeler un taxi. Elle enfila son manteau et ses gants.

Annabelle l'imita, encore abasourdie par ce qu'elle venait d'apprendre. Elle avait peine à croire que, dans quelques heures, elle partirait pour Paris, mais elle comprenait désormais qu'elle n'avait d'autre choix que de suivre les conseils maternels. Edwin Blake, qui venait de donner toute la mesure de sa cruauté, n'aurait de cesse qu'il n'eût brisé sa propre fille.

Comme le taxi se garait devant le salon de thé, les deux femmes sortirent. Il ne pleuvait plus. Camille étreignit Annabelle, qui, humant le parfum de sa mère, crut un instant retomber en enfance.

— Te reverrai-je un jour, maman ?

— Peut-être, souffla celle-ci. Pour le moment, contentons-nous de nous écrire. Très souvent. Adresse tes lettres à la mère de Caroline. Elle s'arrangera pour me les faire parvenir.

À travers ses larmes, Annabelle vit Camille grimper dans le taxi, dont le chauffeur claqua la portière.

— Au revoir, maman, parvint-elle à articuler.

— Au revoir, ma chérie, répondit Camille, qui avait abaissé sa vitre.

Lorsque le véhicule eut disparu à un coin de rue, Annabelle enfourcha sa bicyclette pour regagner son logis, la cervelle encombrée par tout ce qu'elle devait faire avant de prendre le train.

Le Dr George Ashton s'était rendu au domicile de la jeune femme, car il avait appris le matin même qu'Angus Fraser avait changé d'avis et consentait à lui vendre son cabinet médical de Dartford. Le jeune homme brûlait d'annoncer la bonne nouvelle à son amie. À présent, une rage impuissante prenait le pas sur l'enthousiasme et la joie.

Il marchait à grandes enjambées, furieux contre lui et fâché contre Annabelle. Quel jeu jouait-elle ? S'enfuir sans le moindre mot d'explication… Et lui qui s'était ridiculisé en la demandant en mariage au plus mauvais moment. Son orgueil meurtri refusait de pardonner à la jeune femme. Mais cette intime blessure n'excusait en rien sa désertion, en des heures où Annabelle avait tant besoin de soutien.

Apercevant un taxi, il le héla.

— À la gare de Victoria, lança-t-il au chauffeur. Vous aurez un shilling de plus si vous réussissez à me déposer là-bas en moins de cinq minutes.

Tandis que le chauffeur se faufilait dans les rues bondées de la capitale, George s'efforçait de rester calme. Annabelle avait quitté sa chambre avec deux valises et, selon toute vraisemblance, elle se dirigeait vers Victoria Station. Cela signifiait qu'elle retournait chez ses parents, à Fulham. Quelque chose avait dû se passer, qui l'avait obligée à partir à la hâte. Le jeune homme craignait, plus que tout, qu'elle n'eût, dans un moment de folie, décidé de rejoindre Caroline en Espagne.

De toutes les idées farfelues qui encombraient le crâne d'Annabelle, celle-ci tenait la corde, songea-t-il, hors de lui. Un pays en pleine guerre civile n'était pas un endroit pour une jeune femme. Pourvu qu'il arrivât à temps pour la raisonner.

Comme le taxi s'immobilisait devant la gare dans un crissement de pneus, George jeta au chauffeur la somme qu'il lui devait, avant de s'élancer vers la salle des pas perdus. Il lorgna avec angoisse le tableau des départs. Le train assurant la liaison avec le ferry allait bientôt s'ébranler. Il se mit à courir.

Parvenu au bout du quai, il vit s'éloigner le convoi. Il laissa échapper une flopée de jurons.

— Vous l'avez loupé, lui indiqua un employé.

— J'en suis parfaitement conscient !

— Vous pourrez toujours prendre celui de demain soir, insista complaisamment son interlocuteur.

La moutarde montait au nez du jeune homme.

— Avez-vous vu une jolie jeune femme blonde à bord du train ? Vous ne pouviez pas la manquer. Elle possède d'extraordinaires yeux violets.

— Depuis vingt ans que je fais ce boulot, je ne m'intéresse plus à grand-chose. Mais je me souviens d'une belle demoiselle en première classe.

George, qui savait qu'Annabelle n'avait pas les moyens de s'offrir un tel luxe, remercia l'employé, puis s'éloigna pour regagner la salle des pas perdus, avec, au cœur, l'espoir insensé d'y découvrir la jeune femme. Lorsqu'il eut compris qu'il s'était assigné là une tâche impossible, il prit le chemin de l'hôtel-bar-restaurant, dans l'intention de s'y réconforter un peu avec un double whisky écossais.

L'œil rivé sur son reflet dans les glaces situées derrière le comptoir, il sentit le chagrin l'emporter petit à petit sur l'impatience et la colère. Il était tombé amoureux d'Annabelle à l'instant où il avait plongé son regard dans le sien ; depuis cinq ans, il brûlait d'obtenir enfin une situation qui lui permettrait de demander sa main. Il pouvait certes se montrer parfois impétueux ou taciturne, et il y avait aussi cette apparence d'indéboulonnable confiance en soi que l'on attendait de lui. Mais derrière le masque se cachait un homme amoureux peinant à exprimer ses sentiments les plus profonds. George se reprochait d'avoir permis à Annabelle d'acquérir une telle importance à ses yeux.

Il avala une gorgée de whisky, qui lui brûla le gosier. Annabelle l'avait éconduit, ce dont il ne s'étonnait pas, mais quelle mouche avait bien pu la piquer pour filer ainsi sans le prévenir ? Le tenait-elle à ce point pour quantité négligeable ?

Il vida son verre, le posa sur le comptoir et quitta l'établissement. Il n'avait d'autre choix, désormais, que de poursuivre son existence comme si de rien n'était, avec, néanmoins, le fol espoir qu'elle finirait par lui revenir – il préférait ne pas envisager, pour le moment, la possibilité qu'elle eût disparu pour toujours.

2

Après qu'Annabelle eut franchi les douanes sans encombre, un porteur se chargea de ses valises, qu'il monta dans le compartiment du wagon-lit qu'elle occuperait jusqu'à son arrivée à Paris – comment cela était-il possible, d'ailleurs, puisqu'elle allait prendre un bateau ? Bah... Elle n'eut pas le courage d'interroger le porteur à ce sujet. Elle lui remit un pourboire, récupéra dans ses bagages sa chemise de nuit et sa trousse de toilette, puis, ayant admiré ses quartiers, qu'elle jugea confortables, elle alla explorer le train.

Le wagon-restaurant ressemblait à s'y méprendre à la salle à manger de n'importe quel grand hôtel londonien. Les tables disparaissaient sous des nappes blanches soigneusement amidonnées, les verres de cristal et les couverts en argent jetaient des feux ténus sous la lumière tamisée des petites lampes de table. On avait accroché les menus dans des cadres, auprès des grandes fenêtres ornées de rideaux. Annabelle découvrit encore un salon, au bar remarquablement bien fourni, où officiaient des stewards en tenues impeccables. Sur les tables basses étaient présentés les quotidiens du jour ainsi que des magazines récents aux couvertures brillantes. À peine se fut-elle assise qu'un serveur vint lui demander si elle désirait prendre un verre.

Intimidée par le décor, elle but un sherry en observant les autres passagers. Tout juste avait-elle eu le temps de reprendre haleine après sa course folle, au point qu'il lui semblait encore être en train de rêver. Mais les cris des employés des chemins de fer étaient bien réels, et bien réel aussi le luxe insolent des wagons de première classe, bien réel le billet dans son sac à main, preuve qu'elle se rendait bel et bien à Paris.

Les deux petites valises qu'elle avait emportées avec elle contenaient tous ses objets d'un tant soit peu de valeur, autrement dit trois fois rien, en dépit des cinq années écoulées. Elle était néanmoins parvenue à soigner sa mise en se vêtant de ses plus beaux atours. Avant son départ pour l'Espagne, Caroline lui avait offert l'élégant chapeau de paille au ruban de velours rouge qu'elle arborait aujourd'hui, et, bien que son manteau bleu marine n'eût pas résisté à un examen attentif, il se révélait d'excellente facture, de même que son sac en cuir noir. En revanche, elle ne pouvait dissimuler l'usure de ses souliers, car le cirage n'y suffisait pas. Elle croisa les pieds sous son siège avec l'espoir que les autres voyageurs ne remarqueraient rien.

Ces derniers se faisaient de plus en plus nombreux. On commandait des boissons, on allumait des cigarettes, on tirait les rideaux, on ouvrait des journaux ou déployait des couvertures de voyage… Un serveur vint demander à chaque voyageur si, pour le dîner qui serait pris au wagon-restaurant, il préférait le premier ou le second service.

Annabelle se tenait assise dans un état confus où l'enthousiasme le disputait à la terreur. Jamais encore elle n'avait fréquenté la première classe, jamais elle ne s'était rendue à Paris, et jamais, au grand jamais, elle n'avait traversé la Manche à bord d'un bateau à vapeur. Pourtant, il n'était plus question pour elle de faire machine arrière. Pas après ce qu'elle venait d'apprendre.

Comme elle se demandait s'il serait opportun de se changer avant le dîner, elle songea brusquement à la chambrette qu'elle avait abandonnée derrière elle. Un endroit miteux, assurément, dont les fenêtres joignaient mal, une bâtisse aux murs humides, où flottait en permanence l'odeur des plats préparés par les autres locataires. Et pourtant… Pourtant, elle avait fait de cette chambre son petit royaume, grâce à quelques meubles chinés dans des brocantes, à une paire de rideaux d'occasion et deux tapis… Elle se sentait triste d'avoir quitté ces lieux. Sans doute ses colocataires avaient-ils déjà dépouillé sa chambre de tout ce qu'elle contenait encore à l'heure de son départ, et elle ne pouvait décemment pas les en blâmer. Il n'empêche, Londres allait lui manquer. George aussi.

Elle s'avisa avec stupeur que, dans la précipitation, elle n'avait pas pensé un seul instant à lui. Comment était-ce possible ? Comment avait-elle pu lui faire si violemment faux bond, alors que venait de lui échapper le cabinet médical qu'il convoitait ? Sans compter qu'elle avait récemment refusé de l'épouser… Depuis, il l'évitait, mais à n'en pas douter, il éprouverait un réel chagrin en découvrant qu'elle avait pris la poudre d'escampette sans le mettre au courant. Il la tiendrait désormais, à juste titre, pour un être égocentrique au cœur de pierre.

Saisie soudain d'un doute, elle lorgna par la fenêtre, tandis que les retardataires couraient sur le quai. Elle ferait mieux de lui rendre visite ou, pour le moins, d'appeler l'hôpital en demandant qu'on lui laisse un message. Mais… allait-elle oser abandonner ici ses valises pour descendre du train en catastrophe, au risque de perdre ses maigres affaires, ainsi que son billet, et de manquer le bateau ? Assise sur la pointe des fesses, à chaque seconde, elle s'apprêtait à se lever mais, dans le même temps, l'indécision la dévorait.

Elle avait fait la connaissance de George à l'hôpital, pendant ses études d'infirmière, et, bien qu'il eût six ans de plus qu'elle, ils étaient devenus des amis très proches. Ils avaient passé dès lors leur temps libre à se promener ensemble dans les parcs de Londres, quand ils ne fréquentaient pas le Crystal Palace, vaste palais d'exposition en fonte et en verre. La jeune femme avait aidé son ami à choisir son costume lorsqu'il avait obtenu son diplôme de médecin. George, en échange, l'avait invitée à dîner le jour où elle avait réussi ses examens d'infirmière.

Annabelle éprouvait pour le jeune homme une profonde affection, mais elle n'avait découvert qu'il était amoureux d'elle que le jour où Caroline lui avait ouvert les yeux, après quoi George l'avait demandée en mariage. Mais si soudainement, et, surtout, à un moment si mal choisi, qu'elle s'était sans doute montrée plus dure avec lui qu'elle ne l'aurait souhaité. On l'avait congédiée la veille, et, désormais, elle se sentait prise en tenaille entre Caroline, qui la pressait de venir en Espagne avec elle, et son désir ardent de laver sa réputation. Que deviendrait-elle, si elle devait renoncer pour toujours au métier d'infirmière ?... Comment aurait-elle pu, en de telles circonstances, réfléchir à tête reposée à l'intempestive demande de George ?...

La dernière portière du train claqua, le contrôleur demeuré sur le quai leva son drapeau. Le coup de sifflet résonna dans toute la gare, tandis que vapeur et fumée bouillonnaient. Les grandes roues du train se mirent à tourner. Annabelle se laissa aller contre le dossier de son siège. Il était trop tard.

Le cœur troublé, elle se promit en silence d'écrire à George dès son arrivée à Paris. Leur amitié comptait trop à ses yeux pour qu'elle se contentât de lui fausser compagnie sans un mot.

Durant les trois heures qu'elle passa à bord du train pour se rendre à Douvres, Annabelle constata que les autres passagers, à l'instar de ses parents, étaient si habitués au luxe qu'ils posaient un œil blasé sur tout ce qui, au contraire, soulevait son enthousiasme. Au terme d'un repas exquis – elle avait opté pour le menu le moins cher et s'en était tenue, pour la boisson, à de l'eau minérale –, elle était retournée un moment au salon, enfumé et plein comme un œuf, avant de regagner son compartiment couchette, paisible et charmant.

Comme elle tentait, par la fenêtre, de mieux distinguer les détails du paysage qui défilait devant elle, elle se rendit compte qu'il était déjà près de minuit. On ne tarderait plus à atteindre Douvres. Elle continuait à se poser des questions sur la manière dont le train parviendrait à prendre place sur le bateau.

Ses pensées se tournèrent vers Caroline et ses frères. Le train haletait dans la nuit noire. Ils avaient effectué la veille un trajet très comparable au sien, mais ils se dirigeaient pour leur part vers Madrid. Étaient-ils déjà arrivés à bon port ? À quoi pouvait bien ressembler un pays ravagé par la guerre civile ?

Caroline Howden était une amie d'enfance, et ses frères aînés, Bertram et Arthur, avaient accepté Annabelle auprès d'eux pour ce qu'elle était alors : l'une, parmi tant d'autres, des petites casse-pieds qui leur collaient aux basques. La jeune fille s'était violemment éprise d'Arthur qui, par bonheur, ne semblait s'être aperçu de rien, de sorte que leurs rapports étaient demeurés inchangés. Et voilà que ces êtres chers, qu'elle connaissait depuis toujours, fonçaient droit vers une zone de combats, en dépit des mille efforts déployés par leurs parents pour les dissuader de partir. La jeune femme ne pouvait qu'espérer qu'il ne leur arriverait rien de fâcheux.

Tentant vainement de forer les ténèbres, elle se rappela le soir, à plusieurs semaines de là, où ils avaient tous pris place à la table des Howden pour le dîner. Robert et Philippa s'étaient montrés aussi accueillants qu'à l'accoutumée, mais l'atmosphère s'était singulièrement tendue après une remarque innocente d'Annabelle, selon laquelle Arthur abusait du beurre et du fromage. L'homme lui avait rétorqué qu'il devait prendre des forces, au cas où il ne pourrait manger à sa faim en Espagne.

Lorsque Caroline avait annoncé à ses parents qu'elle allait accompagner ses frères, Philippa avait fondu en larmes, cependant que Robert s'efforçait de ne pas se mettre en colère. Il avait livré à ses hôtes un discours à la fois enflammé et chargé d'aigreur, qui les avait tous choqués, et qu'Annabelle entendait encore résonner à ses oreilles.

— Je ne doute pas que l'on aura besoin, là-bas, de tes talents d'infirmière, mais ne t'attends pas à travailler dans un hôpital en parfait état, avec des lits et des draps propres. Et je préfère ne pas parler du matériel médical ni des médicaments disponibles.

Il avait regardé sa fille sans ciller.

— Dans le meilleur des cas, tu te retrouveras sous une tente plantée au beau milieu de la boue. Les chirurgiens opéreront, sans les anesthésier, des hommes déchiquetés par les balles ou les tirs d'obus. Tu verras des hommes aux membres arrachés, la moitié du visage emportée ou retenant leurs tripes avec leurs deux pauvres mains. Ils hurleront en appelant leur mère. Et ces cris te suivront longtemps après ton retour, Caroline, le jour aussi bien que la nuit.

La jeune femme avait tenté de discuter avec lui, mais Robert n'en démordait pas : rien n'avait changé depuis la Première Guerre mondiale, durant laquelle il avait combattu. Il avait enchaîné avec l'évocation des incessants déluges de feu, des attaques aériennes. Et que dire de la puanteur de la mort, ou du sort tragique réservé à ces hommes que leurs supérieurs, ne voyant en eux que de la chair à canon, sacrifiaient à tour de bras pour mettre la main sur un bout de terrain que, quelques heures plus tard, l'ennemi aurait déjà repris ?

Quand ses fils avaient voulu le faire taire, il s'était emporté, puis il avait frappé la table du plat de la main.

— La guerre est une abomination sanglante, avait-il rugi. Un point, c'est tout. Il n'existe pas de mort héroïque ou glorieuse. Les morts sont morts, et, dès que l'on recommence à emplir les cimetières, on s'empresse d'oublier qu'ils ont donné leur vie pour nous.

Annabelle frissonna. Elle avait songé un moment à se rendre en Espagne avec Caroline, mais ces mots saisissants l'avaient fait réfléchir. Elle s'était mise à craindre, chaque jour un peu plus, de manquer de courage face à de telles horreurs. Caroline et ses frères, à l'inverse, tinrent bon. Ils voulaient à tout prix combattre le fascisme, et contribuer à empêcher qu'éclatât une autre guerre mondiale. Annabelle les admirait follement.

Un coup discret à sa porte la fit sursauter.

— Oui ?

— Je suis votre steward, mademoiselle.

Elle ouvrit.

— Tous les passagers sont priés de descendre du train à Douvres pour grimper à bord du *Hampton*, le ferry sur lequel nous traverserons bientôt la Manche. Je me permets de vous conseiller de vous habiller chaudement, mademoiselle. Il peut faire très froid à proximité de la mer.

— Mais... je croyais que je garderais cette couchette jusqu'à Paris...

L'homme lui sourit.

— Et vous avez raison, mademoiselle. Les wagons de première classe seront hissés sur le bateau, ce qui vous permettra de vous retirer au plus vite dans votre compartiment.

Il referma la porte sans lui laisser le temps de poser une autre question.

— Bonté divine, souffla-t-elle. Ça alors…

Elle se dépêcha d'enfiler son manteau, puis de coiffer son chapeau, afin de ne rien manquer de cette incroyable manœuvre. Ayant aussi récupéré ses gants, son écharpe et son sac à main, elle chaussa ses souliers. Il était presque minuit, et la journée s'était révélée pour le moins éprouvante, mais Annabelle n'avait pas envie de dormir.

Dans le salon largement déserté, elle s'assit près d'une fenêtre où, à travers la fumée crachée par la cheminée de la locomotive, elle distingua le port de Douvres, de même qu'au loin, ses blanches falaises. Les roues gigantesques de l'engin ralentirent leur cadence, le train entra en gare, pour s'immobiliser bientôt dans un soupir. En l'espace d'un instant, le salon s'emplit de nouveau. On babillait avec entrain, on se dirigeait résolument vers les portières du wagon.

Annabelle, qui s'était tenue un moment en retrait, emboîta le pas aux derniers voyageurs et descendit sur le quai, où les passagers de deuxième et de troisième classe se dirigeaient vers la salle d'attente qui leur était réservée. Un vent glacé soufflait de la mer, dont le goût de sel lui parut presque rafraîchissant, par comparaison avec la chaleur qui régnait dans les wagons. Elle prit une profonde inspiration, qui la ragaillardit.

L'énorme vapeur se trouvait à l'ancre à l'extrémité des rails. Annabelle entendit le bruit de l'eau et le criaillement des mouettes. Elle suivit les voyageurs de première classe jusqu'à leur salle d'attente, où on leur servit du chocolat chaud. Elle tendit les mains vers les flammes qui sautillaient dans l'âtre. Qu'allait-il se passer maintenant ? Elle s'approcha d'une fenêtre, devant laquelle ne tardèrent pas à s'agglutiner aussi celles et ceux qui, comme elle, n'avaient jamais effectué ce voyage.

Les mouettes, d'une blancheur spectrale, descendaient çà et là en piqué, venaient geindre dans le faisceau des puissantes lumières du port. Tandis que le ferry s'abaissait, Annabelle repéra les rails sur les ponts.

Les vannes s'ouvrirent. Le bateau se rapprocha, dangereusement semblait-il, du bout du quai de chemin de fer, jusqu'à ce que les rails fussent alignés. Alors, acconiers et dockers se précipitèrent pour enrouler prestement de lourds cordages autour des cabestans, afin d'immobiliser tout à fait le ferry.

La locomotive emprunta une seconde voie ferrée, plus petite, de manière à permettre aux ouvriers à la manœuvre d'isoler les wagons de première classe, qui furent ensuite poussés un à un sur le pont du bateau.

Les dockers crièrent abondamment et se déplacèrent beaucoup, mais, en fin de compte, on estima que les voitures se trouvaient convenablement alignées des deux côtés du ferry, et leur poids bien réparti. Une fois les wagons enchaînés, le bâtiment redescendit pour rejoindre le niveau de la mer.

— Tout le monde à bord ! brailla un employé. Attention où vous mettez les pieds, mesdames et messieurs, et tenez bien la rampe quand vous serez sur la passerelle.

Et les voyageurs de s'avancer, avec mille remarques enthousiastes, dans l'air froid et salé, jusqu'à la passerelle, qu'ils gravirent prudemment. Des stewards patientaient à bord, prêts à guider leurs clients vers leurs couchettes.

Lorsque l'employé eut refermé derrière lui la portière de son compartiment, Annabelle, une fois encore, regarda par la fenêtre, avec un brin de nervosité. La mer semblait calme, mais comme on se trouvait toujours au port, cela ne signifiait pas grand-chose. Elle devrait patienter un peu avant de savoir si elle avait le pied marin.

La Manche lui parut soudain presque infranchissable, au point que dans un moment d'effroi, elle chercha partout un gilet de sauvetage, qu'elle dénicha sous sa couchette. Elle ne se sentait pas en sécurité – s'il fallait naviguer par gros temps, les wagons, à coup sûr, se mettraient à osciller en dépit de leurs chaînes, n'est-ce pas ?…

Elle abaissa le store, puis se prépara avec détermination pour la nuit. Si elle songeait à tout ce qu'elle risquait en voyageant sur le *Hampton*, elle ne fermerait pas l'œil. Et puis, après tout, se raisonna-t-elle, ces engins assuraient la liaison entre l'Angleterre et la France depuis de nombreuses années, sans que l'on eût à déplorer le moindre drame.

Allongée dans son lit étroit, elle écouta les vociférations des hommes d'équipage et, venant de sous le pont, le grondement des machines. Un puissant sifflet retentit, et le bateau commença de remuer, doucement d'abord, puis vint le balancement, ce déplacement de haut en bas qui lui apprit que l'on avait quitté le port pour aller affronter les flots tumultueux.

Annabelle se détendit peu à peu. Les mouvements du vapeur apaisant ses craintes, elle s'abandonna sans résistance aux fatigues de cette longue journée. Elle s'endormit.

Ayant perçu des allées et venues dans l'étroit couloir du wagon, elle s'éveilla. Elle s'assit, puis s'étira voluptueusement en constatant avec stupeur que, même s'il n'était que 5 heures du matin, elle se sentait fraîche et dispose, prête à poursuivre son voyage.

Elle enfila sa robe de chambre, puis releva le store. Le soleil, qui scintillait sur l'eau, l'obligea à plisser les yeux. La mer était étale, et le sillage blanc du bateau s'enroulait élégamment parmi des tresses bleues.

On frappa à sa porte, et une stewardess parut presque aussitôt, chargée d'un grand plateau, qu'elle posa sur la petite table située sous la fenêtre.

— Nous arriverons à quai dans une heure, indiqua-t-elle à la passagère avec un beau sourire. Vous avez donc tout le temps de prendre votre petit-déjeuner.

Annabelle, lui ayant souri en retour, s'assit à la table et souleva les cloches des assiettes. Œufs brouillés, bacon frit, tartines de pain grillé et croissants chauds... Il y avait également une théière, un petit pot de lait, du sucre et des tranches de citron, ainsi que de petits récipients contenant de la marmelade et de la confiture de fraises. Elle en eut l'eau à la bouche. Les œufs se révélèrent d'une merveilleuse légèreté, le bacon croustillant à souhait, et le croissant si joliment friable qu'il fondait dans la bouche.

Une fois repue, elle fit sa toilette, puis se vêtit, avant de se rendre sur le pont pour y entrapercevoir les côtes de France. À mesure que le ferry se rapprochait, elle distinguait de longues plages, des dunes de sable, ainsi que des maisonnettes juchées non loin de la grève, que quittaient déjà des navires de pêche.

Au terme des lourdes manœuvres pareilles à celles auxquelles on s'était livré à Douvres, mais cette fois en sens inverse, la plupart des voyageurs regagnèrent leur compartiment couchette. Annabelle, pour sa part, se sentait trop agitée pour dormir, et elle se refusait désormais à manquer ne fût-ce qu'une minute de cette extraordinaire aventure. Étant parvenue à s'asseoir, au salon, près d'une fenêtre, elle contempla la campagne française.

Celle-ci lui rappela le Sud de l'Angleterre – quelques collines au loin, mais, pour le reste, des terres cultivées uniformément planes, piquées, çà et là, de tout petits villages et de hameaux. De temps à autre, on traversait une ville, dont l'incontournable clocher s'élevait au-dessus d'un amoncellement de toits de tuiles rouges. Il y avait encore de vastes champs labourés, des granges solitaires et des fermes aux tons très clairs, des alignements de peupliers hauts et minces, marquant les limites d'une propriété, et de sombres forêts chargées de mystère, qui semblaient impénétrables.

Sous le charme, Annabelle rendait de bon cœur leur salut aux enfants soudain surgis des maisons pour regarder passer le train. D'autres bambins se rendaient à l'école, et la jeune femme vit des bonnes sœurs quitter une église, leurs cornettes, d'un blanc éclatant, pareilles à de grandes ailes, ainsi que des ménagères pressées, qui regagnaient leur logis. Une France de carte postale se livrait de bonne grâce à Annabelle, qui se sentait peu à peu conquise.

Comme on s'approchait de Paris, de l'électricité parut passer dans l'air ; les passagers élevèrent imperceptiblement la voix, tandis qu'ils repêchaient ici un gant égaré, là une paire de lunettes… On se préparait à quitter les wagons. Ayant rejoint son compartiment, Annabelle fourra dans ses bagages ses affaires de nuit et sa trousse de toilette, laissa sur la petite table un pourboire à l'intention des stewards. Elle regagna le salon, où elle posa ses deux valises à ses pieds.

Le contrôleur passa pour indiquer aux voyageurs que le train serait en gare dans moins de cinq minutes. Le pouls de la jeune femme s'accéléra – l'exaltation le disputait en elle à l'angoisse. Elle avait beaucoup entendu parler de tante Aline, mais elle ne l'avait jamais vue. Âgée de quarante ans, celle-ci avait perdu son époux après seulement trois années de mariage et, selon Camille, elle menait à présent une existence dissolue d'artiste. S'agissait-il vraiment de cette vie de bohème évoquée par sa sœur aînée ? Sa maison était-elle réellement pleine d'écrivains, de poètes, de musiciens et de peintres ? Annabelle y serait-elle la bienvenue ?

Elle piocha dans son sac la lettre que sa mère avait écrite pour Aline, dont elle mémorisa l'adresse avant de consulter un plan qu'elle avait acheté pendant qu'elle attendait que l'on débarquât les wagons du ferry.

Le train ralentit, souffla, toussota sous l'immense verrière de la gare du Nord. On se dépêcha d'en descendre. Partout résonnait le fracas des machines à vapeur, des roues d'acier sur leurs rails, et la voix de l'annonceur tentait, presque en vain, de se faire entendre en dépit des bavardages incessants et du sifflet strident des cheminots.

Annabelle présenta son passeport à un douanier, qui lui fit signe de passer sans examiner le contenu de ses bagages. Dans la salle des pas perdus, grouillante d'activité, elle contempla la foule. Elle saisissait au vol des bribes de français. Cela la rassura : bien qu'elle n'eût pratiquement plus parlé cette langue depuis cinq ans, elle se sentait à peine rouillée.

Elle sortit de la gare. Dehors, il faisait beau et froid, un froid vif, et le soleil brillait. D'abord, l'incessant va-et-vient des automobiles, le grondement de leurs roues sur les pavés, le raffut des klaxons et l'égosillement du sifflet des gendarmes chargés de la circulation l'ahurirent, mais elle parvint, par-delà le vacarme, à entendre les cloches d'une église sonner le quart.

Des femmes élégantes se hâtaient, des hommes pressaient le pas, le chapeau sur l'œil, vêtus de costumes et de manteaux mieux coupés, dans l'ensemble, et de meilleure qualité que ceux des Londoniens. Avisant un bistrot, Annabelle eut envie de s'arrêter pour y boire une tasse de café, mais elle devrait attendre un peu pour s'installer paisiblement à la terrasse d'un troquet. D'abord, elle devait trouver sa tante.

Des taxis patientaient le long du trottoir, mais, ayant résolu que ses valises n'étaient pas lourdes au point qu'elle dût s'offrir leurs services, elle se mit en marche. Elle n'allait pas loin, et la journée était belle. Autant en profiter pour commencer à s'imprégner de l'atmosphère parisienne. Après avoir une dernière fois consulté son plan, elle le rangea dans la poche de son manteau, puis s'engagea dans la rue de l'Abattoir, puis dans celle de Saint-Quentin.

Elle jugea les lieux singulièrement propres – pas de détritus sur les trottoirs ni de graffitis aux murs.

Des auvents aux couleurs vives abritaient la terrasse de certains petits cafés, les vitrines des boutiques se révélaient alléchantes et des plantes en pots poussaient sur les innombrables balcons qui, protégés par des garde-corps en fer forgé, s'accrochaient aux très hauts immeubles en pierre grise.

Malgré son enthousiasme, Annabelle regretta de n'avoir pas opté pour le taxi : ses valises lui semblaient à chaque pas plus lourdes, et la distance qui la séparait de sa tante plus grande que prévu. C'est alors qu'elle découvrit les bords de la Seine. Elle était allée trop loin.

Fâchée, elle traversa la rue étroite dans laquelle elle se trouvait, pour longer à présent le quai à proximité du Pont-Neuf, dont Camille lui avait expliqué un jour qu'en dépit de son nom, il s'agissait du plus vieux pont de Paris. La jeune femme l'emprunta d'un pas lent. Parvenue en son milieu, elle posa ses bagages, plia et déplia ses doigts endoloris, admira la statue équestre d'Henri IV, avant de se pencher au parapet de pierre pour contempler la vue.

Le pont se situait à la pointe de l'île de la Cité, sur laquelle on trouvait, entre autres, la place Dauphine et la Sainte-Chapelle. Observant l'aval de la Seine, Annabelle découvrit l'imposant musée du Louvre sur sa droite et, beaucoup plus loin sur la rive opposée, la tour Eiffel. Comme elle lui tournait le dos, la jeune femme put admirer cette fois la cathédrale Notre-Dame.

Ainsi Paris s'offrait-il à Annabelle sous un ciel pur et clair, Paris dont le fleuve aux eaux sombres et tumultueuses coulait sous des ponts édifiés à plusieurs siècles de distance. Quelle merveille, et quel changement, par comparaison avec la crasse et la purée de pois londoniennes. Elle baignait soudain dans l'Histoire de France, et pour un peu elle aurait senti battre sous ses pas le cœur de la ville. Elle s'extasiait devant les immeubles immenses qui, le long d'un boulevard bordé d'arbres, faisaient offrande de leur grâce intemporelle à qui les regardait ; et le soleil se reflétait dans leurs vitres.

La jeune femme se sentait tiraillée entre l'espoir et le doute. Trouverait-elle ici l'amour, dans cette capitale que l'on tenait depuis longtemps pour l'un des endroits les plus romantiques au monde, ou se contenterait-elle de chérir ce lieu qui allait devenir sien ? Elle voulait croire qu'à Paris, elle tomberait amoureuse ; mais serait-ce de Paris même qui, déjà, était en train de voler son cœur ?

3

Paris

Henri-Pascal Baptiste et Étienne Benoît se connaissaient depuis l'enfance, qu'ils avaient passée entre Bayonne et la frontière espagnole – ils parlaient donc le français, l'espagnol et le basque. Le cheveu noir et le teint olivâtre, on aurait dit deux frères, sauf pour les yeux, qu'Henri avait très bleus. Il avait vingt-six ans, un mois de plus qu'Étienne, mais celui-ci se révélait le plus aventureux, le plus sanguin, ce qui leur valait souvent des problèmes, qu'Henri réglait avec force clins d'œil et grands sourires canailles.

Les travaux des champs ne les intéressaient guère, de sorte que, même s'ils secondaient leurs pères et leurs oncles dans leurs tâches, ils préféraient le silence et la solitude des vastes étendues situées entre les Pyrénées et le golfe de Gascogne. Enfants, ils y avaient bâti, avec du bois flotté et des cailloux dénichés sur une plage, une cabane dont le toit se composait d'herbe, de mottes de terre et de morceaux de ferraille récupérés à l'entour. C'était là qu'Henri venait dessiner et peindre, tandis qu'Étienne écrivait des romans d'aventures et tenait son journal.

— Te souviens-tu de notre cabane ? demanda Henri comme ils flânaient sur les quais, après avoir arpenté, dès son ouverture, les salles du musée du Louvre.

— Bien sûr que oui. Pourquoi cette question ?

Henri haussa les épaules, s'arrêta pour regarder passer les voitures dans un bruit de tonnerre.

— Je n'en sais trop rien. Mais il m'arrive de regretter la vie paisible que nous y menions. Je peignais, tu écrivais, nous étions presque seuls au monde… Ici, à l'inverse, le bruit n'arrête jamais, l'agitation est incessante et l'on nous sollicite de toutes parts.

Étienne, qui s'était immobilisé auprès de son ami, s'adossa au parapet pour allumer une cigarette.

— Nous sommes venus à Paris pour faire fortune, fit-il, et sa bouche exhala de la fumée. Ne me dis pas que tu as des regrets ?

Ayant fourré ses mains dans les poches de son pantalon, Henri prit une profonde inspiration, huma l'odeur salubre, végétale et diluée de la Seine.

— Pas vraiment. Mais j'aimerais avoir enfin trouvé un mécène. Cela va faire presque sept ans, Étienne, et je suis toujours obligé de vendre mon âme aux touristes de Montmartre pour avoir un toit au-dessus de la tête. Après avoir admiré ces formidables toiles au Louvre, je commence à me demander si je ne ferais pas mieux de tout laisser tomber pour retourner dans le Sud.

Étienne haussa un sourcil très brun, écarquilla ses yeux à l'iris presque noir.

— Tu es en train de t'apitoyer sur ton sort, ce qui ne te ressemble pas.

Il décocha un large sourire à son ami.

— La petite Amélie t'aurait-elle préféré un type plus riche et plus beau ?

Henri s'esclaffa.

— Amélie est indépendante et, surtout, elle mise toujours sur le meilleur cheval. Jamais elle ne s'attacherait à un homme aussi fauché que moi. Cela dit, c'était un excellent modèle, et qui ne m'a pas coûté cher.

Étienne rit à son tour.

— Des jolies filles prêtes à poser pour toi, tu n'as qu'à te baisser pour en ramasser. Et si tu leur adresses ton regard enjôleur et ton plus charmant sourire, je peux t'assurer que celles-là non plus ne te coûteront pas grand-chose.

Il se retourna pour contempler la Seine, épaule contre épaule avec Henri, et la mine soudain très grave :

— Blague à part, as-tu réfléchi à ce dont nous avons parlé hier soir ?

Henri alluma une Gauloise, oubliant sur l'heure la séduisante mais infidèle Amélie pour se concentrer sur la guerre d'Espagne. Les Basques avaient eu, depuis longtemps, à souffrir des agissements des Espagnols comme de ceux des Français, mais à présent que les fascistes se trouvaient à deux doigts de prendre le pouvoir de l'autre côté des Pyrénées, et qu'ailleurs en Europe ils semaient le trouble, le patriotisme du jeune homme, peu fougueux en règle générale, lui donnait maintenant l'envie d'en découdre.

— Je pense, comme toi, que nous devons faire quelque chose, finit-il par déclarer.

Étienne le considéra longuement, avant de lui donner un coup de coude :

— Tu as peur, n'est-ce pas ? le taquina-t-il.

— Bien sûr que oui. Je suis un artiste, pas un soldat. N'importe quel homme sensé réagirait comme moi.

Son visage sévère s'illumina d'un grand sourire.

— Mais toi, tu n'as jamais été particulièrement sensé. Et il faut croire que moi non plus, puisque je t'ai laissé me convaincre de venir m'installer à Paris avec toi.

— Nous avons vécu ensemble de belles aventures, commenta Étienne. Te rappelles-tu le jour où nous sommes partis dans les montagnes après avoir rempli nos musettes pour y chercher la chimère ? Nous n'avions pas plus de cinq ou six ans… Et le radeau que nous avions fabriqué deux ou trois ans plus tard avec des branches ? Nous avions prévu de voguer jusqu'en Amérique.

Henri, ayant passé un bras autour des épaules de son ami, le serra affectueusement contre lui.

— Je me rappelle surtout que ton père et le mien nous ont battus à coups de ceinture parce que nous avions disparu pendant quatre jours et qu'à notre retour nous étions à moitié morts de faim et complètement terrifiés. Notre radeau avait coulé, et nous avions failli nous noyer. Heureusement qu'un vieux pêcheur nous a récupérés, sans quoi nous ne serions, ni l'un ni l'autre, ici aujourd'hui. Tu es un vrai fléau, mon pauvre Étienne, et tu le resteras jusqu'à la fin de tes jours.

Étienne sourit, il connaissait trop bien Henri pour s'offusquer de ses propos. Il jeta son mégot dans la Seine, le regarda dériver.

— Bon…, fit-il en se tournant vers son ami. Tu pars avec moi, oui ou non ?

— Je crois que je n'ai pas le choix, soupira Henri. Il faut bien que quelqu'un t'accompagne pour te sortir de tous les pétrins dans lesquels tu ne manqueras pas de te mettre.

Les deux hommes s'en furent d'un même pas, pareils à des écoliers, en direction du Pont-Neuf.

— Un jour, dit Étienne en considérant les demeures élégantes le long du fleuve, je serai riche et célèbre et je vivrai dans l'un de ces appartements. J'y accueillerai des artistes, des écrivains et des poètes et, dans mes vieux jours, je me contenterai de m'asseoir à la fenêtre pour contempler la Seine en me remémorant toutes les aventures que j'aurai vécues et toutes les femmes que j'aurai aimées.

— Me réserveras-tu une petite place chez toi ?

— Tu auras ton propre appartement, voyons, s'enthousiasma Étienne. D'ailleurs, nous serons voisins.

— Il ne nous reste plus qu'à nous débrouiller mieux que nous ne le faisons pour le moment. Je n'ai vendu que quelques toiles, et bien que les portraits au crayon que je propose aux touristes me permettent de garder la tête hors de l'eau, je n'ai pas les moyens d'habiter ailleurs que dans une chambre de bonne.

— Pour ma part, répondit Étienne, dont l'humilité n'était pas le fort, je m'en tire plutôt pas mal. Mon recueil de poèmes se vend bien, et un autre paraîtra au début de l'année prochaine. Mon éditeur m'a également demandé de tenir un journal pendant notre séjour en Espagne. J'ai aussi eu l'idée géniale de prendre contact avec le rédacteur en chef du journal

Le Monde. Il m'a commandé des articles mensuels consacrés à l'évolution de la guerre civile telle que je la découvrirai bientôt.

Étienne tout craché, songea Henri en louchant vers la mine satisfaite de son ami. Capable de se faire mousser en toute circonstance. Le fait est qu'il n'avait encore jamais manqué la moindre occasion de ramasser quelques sous ou d'assurer sa propre publicité.

— Je me réjouis pour toi, Étienne, mais, pour ma part, je n'ai pas de bas de laine. Comment suis-je censé gagner un peu d'argent pendant notre absence ?

— Ne te tourmente pas, mon ami.

Et Étienne de passer un bras autour des épaules d'Henri.

— J'ai parlé de toi au rédacteur en chef du *Monde*, il veut à tout prix que tu illustres mes articles avec des dessins sur le vif.

Henri partit d'un grand rire sonore.

— Tu es vraiment impossible ! Comment savais-tu que je dirais oui ?

Son ami haussa les épaules.

— Parce que je te connais, et, de toute façon, tu aurais dessiné comme un forcené, alors autant être payé pour le faire.

Comme ils poursuivaient leur promenade, Henri tira de son gilet sa montre de gousset, exhala un lourd soupir en constatant l'heure tardive.

— C'est la troisième fois que tu regardes l'heure, observa Étienne, l'œil soudain pétillant. Qui est l'heureuse élue ?

— Cette fois, il ne s'agit pas d'une demoiselle. Quelqu'un s'intéresse à ma dernière toile, mais il faut que j'y mette la touche finale avant qu'il revienne la voir demain. Si j'attends trop pour rentrer, la lumière ne me permettra plus de rien faire.

— Voilà une excellente nouvelle. Penses-tu qu'il va vraiment te l'acheter ? Ou ne s'agit-il que d'un petit plaisantin qui s'imagine connaître tout de l'art, alors qu'il ne sait rien ?

— Un type sérieux, me semble-t-il. Un riche commerçant, client régulier de notre bistrot. Il collectionne les tableaux, et sa collection s'agrandit de jour en jour.

Mais Étienne ne l'écoutait plus, le regard tout à coup ailleurs et l'esprit manifestement occupé. Cela ne pouvait signifier qu'une chose. Le jeune homme ralentit le pas jusqu'à s'arrêter tout à fait, avant d'émettre un sifflet appréciateur. Henri ne s'était pas trompé. Suivant l'œil de son ami, il découvrit une jeune femme.

— Tu l'as vue ? souffla Étienne. La fille avec les valises et le plan de Paris. Tu crois qu'elle s'est perdue ?

— Possible, répondit sèchement Henri, qui admira la silhouette mince de la blonde sur le pont. Mais pas ton genre pour un sou. Pas assez de formes.

— Oh, je n'en suis pas si sûr…

Étienne pencha la tête, examina l'inconnue.

— Je ne vois pas pourquoi il faudrait à tout prix des formes à une femme pour être séduisante. Son chapeau est tout ce qu'il y a de plus chic, son sac à main aussi. En revanche, une vraie catastrophe du côté des chaussures et du manteau.

Il se tourna vers Henri, sur les lèvres un sourire radieux :

— Je te parie un sou qu'elle est anglaise et qu'elle s'est égarée.

— Je refuse de parier quoi que ce soit. Tu gagnes toujours, en particulier lorsqu'il s'agit d'une femme.

— Allons tout de même vérifier si j'ai raison cette fois encore. Tu viens ?

À mesure qu'ils se rapprochaient du pont, Henri recensa la peau de lait, le menton et le nez délicats... Les cheveux bouclant sous le chapeau, mélange d'or pâle et de nuances brunes. Le corps de l'inconnue disparaissait presque dans les plis de son manteau mal coupé, mais elle possédait des jambes joliment galbées, des chevilles fines, et il y avait de la grâce dans ses gestes, dans sa façon d'étudier son plan et de jeter des regards autour d'elle.

Étienne fonçait déjà. Henri pressa le pas pour le rattraper. Il jugeait toujours intéressant de voir son ami déployer auprès des femmes ses nombreux talents de séduction. Comment celle-ci allait-elle réagir ?

— Bonjour, mademoiselle, lança Étienne en ôtant son béret, avant d'offrir à l'inconnue son sourire le plus flamboyant. Êtes-vous en visite dans notre belle cité ? Pouvons-nous vous aider à trouver votre chemin ?

Lorsqu'elle tourna le regard vers eux, Henri se sentit littéralement hypnotisé par les yeux extraordinaires de la jeune femme, par sa peau impeccable, sa bouche exquise, qui bientôt s'étira en un sourire charmant. Elle était époustouflante, rien de moins, et à peine son regard avait-il, l'espace d'un instant, croisé celui d'Henri que ce dernier éprouva un choc dans la poitrine, et son pouls s'accéléra.

— Je vous remercie, dit-elle. J'avoue en effet que je me suis perdue. Pourriez-vous m'indiquer la rue de l'Arbre-Sec ? Je ne la trouve pas sur mon plan, et je pense l'avoir déjà dépassée.

Étienne, de toute évidence, se trouvait lui aussi sous le charme, car il demeurait là sans mot dire, semblant avoir perdu l'usage de la parole, ce qui ne lui ressemblait guère.

— Veuillez excuser mon ami, intervint Henri. Il nous arrive de province, ce qui explique ses manières un peu rustres.

La jeune femme se mit à rire, et Henri lui sourit. Elle était parfaite. Absolument parfaite. Il ne rêvait plus que de l'enlever sur-le-champ pour lui montrer son atelier, où il la peindrait aussitôt… Mieux encore : il la prendrait dans ses bras, sentirait bientôt la douceur de ses lèvres sur les siennes. Il s'éclaircit la voix :

— Je me présente, Henri-Pascal Baptiste, et cette statue de sel à côté de moi s'appelle Étienne Benoît.

— Annabelle Blake, répondit-elle en lui serrant la main.

— Vous êtes anglaise, n'est-ce pas ?

Elle lui sourit. Le cœur du jeune homme battait maintenant la chamade.

— En effet. Mais ma mère est française. Je suis bilingue.

Elle posa un regard amusé sur chacun des jeunes hommes l'un après l'autre, sans doute surprise par l'effet qu'elle paraissait produire sur eux.

— Eh bien…, enchaîna-t-elle. Pouvez-vous m'expliquer comment me rendre rue de l'Arbre-Sec ?

Étienne se ressaisit.

— Bien sûr que oui. Vous allez chez quelqu'un ?

— Chez ma tante, Aline Fournier.

— Aline est votre tante ? Figurez-vous que nous comptons parmi ses meilleurs amis, n'est-ce pas, Henri ?

— En effet, se réjouit ce dernier à la perspective de pouvoir venir en aide à la divine créature, dont il observa brièvement les valises. Vous êtes artiste, vous aussi ?

— Pas le moins du monde, sourit la jeune femme. J'exerce le métier d'infirmière.

Henri la considéra avec une attention accrue, se la figurant vêtue de son uniforme, sa délicieuse chevelure ramassée sous une coiffe amidonnée. Lorsqu'il s'aperçut qu'elle le regardait aussi, comme si elle tentait de lire dans ses pensées, il se hâta de reprendre ses esprits.

— Savez-vous que vous avez une chance folle ? Votre tante est une femme formidable, dont la porte reste toujours ouverte aux artistes pauvres et aux écrivains besogneux dans notre genre. Les soirées qu'elle organise chez elle comptent parmi les plus réputées de la capitale.

L'œil narquois d'Étienne lui permit de comprendre qu'il en faisait un peu trop. Il se tut. Mais son verbiage semblait au goût de la jeune femme :

— Dieu du ciel ! souffla-t-elle. J'ignorais qu'il s'agissait d'une célébrité.

Elle planta résolument son regard dans celui d'Henri.

— Vous êtes donc artistes tous les deux ?

— Moi, oui. Étienne, lui, est écrivain. Et poète.

— Écrivain et poète publié, rectifia ce dernier avec orgueil.

— On ne peut que vous en féliciter, fit la jeune femme d'un ton égal avant de se tourner à nouveau vers Henri.

— Voyez-vous, personne n'a prévenu ma tante de mon arrivée. Je suis un peu sur les dents. D'autant plus que si on se presse sous son toit, elle n'aura peut-être pas de chambre pour moi…

— Aline n'a jamais laissé personne dehors, intervint Étienne avec emphase. Dis donc, Henri, tu pourrais peut-être te charger des bagages de mademoiselle ?

Il offrit son bras à la jeune femme.

— Les pavés peuvent se révéler inconfortables à qui n'en a pas l'habitude, enchaîna-t-il. Puis il ajouta, avec des mines de conspirateur :

— N'hésitez pas à vous appuyer sur moi.

Une fois encore, Henri faisait les frais des manœuvres de son ami, toujours prompt à lui voler la vedette. Il soupira en saisissant les valises.

— C'est à deux pas d'ici, dit-il comme il se portait à la hauteur de la jeune femme.

— Avez-vous prévu de passer vos vacances chez votre tante ? s'enquit Étienne, décidé à évincer Henri de la conversation. Si oui, je serais ravi de vous faire visiter Paris avant mon départ pour l'Espagne le mois prochain.

De la surprise se peignit sur les traits de la jeune femme.

— Nous partons tous les deux, s'empressa de préciser Henri avant que son ami l'eût de nouveau placé sous l'éteignoir. Il est important à nos yeux de montrer aux fascistes qu'ils ne sont pas les bienvenus, que ce soit en France ou en Espagne.

— Beaucoup de gens partagent votre point de vue en Angleterre. D'ailleurs, l'une de mes amies, infirmière comme moi, se trouve déjà là-bas avec ses frères.

— Avez-vous l'intention de la rejoindre ? lui demanda Henri. Auquel cas vous pourriez effectuer le voyage en notre compagnie.

— Je vous remercie, mais, pour le moment, j'hésite encore. Il faut d'abord que je me pose un peu, que je prenne mes repères.

— Bien sûr, bien sûr, murmura Étienne.

De part et d'autre de la rue de l'Arbre-Sec se donnaient à voir de hautes demeures mitoyennes. À chaque fenêtre, flanquée de volets de couleurs diverses, poussaient, dans des jardinières, des fleurs ou des herbes aromatiques. Les branches enchevêtrées d'une très vieille glycine prenaient d'assaut l'un des murs blancs. Plus loin, une clôture métallique ainsi qu'une barrière marquaient les limites du paisible parc situé de l'autre côté. De l'une des mansardes s'élevait un air de violon.

— Magnifique..., souffla Annabelle en découvrant un arbre au tronc noueux ceint d'un corset protecteur. Fleurit-il au printemps ?

— En effet, répondit Henri, qui l'avait peint et dessiné maintes fois au fil des années. Il s'agit d'un vénérable magnolia, dont les grosses fleurs blanches sont absolument splendides.

L'habitation dont il gravit le perron avec les valises de la jeune femme exhibait des volets d'un bleu vif. Il en ouvrit la porte après avoir discrètement frappé.

— Madame Fournier ! appela-t-il. C'est moi, Henri-Pascal, j'ai une surprise pour vous.

La jeune femme fut stupéfiée par sa désinvolture, à croire qu'il se sentait chez Aline comme chez lui… Elle continuait en outre à redouter que sa tante, prise au dépourvu, ne lui réservât pas l'accueil qu'elle espérait.

— Tout ira bien, tenta de la rassurer Étienne avec un gentil sourire. Aline ne mord pas. Elle est capable de vous étreindre à vous étouffer, ou de vous nourrir jusqu'à vous faire presque éclater, mais jamais elle ne se montre désagréable.

Annabelle s'apprêtait à commenter, lorsqu'une voix lui parvint de l'intérieur de la bâtisse.

— Qu'est-ce que tu manigances encore, vilain garnement ? Je te parie un sou contre un franc qu'Étienne est aussi de la partie.

Aline sortit de l'ombre pour pénétrer dans l'entrée baignée de lumière ; frêle silhouette noyée sous d'amples voiles en jersey de soie, en mousseline vermillon, elle portait au cou plusieurs colliers de perles et de grains colorés. Sa chevelure ? Une indomptable tignasse d'un roux flamboyant, retenue par un foulard de soie orange. Ongles et lèvres écarlates, comme les pantoufles, bagues énormes à chaque doigt, bracelets innombrables tintant aux poignets, longs pendants d'oreilles rouge et or.

— Tu n'es qu'un chenapan, assena-t-elle à Henri en lui donnant, sur chaque joue, un baiser sonore. Tu arrives toujours à l'heure du café et des pâtisseries. Où est donc ton complice ? Et de quelle surprise parlais-tu ?

Annabelle gravit le perron avec nervosité.

— La surprise, c'est moi, tante Aline. Je suis Annabelle, la fille de Camille.

Aline, bouche bée, écarquilla ses grands yeux sombres, puis sur ses traits se peignit le plus large et le plus beau des sourires.

— Annabelle ? Je n'arrive pas à y croire… Quelle joie !

Avant de pouvoir ouvrir la bouche, la jeune femme fut happée par un murmure d'étoffe, un cliquetis de perles et de bracelets. Sa tante exhalait un parfum de gardénia.

— Quelle merveilleuse surprise, souffla celle-ci avant de libérer sa nièce de son étreinte.

Elle recula d'un pas pour examiner Annabelle plus attentivement.

— Pourquoi ne m'as-tu pas prévenue de ton arrivée ? J'aurais fait le ménage dans la chambre d'amis, je t'aurais préparé un bon repas, et…

— S'il te plaît, tante Aline. Je ne veux surtout pas t'importuner ni te contraindre à quoi que ce soit, mais… me serait-il possible de m'installer chez toi pendant quelques jours, le temps pour moi de trouver un logement ?

Aline, à nouveau, ouvrit de grands yeux.

— Mais bien sûr que tu peux vivre ici, voyons. Et aussi longtemps qu'il te plaira. Où donc irais-tu, sinon chez tante Aline ?

Elle se tourna vers Étienne et Henri :

— Ouste, vous deux. Pour le moment, je veux ma nièce pour moi toute seule. Vous n'aurez qu'à revenir ce soir pour dîner.

Annabelle s'apprêtait à les remercier, mais Aline avait déjà refermé la porte derrière elles.

Elle saisit la main de la jeune femme.

— Ne va surtout pas les prendre trop au sérieux, lui conseilla-t-elle sur le ton de la confidence. Ils sont beaux, ils ont du charme et beaucoup de talent, mais ils s'intéressent un peu trop aux jeunes filles. On ne peut pas leur faire confiance. Surtout Henri. Si tu savais à quoi il s'amuse avec ses modèles…

Elle leva le regard au ciel, avant d'adresser un clin d'œil à sa nièce :

— Oh là là… J'en ai, des histoires à te raconter, et tu les écouteras toutes, ma petite chérie, je préfère te prévenir. Mais, d'abord, nous allons prendre une tasse de café avec un gâteau. Je te trouve beaucoup trop mince.

4

Dans la maison flottaient d'exquis et entêtants arômes de cannelle et de café, de cigarette, de gardénia, sous-tendus par des odeurs plus pénétrantes, de peinture à l'huile et de térébenthine. Aline prit le manteau de sa nièce et, après lui avoir coulé un regard réprobateur, l'accrocha, avec son chapeau, au portemanteau déjà surchargé. Annabelle jetait de timides coups d'œil de droite et de gauche.

Un véritable capharnaüm l'assiégeait. De minuscules clochettes ornaient des cordes de soie rouge suspendues à une rampe cramoisie. On avait enduit les marches et les contremarches de l'escalier en bois d'une couche épaisse et luisante de vert foncé, sur laquelle on avait peint des pieds de vigne alourdis de grappes de raisin, qui se frayaient un chemin sinueux jusqu'au palier. Des tableaux figurant des scènes d'inspiration méditerranéenne, aux tons très vifs, dévoraient des murs d'un bleu céruléen, sous un ciel bleu canard où bouillonnaient des nuages blancs.

Des angelots de plâtre dépassaient des corniches, tandis que des fleurs en papier prenaient la poussière dans des vases qui luisaient, pareils à des gemmes, sur la table de bois sombre installée dans l'entrée.

Des chaussures, des pantoufles et des caoutchoucs se trouvaient amoncelés sous l'escalier dans le plus grand désordre, parmi les balais, les serpillières et les cartons à chapeau. Au bout de la pièce, un rideau de perles décomposait en rais colorés la lumière tombant d'une imposte au-dessus de la porte.

Après la fadeur miteuse de la pension où elle avait vécu, après la terne austérité de la demeure familiale, Annabelle songea qu'il lui faudrait un peu de temps pour prendre toute la mesure de cet intérieur superbement touffu.

— Alors..., fit Aline avec un doux sourire. Comment trouves-tu ma maison ?

— Elle est incroyable et ne ressemble à rien de ce que j'ai pu voir jusqu'ici. Tout le contraire de la maison trop bien rangée de maman, où rien ne dépasse. Est-ce toi qui as peint ces toiles, tante Aline ?

— Appelle-moi seulement Aline, veux-tu ? « Tante Aline », ça me vieillit, ajouta-t-elle avec une moue espiègle. Eh oui, il s'agit de mes tableaux. Je m'installe chaque été dans le sud de la France, parce que la lumière y est remarquable, et l'on dirait que les gens aiment mettre un peu de soleil dans leurs vies souvent grises, parce que ces œuvres se vendent comme des petits pains.

Annabelle, qui les aimait beaucoup, se demanda si les couleurs, dans le Sud de la France, étaient vraiment aussi éclatantes que celles que sa tante avait jetées sur ses toiles.

— Viens, je voudrais t'en montrer un peu plus avant que nous prenions le café. Laisse tes valises dans l'entrée, nous les monterons plus tard.

Aline traversa le rideau de perles, qui cliquetèrent dans son sillage, pour conduire sa nièce vers une pièce encombrée, éclairée par de petites lampes couvertes de mousseline aux couleurs exotiques.

— Le matin, il fait toujours sombre ici, commenta l'hôtesse en s'approchant de la porte-fenêtre. Mais regarde. L'après-midi, le jardin se trouve en plein soleil.

Elle ouvrit la porte-fenêtre : Annabelle découvrit une oasis luxuriante et très verte, où se trouvaient une fontaine, dont l'ange de pierre crachait un filet d'eau dans une vaste coquille, une grande table, huit fauteuils en rotin et d'innombrables pots en terre cuite contenant des plantes. Sur le mur du jardin, on avait posé une mosaïque représentant un monstre marin surgissant des profondeurs. Un énorme chat blanc et roux paressait, allongé de tout son long dans l'unique éclat de soleil.

— Je te présente Cicéron, fit Aline, qui miaule beaucoup quand il ne dort pas. Quant à ce jardin, c'est mon sanctuaire. Nous menons une existence trépidante, et il m'arrive parfois d'avoir envie de me retrouver seule.

Un air de violon s'éleva de nouveau, qui la fit sourire.

— C'est Miriam. Tu feras sa connaissance tout à l'heure.

— Entrez, entrez ! Attention au chat !

Une voix carillonnante et haut perchée fit sursauter Annabelle. Sa tante se mit à rire :

— Ne fais pas attention à Napoléon, dit-elle en refermant la porte-fenêtre. Ce n'est rien qu'un vieux volatile un peu farceur. N'est-ce pas, Napoléon ? ajouta-t-elle sur un ton enjôleur.

Comme la jeune femme s'accoutumait peu à peu à la pénombre, elle distingua une cage volumineuse dans un coin, à l'intérieur de laquelle, sur son perchoir, un perroquet rouge et bleu la fixait de son petit œil cerné de jaune semblable à une perle. L'animal était splendide, mais son bec, avec lequel il saisissait les graines qu'Aline lui offrait dans le creux de sa paume, paraissait extrêmement tranchant.

— Je te déconseille d'essayer de le nourrir, dit sa maîtresse. Napoléon a tendance à mordre quand il est de mauvaise humeur. Et il est très souvent de mauvaise humeur, hélas.

Elle referma la porte de la cage, avant de jeter sur le sol des choses qu'elle avait prises sur l'un des fauteuils.

— Assieds-toi, je vais chercher le café et les pâtisseries à la cuisine.

Annabelle prit place sur un fauteuil rembourré, où elle tâcha de reprendre haleine et de se préparer au prochain assaut de cette tante très haute en couleur. Elle prit aussi le temps d'observer le décor à son rythme.

Les proportions du plafond embelli de plâtre décoratif laissaient deviner une grande pièce, mais elle contenait tant de meubles, et il y régnait un tel désordre, qu'au premier regard, elle semblait minuscule. Un paysage inachevé trônait sur un chevalet dans un coin, la cage du perroquet en occupait un autre. Deux fauteuils bas et trois divans affaissés étaient devant l'âtre, tandis que, dans une jardinière, poussait une langue de belle-mère. Le papier peint, rayé d'or et de rouge, disparaissait presque derrière des photographies dans leurs cadres et de nombreux tableaux, l'or et le rouge demeurant à l'honneur avec les lourds rideaux de velours, retenus par des cordes de soie ornées de glands, et leur cantonnière à franges.

La cheminée ancienne, trapue, parée de carreaux bleus et blancs, encadrait un âtre noir derrière un pare-étincelles en cuivre agrémenté d'un repli de cuir rembourré. Le manteau de cette cheminée, en marqueterie de bois sombre, supportait un miroir au cadre de chrysocale doré sculpté d'angelots poupins que l'on aurait dit juchés sur des pieds de vigne. Des photographies, dans de jolis cadres, coudoyaient, sur l'étagère du manteau, des cartes postales, des cartons d'invitation, des lettres et de remarquables tessons de porcelaine ou de terre cuite.

Un superbe lustre en cristal pendait du plafond, cependant que de petites tables, semées çà et là, attendaient dans l'ombre de faire trébucher les visiteurs distraits. Mais c'était la ribambelle d'objets de toutes sortes posés sur la moindre surface disponible, y compris sur les tapis, qui conférait au lieu des allures de boutique d'antiquités. Des châles et des foulards couvraient le dos des canapés, où coussins et couvertures se disputaient la place avec des carnets de croquis, des sacs à main et une pile de journaux. Sur le sol s'élevaient d'autres piles de journaux, de magazines ou de livres, à l'équilibre précaire.

Contre toute attente, ce chaos qu'Annabelle examinait lui haussa le cœur. Il s'agissait d'une pièce accueillante, baignée par la lumière tamisée des lampes. C'était une caverne d'Ali Baba farcie de trésors, qui, après avoir attiré l'œil du visiteur, lui donnaient envie de rester pour jouir mieux de la chaleur émanant de chaque bibelot, de chaque morceau d'étoffe, et pour finalement s'y perdre.

— J'ai régulièrement l'intention de faire un peu de rangement, fit Aline en entrant dans la pièce avec un plateau.

D'un léger coup de genou, elle débarrassa une table basse des magazines qui l'encombraient, pour y poser le plateau.

— Mais la vie est trop passionnante pour s'enquiquiner avec les tâches ménagères, et je ne trouve jamais le temps de m'y mettre.

Elle piétina les revues, avant de se laisser tomber sur un divan. Un miaulement strident se fit entendre, ainsi qu'un sifflement, qui les fit tressaillir toutes les deux. Aline bondit sur ses pieds.

— Oh, mes pauvres bébés, se lamenta-t-elle. Est-ce que je me suis assise sur vous ?

Elle extirpa, des profondeurs des couvertures et des coussins, deux très grands chats au poil soyeux, qu'elle se mit à câliner avec ardeur, tandis que leur queue battait et qu'ils posaient l'un et l'autre sur Annabelle un regard méprisant.

Celle-ci aimait les chats, mais puisqu'à l'évidence ces deux-là étaient mécontents, elle s'abstint de les caresser.

— Ils sont magnifiques, dit-elle. Comment s'appellent-ils ?

— Elle, c'est Claudette, répondit Aline en désignant de l'index l'animal au collier vert. Et celle-ci s'appelle Mignonnette.

Mignonnette arborait un collier bleu.

— J'ai six chats en tout. Je suppose que les trois autres sont en train de dormir sur mon lit.

Elle posa délicatement Claudette et Mignonnette sur le sol avant de se rasseoir.

— C'est qui, le vilain garçon ? Attention au chat. Entrez, entrez.

— Tais-toi, Napoléon, ou je couvre ta cage. Il faut l'excuser, ajouta-t-elle à l'intention d'Annabelle, c'est une vieille canaille, mais je l'adore.

La jeune femme s'amusait beaucoup.

— Pourquoi s'appelle-t-il Napoléon ?

Aline haussa les épaules et remplit les tasses.

— Il y a cinq ans, l'un de mes amants me l'a laissé en héritage.

Elle s'interrompit, se mit à rire de plaisir en battant des mains.

— Oh, ma chérie, si tu voyais ta tête ! On dirait ta mère. Il n'y a rien de honteux, tu sais. Ici, tout le monde à des maîtresses ou des amants. Si nous nous en privions, la vie serait d'un ennui mortel.

Le naturel avec lequel sa tante s'était exprimée désarçonna Annabelle, qui s'empara d'une tasse minuscule, où fumait un café odorant, dont elle but une gorgée, le temps pour elle de se remettre de ses émotions. Comment était-il possible que ce personnage truculent eût des liens de sang avec Camille, si rigide et tellement corsetée ?

— Ça doit te faire plaisir de pouvoir te souvenir de lui grâce à Napoléon, avança-t-elle sur un ton empoté.

Aline but du café, avant de tendre à sa nièce l'assiette de gâteaux.

— Ne t'inquiète pas pour les miettes, les chats feront le ménage.

Elle sourit à la jeune femme.

— Il va te falloir un peu de temps pour t'habituer à mes bizarreries. Je ne ressemble en rien à ma sœur, Dieu merci, et je mène une existence complètement différente de la sienne.

— Je crois que je m'en suis déjà aperçue, commenta Annabelle en laissant échapper un petit rire. C'est très gentil à toi de m'accueillir. Tu es sûre que ça ne te dérange pas ?

— Bien sûr que non, voyons. Cette maison est grande, et je trouverai toujours un coin pour y installer une invitée aussi exceptionnelle que toi.

La jeune femme mangea une délicieuse tartelette aux fruits, qui fondit dans sa bouche. Des miettes tombèrent dans son giron. Elle continuait à penser à cet amant qui avait légué un perroquet à sa maîtresse.

— Tu étais en train de me parler de Napoléon..., relança-t-elle.

— Oh oui, c'est vrai. J'étais plutôt fâchée que Jean-Michel ne me laisse que son perroquet. Nous étions quand même restés ensemble pendant un certain temps, et il avait de l'argent. Je croyais avoir représenté pour lui bien davantage qu'un bruyant sac de griffes et de plumes.

Elle sourit de toutes ses dents.

— Mais j'ai vite compris que je m'étais trompée sur lui : lorsqu'en nettoyant la cage de Napoléon pour la première fois, j'ai retiré le tiroir du fond, j'y ai découvert une boîte. Et dans cette boîte se trouvait une parure d'émeraudes et de diamants comprenant un collier, des boucles d'oreilles et un bracelet.

— Tu as dû être heureuse de constater que tu avais autant compté à ses yeux ?

— Oh, oui. Cela dit, je ne porte jamais ces bijoux, parce que ce sont exactement les mêmes que ceux qu'il avait achetés à sa femme.

Elle adressa à sa nièce un sourire goguenard, ravie de l'avoir choquée encore, et sans doute davantage que tout à l'heure.

— Cette parure représente l'argent de ma retraite, poursuivit-elle. D'ailleurs, je l'ai mise dans un coffre, à la banque, au cas où j'aurais besoin de la vendre dans mes vieux jours. Cette maison est un gouffre financier, tu sais, et si j'ajoute tous les amis qui la fréquentent, et tout ce dont les plus jeunes d'entre eux ont besoin, je t'assure que je vis très au-dessus de mes moyens.

Annabelle s'en voulut de n'avoir pas deviné plus tôt que, par-delà son excentricité et son joyeux bric-à-brac, la jeune veuve tirait le diable par la queue.

— Maman m'a donné un peu d'argent, balbutia-t-elle. Je le partagerai très volontiers avec toi. Et il va sans dire que, dès que j'aurai décroché un poste d'infirmière, je te réglerai chaque mois un loyer en bonne et due forme.

— Je refuse d'en entendre davantage sur ce sujet, repartit Aline sur un ton cassant. Nous appartenons à la même famille, un point, c'est tout. Garde ton argent, Annabelle, et utilise-le en ne pensant qu'à toi.

Elle avala une gorgée de café en lorgnant sa nièce par-dessus le bord de sa tasse.

— Camille ne m'a pas écrit pour me prévenir de ton arrivée, murmura-t-elle, préoccupée. J'en déduis que tu as quitté l'Angleterre précipitamment. À quoi essaies-tu d'échapper, Annabelle ? Ou devrais-je dire… à qui ?

Se rappelant soudain la missive maternelle, la jeune femme la pêcha au fond de son sac à main, puis, après avoir livré à sa tante un résumé des récents événements, elle lui remit la lettre.

— Maman t'a exposé tous les détails là-dedans.

N'était l'air de violon entrant par la fenêtre, le silence se serait révélé presque total. Ne le troublaient que quelques cliquetis dans la cage, où le perroquet allait et venait sur son perchoir, ainsi que le tintement des bracelets d'Aline, tandis qu'elle lisait la longue épître de sa sœur. Cinq minutes plus tard, elle replia les feuillets, qu'elle glissa dans leur enveloppe.

— Je n'arrive même pas à concevoir que l'on puisse faire preuve d'une pareille cruauté envers la chair de sa chair, commenta-t-elle avec tristesse. Je n'ai jamais aimé ton père, enchaîna-t-elle en jouant distraitement avec les perles à son cou. Je ne l'ai vu qu'une fois, mais cela m'a suffi.

Elle exhala un profond soupir.

— Pauvre Camille… Je lui avais pourtant dit que cet homme ferait d'elle un fantôme, et qu'il lui volerait sa vie. Je suis navrée d'avoir vu juste.

Annabelle ignorait à peu près tout de l'existence de sa mère avant son mariage, car elle se refusait systématiquement à en parler.

— Comment était maman avant de rencontrer mon père ?

— Oh, c'était une jeune femme pleine de vie. Élégante, très chic. Même toute petite, elle avait déjà de la classe. On pouvait lui faire enfiler les vêtements les plus quelconques, elle était superbe. Contrairement à moi, qui n'aime que la couleur et les fanfreluches.

Elle haussa les épaules, comme pour mieux se déprécier.

— Elle ressemblait davantage à notre père. Comme lui, elle aimait les livres, la poésie, et même si elle dessinait bien, cela ne représentait pour elle qu'un passe-temps. C'était une enfant solitaire, studieuse, qui raffolait des longues randonnées dans la campagne, où elle se sentait chez elle plus que n'importe où ailleurs.

Annabelle fronça les sourcils.

— Je croyais que vous étiez nées toutes les deux à Paris ?

Aline secoua la tête, et ses pendants d'oreilles se balancèrent au bout de leurs lobes.

— Non, non. Nous vivions près de Rouen, dans une grande maison entourée d'hectares de terres cultivées, qui couraient jusqu'à la lisière de plusieurs forêts. Notre père était le maire de la bourgade, et nous menions une existence aisée. Je me suis installée à Paris peu après le départ de Camille pour Londres, où elle s'était rendue pour apprendre l'anglais. Je savais que, si je voulais faire carrière dans l'art, il fallait à tout prix que je quitte notre cambrousse. Puis ma sœur a fait la connaissance d'Edwin, elle l'a épousé, et, un peu plus tard, j'ai rencontré Daniel Fournier. Nous avons emménagé dans cette maison. Camille et moi nous écrivons régulièrement, mais je ne l'ai pas revue depuis son mariage, et j'avoue que, même si nous menons des vies situées à l'opposé l'une de l'autre, elle me manque beaucoup.

— J'ai été peinée d'apprendre que ton époux était mort si jeune. Tu as dû connaître des moments atrocement difficiles.

— En effet, répondit Aline avec douceur. Nous étions mariés depuis si peu de temps… Une voiture à cheval l'a renversé. On commençait tout juste à lui commander des tableaux.

Elle se tourna vers la toile inachevée à l'autre bout de la pièce, exposée sur son chevalet.

— Voilà sur quoi il travaillait juste avant sa mort. On m'en a offert beaucoup d'argent, mais je n'ai jamais pu me résoudre à m'en séparer. Tant qu'elle reste en ma possession, je le garde auprès de moi lui aussi.

Ainsi la joie de vivre d'Aline, au même titre que son existence débridée, dissimulaient-elles une solitude profonde et l'inconsolable chagrin de s'être vue privée d'un avenir radieux avec l'homme qu'elle chérissait.

Quelques instants plus tard, au prix de rudes efforts, elle avait renoué avec son entrain coutumier.

— Au moins, Camille a eu la bonne idée de t'expédier chez moi, et maintenant que tu es là, je vais te montrer combien la vie peut être belle. Tu vas voir des tas de choses, en apprendre plus encore, et je vais t'enseigner l'art délicat de te vêtir avec autant de distinction que la plus raffinée des Parisiennes. Et seulement pour quelques sous. Tu as déjà compris, je suppose, que tu vas devoir te débarrasser de ton affreux manteau ?

— Mais… il s'agit d'un manteau d'excellente qualité, qui vient d'un magasin cher.

Aline pinça les lèvres.

— Il y a quelques années, il aurait pu faire la blague, je te l'accorde, mais aujourd'hui, je le trouve bien fatigué. Sans compter qu'il ne te va pas du tout.

Elle pencha la tête, passa en revue le reste de la tenue d'Annabelle.

— Contre toute attente, la jupe et le pull sont extrêmement élégants, mais tes chaussures, mon Dieu… Et ces vilains bas trop épais…

Elle leva les bras au ciel avec emphase, pour exprimer son désarroi.

— Oh là là… Tu pars de très loin, ma pauvre petite. Mais ne t'en fais pas, je t'apprendrai tout ce que tu as besoin de savoir.

La jeune femme, qui avait du mal à s'imaginer affublée des mêmes voiles colorés que sa tante, prit peur. La personnalité flamboyante d'Aline lui autorisait toutes les audaces, mais Annabelle, dans de semblables atours, deviendrait la risée de tous ceux qu'elle croiserait.

Elles bavardèrent pendant plus d'une heure. Au terme de leur conversation, la nouvelle venue n'ignorait plus rien du jeune couple de juifs originaires de Pologne, qui occupait l'appartement en sous-sol et jouaient, elle du violon et lui du violoncelle, dans l'un des plus prestigieux orchestres symphoniques de Paris. Sa tante lui avait encore parlé du poète du premier étage, de l'écrivain sans le sou, des trois peintres du dernier, avec qui Aline partageait son atelier sous les toits.

La jeune femme buvait les paroles de son hôtesse, fascinée par ce qu'elle lui apprenait de ses locataires, ainsi que par les potins qu'il lui arrivait fréquemment de surprendre durant les soirées qu'elle organisait chez elle chaque semaine. Aline évoqua pour elle les bars et les cafés de la capitale, où ses pareils se retrouvaient pour parler de leur travail, avec, au cœur, l'espoir qu'on leur présenterait un jour quelqu'un qui deviendrait leur mécène.

Mignonnette parut, sauta sur les genoux de sa maîtresse, où elle s'endormit. Celle-ci, sans cesser de la caresser, décrivit à sa nièce les rues de Montmartre, où de jeunes peintres comme Henri tâchaient tant bien que mal de gagner leur croûte en croquant au fusain le visage des touristes. Elle convoqua, avec force détails, les dimanches tranquilles, où, assis autour de la table de la cuisine, on parlait de tout et de rien en épluchant les journaux, et le vin qui coulait en abondance, et le déjeuner qui s'étirait jusqu'en début de soirée.

Mignonnette, à présent, ronronnait puissamment. Aline exposa à Annabelle la manière dont elle tentait d'aider les artistes fauchés, en organisant par exemple des lectures de poésie, ou des rencontres littéraires au cours desquelles chacun pouvait lire à voix haute ses textes les plus récents, qu'ensuite les auditeurs critiquaient. Sans se rengorger le moins du monde, elle apprit en outre à sa nièce qu'on la connaissait fort bien dans les cercles artistiques de la capitale, raison pour laquelle elle parvenait à donner de temps à autre un coup de pouce à ses protégés.

— Tu mènes une vie passionnante, fit Annabelle, subjuguée par les récits de sa tante.

Celle-ci jeta un coup d'œil en direction du manteau de la cheminée, où s'amoncelaient les cartons d'invitation.

— Je trouve toujours un endroit où me montrer tout en faisant la connaissance de gens intéressants. J'ai beaucoup de chance.

Sa nièce s'apprêtait à lui demander si elle avait un mécène, lorsque les cloches d'une église se mirent à sonner.

— Oh là là ! s'exclama Aline en jetant sans ménagement Mignonnette sur le sol, avant de s'extraire de son divan. Il est l'heure de manger et je n'ai même pas fini de me préparer. Allons, allons, s'impatienta-t-elle en saisissant la main d'Annabelle pour l'entraîner à sa suite de l'autre côté du rideau de perles. Nous allons déjeuner dans un restaurant avec mon mécène, et je ne peux décemment pas t'autoriser à porter ton horrible manteau et tes affreux souliers.

La jeune femme riait et, s'emparant de ses valises, elle emboîta le pas à Aline, qui gravissait l'escalier. Quel personnage… Mais si tous les jours ressemblaient à celui-ci, elle aurait du mal à suivre la cadence.

Comme son hôtesse ouvrait une porte au premier étage, Annabelle se figea, ébahie et incrédule.

— C'est ta chambre ? souffla-t-elle.

— Bien sûr. Dépêche-toi d'entrer.

La jeune femme contempla, bouche bée, la grande pièce inondée de soleil. Le lit, couvert de coupons de soie de toutes les couleurs, occupait à lui seul presque toute la place. Le baldaquin faisait, lui aussi, la part belle aux coupons de soie, savamment plissés et couronnés de roses en tissu. Le cadre du lit, auquel on avait suspendu d'innombrables cordes de soie agrémentées de glands, hébergeait une flopée d'angelots dodus. Il y avait encore des perles étincelantes et des tentures brodées.

Sur le couvre-lit où, parmi des fleurs à paillettes, de superbes oiseaux brodés d'or s'ébattaient, trois chats siamois étaient en train de dormir. Les oreillers joufflus étaient bordés de dentelle blanche, et l'on avait étalé sur le lit un manteau de vison. Les murs, peints en noir, s'ornaient d'ibis, de hérons et de flamants roses qui se mouvaient élégamment parmi des cours d'eau argentés, des nénuphars et des lotus.

Étourdie par la luxuriance de la chambre, Annabelle détourna le regard du lit pour découvrir une garde-robe et une commode crachant d'incroyables tenues de toutes les couleurs de l'arc-en-ciel; des souliers traînaient un peu partout sur le sol. Les grands siamois considéraient l'intruse d'un œil malveillant en s'étirant et en bâillant pour bien lui faire comprendre qu'ils n'appréciaient guère que l'on vînt les déranger de cette façon.

Aline les chassa, avant de refermer la porte:

— Nous avons donc dit un manteau et des chaussures...

Elle se mit à fourrager dans son armoire.

— Je suis plus grande que toi, mais les vêtements se portent plus longs cette année.

Elle s'interrompit soudain pour toiser sa nièce.

— Mieux vaudrait une veste, décida-t-elle en se tournant vers la tringle surchargée fixée au mur.

Elle jeta son dévolu sur une veste en tweed lavande à la coupe impeccable, ordonnant à Annabelle de l'essayer pendant qu'elle partait à la recherche d'une paire de souliers.

La jeune femme parvint à distinguer son reflet dans le trumeau, au milieu des ceintures, des foulards, des boas et des longs gants jetés négligemment sur son cadre. La veste lui seyait merveilleusement, et s'assortissait à ravir avec sa jupe – la rangée de petits plis, dans le dos, flattait sa taille fine.

— Il te faut encore ça, ça... et ça, lui décréta Aline en arrangeant avec art un foulard à son cou, nouant ensuite une ceinture étroite autour de son pull-over crème, avant de lui fixer sur la tête, au moyen de quelques épingles, un élégant chapeau de velours sombre.

— Et n'oublions pas les gants, enchaîna-t-elle. Les tiens sont trop épais.

Elle fit surgir une paire de gants en chevreau beurre frais, après quoi elle recula un peu pour juger de l'effet produit.

— Pas mal, fit-elle mais, déjà, elle poussait un soupir à fendre l'âme. Hélas… je ne peux rien faire pour les chaussures et les bas. J'ai des pieds plus petits que les tiens, et plus étroits, et il ne me reste qu'une paire de bas potable, que je porte en ce moment même. Nous irons en acheter demain au marché.

— Je n'ai pas les moyens de…

— Taratata… Une fois que j'aurai marchandé, je t'assure que tu auras de quoi payer.

Elle ôta le foulard orange qui retenait sa chevelure pour le troquer contre un chapeau noir à large bord, sur lequel s'affaissait un bouquet de roses en soie rouge. L'ayant convenablement fixé à sa coiffure, elle enfila une cape en velours noir, ajouta un foulard violet. Ensuite, elle ajusta son rouge à lèvres et s'aspergea, ainsi que sa nièce, de cet opulent parfum au gardénia qu'elle prisait. Enfin, elle se saisit d'une paire de gants noirs, d'une pochette, puis ôta ses pantoufles.

— Nous n'allons pas loin, je vais mettre mes souliers à talons.

Des talons d'une dizaine de centimètres, qu'elle récupéra au rez-de-chaussée – escarpins de cuir rouge vif ornés d'un papillon noir, qui mettaient en valeur ses longues jambes et ses jolies chevilles.

— J'aime beaucoup ton chapeau, fit-elle en examinant le couvre-chef avec lequel Annabelle avait voyagé depuis Londres. Il vient de France ?

— Je n'en ai pas la moindre idée. Une amie me l'a offert.

— Ton amie a beaucoup de goût pour une Anglaise. Tu n'auras qu'à me parler d'elle en chemin.

Et Aline de prendre sa nièce par le bras.

— Je n'ai pas d'enfant, mais maintenant, c'est comme si une fille m'était enfin tombée du ciel, murmura-t-elle en tapotant la joue d'Annabelle avec tendresse. Oh là là, ma chérie, nous allons bien nous amuser.

Henri, qui faisait les cent pas dans l'atelier, se demandait si sa toile plairait pour de bon à M. Marcel. Ce dernier, collectionneur exigeant aux opinions tranchées, n'avait pas la langue dans sa poche. Les derniers coups de pinceau que le jeune homme venait de donner suffiraient-ils à emporter l'adhésion de l'entrepreneur ?

Combien de fois, déjà, avait-il été déçu par des amateurs qui, après lui avoir affirmé qu'ils appréciaient ses œuvres, s'étaient finalement abstenus d'en acheter une ? Or, s'il voulait suivre Étienne en Espagne le mois prochain, il lui fallait un peu d'argent.

Henri revint à son chevalet, où le soleil de midi, entré par les fenêtres de toit, tombait directement sur la toile. Il avait eu beaucoup de plaisir à peindre Amélie, car, non contente d'être belle, elle se révélait capable de poser indolemment durant de longues heures, sans rien faire d'autre que de regarder devant elle d'un œil vague. Le jeune homme n'avait pas la moindre idée de ce qui pouvait passer par la tête d'Amélie dans ces moments-là, mais il avait apprécié leur brève liaison ; elle allait lui manquer.

La jeune femme reposait, rêveuse, dans un hamac tendu entre deux arbres dont les feuilles étaient teintées d'un peu d'or ou bien d'ambre par le soleil qui s'insinuait à travers elles. Un bras nonchalamment plié au-dessus de sa tête, les doigts presque refermés sur les violettes piquées dans sa chevelure sombre, l'autre main pendant du hamac jusqu'à l'herbe semée de fleurs. Elle posait le bout de ses doigts sur un livre oublié. Son chapeau de paille gisait sur le sol, dont la couleur des rubans s'assortissait au vert pâle de sa robe. L'une des manches, qui avait glissé, dévoilait la courbe exquise d'une épaule nue. Une longue mèche de cheveux noirs s'enroulait délicatement sur cette épaule, jusqu'aux seins doux et ronds que l'on devinait sous le corsage.

Le visage d'Amélie, en forme de cœur, était splendide dans sa sérénité, et ses paupières semblaient de gracieux pétales de rose sous l'arc des sourcils. La jeune femme possédait un petit nez bien droit, vaguement dédaigneux, mais c'étaient ses lèvres qui disaient le mieux sa sensualité, son appétit pour l'existence et la gourmandise avec laquelle elle comptait en jouir. Ces lèvres, à peine entrouvertes, esquissaient un sourire, comme si, à l'heure de poser, elle se rappelait un rendez-vous secret avec l'un de ses galants.

Henri avait assez de métier, à présent, pour savoir que la toile était terminée. Que s'il y touchait encore, il la gâcherait irrémédiablement. Il s'en empara pour la poser sur un autre chevalet, dans un coin de la pièce, afin que ce qu'il avait peint aujourd'hui séchât convenablement. Il se mit à siffloter avec entrain en lavant ses pinceaux, puis tâcha de mettre un peu d'ordre dans l'atelier. Ce dernier était une vaste mansarde située dans une maison qu'il partageait avec une douzaine de colocataires, parmi lesquels il avait la chance d'être le seul peintre – ainsi pouvait-il s'enfermer ici pour travailler tout son saoul sans crainte d'être interrompu.

Le matin, il tombait dans l'atelier une très belle lumière, mais à partir du milieu de l'après-midi, surtout en hiver, les lieux s'assombrissaient. Il devenait impossible de peindre encore à la lueur chiche et tremblotante des vieilles lampes à gaz. Il faisait toujours froid, bien que l'endroit comportât une cheminée dont Henri s'ingéniait à nourrir régulièrement le feu avec des morceaux de bois et de charbon. Ces flammes ne diffusaient qu'une maigre chaleur, en sorte que, comme c'était le cas aujourd'hui, le peintre se voyait contraint, pour travailler, d'enfiler plusieurs vêtements les uns par-dessus les autres et de porter des mitaines. Il exhalait de la buée dans l'air glacial.

Il avait, contre trois des murs, posé des toiles terminées, cependant que, près du quatrième, trônait une méridienne d'un rouge sombre, achetée au marché aux puces, et sur le bras de laquelle il avait jeté un châle à franges brodé aux couleurs vives, pour dissimuler la bourre s'échappant du tissu. Il avait encore disposé des coussins sur les ressorts apparents – de quoi rendre le meuble plus confortable pour ses modèles, et pour lui-même lorsqu'il y prenait du bon temps avec l'une d'elles. Si cette méridienne pouvait parler, songea-t-il, elle aurait sans doute beaucoup de choses à raconter. Une table au plateau balafré et une chaise en bois se tenaient sous l'une des fenêtres, et c'était là qu'Henri rangeait ses peintures, ses crayons et ses pinceaux, ses pastels, ses fusains, des bouteilles de térébenthine, des palettes, des couteaux à palette de tailles diverses. Trois toiles vierges, tendues sur leurs cadres, se trouvaient remisées avec soin, loin de possibles éclaboussures.

Quand il eut fini de ranger, le jeune homme s'empara d'un carnet de croquis et d'un fusain, pressé maintenant de faire ce qu'il avait prévu à l'instant où il avait posé les yeux sur Annabelle. Assis à sa table, il esquissa, de mémoire et d'un trait rapide, le visage de l'Anglaise. C'était une très jolie jeune femme, dont les yeux exceptionnels et la chevelure opulente eussent fait d'elle un modèle extraordinaire, mais Henri pressentait qu'il la choquerait en lui faisant une telle proposition. D'ailleurs, songea-t-il avec un demi-sourire tandis qu'il puisait dans sa mémoire pour dessiner la courbe de ses lèvres, sans doute la plupart de ses toiles offusqueraient-elles Annabelle s'il s'avisait de les lui montrer.

Car, indiscutablement, le jeune homme peignait des scènes plutôt osées. À quinze ans, on l'avait pour la première fois initié aux secrets du corps féminin, dont ensuite il s'était repu avec allégresse. Elle était beaucoup plus âgée que lui, il s'agissait de la sœur, déjà mariée, d'un de ses amis, et elle avait fait son éducation avec enthousiasme, ce dont il lui resterait pour toujours reconnaissant.

Il aimait les femmes, appréciait leurs courbes, la douceur de leur peau, leurs clins d'œil enjôleurs et les délices que promettaient leurs moues délicates. Il aimait leurs longues chevelures tentatrices, voilant sans la dissimuler tout à fait la générosité d'une poitrine, la rondeur délectable d'une croupe. Annabelle avait beau être très mince, et son manteau très laid, Henri avait deviné ses seins sous le vêtement ; il parvenait sans peine à l'imaginer nue sur la méridienne.

Il gloussa, car son imagination fertile l'avait entraîné vers des contrées où il n'était vraisemblablement pas le bienvenu. Il était persuadé qu'Annabelle comptait au rang de ces jeunes femmes désireuses de rester pures jusqu'à ce que l'homme providentiel se présentât devant elles. Jamais elle n'accepterait de s'étendre sur son canapé, nue, dans une mansarde glacée, sous prétexte qu'il souhaitait la peindre.

Cette fois, il s'esclaffa et abandonna son carnet sur la table.

— Tu devrais avoir honte, Henri, se gronda-t-il en resserrant son écharpe autour de son cou ; il rajusta son béret noir. Apprends au moins à la connaître un peu avant d'essayer de la séduire.

Après s'être assuré que le feu était éteint, il quitta son atelier, ferma la porte à clé et fourra son trousseau dans une poche de son manteau. Il dévala l'escalier.

— Étienne ! brailla-t-il en tambourinant à la porte. Il est l'heure de nous rendre chez Aline.

— Inutile de crier, observa son ami, qui lui ouvrit. J'ai vu l'heure, figure-toi. Pourquoi es-tu si pressé ? Je pensais que nous pourrions d'abord passer chez Rousseau pour y boire un pastis.

— À condition que ce soit toi qui régales. J'aurai à peine de quoi régler le loyer à la fin de la semaine.

Étienne, lui ayant décoché un large sourire, lui donna une tape sur l'épaule :

— Tu te fais trop de bile, mon vieux. Ta dernière toile est la meilleure que tu aies peinte jusqu'à maintenant, et je suis certain que le vieux Marcel ne va pas tarder à te l'acheter. Mais c'est d'accord, je t'invite, parce que j'ai trouvé dans ma boîte aux lettres, en rentrant, un chèque de droits d'auteur d'un montant rondelet.

Henri le félicita de bon cœur, puis les deux amis filèrent à toute allure, sans se soucier des injures que leur lançait, d'une voix stridente, la concierge, mégère qui logeait au rez-de-chaussée et se faisait fort de régenter la maison pour le compte du propriétaire.

Le Rousseau était un petit café-tabac coincé entre une boucherie et l'entrée d'un grand immeuble. Vu le temps, personne ne s'était risqué à s'asseoir en terrasse, de sorte qu'à l'intérieur, la fumée de cigarette épaississait l'atmosphère. Les clients debout au comptoir donnaient de la voix pour couvrir la musique jaillissant d'un poste de radio.

Le propriétaire des lieux était un chauve entre deux âges à la mine renfrognée, qui arborait une moustache pareille à celle d'un morse. Il lorgna les deux hommes d'un air suspicieux en essuyant le zinc, et à peine eurent-ils passé leur commande qu'il leva une main pour les enjoindre de payer sur-le-champ – désormais, la maison ne leur faisait plus crédit. Lorsque les piécettes se trouvèrent au creux de sa paume, il leur servit deux pastis et leur confia une cruche emplie d'eau.

Étienne et Henri se dirigèrent vers une table à l'arrière de l'établissement, s'assirent, mélangèrent un peu d'eau à l'alcool anisé.

— Je suppose qu'il te tarde de revoir la jeune Anglaise, fit Étienne après avoir bu une première gorgée.

— Pas du tout, mentit Henri. Par ailleurs, elle n'est pas anglaise, puisque sa mère est française.

— Tu l'as déjà dans la peau, soupira son ami, dont l'œil, soudain, étincelait de malice. J'imagine que tu as déjà compris qu'elle était sans doute vierge. Et comme, en dépit de sa mère, elle me paraît terriblement anglaise, je parie qu'elle tient le sexe pour une épreuve à endurer les paupières closes en pensant très fort à l'Angleterre et à l'Empire.

— Tu la connais à peine, protesta Henri. Je te trouve injuste.

Étienne haussa les épaules, but une autre gorgée avant d'allumer une Gauloise.

— Nous connaissons bien les femmes, mon vieux, et je te fiche mon billet que celle-ci n'est pas du genre à sauter dans ton lit dès le premier baiser.

— Bah… Je l'aime bien, s'entêta Henri. Et je n'apprécie guère que tu parles d'elle de cette façon. Si tu n'es pas capable de bien te tenir, tu ferais mieux de laisser tomber.

Son ami haussa un sourcil.

— Serais-tu en train de me lancer un défi ?

— Je ne l'entendais pas ainsi.

— Soit, décréta Étienne. Défi relevé quand même. Nous allons apprendre l'un et l'autre à connaître la charmante Annabelle, et nous verrons bien lequel de nous deux parviendra à fourrer son nez dans ses ravissants et si sages petits dessous.

— Ne compte pas sur moi pour jouer à ce jeu, se fâcha Henri. Annabelle est une chic fille.

Il alluma une cigarette à son tour, surpris soudain que sa colère allât jusqu'à faire trembler ses doigts.

Étienne le considéra à travers la fumée :

— Puisque cela semble te tenir à cœur, je te présente mes excuses, fit-il calmement. Jamais encore nous ne nous sommes querellés pour une femme, et j'espère bien que cela n'arrivera jamais.

Il sourit espièglement à son ami d'enfance.

— Nous verrons bien lequel de nous deux elle préfère, et n'en parlons plus.

Henri le regarda avec méfiance. Il arrivait à Étienne de se montrer sournois et, bien qu'il n'eût pas manifesté d'intérêt particulier pour Annabelle, son ami le soupçonnait d'en pincer pour elle autant que lui. À coup sûr, il tâtait le terrain.

— Je doute qu'elle s'intéresse à l'un d'entre nous, remarqua-t-il sur un ton de nonchalance feinte. Après tout, nous n'avons strictement rien à lui offrir. Or, on peut supposer à bon droit, puisqu'elle est parente avec Aline, qu'elle est issue d'un milieu aisé.

Un sourire madré se peignit sur les lèvres d'Étienne.

— Nous serons bientôt fixés, murmura-t-il.

5

Cette nuit-là, dans son lit douillet, Annabelle regardait la lune glisser au-dessus des toits et des cheminées de Paris. Il lui semblait vivre dans un rêve depuis deux jours. Il s'était passé tant de choses qu'elle peinait à se les rappeler toutes avec précision, mais elle se trouvait bel et bien en France, auprès d'Aline, à la fois très heureuse et complètement submergée par la ronde tumultueuse dans laquelle on l'avait fait entrer sans préavis.

Cette merveilleuse maison, l'accueil chaleureux de sa tante et le somptueux déjeuner auquel elle avait pris part lui avaient certes rendu moins vive l'affreuse trahison paternelle, mais le chagrin demeurait, ainsi que le regret de n'avoir pas parlé à George avant son départ. Et celui, plus cuisant encore, de n'avoir pas même pensé à lui dans l'effervescence des préparatifs. Elle avait tâché de se rattraper cet après-midi même, en lui écrivant une longue lettre dans laquelle elle lui exposait les raisons de sa fuite soudaine. Elle lui avait aussi présenté des excuses.

Elle avait ensuite écrit à sa mère, puis à Philippa Howden, demandant à cette dernière de transmettre son adresse parisienne à Caroline et de veiller sur

Camille. Car si Edwin finissait par découvrir ce qu'elle avait comploté pour leur fille, il y aurait des représailles, et Dieu seul savait ce qu'il serait capable de faire.

La jeune femme ne connaissait plus de repos, les tourments se mêlant aux regrets à mesure qu'elle comprenait qu'il n'y aurait plus, pour elle, de retour en arrière possible. Les dés étaient jetés, son avenir, à présent, se jouait ici, de l'autre côté de la Manche. À elle de tirer le meilleur parti du cadeau que sa mère lui avait fait en lui permettant de s'installer à Paris. Camille pouvait désormais se confier à Philippa, voire se réfugier chez elle si les choses tournaient mal. Pour Annabelle, elle avait pris tous les risques, en connaissance de cause. Comme elle l'aimait, pour consentir sans broncher un pareil sacrifice ! Cette assurance d'être chérie si fort réconforta la jeune femme, mais dans le même temps elle s'en voulait de n'avoir jamais deviné la force de cet amour – si seulement Camille lui avait montré plus tôt la puissance de son attachement…

Elle chassa résolument ces sombres pensées, se blottit mieux sous sa courtepointe et se mit à observer sa chambre, que baignait le clair de lune : une chambre plus grande que celle qu'elle louait à Londres depuis cinq ans, et beaucoup moins spartiate. Les murs bleu foncé s'ornaient d'une frise, contre la corniche du plafond, figurant des fleurs de cerisier. Le lit, énorme, trônait avec ses oreillers moelleux et rebondis sous un baldaquin de soie bleu pâle. Les autres meubles, vieux et sombres, se révélaient d'excellente facture. Ici aussi, Aline entassait des vêtements, que pour laisser plus de place à sa nièce, elle avait emportés dans sa propre chambre, ajoutant encore à son désordre sublime. Les tenues d'Annabelle, fort peu nombreuses, ayant subi avec succès l'examen attentif de sa tante, dormaient maintenant dans une vaste garde-robe, où elles semblaient bien ternes par comparaison avec la vigueur des coloris partout ailleurs dans la maison.

La jeune femme ne dormait toujours pas, tenue éveillée par le souvenir de tout ce qui s'était passé depuis son arrivée à Paris. Le mécène d'Aline, M. Montand, nullement contrarié de la voir se présenter au restaurant avec sa nièce, avait traité ses deux invitées comme des reines. Annabelle avait un peu songé à son père, dont l'homme possédait la prestance, mais il l'avait aussitôt mise à l'aise en l'aidant à choisir ce qu'elle allait manger, puis en réclamant son avis sur tous les vins qu'on leur avait servis, bien qu'il eût forcément saisi qu'elle n'y connaissait à peu près rien.

Aline et Montand avaient flirté éhontément durant tout le déjeuner, Annabelle songeant que, peut-être, ils étaient un peu plus l'un pour l'autre qu'une artiste et son mécène – et elle s'étonnait de ne s'en être pas le moins du monde offusquée. Paris, à l'évidence, produisait sur elle un effet.

Après le repas, qui avait duré plus de deux heures, M. Montand les avait emmenées dans sa voiture pour une courte promenade dans Paris. La jeune femme s'était émerveillée devant les immeubles haussmanniens, les boulevards, les grands hôtels et les parcs qu'elle ne connaissait jusqu'alors que dans les manuels scolaires ou à travers les descriptions que lui avait livrées sa mère.

Le soir, on s'était réuni dans la grande cuisine d'Aline, autour d'exquises tranches de saucisson sec, de pain, de fromage et de vin. Annabelle avait rencontré les peintres, écrivains et musiciens qui logeaient chez sa tante – ces mille talents réunis l'avaient galvanisée.

Elle en avait également profité pour faire plus ample connaissance avec Étienne et Henri, qui, comme prévu, s'étaient joints à la joyeuse tablée. Il ne faisait aucun doute qu'ils se sentaient ici chez eux. Tous les habitants de la demeure comptaient parmi leurs amis, et Étienne avait captivé son auditoire grâce à quelques anecdotes croustillantes sur les aventures d'Henri avec ses modèles. On avait ri à gorge déployée.

Pelotonnée sous sa couette, Annabelle sourit. Les deux amis se révélaient d'excellente compagnie, mais elle se sentait plus attirée par le peintre que par le poète, parce qu'il se montrait moins volubile, plus prévenant et nettement moins truculent qu'Étienne. Jamais il n'avait paru s'émouvoir des récits de ce dernier, même lorsqu'ils frôlaient la malveillance, du moins de l'avis d'Annabelle. Étienne était-il un peu jaloux de son ami d'enfance ? Mais pour quelle raison ? Elle n'en avait pas la moindre idée.

Étienne était, selon ses propres dires, un irrésistible don Juan, dont l'œil noir s'embrasait dès qu'il se posait sur une femme à son goût, tandis qu'un large sourire découvrait ses dents blanches. Il n'aimait rien tant que d'être le centre de l'attention. Annabelle s'était d'abord sentie flattée de l'intérêt qu'il semblait lui porter, puis vaguement embarrassée qu'il se mît avec un peu trop d'insistance à moquer son vocabulaire un peu démodé, qu'elle tenait de sa mère, ainsi que ses façons très anglaises d'après lui. Et même si elle avait ri à ses anecdotes et apprécié de passer du temps avec lui, elle ne pouvait s'empêcher de penser qu'il n'était peut-être pas tout à fait l'homme qu'il prétendait être, et cela la rendait méfiante.

Bah... Peut-être ces dernières quarante-huit heures lui avaient-elles un peu trop agacé les nerfs, tout bonnement. N'y pensons plus... Elle ferma les paupières. À Paris, beaucoup d'hommes étaient des charmeurs, mettaient un point d'honneur à complimenter les jolies femmes. Elle devrait apprendre à s'y faire, voilà tout. Elle regrettait cependant que Caroline n'eût pas été du voyage, car elle aurait su d'instinct comment s'y prendre avec les hommes dans le genre d'Étienne.

— Tu vas user le plancher à force de faire les cent pas, fit Étienne, assis sur la méridienne, où il alluma une cigarette.

Henri s'immobilisa dans une flaque pâle – les premières lueurs du jour commençaient à pénétrer dans l'atelier par les fenêtres de toit. Il examina sa toile. M. Marcel allait arriver d'une minute à l'autre, et, depuis deux jours, les nerfs du jeune homme se nouaient peu à peu à cette perspective. Il finissait par en éprouver de légères nausées.

— Facile à dire, répondit-il. Tu as de l'argent en poche. Tandis que moi, si je ne vends pas cette toile aujourd'hui, je me retrouverai sans un sou et je pourrai faire une croix sur mon voyage en Espagne.

Étienne se leva lentement, rajusta sa veste et sa cravate.

— Tu te tourmentes trop, mon vieux, fit-il en serrant l'épaule d'Henri. Au pire, si M. Marcel ne t'achète pas ton tableau, je t'avancerai de l'argent pour l'Espagne jusqu'à ce que le journal commence à te payer.

Il coiffa son béret devant la glace, puis, avec un hochement de tête satisfait, se tourna de nouveau vers son ami :

— Je vais aller faire un tour chez Aline pour prendre un café, hasarda-t-il.

Henri lui coula un regard suspicieux.

— Nous avons déjà prévu de faire visiter la ville à Annabelle cet après-midi. Tu ne vas tout de même pas importuner Aline deux fois dans la même journée.

Étienne haussa un sourcil, l'œil un peu fourbe.

— Allons, allons, que se passe-t-il ? Craindrais-tu, par hasard, que notre jeune Anglaise succombe à mes charmes et que tu ne sois plus dans la course ?

— Il ne s'agit pas d'une compétition, commenta Henri en s'efforçant de museler son impatience. Si tu désires prendre un café avec Aline, cela ne me regarde pas. Mais si tu as l'intention d'utiliser tes vilaines méthodes pour circonvenir Annabelle, aie au moins la franchise de me le dire. Si tu m'affirmes qu'elle te plaît, je te laisserai le champ libre.

— Voilà qui est très noble de ta part, le railla Étienne.

— Absolument pas. C'est toujours comme ça que les choses se sont réglées entre nous chaque fois qu'une fille nous tapait dans l'œil à tous les deux. Si tu as vraiment le béguin, eh bien, qu'il en soit ainsi. Mais fais attention, ajouta le jeune homme avec douceur. Elle ne ressemble pas à Amélie ni à toutes les autres, et vu ce qu'elle a enduré ces derniers jours, laisse-lui un peu de temps pour s'accoutumer à sa nouvelle vie avant de déclencher ton offensive.

Étienne s'esclaffa et écrasa sa cigarette.

— On jurerait un papa poule résolu à protéger sa jeune pucelle ! Détends-toi, voyons. Folâtrer un peu n'a jamais fait de mal à personne. Au contraire. Si ça se trouve, cela pourrait la décoincer et lui permettre de se débarrasser enfin de sa raideur anglaise.

— Elle n'a pas besoin qu'on la décoince, comme tu dis, se fâcha Henri. Pour l'amour du ciel, Étienne, si tu as décidé de la poursuivre de tes assiduités, fais-le au moins à peu près sérieusement. Ou alors, laisse tomber.

— Tu me connais bien…, susurra Étienne avec un clin d'œil.

Oh que oui. Les femmes n'étaient guère pour lui qu'un passe-temps, et rien ne comptait plus à ses yeux que l'excitation de la chasse. Une fois la demoiselle tombée dans ses filets, il se lassait. Henri se navrait à l'idée que l'innocente Annabelle pût faire les frais de ces manières prédatrices.

Il posa de nouveau le regard sur le chevalet, où était sa toile. Les filles allaient et venaient dans leurs existences à tous deux, mais jamais, jusqu'alors, l'un ne s'était senti le rival de l'autre. Cette fois, néanmoins, il semblait que l'intérêt d'Étienne pour Annabelle eût été suscité, par-delà sa beauté, par son peu de ressemblance avec les jeunes femmes qu'ils avaient l'habitude de côtoyer, et, aussi, peut-être, parce qu'Henri avait eu la sottise de lui dévoiler son jeu, en prenant sa défense, révélant du même coup à son ami qu'elle lui plaisait beaucoup.

— Comment réagirais-tu si je te disais que j'éprouve pour Annabelle un profond intérêt, fit Henri avec gravité, et que je souhaite apprendre à mieux la connaître ?

Étienne le regarda longuement sans mot dire.

— Je te conseillerais de foncer tête baissée, répondit-il enfin, si c'est bien ce que tu veux. Je reconnais que cette petite Anglaise m'intrigue, et qu'elle est très jolie, mais pour moi, elle ne vaut pas que nous nous disputions. Bonne chance, mon vieux.

Il décocha à son ami un très large sourire, avant de lui frapper le bras :

— J'entends des pas dans l'escalier. Je vais aller t'attendre au bistrot, et je croise les doigts.

Ayant ouvert la porte à M. Marcel, qui, au terme de son ascension, peinait à reprendre haleine, il lui fit signe d'entrer, avant de s'éclipser prestement.

Annabelle quitta la maison tôt ce matin-là, pour acheter, au tabac le plus proche, les journaux, ainsi qu'un paquet de Gauloises Disque bleu, les cigarettes préférées de sa tante. Le soleil brillait, mais le vent était froid – elle se réjouissait de porter l'étole de renard qu'Aline lui avait conseillé de jeter sur ses épaules avant de sortir.

Elle prit tout son temps, flâna dans le parc, avant de descendre jusqu'à la Seine. Paris resplendissait en ces heures matinales, les eaux du fleuve se ruaient sous les ponts avec fougue, les cheminées fumaient au-dessus des toits abondants, mille fenêtres s'éclairaient aux balcons des immeubles. Les voitures du samedi matin grondaient sur les pavés, cependant qu'un vent glacé secouait les branches nues des arbres.

La jeune femme s'apprêtait à quitter le pont pour se rendre au tabac, lorsqu'elle entendit crier son nom derrière elle. Elle se retourna, découvrit, avec un étrange petit frisson, Henri qui courait vers elle, la mine radieuse.

— Il m'a acheté trois toiles ! s'exclama-t-il en prenant dans les siennes les mains d'Annabelle, qu'il entraîna brièvement dans une sorte de valse. Vous vous rendez compte ?

Elle riait avec lui, conquise par sa joie enfantine, et ravie qu'il eût choisi de partager avec elle ces instants de triomphe.

— C'est merveilleux, souffla-t-elle, lorsqu'Henri eut enfin cessé de danser. Vous qui étiez si sombre hier soir, si sûr qu'il n'en apprécierait aucune…

Il parut soudain gêné, évitant le regard de la jeune femme.

— Veuillez m'excuser de vous avoir agrippée de cette façon. Vous devez me trouver ridicule…

— Pas du tout, se hâta de répondre Annabelle. Vous avez largement de quoi exulter.

Elle lui sourit, admira son teint coloré par le froid, le soleil et l'euphorie. Ses yeux bleus brillaient plus encore qu'à l'accoutumée. Il était extrêmement séduisant.

— Il m'a déjà payé, mais il m'a demandé de garder les toiles jusqu'à demain. C'est son domestique qui viendra les récupérer. Aimeriez-vous… Enfin… Avez-vous un peu de temps…

Il se racla la gorge, avant de se jeter à l'eau :

— Auriez-vous envie de les voir ?

— Bien sûr, s'enthousiasma la jeune femme. En revanche, je ne pourrai pas rester longtemps. Je suis censée acheter seulement les journaux, après quoi Aline m'emmènera au marché.

Henri lui décocha un sourire facétieux.

— Et moi, je suis censé rejoindre Étienne au café. Mais j'habite tout près, voyez-vous, et nous n'en aurons pas pour longtemps.

Plus émoustillée qu'une enfant prête à faire l'école buissonnière, Annabelle prit le bras que lui présentait le jeune homme. Ils traversèrent le pont en direction de la Rive gauche, où ils pénétrèrent dans un entrelacs de ruelles dont les demeures semblaient se pencher les unes vers les autres pour échanger des confidences.

Bientôt, Henri fit halte devant un immeuble très laid, qui paraissait tout près de s'effondrer. La porte et la plupart des volets auraient eu grand besoin qu'on les réparât, puis qu'on les peignît. Un tronçon du tuyau de descente de la gouttière s'était déboîté, et l'enduit de la façade s'était ici et là détaché par plaques, mettant à nu les briques et le mortier corrompu.

— Je reconnais que cette bâtisse n'a pas fière allure, dit le jeune homme avec un sourire hésitant, mais au moins, le toit ne fuit pas. Surtout, ne faites pas attention à Mme Léon, la concierge. Elle est toujours d'une humeur massacrante.

Il ouvrit la porte, s'effaça pour permettre à Annabelle d'entrer. Celle-ci se retrouva presque nez à nez avec une mégère de la plus belle eau, qui, plantée sur le seuil de sa loge, les bras croisés sur sa poitrine, considérait les deux jeunes gens d'un œil mauvais.

— Bonjour, madame, fit Henri en s'écartant d'elle avec prudence. Toujours aussi charmante, à ce que je vois, ajouta-t-il avant de pousser Annabelle dans l'escalier bancal et crasseux.

— Vous n'êtes qu'un malotru ! brailla la bignole. Et je vous préviens que si vous ne réglez pas votre loyer d'ici lundi, je me ferai un plaisir de vous flanquer à la porte, vous et vos affreuses croûtes !

Annabelle jeta un coup d'œil en direction de son hôte, pour savoir comment il réagissait à cette menace, mais il souriait toujours d'une oreille à l'autre, nullement inquiet. Elle en déduisit que ce drôle de marivaudage lui était coutumier. Elle gravit l'escalier à si vive allure qu'une fois parvenue au quatrième étage, elle était hors d'haleine.

— Mince alors, souffla-t-elle. Je me croyais en meilleure forme.

— Moi, je suis tellement habitué que je n'y prête plus attention.

Ayant tourné la clé dans la serrure, il ouvrit la porte avec emphase.

— Bienvenue dans mon atelier !

La jeune femme découvrit une pièce lumineuse et à peine meublée, tandis qu'une puissante odeur de térébenthine assaillait ses narines, mêlée à celles de la poussière, des crottes de souris, de l'humidité – il flottait encore dans l'air, bien qu'infime, le souvenir de quelques feux de cheminée. Le froid était glacial.

— Oh..., souffla-t-elle en avisant la toile sur son chevalet, vers lequel elle se dirigea. Oh, Henri... Je ne vois vraiment pas comment il aurait pu ne pas l'acheter...

Un sourire radieux éclaira le visage du jeune homme, qui entreprit de narrer à son invitée l'histoire du tableau.

— Nous nous sommes rendus dans la maison d'un ami, à la campagne. Au terme d'un très, très long et très copieux déjeuner, nous avons paressé au jardin. Amélie a fini par s'endormir, et j'ai commencé à la dessiner. J'avais déjà compris que je pourrais en tirer une bonne toile. Elle a toujours eu l'art de se fondre à merveille dans son environnement. Il faut dire que le cadre était enchanteur.

Annabelle examina longuement la jeune femme, sensuelle et langoureuse, assoupie dans le hamac. Comme elle aurait aimé posséder ce calme olympien, cette élégance naturelle…

— Elle est superbe, murmura-t-elle.

— Et totalement insupportable, commenta Henri en se déplaçant dans l'atelier. Mais je dois reconnaître qu'il s'agit d'un excellent modèle. J'aurai bien du mal à lui trouver une remplaçante.

Il disposa deux autres tableaux sur des chevalets.

— Comme vous pouvez le constater, elle a posé pour les trois toiles que M. Marcel a choisies.

Cette fois, constata Annabelle, Amélie reposait sur une méridienne, son corps nu à peine voilé par un coupon de velours rouge aux plis artistement agencés. La jeune femme se mirait dans un miroir à main ouvragé. Le dernier tableau la figurait assise à une fenêtre, le regard mélancolique, et son corsage de paysanne glissait un peu sur ses épaules magnifiques, cependant que son ample jupe, relevée, laissait voir une cuisse bien faite, une longue jambe et une cheville délicate.

Annabelle se sentit brusquement mal à l'aise au milieu de cette volupté, de cette forte intimité émanant des portraits, car elles disaient, sans fard, la proximité du peintre et de son modèle. Henri se tenait en outre si près d'elle… Elle éprouvait à présent un réel embarras.

Sans doute s'en était-il aperçu, car il l'éloigna bien vite des tableaux, puis repoussa son carnet de croquis avant de lui proposer du café.

— Il faut vraiment que j'aille acheter les journaux, déclina timidement la jeune femme. Aline va finir par se demander où je suis passée, et Étienne attend de vos nouvelles.

Osant enfin lever les yeux vers lui, elle lui adressa un sourire nerveux.

— Vos toiles sont formidables, dit-elle posément. Je suis heureuse que l'on commence à reconnaître votre immense talent.

Henri tira une clé de la poche de son pantalon, souriant à son tour.

— Au moins, Étienne n'aura pas besoin de financer mon voyage en Espagne. Allons, venez, maintenant, il fait un froid de canard ici, nous allons finir par attraper des engelures.

Comme ils atteignaient le rez-de-chaussée, Mme Léon les tança de nouveau, et cette fois, les jeunes gens s'esclaffèrent et se mirent à courir dans l'étroite ruelle, poursuivis par l'écho des injures débitées par la concierge. Annabelle prit le bras d'Henri, plus détendue, maintenant qu'Amélie ne tenait plus entre eux le rôle de la spectatrice muette. Ils se mirent à parler de l'Espagne.

— Faut-il vraiment que vous partiez ? s'enquit la jeune femme.

Ils traversaient le Pont-Neuf.

— Nous sommes basques, autrement dit, dans les veines de nos ancêtres coulaient du sang français et du sang espagnol. Il est de notre devoir de veiller à ce que les fascistes ne l'emportent pas. Étienne et moi avons des cousins, des frères, qui sont déjà là-bas, en train de combattre. Notre fierté nous commande de prendre part à ce conflit.

— Comme je vous l'ai déjà dit, j'ai, moi aussi, des amis qui sont partis en Espagne.

Elle enchaîna en évoquant pour lui Caroline et ses frères, ainsi que ses collègues de l'hôpital.

— Ils m'ont proposé de me joindre à eux, et je les aurais probablement suivis si je n'étais pas venue ici.

Elle soupira.

— Maintenant que je suis à Paris, où je me suis sentie immédiatement chez moi, je n'ai plus envie de bouger.

— Vous avez donc l'intention de vous installer ici pour de bon ?

— Si je réussis à décrocher un poste d'infirmière, bien sûr que oui.

Une fois le pont franchi, ils s'immobilisèrent, réticents à se séparer.

— Je ne vois pas ce qui pourrait vous empêcher de trouver du travail à Paris, fit Henri. Des hôpitaux, il y en a beaucoup, et l'on a toujours besoin de bonnes infirmières. Cela dit… Ceux qui luttent contre le fascisme en ont aussi besoin…

Annabelle prit une profonde inspiration, puis exhala un lourd soupir.

— Je ne le sais que trop, Henri, mais bien que ce soit tentant, je ne suis pas certaine d'avoir assez de courage pour me risquer dans une zone de guerre. Contrairement à vous et aux autres, je n'éprouve pas ce désir ardent de plonger la tête la première dans quelque chose dont je ne sais à peu près rien.

Elle sourit au jeune homme.

— Je suis une froussarde, je l'avoue. Je préfère rester en France, loin de toute espèce de conflit.

Il sourit à son tour, et Annabelle se sentit attirée, comme par un aimant, au point que le décor autour d'eux finit par se volatiliser, l'agitation ambiante s'évanouit, et il lui semblait tout à coup être seule avec Henri sur ce pont. Ces instants lui montaient à la tête, jamais elle n'en avait vécu de tels, mais elle était trop innocente encore pour comprendre et identifier cet exquis déferlement d'émotions.

— Je crois que vous vous trompez sur vous-même, commenta le jeune homme d'une voix infiniment douce – il avait plongé son regard dans celui d'Annabelle. Si vous étiez une poltronne, jamais vous n'auriez entrepris ce long voyage vers Paris.

Et voilà qu'elle avait perdu l'usage de la parole… Pire encore, elle ne pouvait plus penser à rien, hypnotisée par le bleu de ses yeux, par son nez délicat et la courbe de ses lèvres.

— Peut-être, poursuivit-il en se rapprochant un peu plus… Peut-être qu'à mon retour, nous pourrons nous retrouver ici même, sur le Pont-Neuf, pour y partager nos aventures respectives.

Il lui effleura la joue du bout de l'index. Annabelle en ressentit un tel émoi qu'elle vacilla vers lui.

— Oui…, souffla-t-elle. C'est une excellente idée.

Elle tentait désespérément de se ressaisir… Enfin, elle réussit à faire un pas en arrière, avant d'oser lever le regard vers lui.

— Mais… vous ne partez pas tout de suite, n'est-ce pas ?

Il s'était glissé dans son ton tellement d'espoir et de tristesse mêlés qu'elle eut honte et s'empourpra en baissant la tête.

Cette fois, Henri lui prit la main pour l'attirer à lui, l'obligeant à le regarder.

— Pas avant Noël, répondit-il. Ce qui nous laisse tout le temps de faire plus ample connaissance.

Lorsqu'il lâcha sa main en reculant, le charme se rompit. Annabelle se sentit abandonnée.

— Mais pour le moment, il faut que j'aille rejoindre Étienne, reprit-il sans se soucier de la tempête qu'il venait de soulever dans l'âme et le cœur de la jeune femme. Nous passerons chez Aline à 14 heures, pour vous emmener visiter Paris. Je vous conseille de mettre de bonnes chaussures, car les pavés sont incommodes.

Annabelle le regarda s'éloigner au pas de course, puis, quand il eut disparu tout à fait, elle se pencha sur le parapet pour fixer la Seine sans presque la voir. Elle avait le souffle court, son cœur battait la chamade, et le souvenir de l'électricité produite par le bout de son doigt sur sa joue, et celui de la chaleur de sa main ne la quittaient plus. Comment s'était-elle mise dans un pareil état alors qu'elle le connaissait à peine ? N'était-elle attirée par cet homme que parce que ses cheveux noirs et ses yeux bleus lui rappelaient George douloureusement ?... Mais jamais la vue de George n'avait provoqué en elle ce genre de commotion... C'était d'ailleurs pour cette raison qu'elle avait refusé de l'épouser.

Troublée, tremblante encore de ces instants passés auprès d'Henri, elle se demanda ce qu'elle ressentirait s'il se rendait pour de bon en Espagne. Ne l'avait-il étourdie que brièvement, ou quelque chose de plus profond était-il en train de se jouer ? Dans un cas comme dans l'autre, il s'agissait d'une relation sans lendemain, puisqu'elle allait demeurer ici, tandis qu'il prendrait la direction du sud pour faire la guerre...

L'idée qu'il pût bientôt risquer sa vie lui fit monter les larmes aux yeux... Une agitation aussi vive devait bien signifier quelque chose d'un tant soit peu sérieux ? Quelque chose d'assez important, d'assez exceptionnel pour que cela ne finît pas aussi abruptement que cela avait commencé ?…

Les cloches d'une église se mirent à sonner, tirant brusquement la jeune femme de ses songes. Il était tard. Aline devait l'attendre. Elle renifla pour ravaler ses larmes, mais, tandis qu'elle se dirigeait vers le tabac, elle demeurait le siège d'un maelström d'émotions.

*

Étienne aimait l'ambiance de franche camaraderie qui régnait dans le troquet, car il pouvait se vanter là tout son saoul, du montant de ses droits d'auteur, du contrat récemment signé avec le rédacteur en chef du *Monde*, ou de l'ingéniosité dont il avait fait preuve en associant Henri aux articles qu'il allait rédiger.

Sous le plafond bas aux poutres apparentes flottait l'épaisse fumée des cigarettes, des pipes et du feu qui brûlait dans l'âtre. Une délicieuse odeur de café se mêlait à celle du vin et de l'eau-de-vie. Les conversations allaient bon train, et les clients constituaient un échantillon représentatif du milieu artistique dans cette partie de la capitale. Ici, on avait tôt fait de se faire des amis, avec qui l'on débattait de sujets importants autour d'un verre. Ici encore, chacun évoquait son avenir et ses espoirs.

Étienne discutait ardemment avec un ami écrivain du dernier livre d'un confrère, que tous deux jugeaient très mauvais, tout juste bon à jeter au feu. Pourtant, l'ouvrage se vendait bien et récoltait les éloges de la majorité des critiques littéraires.

Comme il saisissait son verre en tournant distraitement le regard vers la porte, Henri fit irruption dans la salle. Son ami comprit aussitôt qu'il avait d'excellentes nouvelles.

— Ici, Henri ! l'appela-t-il d'une voix forte.

Il se poussa pour lui faire une place.

— J'ai réussi, laissa tomber le nouveau venu, hors d'haleine, en ôtant son béret avant de dénouer son écharpe. Marcel m'a acheté trois toiles. Et il m'a déjà payé, rubis sur l'ongle.

Ravi, Étienne lui assena une formidable claque dans le dos.

— Bien joué, camarade ! lança-t-il en levant son verre vide. La prochaine tournée est pour toi.

Henri s'esclaffa et, après avoir fouillé dans ses poches, posa une poignée de piécettes sur la table.

— C'est tout ce que j'ai en attendant d'avoir touché le chèque.

Des vivats fusèrent aux quatre coins de la salle, et Étienne passa commande au patron.

— Tu n'auras qu'à me rembourser la semaine prochaine, dit-il à son ami.

On apporta des pichets, on remplit les verres, on porta un toast au succès d'Henri. Le peintre, ayant avalé une rasade de vin, commença à s'abstraire du vacarme ambiant, la mine rêveuse et le regard lointain.

Étienne posa sur lui un œil acerbe, car il le trouvait soudain changé, et il pressentait que cela n'avait rien à voir avec la vente de trois de ses tableaux.

— Marcel en a pris, du temps, pour choisir, fit-il avec une désinvolture soigneusement étudiée. Tu aurais dû me rejoindre il y a au moins une heure.

— Au contraire, tout s'est passé très vite.

Le peintre demeurait perdu dans ses pensées. La curiosité de son ami s'en trouva aiguisée d'autant :

— Qu'est-ce qui t'a retenu, alors ? Ne me dis pas qu'Amélie a refait surface pour te tourner à nouveau les sangs avec son corps de rêve ?

Henri, qui, enfin, semblait s'être arraché à ses songes, secoua la tête.

— Non, non. Figure-toi que j'ai croisé Annabelle dans la rue. Je l'ai emmenée voir les toiles à l'atelier, nous avons bavardé, le temps a passé…

Étienne identifia d'emblée l'expression bêtasse que le peintre affichait chaque fois qu'il tombait amoureux.

— Tu caches drôlement bien ton jeu, dis donc, lança-t-il avec allégresse. Je n'aurais jamais cru que tu aurais foncé comme ça tête baissée.

— Il ne s'est rien passé, voyons, se récria Henri. Nous avons parlé, c'est tout.

— Tu essaies de me faire gober que tu t'es retrouvé seul avec elle dans ton atelier, et que tu ne l'as pas gentiment renversée sur ta méridienne ?

Il était incrédule.

— Ma parole, tu as perdu la main, mon vieux !

Henri s'empourpra.

— Je tiens à elle, Étienne. Elle ne ressemble pas aux autres filles, et j'ai bien l'intention de me comporter en conséquence.

— Mon Dieu, Henri… Combien de fois ai-je déjà entendu cette rengaine ?

Il partit d'un grand rire pareil à un rugissement.

— Tu passes ton temps à tomber amoureux, puis à ne plus l'être. Nous ne serons pas encore partis pour l'Espagne que tu l'auras oubliée.

Le peintre posa sur son ami un regard pensif.

— Je t'assure que j'éprouve vraiment quelque chose pour elle, dit-il avec fermeté. Et je crois que c'est réciproque.

— Évidemment. Quelle femme ne succomberait pas à ton charme ?

De nouveau, il le frappa dans le dos.

— Tu la désires, rien de plus. Et dès qu'elle aura enlevé sa culotte, tout rentrera dans l'ordre. C'est toujours le même scénario avec toi.

Henri, cette fois, avait rougi jusqu'à la racine des cheveux. Il détourna le regard.

— Si tu tiens vraiment à parler d'elle en ces termes, je m'en vais.

Étienne se sentit mal à l'aise, conscient d'être allé trop loin – à l'évidence, Annabelle comptait beaucoup pour Henri.

— Allons, allons, calme-toi. Je te charriais, c'est tout. D'habitude, tu n'es pas aussi susceptible.

— Je sais bien que tu me taquinais, commenta le peintre. Mais je n'apprécie pas que tu la dénigres.

Il avala une gorgée de vin, se renversa sur son siège pour allumer une cigarette, avant de replonger dans sa rêverie. Jamais une femme ne les avait éloignés l'un de l'autre, et Étienne doutait que cette petite Anglaise guindée pût être celle qui romprait le lien puissant que les deux hommes avaient tissé depuis l'enfance, et qui faisait d'eux des frères. L'écrivain, cependant, n'ignorait pas qu'un jour, l'un ou l'autre se trouverait pris au piège de l'amour, du vrai, aussi se félicitait-il qu'ils eussent prévu de se rendre bientôt en Espagne. Rien ne valait le frisson du combat pour remettre de l'ordre dans la cervelle d'un jeune homme égaré – il avait partagé tant d'aventures avec Henri qu'il n'était pas question pour lui qu'une femme vînt leur mettre des bâtons dans les roues.

Il but un peu de vin, trinqua en silence à la guerre d'Espagne qui, indiscutablement, mettrait un terme définitif à la relation du peintre avec Annabelle. *À partir de maintenant*, décida-t-il, *je vais le laisser vivre sa petite histoire sans mot dire. De l'autre côté de la frontière nous attendent de jolies señoritas à l'œil de braise, qui auront tôt fait de lui faire oublier sa petite Anglaise.* Il fallait qu'il en fût ainsi, car c'était toujours de cette manière que les choses s'étaient déroulées entre eux. Jusqu'à son dernier souffle, Étienne veillerait à ce qu'aucune femme ne vînt mettre en péril leur superbe amitié.

Aline ne se formalisa nullement du temps qu'Annabelle avait passé dehors. Elle ne manqua pas, en revanche, de remarquer son teint rosi et ses façons étonnamment distraites, mais elle ne souffla mot. Elle était vêtue de pied en cap pour se rendre au marché avec sa nièce. Napoléon, du fond de sa cage, tonitrua la bienvenue à la jeune femme, tandis qu'un air de violon s'élevait du sous-sol de la maison.

Pendant qu'Aline marchandait les bas et les chaussures qu'elle avait repérés pour sa nièce, celle-ci, humant toute sorte d'odeurs, s'efforçait d'absorber les mille couleurs des éventaires et l'énergie qui émanait des lieux. On parlait vite et beaucoup, on s'apostrophait, et, à l'ombre de l'église, un musicien des rues, accompagné de son chien, jouait de l'accordéon pour égayer l'atmosphère.

Fermiers et marchands avaient pénétré dans la ville à l'aube pour installer leurs étals, entre lesquels se dessinaient d'étroites allées à présent grouillantes de monde – ici, on faisait souvent de très bonnes affaires. Des fruits de toutes formes et de toutes couleurs s'entassaient sur des charrettes à bras ; des tresses d'oignons luisants et de grosses têtes d'ail pendillaient sous des auvents aux tons vifs ; tomates et poivrons rouges et verts coudoyaient le céleri, le romarin, le thym et le persil.

Dans des seaux étaient exposées des brassées de fleurs opulentes, des pots contenaient des plantes exotiques bariolées, telles qu'Annabelle n'en avait encore jamais contemplé. Il y avait des sachets de graines et des sacs de terreau. Des outils de jardinage s'alignaient auprès de brouettes, de meubles en bois rustiques et de paillassons. De grandes carcasses, emballées dans des sacs à viande en jersey de coton blanc, pendaient aux crocs des bouchers, ces derniers proposant aussi à la vente des saucisses épicées, du jambon, du bacon, ainsi que des côtelettes, du pigeon, des coquelets ou du hachis. Le badaud pouvait également admirer des poulets et des canettes dans des enclos, des canaris dans leurs cages, ou, à l'étalage des modistes, tout ce qui concernait le vêtement, des dessous aux manteaux de fourrure, en passant par les bleus de travail. Des tables croulaient sous un bric-à-brac d'objets de toutes sortes, parmi lesquels il faisait bon farfouiller.

Il flottait dans l'air le délicieux fumet d'un ragout dont on pouvait acheter, à vil prix, une portion que le vendeur servait dans des assiettes en faïence brute. Ailleurs, un jeune garçon tournait une broche sur laquelle rôtissaient des poulets, et l'on proposait de loin en loin du vin chaud, du pain, du beurre et une telle variété de fromages que l'on avait bien du mal à faire son choix.

Éblouie par cette abondance, Annabelle suivait sa tante d'étal en éventaire. Une fois leurs emplettes terminées, les deux femmes prirent place à la terrasse d'un café, où elles burent une tasse de chocolat épais et onctueux, chapeautée d'une torsade de crème.

— J'ai parlé à des amis de ton intention de chercher un poste d'infirmière, fit Aline. Les nouvelles sont bonnes : des postes vacants, il y en a, et l'on m'a affirmé que la meilleure solution pour toi consiste à te rendre dans une agence de placement.

Elle fumait une cigarette, rajusta son étole de fourrure autour de son cou, comme l'aurait fait Camille.

— Attention, ajouta-t-elle. Ces agences exigeront que tu leur fournisses une copie de tes diplômes, ainsi que des lettres de référence. Je préfère aussi te prévenir que ces gens-là monnayent leurs services.

— Oh, j'ignorais que…

— Ne te tourmente pas, ma chérie. Ils retiendront cette somme sur ton premier salaire. Tes diplômes te permettront à coup sûr de décrocher une excellente place, d'autant plus que la lettre rédigée par ton infirmière en chef est dithyrambique.

Un doute, néanmoins, s'empara d'Annabelle.

— J'espère que cela suffira. Parce que celle de l'administrateur est une pure vacherie.

Aline haussa les épaules et pinça les lèvres.

— Dans ce cas, abstiens-toi de la leur montrer.

Elle sourit, tapota la main de la jeune femme.

– Sur ce, oublie un peu tout ça pour profiter de l'instant. Après tout, pour le moment tu es en vacances. Il ne manquerait plus que tu te gâches le plaisir.

Comme Aline reportait son attention sur le marché, sa nièce tenta de renouer avec l'enjouement qu'elle avait éprouvé jusqu'alors. Hélas, il semblait que plus elle s'efforçait en ce sens, plus se serrait le nœud de son angoisse. Elle n'osait imaginer une vie sans un poste d'infirmière à la clé, et la perspective de n'être pas embauchée la terrorisait. Mais, plus encore, son tracas lui venait à la pensée que, bientôt, Henri s'en irait faire la guerre.

Le regard perdu au fond de sa tasse, elle songea qu'il était fort possible qu'après son départ pour l'Espagne, elle ne le revît jamais et cela, soudain, lui paraissait aussi épouvantable que d'échouer à exercer le métier qu'elle aimait.

6

Annabelle se trouvait à Paris depuis deux semaines. Elle s'était rendue avec sa tante dans une agence de placement, où elle avait rempli un nombre considérable de formulaires et de demandes, mais, pour l'heure, elle attendait toujours que l'on reprît contact avec elle. L'employée qui s'était occupée de son dossier avait remisé, dans une chemise, les formulaires et la lettre de l'infirmière en chef sans émettre de commentaire – Aline avait eu raison de la mettre en garde contre le goût immodéré des Français pour les formalités.

Elle avait reçu plusieurs lettres de Londres, qui l'avaient un peu rassurée sur le sort réservé à sa mère. Philippa lui avait en effet appris qu'elle la voyait au moins une fois par semaine, et que Camille se sentait à présent suffisamment à l'aise avec elle pour lui glisser des confidences. Edwin, de son côté, se révélait égal à lui-même, désagréable à tous égards, mais du moins semblait-il n'avoir rien découvert de ce que son épouse avait fait pour leur fille. À vrai dire, il était furieux qu'Annabelle lui eût glissé entre les doigts, et que personne ne pût lui dire où elle se cachait maintenant.

Dans ses lettres, longues et fourmillant de détails, Camille lui décrivait ses sorties en compagnie de Philippa. Elle alla jusqu'à ouvrir son cœur à sa fille, regrettant de n'avoir jamais eu l'occasion de tisser avec elle des liens plus serrés. Elle espérait qu'Annabelle était heureuse, qu'elle se plaisait à Paris et qu'Aline avait enfin réussi à se comporter avec plus de retenue qu'autrefois – celle-ci, lorsque sa nièce lui avait lu la missive à voix haute, était partie d'un grand rire en faisant une grimace.

Caroline lui avait écrit d'Espagne, où elle exerçait sa profession dans un hôpital de campagne situé trop près de la ligne de front pour que l'on pût y pratiquer la médecine de manière satisfaisante. Il s'agissait d'une épître décousue, rédigée à la hâte, les dates inscrites au-dessus de chaque paragraphe disant tout le temps qu'il lui avait fallu pour parvenir à la terminer.

N'ayant pas revu ses frères depuis qu'ils s'étaient séparés à la gare de Victoria, elle savait seulement qu'ils avaient rejoint un bataillon de volontaires placé sous le commandement des communistes soutenant le gouvernement républicain évincé lors du coup d'État. Caroline avait été transférée de camp en camp, et il en allait de même de ses frères, aussi faudrait-il un certain temps pour que les lettres des uns et des autres parvinssent à destination.

La jeune femme, qui enviait Annabelle car elle adorait Paris, lui promettait d'essayer de lui rendre visite si, d'aventure, elle finissait par obtenir une permission. Elle livrait également à son amie une terrible description des bombardements incessants qui faisaient trembler le sol sous ses pieds. Les fascistes surgissaient de nulle part avec leurs fusils et leurs mortiers, et ils tuaient au hasard.

On manquait de morphine et de médicaments, et les livraisons arrivaient au compte-gouttes. La mort était partout, mais les médecins, autant que l'équipe infirmière, se révélaient d'un courage sans faille, et tout entiers dévoués à leur mission – Caroline se sentait fière de travailler à leurs côtés.

À la fin de sa lettre, insistant sur le manque cruel d'infirmières, elle suppliait son amie de revenir sur sa décision et de la rejoindre en Espagne au plus vite. Certes, elle ne lui dissimulait pas qu'il s'agissait d'une tâche pénible et harassante, sans rien de commun avec tout ce qu'elle avait pu connaître jusqu'alors dans sa vie professionnelle, mais elle ajoutait qu'il en allait de la survie des combattants antifascistes – le savoir-faire d'Annabelle ainsi que son sang-froid constitueraient là-bas une bénédiction.

Caroline avait beau avoir jeté son cœur dans sa missive, son amie devinait sans peine qu'elle vivait un enfer, comme son père le lui avait prédit. Qu'elle était devenue le témoin d'atrocités qu'une jeune femme ne devrait jamais avoir à contempler. Et pourtant… De la première à la dernière ligne, elle demeurait fidèle à la cause qu'elle avait embrassée. Elle ne regrettait rien.

Annabelle avait lu la lettre plusieurs fois, elle avait hésité, avant de décréter à nouveau pour elle-même qu'il lui fallait, d'abord, faire ses preuves à Paris. Il serait temps ensuite, un peu plus tard dans l'année, de se rendre en Espagne si la guerre continuait d'y faire rage.

La missive la plus poignante lui venait de George et, à chaque lecture, elle se sentait coupable, car sous la raideur du style se dissimulait un cœur plein d'amertume, que le jeune homme n'était pas parvenu à faire taire tout à fait.

Il avait reçu la lettre d'Annabelle le jour où il avait quitté définitivement l'hôpital, et, bien qu'il eût été abasourdi de constater qu'elle avait pu filer ainsi sans un mot, il avait éprouvé un réel soulagement en découvrant qu'elle ne s'était pas rendue en Espagne. Il lui parla de son cabinet de Dartford – lorsqu'elle recevrait sa missive, précisa-t-il, il aurait déjà commencé à y exercer. Il lui narra sa course folle à travers Londres pour lui annoncer au plus tôt la bonne nouvelle, puis sa tentative de lui mettre la main dessus à Victoria Station ; il lui avoua qu'il lui en voulait beaucoup d'avoir fui sans un mot d'explication, au terme d'une si longue amitié. Il s'excusa par ailleurs d'avoir pris ses distances avec elle après qu'elle avait refusé sa demande en mariage – depuis, il avait pris conscience qu'elle était tombée pour elle au plus mauvais moment. Il espérait qu'ils resteraient amis.

Annabelle lui avait répondu par retour du courrier, l'assurant qu'elle le tenait toujours pour un ami très cher, et qu'elle se réjouissait déjà de le lire encore. Elle avait donné à sa lettre un ton cordial et léger, multiplié les évocations des décors et des sons de Paris, qu'elle avait appris à aimer, ainsi que celles de la maison d'Aline, assourdissante et tapageuse. Elle se garda bien, toutefois, de mentionner l'existence d'Henri.

Pour tuer le temps en attendant un signe de l'agence de placement – et dans l'espoir de museler un peu son chagrin d'avoir fait souffrir George –, elle avait arpenté la capitale en long et en large.

Souvent seule, Aline passant une bonne partie de ses journées à peindre dans son atelier, d'autres fois main dans la main avec Henri. Une première promenade l'avait menée à Montmartre, dont elle avait gravi les escaliers, puis découvert la magnificence de la basilique du Sacré-Cœur. Cette sortie lui avait donné l'envie d'en apprendre davantage. Elle avait, dès lors, multiplié les excursions. Aujourd'hui, elle se sentait tellement à l'aise à Paris qu'il lui arrivait fréquemment de laisser son plan de la ville au fond de sa poche.

Elle avait visité de nombreuses galeries d'art et de grands hôtels, sillonné les musées, marché au bois de Boulogne, remonté les Champs-Élysées jusqu'à l'Arc de Triomphe, lorgnant au passage les vitrines des boutiques de luxe. L'air lui semblait plus pur qu'à Londres, bien que la circulation automobile ne se raréfiât pour ainsi dire jamais, et qu'à toute heure du jour et de la nuit, on entendît gronder les roues des voitures sur les pavés – le silence ne se faisait qu'à l'aube. Ici comme ailleurs, la misère existait et se donnait à voir dans les bâtisses délabrées des quartiers qu'il ne faisait pas bon fréquenter la nuit, et par la grande quantité de prostituées, de mendiants ou de musiciens des rues.

C'était le soir que Paris s'animait pour de bon. Les amis se retrouvaient à la terrasse des troquets, les restaurants demeuraient ouverts jusqu'à tard dans la nuit. De la musique s'échappait des night-clubs, des bars et des salles de bal des hôtels. Seule ombre au tableau : l'agence de placement ne se manifestait toujours pas. Dans deux semaines, ce serait Noël, Annabelle regardait fondre inexorablement son pécule. Elle se refusait à entamer l'année 1937 sans un emploi qui lui permettrait de subvenir à ses besoins.

Et puis… Et puis, il y avait Henri qui, bientôt, partirait pour l'Espagne. Ils s'étaient donné quelques baisers en déambulant sur les quais ou dans les ruelles de Montmartre. Ils se tenaient par la main sur les marchés qu'ils fréquentaient le samedi matin. Amoureuse pour la première fois, Annabelle trouvait au monde qui l'entourait des couleurs plus vives. Le ciel était plus bleu, les eaux de la Seine plus limpides, et plus fraîches les feuilles de tous les arbres… Plus resplendissants les brins d'herbe… Chaque fois qu'Henri l'embrassait, elle ne rêvait plus que de se fondre en lui, ne désirait plus que de s'unir charnellement avec le jeune homme. Cependant, l'ombre de son départ imminent planait entre eux, si bien que, quand elle se ressaisissait, elle admettait qu'il aurait été trop dangereux de s'abandonner corps et âme aux sentiments qu'elle lui portait.

Ce matin-là, elle se réveilla tôt. Elle allait en profiter pour prendre un bain avant que le reste de la maisonnée se mît en ordre de marche. Il faisait dans la salle de bains un froid glacial, mais l'eau du robinet était chaude, et les sels de bain parfumés que lui avait offerts Aline sentaient délicieusement bon. Après s'être vêtue, Annabelle fit son lit, puis rangea sa chambre avant de descendre préparer le petit-déjeuner. En règle générale, sa tante se levait tard, car c'était un oiseau de nuit qui se couchait rarement avant 2 heures du matin.

— Entrez ! s'écria Napoléon de sous le coupon de tissu que sa maîtresse avait jeté la veille au soir sur sa cage. Attention au chat. Servez-vous donc un verre.

— Bonjour, lui lança Annabelle en ôtant l'étoffe, avant de remplir les petits bols de l'oiseau de graines et d'eau fraîche. Es-tu de bonne humeur, aujourd'hui ?

Le volatile la regarda d'un œil torve et glissa le long de son perchoir pour se rapprocher d'elle :

— Gentil garçon, répondit-il d'une voix rauque.

La jeune femme s'abstint de caresser son plumage coloré. Une fois, déjà, il l'avait mordue. Elle n'avait pas la moindre envie de renouveler l'expérience.

Le jardin sur lequel donnait la cuisine, encore dans l'ombre à cette heure-ci, blanchissait sous le givre. La pièce comportait un évier en pierre qui, flanqué d'égouttoirs de bois, était équipé de deux gros robinets en cuivre, dont l'un exigeait qu'on le frappât à l'aide d'un maillet pour consentir à libérer son eau chaude. Des étagères, encombrées de marmites et de vaisselle dépareillée, couraient au-dessus du vieux fourneau noirci. À des crocs de boucher pendaient des casseroles en cuivre et des poêles, tandis que l'on avait fourré les couverts dans des pots en métal peint de couleurs vives. Des herbes aromatiques poussaient dans des pots en terre cuite sur l'appui de fenêtre. Une lourde table en pin trônait au milieu de la pièce, sous un lustre ouvragé ; des chaises étaient autour. Ce matin, les lieux semblaient avoir subi un bombardement.

Sans d'abord se préoccuper du chaos ambiant, Annabelle chercha de quoi nourrir les six chats qui, déjà, ronronnaient en se frottant à ses jambes, impatients de manger. Elle posa des soucoupes sur le sol, les regarda engloutir leur nourriture, la queue agitée de soubresauts, l'œil brillant, chacun veillant à ce que les autres n'eussent pas hérité d'un mets plus goûteux. Après les avoir caressés tous les six, la jeune femme entreprit de débarrasser les verres et les assiettes sales. Lorsque la cuisine eut enfin repris figure humaine, elle prépara la cafetière, afin de n'avoir plus qu'à la poser sur le fourneau à son retour. Elle alla chercher son manteau.

De minuscules diamants de givre étincelaient dans le soleil à peine levé. Le vieil arbre du bout de l'impasse en était presque enguirlandé, mais, dans le parc, la mare aux canards avait gelé et les trottoirs ressemblaient à du verre. Annabelle, qui avait appris à chérir le Paris désert et silencieux du petit jour, rentra son menton dans son col, enfonça son chapeau sur ses oreilles, avant de s'aventurer sur les pavés glissants. Des balayeurs jetaient du sable sur la chaussée des voies principales.

Elle ouvrit la porte de la boulangerie. Aussitôt, une exquise odeur de pain chaud l'enveloppa. Ayant salué Mme Cécile, elle bavarda un peu avec elle, pendant qu'une employée déposait dans son panier le pain pour la journée. Puis elle se rendit avec précaution chez le marchand de journaux, où elle acheta un quotidien, ainsi qu'un paquet de cigarettes pour Aline. Enfin, elle regagna son domicile, où sa tante, surexcitée, l'attendait dans l'escalier.

— Tu as reçu une lettre, dit-elle sans laisser à la jeune femme le temps de refermer la porte derrière elle. C'est l'agence de placement.

Annabelle lui tendit son panier de pain, l'échangeant avec la missive, qu'elle ouvrit d'une main tremblante.

— « Chère mademoiselle Blake, se mit-elle à lire à voix haute. Nous sommes heureux de vous informer que nous avons organisé pour vous un entretien d'embauche à l'hôpital Laennec, dans le VIIe arrondissement de Paris. Le rendez-vous a été fixé au 14 décembre, à 8 h 30, dans le bureau de l'administrateur de l'établissement. »

Relevant le nez de la lettre, elle décocha un sourire radieux à sa tante.

— C'est après-demain. Qu'est-ce que je serais contente si je décrochais un travail avant Noël !

Mais, comme elle achevait sa lecture, son sourire mourut sur ses lèvres.

— « Avant cet entretien, et conformément aux décisions prises par le gouvernement français, vous devrez, en votre qualité de ressortissante étrangère, subir un examen, écrit et oral. Cet examen se déroulera le 12 décembre, à 8 h 30, à l'école de médecine. En cas d'échec à l'examen, l'entretien d'embauche se trouvera annulé d'office, et aucun autre rendez-vous ne vous sera proposé jusqu'à ce que vous ayez réussi ledit examen.

« Nous sommes conscients qu'il s'agit d'un délai très court. Si vous vous trouvez dans l'impossibilité d'honorer ce rendez-vous, nous vous prions de nous prévenir immédiatement par téléphone. Dans ce cas, vous devrez renouveler votre demande, et une autre date sera fixée, dans le courant de l'année prochaine, pour votre examen. »

La jeune femme était consternée.

— Oh, Aline... Je suis censée passer l'examen demain, mais personne ne m'a jamais parlé de rien. Comment aurais-je pu me douter qu'il me faudrait subir une pareille épreuve ? Il est beaucoup trop tard pour me procurer un dictionnaire médical qui me permettrait d'apprendre les termes dont je pourrais avoir besoin.

— Quand je te disais que les Français raffolaient de la paperasse… Cela dit, je suis persuadée que tu vas nous réussir ça haut la main.

— J'ai obtenu mon diplôme dans l'un des meilleurs hôpitaux de la planète. Cela aurait dû suffire…

Aline haussa les épaules.

— Je suis tout à fait d'accord, mais je suppose que la direction de Laennec tient à vérifier que tu parles et que tu écris assez bien le français pour comprendre ce que les médecins ou tes collègues pourront te raconter. Voyons, Annabelle… Tu es parfaitement bilingue !

— Peut-être pas tant que ça. Après tout, ce sont des vies qui sont en jeu. Un seul mot mal interprété, et ce peut être la catastrophe.

Elle se tut un instant.

— Ils me prennent à la gorge, gémit-elle, au désespoir. Je ne suis vraiment pas sereine.

Elle ôta son chapeau, ses gants et son écharpe, suspendit son manteau.

— Je ne peux pas me permettre d'échouer, Aline, enchaîna-t-elle en clignant des yeux pour en chasser les larmes. Je te dois déjà tellement d'argent et…

Sa tante, qui venait de lui passer un bras autour de la taille, l'entraîna vers la cuisine.

— Allons, allons, ne parle pas d'échec avant même d'avoir tenté ta chance. Je reconnais que ton français est un peu passé de mode, mais bien suffisant pour ne faire qu'une bouchée de ces épreuves idiotes. Assieds-toi, veux-tu, je vais t'apporter une bonne tasse de café.

Annabelle se laissa tomber lourdement sur une chaise, la mine sombre.

George regarda s'éloigner le taxi, qui emportait Angus Fraser vers la gare, puis, au-delà, vers une retraite bien méritée. Pendant une semaine, le vieil homme lui avait dispensé de précieux conseils, mais, s'il avait apprécié sa compagnie, il se sentait soulagé de pouvoir enfin faire siens, pour de bon, le cabinet médical et la maison.

Cette dernière était une demeure mitoyenne pleine de coins et de recoins, sise dans une rue bordée d'arbres, et dont le cabinet occupait ce qui avait été autrefois un salon et une salle à manger. À l'exception de la cuisine, au rez-de-chaussée, le logement se trouvait à l'étage. Lorsque George eut fermé la porte d'entrée, puis contemplé le vestibule, il éprouva de la fierté – il venait de franchir une étape importante de sa jeune existence. Il en avait fait, du chemin, depuis qu'il avait quitté le foyer familial, dans la banlieue de Dublin, pour s'inscrire ici à la faculté de médecine. Il s'était colleté avec les préjugés envers les Irlandais, avec les horaires impossibles et une tâche écrasante. Il avait réussi.

Passant d'une pièce à l'autre, il se refusait à penser à Annabelle, aux projets qu'il avait conçus pour leur avenir commun. Elle l'avait repoussé, avant de s'enfuir à Paris, où elle ne manquerait pas de refaire sa vie. Il s'efforça de se consoler en songeant à l'entêtement de la jeune femme, aux désirs d'indépendance qu'elle manifestait quelquefois avec fougue, à cette carrière qui l'accaparait si fort qu'elle ne voyait pour ainsi dire plus rien ni personne autour d'elle. Hélas... Par-delà ses défauts, elle lui manquait beaucoup. Il l'aimait, et regrettait que les choses ne se fussent pas déroulées autrement.

Il descendit l'escalier d'un pas lourd. Il allait devoir apprendre à réprimer sa faiblesse coupable pour Annabelle, afin qu'avec le temps, elle se réduisît à un lancinement ténu, auquel il ne prêterait pratiquement plus attention.

Comme il déverrouillait la porte menant à son cabinet, il eut la surprise de se retrouver face à un petit poing brandi sous une paire d'yeux d'un brun étincelant.

— Oh, bonjour, fit-elle en se mettant à rire. Je m'apprêtais à frapper. Je m'appelle Felicity Jenkins. Je n'ai pas rendez-vous, mais je suis venue pour le poste de réceptionniste.

Vingt-cinq ans peut-être, jolie, élégamment habillée. Elle s'exprimait bien. Si elle se révélait une bonne sténodactylo, si elle se montrait capable de tenir à jour un carnet de rendez-vous, George l'embaucherait. Il attendit qu'elle se fût assise, puis il s'enquit de son expérience professionnelle.

Il lut la lettre de référence élogieuse rédigée par le médecin qui l'avait récemment employée dans le comté du Surrey, discuta avec elle de son salaire. Enfin, il lui sourit.

— Bienvenue dans mon cabinet de Morpeth Road, Mademoiselle Jenkins. Quand désirez-vous commencer ?

— Aujourd'hui même, si cela vous convient. Chez moi, je m'ennuie à périr. Il me tarde de reprendre le collier.

Elle ôta son chapeau, son manteau, avant de mettre de l'ordre sur le bureau qui allait devenir le sien.

— Nous allons bien nous entendre, sourit de nouveau George en s'emparant de sa trousse. Je pars faire mes visites, mais je serai rentré à temps pour les consultations du soir.

Lorsqu'il quitta la demeure, il souriait encore. Cette Mlle Jenkins, efficace et séduisante, constituerait un réel atout pour son cabinet.

Le matin de l'examen, il faisait gris et froid. Un vilain petit crachin barbouillait la ligne des toits. Annabelle avait à peine fermé l'œil. Elle avait découvert, parmi les centaines d'ouvrages empilés un peu partout dans la maison, un manuel de médecine, hélas trop vieux.

Aline s'était levée tôt elle aussi. Lorsque sa nièce pénétra dans la cuisine, elle posa devant elle un grand bol de café au lait.

— J'ai ajouté du sucre pour te donner de l'énergie. Et puis, tiens, voici des pains au chocolat tout frais. Il n'est pas question que tu partes avec le ventre vide.

Annabelle fit de son mieux pour faire honneur à ce copieux petit-déjeuner, mais elle se sentait si nerveuse qu'elle parvint à peine à avaler quelques bouchées. Quant au café au lait sucré, il lui donna la nausée.

— Tu as du thé ? demanda-t-elle à Aline, qui fronçait les sourcils. C'est ce que j'ai l'habitude de boire le matin et…

— Oh là là, Annabelle, tu aurais dû me le dire. Bien sûr que j'ai du thé.

Elle se rua vers le placard, dont elle fit surgir une boîte à thé, avant de poser une bouilloire sur le fourneau.

— Veux-tu du citron et du sucre ? Du lait ?

— Du lait, s'il te plaît. Avec un tout petit peu de sucre.

Le breuvage réconforta la jeune femme, qui en but deux tasses. Elle réussit même à finir son pain au chocolat. Puis elle quitta la table, enfila son manteau, au revers duquel sa tante épingla un brin de bruyère.

— Cela te portera chance, murmura-t-elle. As-tu envie que je vienne avec toi ?

Annabelle secoua la tête.

— Henri et moi avons reconnu le trajet hier. Je ne risque pas de me perdre. D'ailleurs, le lieu de l'examen se trouve à deux pas de son appartement.

— Si je comprends bien, commenta Aline en la transperçant du regard, tu es déjà allée chez lui.

— Uniquement pour voir ses toiles.

Elle eut un petit sourire nerveux.

— Je t'assure qu'il ne s'est rien passé, tu peux me croire.

Sa tante rajusta l'écharpe d'Annabelle autour de son cou, avant de lui tapoter la joue.

— Méfie-toi, ma jolie. Ce garçon est amoureux de toi, et je crois que tu partages ses sentiments.

Elle l'embrassa.

— Mais aujourd'hui, tu ne dois penser qu'à ton travail, et mettre de côté les affaires de cœur. Sur ce, file, ma chérie. Et bonne chance.

En tournant le coin de la rue, Annabelle heurta un passant qui arrivait dans l'autre sens. Elle s'excusa en tentant de démêler son parapluie de celui de l'homme.

— Tout va bien, s'amusa Henri. Je ne regardais pas devant moi non plus.

Ils s'esclaffèrent.

— J'ai décidé de t'accompagner jusqu'à la salle de torture, plaisanta-t-il en déposant un baiser léger sur ses lèvres, avant de lui offrir son bras.

— Tu n'aurais pas dû te donner cette peine, mais je suis soulagée que tu sois là. Je me sens tellement angoissée que j'ai les jambes en coton.

Henri fit mine d'examiner les mollets de son amie.

— Des jambes superbes, au demeurant, la taquina-t-il. Je te promets que si elles se dérobent sous toi, mon bras robuste saura t'éviter la chute.

Ils marchèrent un moment dans un silence complice.

— Je suppose que tu as appris que ton roi avait abdiqué avant-hier ? fit soudain Henri.

Comme de la tristesse se peignait sur les traits d'Annabelle, le jeune homme sourit :

— Un homme amoureux est capable de toutes les folies. Mais ils sont rares, ceux qui peuvent aller jusqu'à renoncer à leur couronne. Une drôle de bonne femme, tu ne trouves pas ? Très chic, mais dure. Cassante. Je me demande si elle s'imaginait vraiment qu'elle allait devenir reine.

— Pardon, Henri, mais, pour l'instant, je n'arrive absolument pas à me concentrer sur Wallis Simpson ni sur ses ambitions personnelles. Une matinée de cauchemar m'attend. Je réussis tout juste à ne pas rendre mon petit-déjeuner.

— Oh, ma chère Belle, quel imbécile je fais.

Il s'arrêta pour passer un bras autour de sa taille.

— Et moi qui croyais te distraire.

Il l'attira plus près de lui.

— Tout ira bien, chuchota-t-il. Je te le promets. Et je t'attendrai à l'extérieur jusqu'à ce que tu aies terminé.

— Mais j'ignore pour combien de temps j'en ai, se récria la jeune femme. Et tu as une toile à finir. Je t'en conjure, ne reste pas là-bas sous la pluie.

— Il y a un troquet juste au coin de la rue. Je m'y installerai.

*

Dans l'après-midi, qu'Annabelle avait résolu de passer à côté du téléphone, on finit par l'appeler, comme on le lui avait promis au terme des épreuves qu'elle avait subies le matin même.

Elle écouta son interlocutrice, d'abord sans mot dire, puis elle lui posa quelques questions, la remercia, avant de raccrocher.

— Alors ? glapit sa tante, que l'insoutenable attente avait presque rendue folle. Tu as réussi ? Le poste est à toi ?

La jeune femme, dont la gorge s'était nouée, eut bien du mal à répondre.

— J'ai réussi, mais d'extrême justesse. Le poste a été attribué à une autre fille, qui a obtenu des notes bien meilleures que les miennes. Dans trois mois, je devrai repasser l'examen. Alors, seulement, on me proposera peut-être une autre place.

— Mais enfin, tempêta Aline. Tu l'as eu, ce maudit examen ! Comment ont-ils osé te faire une chose pareille ?

— Mon français technique n'est pas assez bon, expliqua Annabelle, d'une voix entrecoupée de larmes, en se laissant tomber sur une marche d'escalier. Et j'ai compris deux termes de travers, ce qui aurait eu des conséquences désastreuses si je m'étais trouvée à ce moment-là dans une salle d'opération.

— Ma pauvre petite, fit Aline en s'asseyant à côté d'elle avant de la prendre dans ses bras. Tu réussiras la prochaine fois, tu verras.

Minée par la tension nerveuse accumulée depuis la veille, la jeune femme n'arrivait pas à digérer l'amère déception :

— Je ne peux pas attendre aussi longtemps, hoqueta-t-elle. J'ai besoin d'exercer mon métier le plus vite possible. Et puis… je ne supporterai pas de me ronger les sangs pendant trois mois, à me demander si je me débrouillerai mieux à la deuxième tentative.

Bientôt cependant, et contre toute attente, un grand calme s'empara d'elle, et elle se sentit plus déterminée que jamais.

— Puisqu'il m'est impossible, pour le moment, de devenir infirmière à Paris, je vais partir pour l'Espagne avec Étienne et Henri. Là-bas, on ne se souciera pas de savoir si je parle correctement la langue ni si mes précédents employeurs ont rédigé pour moi des lettres favorables. Là-bas, au moins, on appréciera mes talents professionnels à leur juste valeur.

— Tu ne peux pas faire une chose pareille ! s'exclama sa tante. Si je te donnais ma bénédiction, ta mère ne me le pardonnerait pas.

Elle saisit Annabelle par les épaules, l'obligeant à la regarder dans les yeux :

— Je sais que tu es dépitée. Que tu vis cette situation comme un échec total. Mais je t'en prie, attends un peu pour prendre une telle décision. Mieux vaut faire ça à tête reposée.

La jeune femme lui piqua un baiser sur la joue et, parce qu'elle ne supportait pas de voir sa tante à ce point bouleversée, elle se détourna, fixant le téléphone sans le voir tout à fait.

— Je t'assure que je ne prends pas cette décision sur un coup de tête. Pour tout dire, je l'ai prise à l'instant où l'on m'a renvoyée de l'hôpital St Swithin's.

— Comment ça ? Je ne comprends pas.

— Ce jour-là, j'ai décrété pour moi-même que j'allais chercher un autre poste, temporaire celui-là, laver ma réputation, puis retrouver Caroline en Espagne. Je m'aperçois aujourd'hui que je n'ai plus le choix. Je partirai avec Étienne et Henri après Noël. Une fois sur place, j'essaierai de découvrir où l'on a envoyé Caroline, et je la rejoindrai.

— Mon Dieu…, souffla Aline en la considérant avec un œil agrandi, qui s'était rempli de larmes. Ta mère va me tuer.

— Je ne pense pas, répondit Annabelle avec douceur. Mais je vais lui écrire pour lui expliquer que tu n'es pour rien dans ma décision.

Sa tante alluma une cigarette, à travers la fumée de laquelle elle observa la jeune femme.

— J'espère que tout cela n'a pas le moindre rapport avec les sentiments que tu portes à Henri. Si c'est le cas, je ne peux que te conseiller d'y réfléchir à deux fois. Vous êtes jeunes tous les deux, et je suis prête à parier que c'est la première fois que tu tombes amoureuse, mais…

— Non, non, l'interrompit Annabelle. Ne t'inquiète pas à ce sujet. J'avoue que mes liens avec Henri ne sont pas totalement étrangers à mes choix, mais ce ne sont pas eux qui me guident, tant s'en faut.

— Ton métier d'infirmière t'importe énormément, n'est-ce pas ?

— Oui. Et puisque, de toute façon, Étienne et Henri ont prévu de partir, autant saisir la balle au bond. Après tout, je serai plus en sécurité si je voyage avec eux, d'autant plus qu'ils parlent couramment l'espagnol.

— Oh, Annabelle, soupira Aline, qui n'était pas loin de s'avouer vaincue. J'espère de tout cœur que tu vas finir par changer d'avis. L'idée que tu puisses bientôt risquer ta vie en Espagne m'est insupportable.

— Je suis désolée de te faire de la peine, répondit sa nièce en lui prenant la main, mais il faut vraiment que j'aille là-bas.

— Alors, qu'il en soit ainsi… Mais tu as intérêt à m'écrire aussi souvent que possible pour me dire que tu vas bien.

Elle adressa à la jeune femme un sourire très doux.

— Si j'ai bien compris, fit-elle, soudain rendue à son audace habituelle, ton amie Caroline déplorait dans sa lettre le manque de médicaments. Je vais passer quelques coups de téléphone, à des gens que je compte bien convaincre de prendre ce problème à bras-le-corps. Si tu tiens vraiment à te rendre en Espagne, tu ne dois pas arriver les mains vides.

Des larmes de reconnaissance et de soulagement firent étinceler les yeux d'Annabelle. À présent qu'elle savait quoi faire, elle était, contre toute attente, en paix avec elle-même pour la première fois depuis de longues semaines.

7

Étienne, qui, ce soir-là, se dirigeait sans hâte vers la demeure d'Aline, se sentait fort content de lui, car non seulement il venait de passer l'après-midi au lit avec l'exquise petite jouvencelle dont il avait fait la connaissance la veille, mais il avait ensuite rencontré son éditeur, qui l'avait couvert d'éloges. Son recueil de poésie se vendait beaucoup mieux que prévu, ce qui lui avait valu une confortable avance pour son prochain ouvrage. Sans nul doute, il commençait à se faire une place dans le monde littéraire.

Il franchit la porte d'entrée en sifflotant, et sa bonne humeur s'intensifia encore lorsqu'il entendit, venus de la cuisine, des sons joyeux ; on fêtait quelque chose. Annabelle avait donc réussi son examen et décroché le poste qu'elle convoitait ? Ce qui signifiait pour le jeune homme que, bientôt, elle disparaîtrait de son décor. Il pourrait reprendre avec Henri l'existence qu'ils menaient avant de croiser la route de la jeune Anglaise.

Il vérifia sa mise dans un miroir, lissa son épaisse chevelure noire, avant de se décocher un clin d'œil. La vie était belle, et elle s'apprêtait à l'être plus encore.

— Étienne ! le salua Aline lorsqu'il pénétra dans la cuisine bondée. Nous commencions à penser que tu nous snobais. Mais puisque tu as apporté du vin, tout est pardonné.

Il embrassa la maîtresse de maison sur les joues, posa les deux bouteilles sur la table.

— J'étais chez mon éditeur, qui m'a consenti une belle avance pour mon prochain recueil, déclara-t-il avec une certaine emphase.

Aussitôt, on le complimenta. Le jeune homme s'assit, non sans remarquer qu'Annabelle s'était légèrement empourprée, et qu'Henri, à l'évidence, se sentait fier de son ami. Les musiciens, Malachi et Miriam, se tenaient tout près l'un de l'autre, comme ils en avaient l'habitude, tandis que les trois jeunes peintres barbus, émoussés par les quelques verres qu'ils avaient déjà bus, s'affaissaient de plus en plus sur leur chaise. Les écrivains engloutissaient du pain, du fromage, des olives et du saucisson, comme s'ils n'avaient rien avalé depuis une bonne semaine.

— Je suppose que nous fêtons les récents succès d'Annabelle, fit Étienne en emplissant son verre.

Le silence se fit et, avisant la mine de la jeune Anglaise, il déchanta.

— Elle n'a pas obtenu le poste, expliqua Henri sur le ton du constat. Son français technique lui a joué de vilains tours.

— Quelle guigne…, soupira Étienne. Je suis navré. Qu'avez-vous l'intention de faire ? Rentrer en Angleterre ?

— Elle vient avec nous en Espagne.

Étienne sentit s'emparer de lui une vive colère, qu'il tenta de museler ; il s'obligea à sourire :

— Il s'agit d'une décision pour le moins hâtive, observa-t-il. Si j'étais le compagnon d'Annabelle, je lui interdirais formellement de partir. Un théâtre de guerre n'est pas un endroit pour une femme.

— Je n'apprécie guère que vous vous exprimiez comme si j'étais absente, s'agaça Annabelle. Par ailleurs, ni Henri ni vous ne me dicterez ma conduite.

Étienne se tourna vers son ami d'enfance.

— Et toi, mon vieux, qu'en penses-tu ?

— Je la trouve extrêmement courageuse, répondit ce dernier avec fermeté en prenant la main de la jeune femme. Bien sûr que j'ai peur pour elle, mais puisqu'elle est résolue à partir, je compte bien lui apporter mon soutien.

Étienne n'osait pas lui manifester sa rage.

— Voilà qui est très noble de ta part, mais n'oublie pas qu'à notre arrivée à Albacete, où nous devons rejoindre les Brigades internationales et commencer notre formation, on l'expédiera ailleurs, et sans doute ne la reverras-tu qu'une fois ce conflit terminé.

— J'en suis parfaitement conscient.

Henri, qui avait froncé les sourcils, serra plus fort la main de la jeune femme.

— Mais Belle sait dans quoi elle s'engage, et, là-bas, on manque d'infirmières.

Étienne allait devoir faire preuve de subtilité.

— J'admire moi aussi votre bravoure, Annabelle, fit-il sur un ton onctueux. Peu de femmes seraient prêtes à se mettre en danger de cette façon. Mais êtes-vous bien certaine de vous lancer dans cette aventure pour les bonnes raisons ? Car jusqu'ici, vous n'aviez pas manifesté beaucoup d'intérêt pour la guerre d'Espagne.

— Je ne reviendrai pas sur ma décision, Étienne. Je sais à quoi m'attendre, mais, en ma qualité d'infirmière, je me dois d'aller là où l'on a le plus besoin de moi.

— Pardon d'insister, ma chère, mais vous ne parlez pas espagnol. Et si l'on n'a pas jugé votre français suffisamment bon pour vous permettre d'exercer ici, pourquoi en irait-il autrement là-bas ?

Une lueur de doute éclaira un instant le regard d'Annabelle. Son interlocuteur poussa son avantage :

— Dans le feu de l'action, personne ne pourra prendre le temps de traduire au fur et à mesure ce que vos collègues ou vos supérieurs vous diront. Or, il est primordial que vous compreniez parfaitement ce que l'on attend de vous, n'est-ce pas ?

Mais, déjà, l'hésitation, dans l'œil de la jeune femme, avait de nouveau cédé le pas à la détermination.

— De nombreuses infirmières anglaises travaillent déjà là-bas, ainsi que plusieurs centaines d'Américaines. Si elles arrivent à se débrouiller, je me débrouillerai aussi.

Étienne, dans l'impasse, choisit de reporter son attaque sur Henri.

— Lui as-tu expliqué de quelle manière nous avons prévu de nous rendre à Albacete ?

— J'arrive à peine. Je n'ai pas eu le temps de lui dire grand-chose.

— Dans ce cas, je te conseille de commencer par là. Car franchir les Pyrénées de nuit pour éviter de tomber aux mains des forces ennemies n'est pas recommandé aux âmes sensibles.

Comme il l'avait espéré, Annabelle accusa le coup.

— Mais…, souffla-t-elle. Je pensais que nous prendrions plutôt un train pour Madrid…

— Madrid est un véritable champ de bataille, expliqua Étienne, et la ville se situe trop au nord pour nous. Nous allons prendre un train jusqu'à Perpignan, puis entrer en Espagne par la montagne.

La jeune femme blêmissait à vue d'œil.

— Des bateaux se rendent en Espagne plusieurs fois par semaine, intervint Henri. Peut-être pourrions-nous changer nos plans et opter plutôt pour la mer ? Ce serait plus sûr pour Annabelle, et…

— Nous avons déjà payé nos billets de train et organisé le reste du voyage, l'interrompit Étienne, furieux de constater que, pour une femme, son ami se sentait prêt à tout remettre en cause.

Il but une gorgée de vin pour se calmer un peu.

— Je crois que le mieux, pour Annabelle, serait de rester ici pour y attendre le départ du prochain navire-hôpital. À bord, elle jouirait de la compagnie d'autres soignants et, le jour où on lui communiquerait le lieu de son affectation, elle aurait eu le temps de se faire quelques amis parmi eux.

La jeune femme allait répondre, mais sa tante la devança :

— Excellente idée, Étienne. J'appellerai demain pour connaître la date de départ du prochain bateau.

Étienne lui adressa son sourire le plus charmant, but un peu de vin avec satisfaction. Débarrassés bientôt d'Annabelle, Henri et lui retrouveraient leur liberté de mouvement et agiraient selon le plan initialement prévu.

Dans la cuisine, on ne tarda pas à changer de sujet. On levait son verre, on mangeait avec appétit. La belle Anglaise demeura tout près d'Henri jusqu'au terme de la soirée, échangeant avec lui des sourires. Main dans la main, les amoureux tâchaient de ne pas trop penser à leur séparation imminente.

Les coups de téléphone passés le lendemain par Aline lui apprirent qu'aucun navire-hôpital n'appareillerait pour l'Espagne avant le mois de février. Annabelle, qui refusait d'attendre aussi longtemps, prit le relais.

Elle se mit en rapport avec la cellule locale du parti communiste chargée d'organiser le voyage des personnels soignants désireux de se rendre en Espagne. Hélas... Il n'y aurait plus de trains spéciaux à destination de Madrid, où les combats faisaient rage. En revanche, lui dit-on encore, si elle parvenait à rejoindre Tarragone par ses propres moyens, elle y serait accueillie à bras ouverts.

Il semblait donc qu'elle n'avait à présent d'autre choix que de suivre Étienne et Henri, car, bien que la perspective de traverser la chaîne des Pyrénées l'épouvantât, elle voulait à tout prix se rendre dans cette ville, où, enfin, elle aurait tout loisir d'exercer son métier. Elle s'ouvrit de son projet à Henri, qui l'approuva. Elle acheta un billet de train avec ce qui lui restait de l'argent de sa mère.

On passa Noël à boire et à manger dans l'aimable cuisine d'Aline, mais le prochain départ de la jeune femme pour un pays en guerre faisait flotter sur les lieux un air de gravité.

Deux semaines plus tard, comme le soleil se levait sur les cheminées fumantes et les toits givrés de Paris,

Annabelle ouvrit ses volets, puis se pencha pour jouir une dernière fois de la vue ; dans moins d'une heure, elle s'en irait. Elle allait regretter la capitale, regretter les habitudes qu'elle y avait prises, mais un autre chapitre de sa jeune existence allait s'ouvrir. Elle brûlait de l'écrire.

Elle ferma la fenêtre, considéra le vieux sac à dos que sa tante avait exhumé pour elle, et dans lequel elle avait fourré toutes ses affaires, y compris plusieurs vêtements ayant appartenu au défunt mari d'Aline, et que Miriam, qui manœuvrait la machine à coudre mieux que quiconque, avait retouchés pour la jeune femme.

Dans l'une des poches latérales du sac, elle avait rangé son passeport et les papiers d'identité – que sa tante avait obtenus pour elle par l'intermédiaire d'un de ses amis, employé au service des Étrangers de la préfecture de police –, une précieuse boîte de seringues ainsi que deux flacons de morphine, et un dictionnaire d'espagnol – les sarcasmes d'Étienne avaient porté leurs fruits : depuis ce fameux soir où il avait raillé ses capacités linguistiques, elle se plongeait régulièrement dans le petit ouvrage. Au fond du sac se trouvaient ses tenues d'infirmière, des copies de ses diplômes, et les lettres qu'elle avait reçues de Londres – Camille avait été horrifiée d'apprendre que son unique enfant s'apprêtait à partir pour l'Espagne, mais Philippa était parvenue à lui faire entendre raison.

Annabelle fit sa toilette, se dépêcha d'enfiler sa jupe en laine, son chemisier en coton et son pull-over. Elle plaça, à l'intérieur de son sac, sa brosse et sa trousse de toilette. Elle abandonnait à Aline la plupart de ses affaires, résolue à voyager léger, afin de mettre de son côté toutes les chances de franchir les Pyrénées sans trop de difficulté.

La demeure était silencieuse en ces heures matinales – on s'était couché très tard le soir précédent, après la fête donnée en l'honneur de la jeune femme, et celle-ci avait insisté auprès des membres de la maisonnée pour qu'ils ne lui rendissent pas les choses plus pénibles en se montrant à elle le lendemain pour des adieux déchirants. Elle descendit lentement l'escalier, s'attarda sur les tableaux aux couleurs vives accrochés aux murs. Elle déposa son sac à dos dans l'entrée. Bientôt, un Napoléon renfrogné lui souhaita le bonjour.

— Attention au chat ! brailla-t-il tandis qu'elle versait des graines dans son bol.

— C'est plutôt à toi de faire attention, vieux bougon, lui répondit-elle tendrement.

Elle se hasarda à caresser son plumage. Le volatile donna un violent coup de bec, qui manqua d'un cheveu le doigt de la jeune femme.

— Gentil, gentil garçon ! hurla-t-il. Aaaaah… !

— Il ne sait vraiment pas se tenir, commenta Aline depuis la cuisine. Couvre donc sa cage et viens prendre ton petit-déjeuner.

Aline était resplendissante dans son peignoir de soie rouge et or.

— Je te trouve très en forme pour quelqu'un qui n'a pratiquement pas fermé l'œil de la nuit, lui fit remarquer sa nièce en l'étreignant.

— Toi aussi ! Allons, assieds-toi. Il ne te reste plus qu'une demi-heure.

Elle versa du café et du lait dans un bol en porcelaine, qu'elle poussa sur la table en direction d'Annabelle.

— Je n'ai pas eu le temps d'aller chercher du pain frais, mais j'ai réchauffé celui d'hier et les croissants sont encore mangeables.

Elle posa un filet à provisions à côté de sa nièce.

— Tu trouveras là-dedans du pain, du fromage, du saucisson, une bouteille de vin et un thermos de thé.

Elle eut un pâle sourire.

— Je sais que tu adores le thé…

Après l'avoir chaleureusement remerciée, la jeune femme caressa les chats, qui se frottaient contre ses jambes, puis s'assit pour boire son café au lait et dévorer un pain au chocolat. Mignonnette sauta sur ses genoux, s'y blottit en ronronnant. Comme Aline allait lui manquer, et avec elle ses chats, et sa charmante cuisine…

— Serais-tu en train de changer d'avis, par hasard ? s'enquit sa tante, qui avait discerné son trouble. Parce que, si c'est le cas, il est encore temps de tout annuler.

Annabelle cligna des yeux en secouant la tête.

— Il est trop tard, tu le sais aussi bien que moi, et, de toute façon, j'ai hâte de partir. Imagine un peu tout ce que j'aurai un jour à raconter à mes enfants, puis à mes petits-enfants…

— Tu es complètement folle, murmura Aline, avant de hausser les épaules. Mais tu es encore très jeune, et moi trop vieille pour rêver de ce genre d'aventure. Fais bien attention à toi, ma chérie. Je ne supporterais pas qu'il t'arrive quelque chose.

— Tu vas me manquer, soupira la jeune femme. Tu as tellement fait pour moi, je t'en serai éternellement reconnaissante.

— J'ai été ravie de t'accueillir chez moi, et, à partir de maintenant, sache que cette maison est pour toujours la tienne.

L'œil brillant, elle s'efforça de se ressaisir en allumant une cigarette.

— Il y a quelque chose que je voudrais te dire avant que tu t'en ailles, reprit-elle.

— Je te trouve bien sérieuse, tout à coup. Ne t'inquiète pas pour moi, je t'en supplie. Tout ira bien, c'est promis. Et puis, Étienne et Henri seront là et…

— C'est d'Étienne que je tenais à te parler.

Annabelle fronça les sourcils, se mit à se tortiller sur sa chaise, brusquement mal à l'aise.

— Essaie de ne pas t'en faire un ennemi. Il est extrêmement jaloux de ta relation avec Henri, tu sais.

La jeune femme n'en croyait pas ses oreilles.

— Qu'est-ce qui te permet de dire ça ?

— Comme tous les peintres, je suis observatrice. Étienne se montre amusant, aimable, mais il t'en veut de t'immiscer entre Henri et lui.

Comme Annabelle s'apprêtait à protester, Aline lui fit signe de se taire.

— Ils se connaissent depuis toujours, et les liens qui les unissent sont très forts. Ils ont partagé beaucoup de choses, et n'oublie pas que c'est du sang basque qui coule dans leurs veines. Les Basques sont des gens impulsifs, ombrageux. Jusqu'ici, les femmes pour eux n'étaient qu'un jeu, elles entraient dans leur vie, en sortaient, cela n'avait aucune espèce d'importance. Mais il ne fait aucun doute qu'Henri t'aime autant que tu l'aimes, et c'est en train de creuser un fossé entre les deux hommes.

— Et moi qui ne m'étais rendu compte de rien…, murmura la jeune femme. Cela dit, puisqu'Étienne est le meilleur ami d'Henri, il devrait accepter la situation.

— Étienne ne pense qu'à lui, assena Aline avec, dans la voix, une pointe de dédain. Il est vaniteux, imbu de lui-même, courageux uniquement si sa bravoure peut lui permettre ensuite de faire l'intéressant. Henri et lui représentent à mes yeux les deux faces d'une même médaille, et, à eux deux, ils tiennent un équilibre. Étienne estime que, dans cette relation, il n'y a pas de place pour un troisième larron.

— C'est affreux, souffla Annabelle. J'aurais préféré que tu ne me dises rien. À partir de maintenant, je me tiendrai toujours sur mes gardes.

— Oh, ma chérie… Jamais il ne te fera le moindre mal, voyons. Tu peux me croire. En revanche, il fera des pieds et des mains pour se mettre entre vous. Sache-le, c'est tout.

La pendule, sur le manteau de la cheminée, sonna.

— Il faut que j'y aille, tressaillit Annabelle.

Elle se leva de table, se débarrassa sans ménagement de Mignonnette. Elle s'avança pour étreindre sa tante.

— Merci, Aline, souffla-t-elle en humant la chevelure rebelle et parfumée. Merci pour tout. Je tiendrai compte de tes conseils, sois-en sûre, et je te promets de t'écrire le plus souvent possible.

Elle s'écarta à contrecœur, s'empara du filet à provisions avant de se rendre dans l'entrée, où elle mit son manteau, son écharpe et son chapeau, avant de soulever son sac à dos. Enfin, elle ouvrit la porte, sur le seuil de laquelle elle embrassa de nouveau sa tante.

— Je vais revenir très vite, lui assura-t-elle d'une voix rauque. Je t'aime, Aline. Je t'aime de tout mon cœur.

Ayant jeté le sac sur son épaule avant de fondre en larmes, elle dévala les marches du perron et, déjà, les semelles de ses chaussures claquaient pour la dernière fois sur les pavés de la rue de l'Arbre-Sec… Avant de tourner le coin de la rue, elle ne put se retenir de jeter un coup d'œil derrière elle.

Aline se tenait encore sur le seuil de sa demeure, et le vent glacé malmenait ses cheveux, son peignoir voletait autour de ses chevilles. Elle souffla à sa nièce un baiser, puis elle disparut à l'intérieur de la maison, dont elle referma la porte derrière elle.

*

— Dépêche-toi, fit Henri comme ils traversaient le pont. Il fait un froid de gueux et je n'ai pas envie qu'Annabelle soit obligée de nous attendre.

Étienne resserra les sangles de son sac à dos, accéléra l'allure. Il avait résolu de se montrer aimable avec la jeune femme et d'ignorer le tourment perpétuel d'Henri à son sujet. Bah… Une fois à Tarragone, leurs chemins se sépareraient, et l'on n'en parlerait plus.

— La voilà ! fit Henri. Elle est merveilleuse…

Il se précipita pour la saisir dans ses bras et lui donner un long baiser ardent.

Accrochant un sourire à sa face, Étienne rejoignit le jeune couple d'un pas nonchalant – cela lui coûtait de le reconnaître, mais Annabelle, ce matin, était très en beauté. Ses yeux brillaient, son teint resplendissait.

— Bonjour, lança-t-il avec entrain. Parée pour l'aventure, chère Annabelle ?

— Jamais je ne me suis sentie aussi prête.

Elle ferraillait avec les sangles de son sac à dos.

Étienne se hâta, soufflant la politesse à Henri :

— Là… Permettez-moi de vous aider.

Tandis qu'il s'affairait, la jeune femme se raidit.

— Voilà, ça y est.

— Je vous remercie. C'est beaucoup mieux.

Il lui sourit, l'œil pétillant.

— Tout le plaisir est pour moi, Annabelle. Nous nous apprêtons à faire un long voyage, c'est pourquoi Henri et moi tenons à ce que vous vous sentiez totalement à votre aise.

Il vérifia les sangles une fois de plus.

— Ce n'est pas trop lourd ?

— C'est parfait, je vous assure.

Comme Étienne allait se détourner, la jeune femme posa une main sur son avant-bras.

— J'ai bien conscience d'avoir bouleversé vos projets, et je vous présente mes excuses. Mais je ferai de mon mieux pour vous importuner le moins possible, vous pouvez compter sur moi.

Plongeant le regard dans celui d'Annabelle, il éprouva soudain une formidable attirance.

— Ma chère, fit-il en s'efforçant de maîtriser son émoi, il ne m'est jamais venu à l'esprit de vous tenir pour un fardeau.

La jeune femme l'observait avec amusement.

— Au contraire, Henri et moi sommes ravis que vous nous fassiez l'honneur de votre charmante compagnie. Sur ce, dépêchons-nous, car il est temps de prendre le métro.

Les trois jeunes gens se rendirent à la gare de Lyon, et Étienne se montra à ce point exemplaire qu'Annabelle finit par penser que sa tante s'était peut-être fourvoyée sur son compte.

À peine eurent-ils posé le pied dans la salle des pas perdus qu'ils se trouvèrent assaillis par le brouhaha des voyageurs et le vacarme des machines à vapeur et des annonces vociférées dans les nombreux haut-parleurs. La jeune femme prit la main d'Henri et la serra très fort, tandis que tous trois, cherchant le quai d'où leur train allait s'ébranler, se jetaient dans la mêlée. Son cœur à présent battait plus vite. Bientôt, ils atteignirent leur wagon.

Étienne l'aida à gravir la haute marche, Henri se chargeant de son sac à dos, puis on s'installa dans le compartiment. Le pouls d'Annabelle ne cessait de s'accélérer, l'enthousiasme prenant peu à peu le pas sur la peur de l'inconnu.

Les derniers passagers montèrent à bord, après quoi on entendit claquer les portières, puis le sifflet du chef de train. Assise sur la pointe des fesses, la jeune femme vit, à la fenêtre, disparaître le décor derrière un volumineux nuage de vapeur. Les grandes roues du convoi commencèrent à tourner. L'avenir était une page blanche, qu'à présent il allait lui falloir écrire jour après jour.

8

Espagne

Le voyage lui aurait semblé interminable sans la splendeur des paysages et la franche camaraderie qui, peu à peu, avait uni les passagers. Au contraire des usagers des trains anglais, ceux-ci avaient le contact facile, et, à l'heure du déjeuner, on déboucha çà et là des bouteilles de vin, qui se mirent à circuler. Et l'on mangeait du pain, du fromage ou du jambon, des petits gâteaux savoureux et des bonbons. Au terme de ce banquet improvisé, chacun se mit à lire, à dormir, à bavarder ou à jouer aux cartes. Annabelle se contentait de rêvasser à la fenêtre en regardant défiler le décor de l'autre côté de la vitre.

Étienne, qui avait pris place en face d'elle, un calepin sur les genoux, s'était plongé dans la rédaction d'un poème, tandis qu'Henri, installé à côté de la jeune femme, croquait son ami. Le train s'arrêta dans de tout petits villages, dans des villes de moindre importance et dans des agglomérations plus grandes, telles qu'Orléans ou Limoges. Annabelle finit par somnoler.

Réveillée par des chants, elle s'aperçut qu'elle avait, en dormant, posé la tête sur l'épaule d'Henri, et qu'ils voyageaient à présent depuis presque dix heures. La nuit allait tomber. La jeune femme cligna des yeux pour chasser sa torpeur, se redressa sur son siège et but un peu de thé. Dans le compartiment voisin, des Anglais chantaient à tue-tête.

— Ils ont l'air de bien s'amuser, sourit-elle. Tu crois que ce sont aussi des volontaires ?

Henri hocha la tête, mais il faisait grise mine.

— Un ramassis de crétins, maugréa-t-il. S'ils continuent leur tapage, on les arrêtera dès qu'ils essaieront de descendre du train.

— Mais pourquoi ? Je croyais que les Espagnols avaient besoin de notre soutien ?

— Parlez moins fort, siffla Étienne. On ne sait jamais qui nous écoute, et les espions fascistes sont partout.

— Bien sûr qu'ils ont besoin de notre aide, murmura Henri, mais nous allons descendre du train dans une zone dont les fascistes ont récemment pris le contrôle. Or, ceux-ci cherchent des gens à arrêter. L'enthousiasme de ces Anglais risque de leur coûter cher.

Annabelle ignorait que les fascistes avaient franchi la frontière.

— Que se passera-t-il si on nous interroge aussi ? s'affola-t-elle.

Henri se dépêcha de la rassurer.

— Étienne et moi avons préparé un bobard à leur servir. Du moment que tu ne montres à personne ton passeport britannique ni des papiers français, tu ne risques rien.

— Quel genre de bobard ?

Le jeune homme détourna le regard en rougissant.

— Nous sommes censés rentrer au pays pour y participer à une grande fête de famille, à laquelle tu as été aussi conviée parce que tu es ma fiancée…

Elle le considéra d'un œil suspicieux, avant de pouffer.

— Tu vas un peu vite en besogne, dis-moi.

Il piqua encore un fard :

— Nous n'avons rien trouvé de mieux au cas où l'on te poserait des questions. Rappelle-toi que tu es une jeune Française, parle d'une même voix que nous, et rien de fâcheux ne se produira.

Il fouilla dans une de ses poches.

— Au cas où, je pense néanmoins qu'il serait plus sage que tu portes ceci.

Dans le creux de sa paume se trouvait un anneau d'argent orné d'un tout petit grenat.

— J'ai bien conscience qu'il s'agit d'une breloque, et que ce n'est ni le moment ni le lieu pour te demander en mariage, mais… Accepterais-tu de porter cette bague jusqu'à ce que nous puissions faire les choses dans les règles ?

Ivre de bonheur, Annabelle glissa l'anneau à son doigt.

— Oh, Henri… Jamais je ne m'en séparerai, soupira-t-elle avant de l'embrasser. Mais je n'ai pas l'intention de t'obliger à tenir ta promesse : beaucoup d'eau risque de couler sous les ponts, et, le jour venu, peut-être n'éprouveras-tu plus les mêmes sentiments à mon égard.

— Je puis t'assurer dès aujourd'hui que, dans un million d'années, je t'aimerai toujours, déclara le jeune homme avec solennité. Tu resteras dans mon cœur jusqu'à mon dernier souffle.

Étienne, goguenard, renâcla.

— Bon sang, vous deux, allez-vous consentir enfin à cesser vos âneries pour vous concentrer un peu ? Nous allons bientôt arriver, et nous devons veiller à ne pas descendre du train en même temps que les chahuteurs d'à côté. Si les gardes croient que nous faisons partie de leur bande, nous ne leur échapperons pas.

— À moins qu'ils ne nous servent de bouclier, suggéra Annabelle. Si nous les laissons passer juste devant nous, les gardes seront dès lors trop occupés pour faire attention à nous.

— Bonne idée, commenta Étienne, agréablement surpris. Je vous conseille par ailleurs d'échanger votre chapeau contre un foulard. Cela vous permettra de vous fondre plus facilement parmi la foule des autres femmes.

— Si nous devons partir en montagne ce soir même, fit-elle à voix basse, il va falloir que je me change.

— Nous trouverons un endroit entre Perpignan et les contreforts des Pyrénées, chuchota Étienne.

Soudain apeurée, la jeune femme se tourna vers Henri :

— Risquent-ils vraiment de nous fouiller s'ils s'intéressent à nous ? Parce que… J'ai des seringues et de la morphine dans mon sac.

— Tu les as bien cachées ?

— Pas particulièrement. Elles se trouvent dans une poche de côté.

Étienne bondit sur ses pieds pour s'emparer du sac à dos qu'Annabelle avait déjà placé sur ses épaules. Il y récupéra les objets, qu'il examina, la mine grave.

— S'ils vous repèrent, ils fouilleront votre sac, cela ne fait pas le moindre doute, mais je pense qu'ils se contenteront d'une fouille rapide. Glissez tout ça sous vos vêtements.

La jeune femme ayant hoché la tête courut aux toilettes, qui tanguaient affreusement. Elle coinça la boîte de seringues entre ses seins, mais les deux flacons de morphine se révélèrent trop volumineux. Elle s'agaça, se creusa la cervelle… Enfin, elle eut l'idée de les glisser dans le haut de ses bas. Il faudrait qu'elle pense à ne pas croiser les jambes la prochaine fois qu'elle s'assoirait.

Elle regagna son siège avec un sourire.

— Mission accomplie.

Elle ajusta sur sa tête son foulard en soie, qu'ensuite elle noua sous son menton.

— Je suis prête.

— Où, exactement, as-tu dissimulé les objets compromettants ? l'interrogea Henri, l'œil égrillard.

— Ce ne sont pas tes affaires, gloussa la jeune femme.

Quelques minutes plus tard, le train freina longuement, dans un lourd soupir de vapeur et de fumée. Puisqu'il s'agissait du terminus, tous les voyageurs se levèrent pour récupérer leurs bagages. Les chanteurs continuaient à s'égosiller. Comme Annabelle descendait de son compartiment, elle vit les jeunes Anglais s'avancer d'un pas de grenadier, comme à la parade, en direction du poste de contrôle, où patientaient des soldats en armes auprès des employés du chemin de fer.

Étienne et Henri, qui les avaient aussi repérés, échangèrent un regard furieux avant de slalomer entre les passagers sur le quai pour se rapprocher un peu des joyeux lurons.

Le cœur d'Annabelle cognait contre ses côtes. Les soldats venaient d'arrêter les Anglais, dont les voix s'étaient tues. On examina leurs papiers d'identité avec une lenteur éprouvante, puis on leur demanda de se ranger sur le côté, afin que l'on pût les fouiller minutieusement et leur faire subir des interrogatoires serrés. L'œil noir, l'employé du chemin de fer fit signe aux voyageurs suivants de passer. Bientôt, Annabelle, Étienne et Henri se trouvaient dans la rue.

La jeune femme exhala un soupir de soulagement. Ils étaient passés très près des ennuis. Trop près à son goût. Qu'allait-il advenir maintenant ? Aurait-elle assez de cran pour faire face à ce qui les attendait ?

Tandis qu'elle avançait, flanquée des deux hommes, il lui sembla qu'on les épiait à tous les coins de rue, depuis toutes les fenêtres… Elle tâcha de se reprendre pour observer le décor qui l'entourait. Ce qui la frappa d'abord fut le piètre état de la ville, qu'écrasait la présence gigantesque de la chaîne des Pyrénées aux cimes couvertes de neige. Plongées dans la pénombre, contre le ciel qui allait s'obscurcissant, elles semblaient terrifiantes. À l'idée que, dans quelques heures, elle tenterait de franchir ces montagnes, Annabelle sentit sa bouche s'assécher et son cœur battre encore plus vite.

— Elles ne sont pas aussi terribles qu'elles en ont l'air, dit Henri en lui prenant la main. Nous connaissons un chemin qui nous évitera de devoir escalader les plus hauts sommets.

Elle acquiesça, ajusta son sac sur ses épaules en faisant de son mieux pour dissimuler son effroi. Elle priait pour posséder la force d'âme et l'endurance nécessaires à qui entend surmonter cette formidable épreuve. Pourvu, songea-t-elle, qu'elle ne fît pas faux bond à ses amis et qu'elle ne les ralentît pas.

— Nous allons nous rendre dans un troquet que nous connaissons bien, à l'autre bout de la ville, murmura Étienne, tandis qu'après avoir suivi pendant quelque temps la rue principale, ils pénétraient dans un labyrinthe de ruelles pavées, étroites et sinueuses.

Annabelle n'avait pas faim, et le seul fait de penser à de la nourriture lui nouait l'estomac. Toutefois, comme les jeunes gens progressaient dans leur périple, elle se laissa peu à peu fasciner par le cadre autour d'elle. Les maisons anciennes, quoique diversement délabrées, se paraient de tons pêche, de jaune ou de vert, et les branches enchevêtrées des bougainvilliers aux couleurs vives conféraient à ces lieux décrépits une beauté paisible et presque exotique. Des vestiges demeuraient de la lointaine présence maure, fresques et mosaïques ainsi qu'une mosquée, voisine d'une église menaçant ruine. La jeune femme humait l'odeur âcre de la mer, pourtant située à plusieurs kilomètres de là, qui se mêlait à celle des pins et du café.

Des Arabes au teint bis les croisèrent, vêtus d'un uniforme militaire. Annabelle, surprise de n'avoir strictement rien compris à leur conversation, se tourna vers Henri avec perplexité.

— La France et l'Espagne entretiennent des liens étroits avec le Maroc et l'Algérie, lui dit-il. Et si nous voulons vaincre les fascistes, nous devons faire appel à nos troupes étrangères. Ces hommes parlent un mélange d'espagnol et de français, avec un soupçon de catalan.

— Nous y sommes, annonça Étienne en s'immobilisant devant une échoppe.

On avait disposé, sous un auvent, quelques tables rouillées et des chaises, à côté desquelles un homme à la peau sombre alimentait un brasero. Il sourit aux nouveaux venus, dévoilant des dents en or et des chicots. En dépit de son appréhension, Annabelle sentit l'eau lui monter à la bouche en humant l'odeur des brochettes de viande. Il y avait aussi des légumes et du riz qui fleurait bon les épices orientales et le safran.

Étienne et Henri saluèrent l'homme avec chaleur, comme s'il s'agissait d'un ami de longue date, puis aussitôt disparurent en sa compagnie derrière un rideau en toile de jute dissimulant l'intérieur d'un bistrot de fortune.

La jeune femme, qui s'était assise, ne tarda pas à s'apercevoir qu'elle était devenue le centre d'intérêt de tous les passants. Ils la considéraient de leur œil très noir, insolent et curieux. Mal à l'aise, elle s'apprêtait à rejoindre Étienne et Henri lorsque les deux hommes se matérialisèrent, armés chacun d'un fusil – ils portaient un pistolet à la ceinture.

— Ne faites pas cette tête, dit Étienne. Il faut bien que nous ayons de quoi nous défendre si nous tombons dans une embuscade. Ali n'a pas son pareil pour dénicher des armes de qualité.

— Une embuscade ? répéta Annabelle, qui avait blêmi.

— C'est peu probable, la rassura Henri. Mais partir en montagne les mains vides serait une pure folie.

Il déposa les deux fusils sur le sol, rabattit sa veste sur son pistolet, avant de saisir la main de la jeune femme.

— Ne t'affole pas, Belle, je t'en prie. Ces armes ne sont là que pour nous protéger.

— Vous devez me trouver complètement idiote, tous les deux, souffla-t-elle. Mais je n'avais encore jamais vu d'arme de si près.

— Vous vous y ferez, répondit Étienne, tandis qu'Ali déposait sur la table des bols de nourriture. C'est la guerre, Annabelle. Préparez-vous à voir bien pire.

Il avait mille fois raison, et il n'était plus temps pour elle d'avoir peur de son ombre. Elle devait se ressaisir, accepter la situation. Elle se délecta de l'odeur du riz parfumé, de celle de la viande rôtie. Ali avait également apporté une théière, un bol contenant des morceaux de sucre ainsi que trois verres minuscules, dans lesquels il versa de presque toute sa hauteur le breuvage chaud, pareil à de l'or liquide. Serrant un morceau de sucre entre leurs dents, Étienne et Henri aspirèrent une gorgée de thé. Ali exprima son approbation d'un hochement de tête et sourit d'une oreille à l'autre.

— C'est de cette façon que l'on boit le thé ici, expliqua Étienne à une Annabelle médusée. Il s'agit de thé au jasmin. En mettant le sucre dans le verre, on en détruit irrémédiablement la pureté.

Il sourit.

— C'est du moins ce qu'affirment les Arabes. Cela dit, on finit par y laisser ses dents. Il vous suffit de regarder notre ami Ali pour vous en convaincre.

La jeune femme jugea le thé rafraîchissant. Puis, sans plus d'hésitation, elle se mit à manger. La viande était tendre, les poivrons et les oignons juste assez brûlés pour libérer toute leur saveur. Le riz se révéla léger, généreusement enrichi de beurre. Au terme du repas, elle poussa un soupir comblé.

— C'était délicieux, murmura-t-elle.

— Tu as bien fait d'en profiter, observa Henri, car il faudra attendre demain pour manger à nouveau. Surtout, si tu as envie d'autre chose, n'hésite pas à le dire.

Annabelle secoua la tête et sourit. Les deux hommes allumèrent une cigarette, qu'ils fumèrent en buvant du thé. La nuit était très douce. Leur hôte avait allumé des lanternes, et des lumières se donnaient à voir ici et là derrière les volets clos ou par la porte encore ouverte de certains logis. Ne demeuraient dans la petite rue que des chiens qui fouillaient les poubelles, et des chats que l'on voyait sortir de l'ombre puis y rentrer de nouveau ; ils chassaient.

— Il est l'heure d'y aller, murmura Henri.

Il régla l'addition, s'entretint brièvement avec Ali, puis plaça son sac à dos sur ses épaules, avant d'aider sa compagne à en faire autant.

— Nous allons quitter la vieille ville et te trouver un endroit où tu pourras te changer.

Étienne fit à son tour ses adieux à Ali, puis ils gagnèrent d'un bon pas la lisière occidentale de Perpignan. Une vaste plaine s'y déployait jusqu'aux contreforts des montagnes, dont les sommets saupoudrés de neige luisaient au clair de lune.

Suivant les instructions d'Henri, Annabelle se retrancha derrière un amoncellement de rochers, le cœur battant. L'herbe était drue, et parmi les buissons épineux pouvaient se cacher toute sorte de créatures prêtes à mordre ou à piquer. Mais la jeune femme serra les dents, résolue à ne pas céder à l'effroi.

Elle ôta, avec précaution, la boîte de seringues et les deux flacons de morphine, puis elle enfila un pantalon de grosse toile, une chemise épaisse, des chaussettes et un chandail. Les seringues et la morphine rejoignirent la poche de son sac à dos. Elle laça ses chaussures, enfonça sur ses oreilles un bonnet de ski en laine, s'empara de son manteau. Le pull et la chemise l'empêchaient certes d'en boucler la ceinture, mais cela ferait une couche d'étoffe supplémentaire contre le froid. Elle alla retrouver les deux hommes.

L'ayant aidée de nouveau à ajuster son sac à dos, Henri lui donna un baiser.

— Nous devons nous dépêcher de traverser la plaine, pour pouvoir nous retrancher dans l'ombre des montagnes tant que la lune est encore basse. Tu es prête ?

Elle hocha la tête et ils se mirent en route.

Le sol irrégulier se révélait semé de rochers, et de loin en loin serpentait un cours d'eau. Des taillis épineux entravaient les jeunes gens dans leur marche – lorsque ses yeux se furent habitués à l'obscurité, Annabelle cala sa foulée sur celle de ses compagnons. Elle portait des chaussures robustes et confortables, et lorsqu'ils atteignirent le pied des Pyrénées, elle se sentait à peine essoufflée.

— Par ici, indiqua Henri. Ce sentier va nous mener jusqu'au col le plus bas. Ce sera plus facile pour Annabelle.

— Si nous empruntons cette voie, siffla Étienne, nous courons au-devant des ennuis. Les fascistes surveillent forcément les lieux. Nous ferions mieux de partir par là.

— Elle n'y arrivera jamais. L'ascension est trop rude, et cela nous prendrait trop de temps.

Le regard de la jeune femme courut plusieurs fois de l'un à l'autre…

— Je pense qu'Étienne a raison, décréta-t-elle. Je préfère en baver lors de la course plutôt que de me faire arrêter par les fascistes.

Sans attendre leur réaction, elle s'engagea dans la pente, sur laquelle était un sentier étroit qu'empruntaient jadis les marchands, avec leurs chevaux et leurs mules. Il sinuait entre de noirs amas de roches déchiquetées. Annabelle ralentit pour laisser passer Étienne devant elle. Elle sentait se raidir peu à peu les muscles de ses mollets, de ses cuisses, ses poumons étaient en feu et son cœur donnait comme des coups de gong dans sa poitrine.

Ils marchaient depuis un moment, le chemin s'effritait sous les pas de la jeune femme, et son sac à dos heurtait régulièrement une paroi rocheuse – il lui fallait à chaque pas retrouver son équilibre. Elle n'osait regarder les abîmes tout près d'elle, refusait de se laisser distraire, car une seconde d'inattention aurait suffi à sceller son sort.

Elle serrait les dents, la sueur l'aveuglait et elle clignait des yeux, elle traînait des pieds avec l'espoir de marcher bientôt sur un sol plus ferme. Étienne avait disparu derrière une courbe rocheuse qu'elle allait devoir négocier à son tour.

— Place-toi face contre la paroi, lui dit doucement Henri. Tu peux y arriver, Belle.

Elle s'exécuta lentement, faisant glisser sa main sur la pierre lisse en quête d'une prise. Bientôt, elle enfonçait le bout de ses doigts dans une fissure étroite, puis contourna peu à peu la roche. À chaque instant, le poids de son sac menaçait de la tirer en arrière. Elle respirait dans un sanglot, et les muscles de ses jambes la brûlaient… Les semelles de ses chaussures jetaient des cailloux et des morceaux de boue séchée dans le précipice derrière elle.

Enfin, elle parvint de l'autre côté. Elle ferma les paupières. Cramponnée au flanc ténébreux de la montagne, elle s'efforçait de reprendre haleine et de museler sa terreur. Elle tremblait si violemment qu'elle doutait de parvenir jamais à refaire un mouvement… Seule la voix d'Étienne, rude et sévère, la tira soudain de sa stupeur glacée.

— Tu ne peux pas rester ici, Belle. J'entends des avions. Allez, viens. Ne nous abandonne pas maintenant.

Elle rouvrit les yeux, avisa le vide entre eux et, dessous, l'abîme obscur.

— Je ne peux pas…, bredouilla-t-elle. Non, je ne peux pas.

— Si tu ne bouges pas, tu vas mourir, répondit Étienne avec force.

Il se pencha vers elle en lui tendant la main.

— Un seul pas, Belle. Prends ma main et fais-moi confiance.

Elle tourna son regard vers Henri, qui l'avait presque rejointe. À son tour, elle entendit vrombir des moteurs d'avion. Elle n'avait d'autre choix que d'obéir à Étienne.

Elle humecta ses lèvres, se contraignit à lâcher enfin la paroi rocheuse pour avancer une main malhabile vers celle d'Étienne, qui aussitôt se referma puissamment sur la sienne. Et, déjà, elle était dans ses bras.

Il la serra contre lui jusqu'à ce qu'elle eût cessé de trembler.

— Bravo, murmura-t-il. Ce sera un peu plus facile, maintenant, et nous ne tarderons plus à nous accorder une halte.

Ce fut au tour d'Henri de saisir promptement la main de son ami. Il franchit le vide avec une décontraction stupéfiante.

— Je suis fier de toi, souffla-t-il. Et maintenant, dépêchons-nous. Sinon, les avions risquent de nous repérer.

Ils s'engagèrent en file indienne sur le sentier désormais plus large, et plus franchement dessiné. La pente, toutefois, demeurait très raide – la jeune femme souffrait, et, l'air se raréfiant, elle avait du mal à respirer. Elle distinguait mieux les sommets enneigés, et sentait sur son visage la morsure d'un vent glacé. Sous ses vêtements, sa sueur froidissait désagréablement.

Étienne se figea tout à coup, et il penchait la tête.

— Ils viennent par ici. Vite, vite…

— Dépêche-toi, siffla Henri. Nous sommes à découvert.

Il saisit la main d'Annabelle pour la tirer sans ménagement après lui sur le sentier jusqu'à une grotte, dans laquelle la jeune femme s'engouffra, le souffle court et la peur au ventre. Elle entendit, tout au fond de la caverne, des grincements, de petits cris, et une terrible odeur de bête sauvage lui assaillit les narines, si puissante que des larmes lui montèrent aux yeux. La créature, quelle qu'elle fût, dont c'était l'antre, se dissimulait dans ce noir d'encre derrière elle.

— Ce sont seulement des chauves-souris, lui expliqua Henri. Elles ne te feront aucun mal.

Annabelle s'était blottie contre la paroi rocheuse de l'entrée, tiraillée entre sa peur des bêtes et celle que lui inspiraient les avions ennemis. Le grondement de ces derniers allait croissant, et elle leva la tête pour découvrir douze petits appareils à la carlingue étincelante, qui évoluaient en formation, très haut au-dessus des montagnes en direction du nord.

— Quelle est leur nationalité ? s'enquit-elle.

— Il s'agit de chasseurs italiens, répondit Henri. Mais ils ne sont pas seuls.

Et, déjà, la jeune femme percevait la basse profonde qu'émettaient des avions plus gros. Elle comprit que les chasseurs escortaient des bombardiers. Elle se retrancha mieux dans l'ombre de la grotte, effrayée, tandis que les chauves-souris, que l'on avait dérangées, quittaient leurs perchoirs pour s'élancer en nuée vers le ciel nocturne.

— Des Heinkel He 111 ! brailla Henri en se rapprochant de sa fiancée – il lui passa un bras autour de la taille. Ne t'inquiète pas, ils ne nous verront pas.

Mais la jeune femme tremblait de plus en plus, et le vrombissement, maintenant, emplissait l'air, et le vacarme des bombardiers résonnait à l'intérieur de la caverne, dont le plancher tressaillait. Les douze appareils volaient si bas que leurs ailes semblaient frôler les cimes. Lorsque leur rugissement lui devint insoutenable, Annabelle plaqua ses mains contre ses oreilles et ferma les paupières.

Les aéronefs laissèrent derrière eux un silence assourdissant, qui, pendant plusieurs minutes, tinta dans les oreilles de la jeune femme. Avec Étienne et

Henri, elle leva les yeux vers le ciel. D'autres bombardiers se rapprochaient, venus de l'ouest, et derrière eux paraissaient, dans un mélange de sons stridents et de bruits de ferraille, une bonne quinzaine d'avions de chasse.

Les jeunes gens patientèrent, puis, ayant estimé qu'ils ne craignaient plus rien, ils quittèrent la grotte à pas prudents pour poursuivre leur périple sur le vieux sentier.

Secouée d'abord par cette première rencontre avec l'ennemi, Annabelle, bien que le fracas des appareils l'eût beaucoup impressionnée, se trouva bientôt investie d'un courage tout neuf, presque serein, et de l'absolue certitude qu'il fallait à tout prix défaire les fascistes. Elle ne jouerait certes qu'un rôle infime dans ce vaste combat pour la démocratie, mais elle avait fait le bon choix, elle en avait à présent la pleine assurance.

Le sentier céda plus tard le pas à un pierrier difficile à négocier – des cailloux acérés glissaient sous leurs semelles pour dégringoler dans le vide, loin au-dessous d'eux. Un peu avant une heure du matin, ayant négocié une courbe rocheuse harassante, ils découvrirent la mer, qui scintillait au clair de lune, ainsi que le faisceau éloigné d'un phare.

— Il s'agit du phare du cap de Creus, indiqua Henri à sa fiancée. Bienvenue en Espagne.

Annabelle ôta son sac, fit jouer les muscles de ses épaules en tâchant d'oublier la douleur dans son cou, son dos et ses jambes raides. La plaine devant eux ressemblait à s'y méprendre à celle qu'ils avaient traversée au départ de Perpignan, à ceci près que l'on distinguait des criques, nombreuses et, le long de la côte, d'interminables bandes de sable – plus loin encore, la jeune femme crut discerner un chapelet d'îles.

— Les îles Baléares, fit Étienne. Toute cette zone appartenait jadis au roi de Majorque.

Il se tourna vers Annabelle en souriant.

— Je sais que tu dois être épuisée, mais nous nous reposerons une fois arrivés.

— Il me semblait t'avoir entendu dire que nous devions retrouver quelqu'un.

— C'est exact. Mais pas avant ce soir. Ne t'inquiète pas, il y a par ici tout un tas de grottes où dormir, et tu peux compter sur Henri et moi pour t'en choisir une qui ne sera pas déjà habitée par de vilaines bestioles.

Sans un mot, la jeune femme leur emboîta le pas. Son immense fatigue la rendait presque insensible à présent, elle se mouvait à la façon d'un jouet mécanique, toujours au même rythme et sans jamais détourner le regard de la pente où, à tout instant, pouvait se présenter un obstacle. Elle doutait pourtant de parvenir à dormir dans une grotte à l'air saturé de la puanteur des déjections animales. Une grotte, lieu propice à toutes les terreurs…

Au moment où le ciel, à l'horizon, se teintait de gris perle et de rose, ils atteignirent le dernier banc rocheux au-dessus de la plaine. Il était 4 heures du matin. Il leur avait fallu plus de douze heures pour franchir les Pyrénées. Rompue, mais galvanisée soudain par la joie d'avoir accompli sa mission, Annabelle reprit son périple trébuchant parmi les pierres avec une vigueur renouvelée malgré son extrême faiblesse.

Hélas, son enthousiasme s'évanouit lorsqu'elle vit la grotte élue par ses compagnons – certes, l'aube était en train de poindre et l'endroit se révélait peu profond, mais elle répugnait à entrer.

— Tu es bête, s'amusa Henri avec tendresse. Tu as survécu aux avions ennemis et aux crevasses, et voilà que c'est une malheureuse petite grotte qui t'effraie.

Il lui baisa le front.

— Je te promets qu'Étienne et moi allons l'inspecter de fond en comble avant que tu ailles t'y coucher.

Tandis qu'à l'entrée, Étienne montait la garde, assis dans l'ombre, son fusil sur les genoux, Henri déballa les vivres qui leur restaient.

— Il n'est pas question de faire du feu, expliqua-t-il à Annabelle. La fumée risquerait de se voir jusque dans la vallée.

Ayant déployé le foulard de la jeune femme sur le sol, il y disposa leur repas.

— Le pain est rassis, s'excusa-t-il, le fromage et le saucisson ont eu un peu trop chaud, mais c'est mieux que rien.

— Y a-t-il un endroit où… où je pourrais… enfin, tu sais… me laver les mains ?

Elle avait, en réalité, grand besoin de soulager sa vessie.

Henri sourit de toutes ses dents :

— Qu'est-ce que tu peux être anglaise, parfois, ma Belle. Si tu veux aller faire pipi, il suffit de le dire, voyons.

D'un geste vague, il désigna sa gauche.

— Il y a un ruisseau tout près, et de nombreux buissons où se cacher. Lave-toi les mains autant que tu en auras envie. Personne ne viendra te déranger.

Au comble de l'embarras, la jeune femme, qui s'était empourprée, passa devant un Étienne gentiment goguenard, avant de remonter le cours d'eau jusqu'à sa source, où il surgissait d'une paroi rocheuse en bouillonnant dans l'herbe et les broussailles. La vue dont on jouissait sur le flanc de la montagne se révéla si belle dans les premiers rayons du soleil qu'Annabelle, baissant son pantalon, en oublia les animaux divers susceptibles de rôder alentour.

Puis elle retourna auprès des deux hommes et, après avoir avalé son petit-déjeuner, arrosé d'une tasse de thé encore chaud, elle étala son manteau par terre, puis s'installa dessus, son sac à dos faisant office d'oreiller. Elle avait les paupières lourdes.

D'étranges petits cris d'oiseau l'éveillèrent. Elle constata, en ouvrant les yeux, qu'elle avait dû dormir longtemps, car le soleil à présent se dirigeait vers l'ouest, plongeant la grotte dans une pénombre plus dense. Annabelle étira ses membres froids et raides, les frictionna pour les vivifier un peu avant de se lever. Le sol de la grotte n'était certes pas le matelas le plus moelleux que l'on pût trouver, mais elle était à ce point éreintée qu'elle n'en avait eu cure.

Elle se dirigea vers l'entrée de la caverne. Ce n'était donc pas le chant des oiseaux qui l'avait réveillée, mais les trilles légers et les discrets sifflotements émis par Henri qui, accroupi, montait la garde et guettait, avec ses jumelles, quelque chose en contrebas. Il se retourna d'un bond en entendant la jeune femme approcher, et posa un doigt sur ses lèvres pour lui signifier de se taire.

Elle se figea. Les fascistes s'apprêtaient-ils à les surprendre ? Où était passé Étienne ?

Henri, les mains en coupe à présent autour de sa bouche, produisit un gazouillis très mince, comme un pigeon au nid. Un son identique lui répondit, puis une tête sombre parut au bord de la grotte, suivie d'un corps longiligne.

— *Holà*, Henri, fit l'homme, dont le visage basané se fendit en un large sourire.

Ils se donnèrent l'accolade, avec force rires et tapes dans le dos. On aurait dit des frères, car tous deux avaient le cheveu très noir et le teint olivâtre, le même nez, les mêmes pommettes hautes et le menton énergique.

Annabelle tenta de les comprendre, mais ils parlaient un espagnol très éloigné de celui qu'elle avait appris dans son petit dictionnaire. Elle supposa qu'il s'agissait de patois.

Étienne pénétra à son tour dans la grotte, suivi d'un homme plus âgé, trapu, dont les traits du visage se révélaient aussi raboteux que le décor minéral autour d'eux. Comme son compagnon, il était vêtu d'une chemise de paysan et portait un fusil. Une cartouchière barrait sa large poitrine, tandis que plusieurs pistolets étaient à sa ceinture.

On le salua aussi avec chaleur.

— Je te présente Joaquin et Pedro, dit Henri à Annabelle. C'est grâce à eux que tu vas pouvoir te rendre à Tarragone, et nous à Albacete.

La jeune femme serra la main de Pedro, le plus âgé, une main calleuse, mais chaude et robuste. La main de Joaquin se révéla nettement moins abîmée, et il passa dans son regard, lorsqu'il le posa sur Annabelle, une lueur de curiosité.

— Vous êtes donc infirmière, fit-il. Merci d'être venue. Nous avons grand besoin d'aide, car les blessés sont de plus en plus nombreux.

— Combien de temps me faudra-t-il pour me rendre à l'hôpital de Tarragone ?

Joaquin haussa joliment les épaules en lui décochant un sourire magnifique.

— Plus ou moins trois heures, je pense, à condition que les fascistes ne nous mettent pas des bâtons dans les roues.

Trois heures, c'était si peu, quand chaque minute allait la rapprocher un peu plus de l'inévitable séparation… Elle jeta un coup d'œil en direction d'Henri, qui, à l'évidence, songeait à la même chose. Mais il n'était plus temps de s'appesantir, car Étienne rassemblait déjà les sacs, ainsi que les restes de nourriture, tandis qu'Henri s'assurait que les armes fonctionnaient correctement.

Annabelle alla chercher son sac à dos et, comme elle récupérait son manteau, se rappela qu'il demeurait un peu de thé dans son thermos – peut-être pourrait-elle demander à ses compagnons de voyage la permission de le boire avant le départ ?…

— Venez, venez, la pressa Pedro. Nous devons descendre avant que les fascistes tombent sur les chevaux.

— Des chevaux ? laissa échapper la jeune femme. Mais je ne sais pas monter, chuchota-t-elle à l'intention d'Henri.

— Dans ce cas, tu vas devoir apprendre, ma chérie, répondit-il en lui prenant la main pour l'aider à s'engager dans la pente très raide. Ils ne peuvent pas se permettre d'utiliser des véhicules motorisés ici. Trop de bruit.

— Allons-nous devoir aller à Tarragone à cheval ? À quelle distance d'ici la ville se situe-t-elle ?

— À plus de cent cinquante kilomètres, répondit son fiancé.

Un grand sourire illumina ses traits.

— Je te taquine, voyons. Nous n'allons faire que la moitié du trajet à cheval. Ensuite, nous monterons dans un camion.

Le pouls d'Annabelle s'était accéléré à la perspective de devoir déjà relever un autre défi – pourvu qu'elle ne se ridiculisât pas en présence de tous ces hommes, en tombant de sa monture… Elle ne savait rien des chevaux, sinon qu'ils étaient très grands, et que l'on ne pouvait pas leur faire confiance.

Elle découvrit bientôt, dans la vallée, entravés sous les arbres, des chevaux à la robe hirsute et poussiéreuse, le museau enfoui dans leur musette, où se trouvait leur picotin. Le cœur de la jeune femme lui manqua un peu plus. Ces bêtes immenses paraissaient à demi sauvages, et très musclées par surcroît, et difficiles – un peu comme les Espagnols à qui elles appartenaient, ajouta-t-elle distraitement pour elle-même.

Plusieurs chevaux portaient des paquets, tandis que l'on avait sellé les autres, à l'encolure desquels pendaient, fixés au harnachement, des gourdes et des fusils supplémentaires. Ils piétinèrent un peu, renâclèrent doucement lorsque Pedro et Joaquin se mirent en selle d'un bond, avant de rassembler les rênes.

Annabelle hésitait, pareille à une poule devant un couteau.

— Mets ton pied gauche dans l'étrier, lui conseilla Henri, qui avait deviné son trouble, et agrippe le pommeau. Ensuite, hisse-toi. Une fois assise, cramponne-toi en serrant les genoux, et ne tire surtout pas sur les rênes. Ces chevaux vont suivre naturellement les montures de tête, tu n'auras pas besoin de faire quoi que ce soit, à part rester en selle.

La jeune femme se lança, Henri l'aidant, des deux mains, à se jucher sur la selle ouvragée, qu'elle jugea étonnamment confortable. Puis il lui tendit les rênes. Elle regardait à présent droit devant elle, entre les oreilles de l'animal, et de toutes ses forces, avec ses genoux, elle serrait ses flancs. Si elle tombait, elle tomberait de haut, songea-t-elle avec effroi, et le sol était aussi dur que l'acier, semé, de plus, de rochers acérés et de cactus.

Le cheval gigota, secoua la tête, sans doute conscient de l'inexpérience de sa cavalière, qui serra les cuisses un peu plus.

– Détends-toi, lui conseilla Henri qui, après avoir grimpé sur sa propre monture, s'était porté à la hauteur d'Annabelle. Si tu serres trop fort, il va croire que tu veux le mettre au galop.

Elle s'empressa de suivre ces instructions, puis tenta de se tenir plus droite, comme elle l'avait vu faire, enfant, aux dames de Rotten Row. Comme, à les contempler alors, cela semblait facile ! Elle commençait à regretter de n'avoir pas suivi les leçons d'équitation que sa mère lui avait pourtant, à l'époque, suggéré de prendre. Mais il était trop tard à présent, et il ne lui restait plus qu'à s'en remettre à Dieu, au destin, et à faire tout son possible pour ne pas vider les étriers.

Pedro sortit du bosquet sur le dos d'un superbe alezan, Étienne derrière lui. Henri fit claquer sa langue, et la monture d'Annabelle s'ébranla à son tour, à laquelle il emboîta le pas. Joaquin fermait la marche.

Tendue comme un arc, la jeune femme s'efforçait de s'habituer à l'étrange tangage de la grande bête sous elle. Elle y parvint plus vite qu'elle ne l'avait imaginé : lorsqu'elle quitta le couvert des arbres pour s'avancer dans les dernières lueurs embrasées d'un soleil à l'agonie, elle avait pris le rythme. Elle se détendit peu à peu, commença doucement à profiter du décor autour d'elle.

La Méditerranée étincelait au loin, et de minuscules villages de pierre se trouvaient dispersés dans la plaine, où mangeaient des chèvres, des bœufs et des moutons. Le ciel était immense, l'horizon infini. Avec la fin du jour paraissaient, dans le bleu du ciel, des bandes roses et orangées…

On chevauchait en silence, à sabots feutrés sur le sol pierreux, mais, soudain, se firent entendre des moteurs d'avion. Le cheval d'Annabelle, comme s'il avait compris l'urgence de la situation, accéléra le pas pour suivre les montures de tête qui, déjà, se dirigeaient vers un autre bosquet, celui-là dévoré de broussailles.

La jeune femme, qui maintenant rebondissait sur le dos de l'animal, serrait les cuisses, mais, quand la grande bête, sans plus se soucier de sa cavalière, s'immobilisa brusquement, elle glissa de sa selle pour s'affaler lourdement sur le sol. Ayant surpris les larges sourires narquois de Pedro et de Joaquin, elle s'empourpra, tandis qu'elle gisait là, couverte de poussière et le souffle très court. Henri se précipita, la prit dans ses bras pour l'emporter plus profondément sous les arbres.

— Est-ce que tout va bien ? s'enquit-il avec inquiétude.

— Il n'y a guère que mon orgueil qui en ait pris un coup, répondit-elle âprement en époussetant ses vêtements – et elle tâcha d'oublier son postérieur douloureux.

Mais l'heure n'était pas aux longs discours. Les cinq voyageurs se rassemblèrent avec leurs montures, cependant qu'une première vague de chasseurs italiens passait au-dessus de leurs têtes. Comme à l'accoutumée, ils entraînaient dans leur sillage une demi-douzaine de bombardiers, des Heinkel, mais cette fois vinrent également des Junker Ju 88, plus lourds encore, avec leur escorte d'avions de chasse.

Pedro cracha de dédain, levant un poing noueux en direction des appareils, qui déjà s'éloignaient, et Joaquin grommela des imprécations. Ils haïssaient les fascistes, qui, sans vergogne, mettaient leur beau pays en pièces.

Lorsque la menace se fut éloignée pour de bon, on aida Annabelle à se remettre en selle, puis ils reprirent le périple en direction du sud, dans la lumière grisâtre du crépuscule. La jeune femme se sentait plus à l'aise à présent, et, sans les courbatures qu'elle devait à sa récente escapade dans la montagne ni les ecchymoses que lui avait values sa chute, elle aurait pleinement apprécié le pas pesant de son cheval. Ils franchissaient des cours d'eau, suivaient des pistes à peine visibles dans les ténèbres qui s'épaississaient.

Ils arrivèrent en vue d'un village déserté. Pedro et Joaquin firent signe à leurs trois compagnons de rester en arrière pendant qu'ils inspectaient brièvement les lieux, au cas où des fascistes s'y seraient dissimulés, prêts à faire feu.

Alors que les deux Espagnols exploraient les ruines avec prudence, Annabelle contemplait le mur d'enceinte qui, jadis, avait protégé le village, et qu'une explosion avait en partie soufflé. Des maisonnettes éventrées étaient devenues la proie des éléments naturels, parmi les débris de l'église. Les champs, qu'encore récemment, les villageois cultivaient, étaient petit à petit dévorés par des chardons et des mauvaises herbes.

– Les fascistes ont bombardé cet endroit, expliqua Étienne. Ceux qui n'ont pas péri sous les bombes ont été massacrés sous prétexte qu'ils soutenaient les républicains. Personne n'a été épargné, pas même les femmes ou les enfants.

Quelle barbarie, songea la jeune femme, qu'une nausée avait saisie. Lorsque Pedro et Joaquin reparurent, elle descendit de son cheval avec précaution, puis étira son échine douloureuse. La cruauté de l'homme, son inhumanité, marquaient son histoire depuis la nuit des temps et, de la guerre des Boers en Afrique du Sud aux conflits survenus en Inde et en Crimée, en passant par la Grande Guerre, l'être humain ne semblait jamais parvenir à étancher sa soif de sauvagerie. Pour quelle raison la guerre d'Espagne aurait-elle fait exception à cette règle sanglante ?...

– Tu tiens le coup ? lui demanda Henri en versant, dans un quart en fer-blanc, de l'eau de la gourde en cuir qui pendait à sa selle.

Annabelle but une gorgée de cette eau, tiédie, au goût de cuir, et grimaça, mais elle avait si soif qu'elle but jusqu'à la dernière goutte, pour se débarrasser de la poussière au fond de sa gorge. Cela lui fit un bien fou.

– Mieux que je ne l'aurais cru, répondit-elle. C'est encore loin ?

Il passa un bras autour de ses épaules.

— Nous allons grimper dans un camion, maintenant, murmura-t-il. Nous sommes presque arrivés.

Cramponnant des deux mains les revers de sa veste, elle leva le regard vers lui :

— Promets-moi que tu ne feras pas de bêtises, l'implora-t-elle. Surtout, ne joue pas les héros. Et je t'interdis d'être blessé. Je t'interdis de mourir. Quand tout cela sera terminé, et que nous nous retrouverons enfin, nous irons nous promener sur le Pont-Neuf, et j'exigerai un baiser.

— Il faut y aller, lança Étienne en émergeant de l'ombre d'une maison démolie. Il reste une heure jusqu'à Tarragone, puis trois de plus pour atteindre les faubourgs d'Albacete.

Henri embrassa Annabelle avec passion.

— Je t'aime, Belle. Ne l'oublie jamais.

Elle hocha la tête, trop émue pour réussir encore à exprimer ses sentiments avec des mots. Elle piqua un baiser léger sur la joue du jeune homme, avant de se détourner en hâte. Leurs trois compagnons les attendaient à bord d'un camion rouillé, couvert de poussière, cabossé... Comment cet engin allait-il réussir à transporter Étienne et Henri jusqu'à Albacete ?...

Pedro, qui était allé chercher les chevaux à l'abreuvoir, où ils se désaltéraient, se trouvait de nouveau en selle, ayant attaché les autres montures à une longe. Il allait chevaucher ainsi jusqu'aux faubourgs de Tarragone, où il retrouverait ses compagnons en partance pour Albacete. Étienne avait déjà pris place auprès de Joaquin, qui s'était assis derrière le volant. Henri aida Annabelle à grimper à l'arrière. En dépit de l'heure tardive et de la froidure de la nuit, il régnait à l'intérieur du véhicule, qui toute la journée avait emmagasiné la chaleur du soleil, une atmosphère étouffante. À peine Joaquin avait-il mis en marche le moteur que l'on ouvrit les fenêtres. Contre toute attente, le camion fonctionnait parfaitement bien.

Annabelle serrait la main d'Henri. On tressautait sur le sol inégal. À chaque changement de vitesse, on entendait s'entrechoquer des pièces métalliques, et, lorsque le véhicule commença de gravir les hauteurs situées à l'ouest de Barcelone, son moteur se mit à gémir. Des lueurs d'incendie apparaissaient, là où l'ennemi avait frappé, et des avions grondaient au ciel dans le lointain. Joaquin, qui connaissait la région comme sa poche, poursuivait sa route en évitant avec soin les villages et les villes où circulaient sans doute des patrouilles fascistes, de même que les zones boisées, propices aux embuscades.

Henri, ayant passé un bras autour des épaules de la jeune femme, l'attira contre lui, et la tint là, serrée, tandis que le camion ralentissait et que Pedro disparaissait dans les ténèbres avec ses chevaux.

— Barrage routier, laissa tomber Étienne. Ils vont vouloir examiner nos papiers d'identité et, puisque Tarragone est encore aux mains des républicains, Annabelle, tu n'auras qu'à leur fournir les véritables raisons de ta présence ici.

Le véhicule s'immobilisa dans un mugissement, et un garde en uniforme pointa sur eux son fusil, tandis que son compagnon exigeait de voir les papiers des quatre passagers. Il posa de nombreuses questions à Joaquin. Enfin, après ce qui parut à tous une éternité, l'homme rendit les documents au conducteur, et la barrière devant eux s'ouvrit. On exhala en chœur un formidable soupir de soulagement.

Le camion parcourut les rues presque désertes de Tarragone, pour se présenter bientôt à l'entrée d'un vaste bâtiment devant lequel s'empilaient des sacs de sable. Il y avait aussi des soldats. On avait atteint l'hôpital. Le véhicule entra, s'immobilisant quelques dizaines de mètres plus loin, au bas du perron. Saisie d'effroi, Annabelle se tourna vers Henri :

— Fais attention à toi, mon amour, souffla-t-elle à la hâte, et prions pour nous revoir bientôt.

— N'oublie surtout pas que je t'aime, répondit l'homme.

Étienne ouvrit la portière et s'empara du sac à dos de la jeune femme, qui donna à Henri un baiser prompt, avant d'étreindre affectueusement Étienne.

— Merci, Étienne. Tu m'as fait confiance et tu t'es montré patient. Prends bien soin de toi.

— Nous nous reverrons à Paris ! lança-t-il avec entrain.

Il remonta dans le camion et claqua la portière. Joaquin ayant adressé un dernier clin d'œil à Annabelle, qui les observait, appuya sur l'accélérateur. L'engin disparut quelques secondes plus tard.

La jeune femme ravala ses larmes, jeta son sac sur son épaule et gravit les marches de l'imposant perron. Les murs et les colonnes n'avaient pas été épargnés par les tirs d'obus ni les balles, mais le sol en marbre brillait, et l'on percevait, de l'autre côté des portes en bois ouvragé situées à l'extrémité du hall, l'écho de voix nombreuses.

Annabelle hésita, puis se dirigea vers elles, mais, lorsqu'elle les ouvrit, un intense vacarme l'accueillit, cependant qu'elle découvrait, sur des matelas, des couvertures et des civières, posés à même le sol, des hommes, des femmes et des enfants blessés. Des infirmières s'affairaient, des volontaires couraient avec des bols et des serviettes, soucieux de nettoyer les vomissures et le sang répandu, tandis que les médecins soignaient leurs patients.

— Salut, toi ! Tu es venue nous aider ?

Deux yeux d'un bleu très vif, un nez couvert de taches de rousseur et un sourire engageant. Une folle tignasse rousse sous le calot de volontaire… Le tablier de l'inconnue était couvert de sang.

— Je m'appelle Annabelle Blake. Je viens de Londres.

— J'espère que tu es une vraie infirmière, parce que toutes celles-là s'imaginent qu'elles savent tout, mais en réalité, elles n'y connaissent rien.

La jeune femme grimaça.

— J'ai travaillé à l'hôpital St Swithin's de Londres, déclara Annabelle avec fermeté.

— Parfait. Retire ton manteau et va te laver les mains. On n'a pas le temps de traîner. Il y a eu un bombardement et l'on croule sous les blessés.

— Qui est le responsable ? s'enquit la nouvelle venue, qui, après avoir posé son manteau et son sac, trouva un bol d'eau pour se laver les mains et les avant-bras.

— Dieu seul le sait ! On n'arrête pas de changer d'affectation, c'est personne et c'est tout le monde. À ta place, je m'adresserais quand même au Dr Quemada. C'est le chirurgien en chef de l'hôpital.

Suivant la direction que la jeune femme lui indiquait de l'index, Annabelle repéra un grand gaillard d'une quarantaine d'années, aussi brun, aussi élégamment espagnol que Joaquin.

— Il parle anglais ?

— Mieux que moi. Il est espagnol, mais il est né aux États-Unis.

La volontaire, qui dansait maintenant d'un pied sur l'autre, baissa le regard sur la pile de serviettes dans ses bras :

— Je ferais mieux de filer. Au fait, je m'appelle Sal. Sal Piper.

— Enchantée, Sal, et merci pour ton aide.

Annabelle se sécha les mains, avant de se frayer un chemin jusqu'au Dr Quemada.

— Excusez-moi, monsieur. Je suis l'infirmière Blake. Que désirez-vous que je fasse ?

L'homme, qui examinait une plaie profonde à la poitrine d'un patient, s'interrompit brièvement, leva vers elle un œil chocolat bordé de longs cils. Un sourire lent dévoila des dents très blanches et accentua joliment ses pattes d'oie.

— On jurerait que vous venez de faire la guerre vous aussi, fit-il en la toisant, de ses grosses chaussures à ses cheveux en bataille, en passant par son visage crasseux, sur lequel il s'attarda l'espace d'un instant. Êtes-vous certaine de ne pas être trop fatiguée pour vous mettre tout de suite au travail ?

— J'ai franchi les Pyrénées, dormi dans une grotte, monté sur un cheval pour la première fois de ma vie, avant de terminer mon périple à bord d'un vieux camion rouillé. Si j'ai pu faire tout cela sans m'effondrer, alors je suis capable d'enchaîner sur n'importe quelle tâche. Je me reposerai plus tard.

Le médecin gloussa.

— Dans ce cas, bienvenue dans notre maison de fous, infirmière Blake.

Il lui serra la main avec chaleur.

— Nous avons grand besoin de jeunes femmes de votre trempe. Allez chercher un tablier, puis refaites ce pansement. Vous ne tarderez pas à tout comprendre de notre organisation.

Ragaillardie par son accueil, et ravie que l'on eût enfin besoin d'elle, Annabelle oublia le chagrin qu'elle avait éprouvé plus tôt d'avoir dû se séparer d'Henri. Elle courut enfiler son uniforme et dénicher un tablier propre.

9

Avril 1937

George s'était jeté à corps perdu dans le travail. Il avait aussi eu l'idée, pour alléger le fardeau financier dont il s'était lesté en achetant la maison, le cabinet et la clientèle de son prédécesseur, de louer le dernier étage de la demeure à deux étudiants en médecine. Il était devenu membre du club de golf local et s'était remis au rugby, qu'il pratiquait chaque fois que son emploi du temps le lui permettait. Il avait même réussi à établir un tableau de service pour ses confrères de Dartford et lui-même, afin que l'on pût pallier toutes les absences, et qu'une fois par mois chacun pût s'offrir un week-end de repos bien mérité. Le golf permettait au jeune homme de rester en bonne santé. Le rugby, qui le laissait courbatu et contusionné, était son défouloir, et il avait eu le plaisir de constater qu'à trente ans il demeurait en forme, agile et capable de jouer un rôle prépondérant parmi les avants de son équipe.

Si Annabelle ne lui avait tant manqué – elle lui manquait à toute heure du jour ou de la nuit –, rien, ou presque, n'aurait assombri cette nouvelle existence qu'il avait récemment bâtie. Felicity Jenkins, que les patients de George adoraient, se révéla d'une grande efficacité. Son unique défaut : elle insistait pour apporter à son employeur des daubes et du pudding au lait dont, la plupart du temps, il faisait cadeau à ses locataires. Car Felicity craignait que le jeune médecin ne se nourrît pas assez, ni assez sainement – l'infirmière de district était du même avis, et la sage-femme, ainsi que plusieurs de ses patientes, qui, régulièrement, lui offraient des gâteaux, des biscuits, des tourtes et des ragoûts. George, qui devait ce traitement de faveur à son état de célibataire, se félicitait que le golf et le rugby lui permissent malgré tout de ne pas prendre de poids.

Il contempla son reflet dans le miroir, tapota son ventre toujours plat, puis finit de se vêtir. Il noua sa cravate du club de rugby, avant de brosser ses cheveux noirs et d'enfiler la veste en tweed superbement ajustée à ses larges épaules. Il mesurait moins d'un mètre quatre-vingt, mais il était robuste, comme son père avant lui, qui, en son temps, avait également joué au ballon ovale. Le jeune homme, sans être imbu de sa personne, n'ignorait pas que, lorsqu'il consentait quelques efforts, il pouvait se rendre extrêmement séduisant. Satisfait, il s'éloigna de la glace, passa chercher sa pipe et ses allumettes au salon, avant de dévaler l'escalier, impatient de participer au banquet annuel du club.

Il ramassa, dépassant de sous le paillasson, une enveloppe, sur laquelle il reconnut l'écriture d'Annabelle. Il oublia dans l'instant le festin et alla dans la cuisine, songeant aux notes rapides que la jeune femme lui avait déjà envoyées à plusieurs reprises.

Même s'il ne comprenait toujours pas comment elle avait pu s'enfuir à Paris du jour au lendemain, telle une voleuse, et quoiqu'il ne décolérât pas de la savoir en train de risquer sa vie chaque jour en Espagne, il admirait son courage. Elles ne devaient pas être bien nombreuses, les femmes capables de se jeter dans une telle aventure, et, là-bas, Annabelle s'épanouissait.

George s'empara des minces feuillets froissés. L'en-tête de la missive lui apprit qu'elle avait été rédigée trois mois plus tôt, et que son amie avait quitté Tarragone pour la municipalité de Cañete, située à un peu plus de cent kilomètres de Valence. Il entama sa lecture.

15 février

Mon très cher George,

Je t'écris dans la précipitation car, une fois encore, on s'apprête à nous évacuer, et j'ignore quand je pourrai t'écrire à nouveau. L'aviation ennemie ne cesse de nous bombarder, et les monstres fascistes semblent résolus à se concentrer tout particulièrement sur les hôpitaux et les villages restés fidèles aux républicains. Vu le nombre de bombes larguées, les dégâts se révèlent étonnamment minimes mais, quand à ces attaques succède une rafle organisée par les brutes les plus zélées du lot, plus personne ne se trouve en sécurité.

Une division italienne s'en est récemment prise à nous et, bien que les gardes républicains chargés de notre protection soient parvenus à la repousser, on redoute une attaque de plus grande envergure, menée par les nationalistes de Franco, qui ont déjà détruit et pillé plusieurs localités voisines.

Nous venons de passer la journée à emballer tout notre matériel et à rediriger nos patients les plus lourdement atteints vers un autre hôpital. On a autorisé certains blessés capables de marcher à regagner leur domicile, mais tous les autres vont s'en aller avec nous, à bord des ambulances que Rafael Quemada a réussi à obtenir à force d'implorer, à emprunter ou à voler aux équipes médicales américaines, qui, de toute évidence, sont beaucoup mieux équipées que nous.

Les récents bombardements ont dérangé les rats, qui nous harcèlent chaque jour un peu plus. Ils semblent immunisés contre le poison que nous déposons dans tous les coins de l'hôpital pour nous en débarrasser. Résultat, ils volent ou souillent le peu de nourriture qui nous reste. Nous vivons de riz, de pain et d'amandes, ainsi que d'un curieux mélange de thé et de café additionné d'eau chaude. Il n'y a plus ici ni sucre ni lait, mais au moins, nous buvons chaud, et ce drôle de breuvage nous donne l'illusion, certes très passagère, d'avoir le ventre plein.

La pluie ne s'arrête plus, si bien que nos vêtements ont commencé à moisir. Nous sommes cernés par un lac de boue. Il ne nous reste plus qu'à croiser les doigts pour que les ambulances parviennent à nous emmener loin d'ici. Sur ce, je dois filer. Je finirai ma lettre plus tard.

Avec toute mon affection,

Annabelle

George ne pouvait qu'imaginer de loin les épreuves qu'elle endurait et l'effroi qui, souvent, devait être le sien. Cependant, le cœur ne lui manquait toujours pas. Elle avait survécu à la situation extrême que l'on connaissait alors à Cañete, car la lettre se poursuivait.

26 février

Communauté autonome d'Aragon

Nous avons dit adieu à notre cher Rafael Quemada, muté dans une unité américaine, aux abords de Madrid, et nous avons eu beaucoup de mal à nous habituer à son successeur, un Anglais plein d'arrogance, qui s'appelle Cyril Beecham. Mais mieux vaut n'importe quel chirurgien plutôt que pas de chirurgien du tout, et je suis à peu près persuadée qu'il ravalera sa suffisance dès que l'aviation ennemie recommencera à nous bombarder et que le nombre de blessés ira en augmentant.

Nous nous sommes installés il y a plus de dix jours dans l'hôpital de la mission de Santa Rosa mais, comme il n'en demeurait pour ainsi dire que des ruines, nous avons passé tout notre temps à nettoyer, à réparer, à tenter d'aménager au moins deux salles assez propres pour y accueillir nos patients. Hélas, il est impossible d'avoir un bloc opératoire stérile, si bien que Beecham doit pratiquer ses interventions sous des draps frais lavés suspendus à un système de poulies, qui retombent autour de la table d'opération comme une toile de tente.

Nous devons aussi faire bouillir l'eau avant de pouvoir la boire, et laver tous les linges, tous les pansements. Nous les lavons après nos longues heures de travail. Cela est dur, mais nous tenons le coup. Il se trouve ici très peu de lits, mais nous avons réussi à dénicher un menuisier qui en fabrique avec tout ce qui lui tombe sous la main. Son ingéniosité force l'admiration. Nous disposons depuis peu de cales pour rehausser les lits qu'il nous a livrés, de dossiers, de poulies, de brancards, de planches dorsales, autant de choses qui nous permettent de soulager un peu nos malheureux patients.

Nous nous occupons aussi bien des civils que des militaires. La barbarie dont l'ennemi est capable envers les femmes et les enfants me bouleverse, George. Ici, j'ai vu des choses terribles, et la seule façon de les supporter consiste pour nous à poursuivre notre travail sans répit, à faire tout notre possible pour soulager un peu cette souffrance. J'éprouve un immense respect pour les volontaires qui se démènent infatigablement, et sans jamais se plaindre, eux à qui, pourtant, on confie les tâches les plus ingrates. La petite Sal Piper, originaire du quartier londonien de l'East End, est un véritable rayon de soleil : même au terme des journées les plus accablantes, elle garde le sourire, et son rire est contagieux.

Les nouvelles nous parviennent au compte-gouttes. On parle de terribles combats dans le Nord, entre les nationalistes et les Brigades internationales. La bataille fait rage depuis plusieurs jours, sans que l'on puisse établir de vainqueur, mais le nombre de morts est déjà proprement insoutenable. Il me tarde de recevoir des nouvelles d'Henri, d'Étienne, de Bertram et d'Arthur. Je me fais un sang d'encre mais, comme tu peux t'en douter, les communications sont difficiles, et l'acheminement du courrier terriblement lent. Pour le moment, je n'ai reçu qu'un petit mot d'Henri, en janvier.

En revanche, et cela me soulage immensément, Caroline m'a enfin écrit. Elle exerce dans un hôpital de campagne, non loin d'Albacete. Elle travaille avec des Américains, qui, s'ils manquent autant que nous de bonne nourriture, n'ont en revanche aucune difficulté à se procurer le matériel médical dont ils ont besoin. J'espère que nous allons bientôt réussir à nous retrouver au même endroit, au même moment, mais tout dépend de nos supérieurs et des bombardements ennemis… Pour être tout à fait honnête, je doute que ce jour arrive… Au moment où elle a rédigé sa lettre, ses frères, Arthur et Bertram, étaient toujours vivants, et en bonne santé. Cela me soulage beaucoup, et je suis sûre que leurs parents s'accrochent à cet espoir de les revoir tous trois lorsque cette affreuse guerre sera terminée.

Et pourtant… Pourtant, malgré l'horreur et les épreuves, je suis heureuse, George. J'exerce enfin mon métier selon mes vœux, et je me sens utile. J'ignore ce que l'avenir me réserve, mais le fait est qu'il m'aura été donné, au moins une fois dans ma vie, de faire ce pour quoi je suis née.

J'espère que ta nouvelle existence te comble. Si j'en crois tes lettres, qui finissent toujours par arriver jusqu'à moi, ta maison est merveilleuse, et j'essaie de m'imaginer assise dans ton superbe jardin, par un beau jour d'été, peut-être en train de déguster un bol de fraises à la crème ! Oh, comme la vie était facile à l'époque où nous allions pique-niquer dans le parc… Nous étendions une couverture sur l'herbe très verte et très drue… Les premiers petits signes du printemps londonien me manquent beaucoup, ici, sur cette terre nue, rouge et poussiéreuse. Mais les souvenirs de ces moments que nous avons passés ensemble me consolent chaque fois que la situation se tend.

Des camions arrivent, je les entends. Il faut que je te laisse. Je finirai plus tard.

George tourna la page, avec l'espoir que la jeune femme allait évoquer encore d'autres souvenirs communs… Mais il ne découvrit qu'un paragraphe, à l'encre mouillée de larmes.

Les camions arrivaient du front. Plusieurs blessés sont morts pendant le trajet, d'autres ont survécu tout juste assez longtemps pour nous voir nettoyer leurs plaies et leur adresser des paroles de réconfort. Arthur Howden, mon cher ami d'enfance, s'est éteint dans mes bras à 2 heures ce matin. Et si je pleure, c'est certes parce que je tenais beaucoup à lui, mais aussi parce que je songe au terrible chagrin qu'éprouveront bientôt ses parents, ainsi que son frère et sa sœur,

Annabelle

Le soleil de juin cognait impitoyablement. La poussière bouchait tous les pores de toutes les peaux, elle asséchait les gorges, pénétrait dans les yeux et les oreilles… Étienne se sentait fourbu et ne parvenait pas même à porter son stylo jusqu'au papier qu'il avait eu pourtant l'intention de noircir. La chaleur, la poussière et les vastes nuages de mouches le rendaient fou, mais il se tenait là, dans ce défilé rocheux peu profond, auprès d'Henri, et ces maudites bestioles couraient sur lui et le dévoraient.

Les deux hommes, qui ne s'étaient pas lavés depuis de nombreux jours, faisaient peur à voir. Leurs yeux piquaient, pleuraient de sous leurs paupières enflées par la lumière intense et l'irritante poussière. Ils ne sentaient même plus leur propre puanteur, non plus que celle des corps en décomposition de leurs camarades. Ils ne sentaient presque plus rien. Ils laissaient aller et venir les mouches.

Le terrible combat pour le petit village situé au nord-est de Madrid avait duré longtemps, si longtemps que l'entraînement de trois semaines qu'ils avaient suivi à leur arrivée en Espagne n'avait pas suffi, tant s'en fallait, à les préparer à affronter le tumulte dans lequel ils s'étaient trouvés projetés. La lutte avait continué pendant six mois, sans pratiquement aucun répit.

Le bombardement et la destruction de Guernica n'avaient fait qu'augmenter leur détermination à vaincre l'ennemi coûte que coûte. Car Guernica était la capitale historique et spirituelle du Pays basque et, même si aucun membre de leurs deux familles ne s'y était rendu en ce funeste lundi, jour de marché, nombre de leurs voisins, hélas, s'y trouvaient. La quantité de morts ne cessait d'augmenter à mesure que s'éteignaient les blessés les plus gravement atteints et que l'on découvrait d'autres cadavres parmi les décombres.

La petite communauté agraire qu'ils tentaient à présent de prendre avait été presque anéantie par des légionnaires marocains et carlistes. Les Brigades internationales avaient envoyé sur place des volontaires canadiens et français pour repousser les fascistes et secourir les habitants. Hélas, les chasseurs italiens ne cessaient de les mitrailler au sol, tandis que les Heinkel larguaient sur eux leurs bombes, et qu'une mitrailleuse Hotchkiss, dissimulée dans le clocher de l'église, les visait dès qu'ils essayaient de lever la tête au-dessus des affleurements rocheux derrière lesquels ils s'abritaient.

Le commandant placé à la tête de leur brigade était un homme cruel, prompt à rudoyer ses hommes et à leur promettre la mort s'il ne jugeait pas leurs blessures assez graves pour les empêcher de se battre, ou s'il les soupçonnait de feindre la maladie. Il voyait de la lâcheté dans le moindre accès de faiblesse, dans les vacillements d'un homme éreinté, dans les plaintes d'un blessé. Jamais il n'hésitait à passer par les armes l'un de ses subordonnés, s'il avait vu en lui un maillon faible. Il n'était pas un homme, parmi eux, qui ne le détestât et ne le craignît à la fois, au point qu'Étienne était persuadé que, si l'occasion se présentait un jour, quelqu'un finirait par lui rendre la monnaie de sa pièce en lui logeant une balle entre les deux yeux.

Ce n'était en rien l'aventure glorieuse à laquelle le jeune homme avait rêvé, cela n'était pas la guerre dont on pouvait s'imaginer sortir un jour en héros… Il s'agissait d'un assaut implacable et violent, ininterrompu, qui se jouait sous le soleil atroce de l'Espagne, un combat dérisoire pour quelques mètres carrés de terrain, que le vainqueur s'empressait de perdre à nouveau avant la fin de la journée. Étienne et Henri avaient vu tomber leurs camarades, ils avaient entendu les hurlements épouvantés de ceux dont les blessures se révélaient si graves qu'ils ne sentaient plus rien, ignorant qu'ils s'apprêtaient à mourir. Lorsqu'ils parvenaient exceptionnellement à prendre un peu de repos, des cauchemars les assaillaient, mais le plus terrible d'entre eux, ils le vivaient éveillés, chaque fois que, pénétrant trop tard dans une ville ou un village, ils y découvraient des corps déchiquetés de femmes et d'enfants en train de pourrir à l'endroit même où ils étaient tombés. Le cauchemar était aussi dans les fosses communes creusées à la hâte, où s'entassaient les cadavres de ceux que l'on avait contraints à les creuser avant de les abattre…

— Merde ! cracha Étienne avec dégoût, comme une mouche se posait sur ses lèvres. Je jure devant Dieu, Henri, que si j'en réchappe, j'inventerai un produit qui fera disparaître toutes ces saletés de la surface de la terre.

— Je te souhaite de réussir, car tu feras fortune, murmura son ami en continuant à croquer les formidables montagnes de la sierra de Guadarrama, dont les plus hauts sommets demeuraient couverts de neige en dépit du soleil de plomb qui frappait plus bas.

Étienne tenta de détendre les muscles de ses jambes, saisis par des crampes, tandis qu'il se blottissait derrière des rochers, en quête d'ombre. Les deux hommes se trouvaient piégés là depuis le milieu de la matinée, empêchés de s'enfuir par la mitrailleuse et les tireurs embusqués tout autour du village. Remuant un peu, et gauchement, Étienne essaya de se délasser, mais la faim le torturait, et la chaleur de midi devenait insoutenable. Il ne restait que quelques gorgées d'eau saumâtre au fond de sa gourde de cuir. S'ils ne battaient pas en retraite au plus vite, ils ne survivraient pas.

Il observa Henri un moment. Comment pouvait-il se montrer aussi calme ? Le peintre tourna l'une des pages de son carnet de croquis pour esquisser à présent les ruines du village, qui se dressaient au bord d'une plaine fertile où des rivières et des lacs scintillaient sous un ciel déteint.

Ayant rajusté ses lunettes de soleil, Étienne contempla les lieux dévastés. On avait piétiné les champs cultivés, abandonné les machines agricoles. Le bétail, rassemblé promptement par les fascistes, avait été massacré pour nourrir les envahisseurs. Les bombes et les tirs nourris avaient rendu les maisons en adobe à la poussière, leurs toits d'ardoise et de tôle ondulée s'affalant, au moment de l'impact, sur leur sol en terre battue, broyant les malheureux qui n'avaient pas eu le temps de fuir. Certains habitants étaient parvenus à se sauver au tout début des combats, mais la plupart d'entre eux avaient été fauchés ensuite par la mitrailleuse. On ne repérait plus, à présent, le moindre mouvement dans le village.

— Nous n'avons qu'à laisser tomber, siffla le jeune homme avec colère. De toute façon, ça ne sert strictement à rien.

Henri termina son dessin, referma son carnet, qu'ensuite il fourra dans sa sacoche.

— Personne ne nous demande de réfléchir, murmura-t-il en commençant à nettoyer son fusil. Mais je t'accorde que, sur ce coup, nous ne sommes d'aucune utilité à personne.

Étienne entendit un homme siffler entre ses dents un peu plus loin. Son estomac se noua : on se préparait à avancer de nouveau. Du pur suicide… Cependant, il s'assura du bon fonctionnement de son fusil et de son pistolet, puis roula sur le flanc.

— Si j'y reste, fit-il à Henri, préviendras-tu mes parents ?

— Bien sûr que oui. Et toi, si c'est moi qui meurs, le diras-tu aux miens ainsi qu'à Annabelle ?

Étienne hocha la tête, songeant déjà à la direction qu'ils allaient suivre dès qu'on leur ordonnerait d'avancer pour de bon. Il fallait, avant tout, détruire la mitrailleuse. L'œil étréci, il considéra le trajet le moins susceptible d'attirer des tireurs embusqués. Il y avait là-bas deux maisons en ruine, et…

— En avant ! En avant !

Les armes se mirent à parler et, dans un colossal rugissement de défi, les volontaires quittèrent leurs cachettes pour se jeter au-devant de la mortelle mitrailleuse.

— Suis-moi ! brailla Étienne.

Il se baissa et, au lieu d'emboîter le pas à ses compagnons jusqu'à la place du village, où la mort les attendait, il courut vers le mur écroulé le plus proche. Des balles s'enfonçaient dans le sol meuble à ses pieds, d'autres sifflaient à ses oreilles.

Il atteignit le mur, contre lequel il jeta tout son poids. Henri le rejoignit. L'adrénaline lui avait fait oublier instantanément sa fringale et sa fatigue. Il était concentré. Risquant un œil par-delà le bord du mur, il sentit le vent de la balle d'un tireur embusqué lui souffler au visage, et se jeta contre la maison suivante.

L'écho répercuta le son des rafales de la mitrailleuse dans toute la plaine, et avec elles le bruit des grenades, les lamentations stridentes des balles, les claquements de leurs ricochets, qui tous se mêlaient aux appels comme aux cris. Étienne évalua la distance qu'il aurait à parcourir pour atteindre la grange effondrée : il risquait de se retrouver trop longtemps à découvert. Il changea d'avis, opta pour les enclos, qu'il désigna de l'index à Henri. Lorsque celui-ci eut hoché la tête en signe d'approbation, Étienne se jeta sur le sol pour rouler à toute vitesse dans l'ombre de la clôture en bois.

Dès qu'Henri l'eut rejoint, les deux hommes sourirent d'une oreille à l'autre – ils étaient couverts des saletés mille fois brassées de la porcherie.

— Il faut à tout prix en finir avec ce salopard de mitrailleur ! hurla Étienne. Si l'on réussit à pénétrer dans la grange, on pourra grimper sur les poutres. De là, on devrait avoir une vue bien dégagée. Tu es avec moi ?

Henri acquiesça, puis considéra la grange, la mine résolue.

— Tireur embusqué, prévint-il son ami en avisant l'homme à plat ventre sur le toit, qu'il abattit.

Ils se mirent à ramper dans la fange nauséabonde. Les balles s'enfonçaient les unes après les autres dans le bois des clôtures. Quelqu'un les avait repérés. S'ils restaient là, on les tuerait. Après avoir échangé un regard entendu, ils se précipitèrent au mépris des tirs dont ils étaient la cible.

— On a réussi ! haleta Henri en se cachant derrière les bottes de paille entassées dans la grange.

Ils sourirent encore, pareils à deux écoliers, puis reprirent leur souffle peu à peu.

Le mitrailleur cribla le mur de la grange avec soin, de petits trous bien alignés, à quelques centimètres au-dessus de la tête des jeunes hommes.

— Cette fois, on va lui faire sa fête, dit Henri à voix basse, avant de commencer à gravir les bottes de paille.

Les poutres formaient une voûte, comme dans une église. Henri se hissa sur l'une d'elles après avoir atteint la plus haute botte de paille. Quelques secondes plus tard, Étienne le rejoignit, puis ils donnèrent de petits coups dans l'un des murs d'adobe, afin d'y pratiquer des trous suffisamment grands pour pouvoir observer ce qui se tramait au-dehors.

— Il a acculé nos camarades dans le hangar à grain, constata Henri en glissant dans l'un des orifices le canon de son arme.

Il colla son œil droit au viseur, ferma le gauche, de l'index effleurant la gâchette. Il se concentra sur le crâne du mitrailleur. Tira. L'homme s'effondra comme un arbre que l'on vient d'abattre, et la mitrailleuse se tut.

Étienne se chargea d'un deuxième soldat, qui venait de se précipiter pour prendre la relève de son camarade, en tua un troisième.

Une fois la mitrailleuse mise hors d'état de nuire, les volontaires, reprenant courage, traversèrent la place du village au triple galop, en tirant sur tout ce qui bougeait. Un tireur embusqué, hélas, en abattit beaucoup avant qu'Henri parvînt à le localiser, puis à lui régler son compte. Étienne en avait fait autant de son côté.

Les tirs se raréfièrent. Les deux amis quittèrent leur cachette. Ils se présentèrent à l'entrée de la grange, le fusil à l'épaule, prêts à se défendre. Mais les derniers soldats ennemis avaient été faits prisonniers entre-temps, et on les avait placés sous bonne garde dans le hangar à grain. Les volontaires soignaient à présent leurs blessés, ou pillaient consciencieusement les réserves de vin du village.

Étienne et Henri échangèrent une poignée de main fraternelle, puis se rendirent sur la place. Hélas, un soldat ennemi se tenait sur le toit du hangar à grain, dont personne ne soupçonnait la présence…

Henri entendit la détonation une fraction de seconde après avoir senti un choc violent au niveau de l'épaule. Le deuxième coup lui fit perdre l'équilibre, il tituba, avant de s'écrouler, tandis qu'un troisième tir manquait son crâne de très peu. Hébété, il entendit répliquer l'arme d'Étienne, et ses compagnons crier. Il ne souffrait pas, mais une étrange torpeur s'emparait de lui.

— Ça va aller, Henri. Je vais aller chercher de l'aide. Surtout, reste avec moi. Tu m'entends ? Reste avec moi.

La voix d'Étienne lui parvenait assourdie, et il y discerna de l'angoisse, ce qui l'étonna beaucoup. Soudain, il eut très mal, puis il sentit qu'on le remettait debout. La douleur, insoutenable à présent, semblait tout près de le couper en deux – elle s'insinuait au plus profond de sa chair, l'assaillait en vagues successives.

C'est donc ce que l'on éprouve au moment de mourir, songea-t-il fugacement, avant que des ténèbres immenses eussent commencé à s'assembler autour de lui.

— Je t'interdis de mourir, fit Étienne d'une voix ardente.

Henri ne se sentait pas prêt à mourir. Pas avant d'avoir revu Annabelle. Mais la douleur le dévorait, et l'obscurité allait s'épaississant, et elle lui promettait de soulager ses souffrances… À cet appel pressant, il ne put résister.

10

Le bâtiment de la mission catholique se dressait à la sortie du village, et, au sommet de son clocher, une croix de fer affirmait sans ambiguïté la préoccupation de ses membres, à savoir la bonne santé spirituelle de la petite communauté agraire de Santa Rosa. L'endroit avait été abandonné après que de sinistres pillards, partisans de Franco, l'avaient pris pour cible, en quête de nourriture et de trésors cachés. Furieux de n'avoir déniché ni l'une ni les autres, ils avaient assassiné le prêtre et sa bonne, puis terrorisé le village, avant qu'une brigade de républicains les eût appréhendés, puis jetés en prison. L'édifice abritant la mission se révélant de bonne taille, situé dans une zone de peu d'intérêt pour les belligérants, on était convenu, en haut lieu, qu'il ferait un parfait hôpital.

Les jeunes hommes du village étaient partis combattre, mais les femmes, aux côtés des hommes plus âgés, avaient participé à la remise en état du toit ainsi que des murs pris pour cible par les maraudeurs enivrés. Le vieux menuisier était parvenu à fabriquer une bonne trentaine de lits avec les maigres matériaux qu'il avait récupérés çà et là. L'eau, il fallait la tirer au puits du village, et l'on avait dû se passer d'électricité, jusqu'à ce que l'on eût fait venir un générateur de Tarragone. Le fourneau était si vieux que l'on craignait qu'il explosât un jour, ou bien qu'il s'effondrât et mît le feu à l'ensemble de l'édifice.

On commença par aménager deux salles, dans le logement du prêtre. Puis, après avoir abattu deux cloisons, on fit, de la chambre de la bonne, une salle d'opération. Les six infirmières, les deux volontaires et le chirurgien vivaient, à l'arrière de l'habitation principale, dans ce qui avait été naguère une salle de classe. De minces séparations leur offraient un semblant d'intimité, et, en dépit des matelas peu épais, des lits trop durs, tous dormaient d'un sommeil de plomb, éreintés jour après jour par le poids de leur tâche.

À en croire Sal Piper, les toilettes extérieures ressemblaient à s'y méprendre à celles qu'elle avait connues dans l'East End. À ceci près qu'ici, la nuit, il fallait composer avec les scorpions, les serpents et les lézards, ainsi que, parfois, avec d'énormes araignées velues.

Annabelle abandonna la brosse à poil dur dans le seau empli d'eau sale, replaça quelques mèches folles dans son chignon, puis se frotta les reins. La sueur ruisselait sur son visage, et la robe de son uniforme collait à sa peau moite. L'eau très chaude et le savon phéniqué avaient rougi ses mains. Toutefois, cette corvée abrutissante qui dissipait momentanément son chagrin lui convenait. Pauvre Arthur…

Elle se consolait un peu en songeant qu'il n'était pas mort seul, au milieu d'étrangers. Qu'il avait compris, bien qu'en proie au délire et à de terribles souffrances, qu'elle se tenait auprès de lui. Elle l'avait soutenu jusqu'à son dernier souffle. Quelle tristesse, cependant…

— Ça a meilleure allure, pas vrai ? fit Sal Piper en s'accroupissant sur ses talons avec un soupir satisfait – elle contemplait le sol impeccablement briqué de la salle.

— C'est le moins que l'on puisse dire, approuva Annabelle, qui se remit debout. Mais avec toute cette poussière qui ne cesse de rentrer, on n'en a jamais fini.

Elle lorgna les fenêtres aux volets fermés, si mal ajustées qu'elles ne servaient pour ainsi dire à rien.

— J'ai demandé à Emmanuel de les réparer, enchaîna-t-elle, mais je crois que même lui ne pourra pas faire grand-chose.

Les jeunes femmes, ayant saisi leurs seaux, sortirent dans l'ébauche de potager, flétri déjà bien que l'on eût tendu au-dessus de lui une bâche pour l'ombrager. Après avoir vidé les seaux au pied des plants de tomates assoiffés, des poivrons, des oignons et des pommes de terre, elles regardèrent la terre, d'un ocre pâle, boire l'eau très vite, puis retourner à sa sécheresse initiale.

— C'était une bonne idée, le jardin, commenta Sal, mais j'ai bien peur que l'on n'en tire pas grand-chose.

Annabelle, à l'origine du projet, avait rapidement deviné qu'il était voué à l'échec. Elle avait suivi à la lettre les instructions données par l'agriculteur à qui elle avait acheté des graines, elle avait ajouté de l'engrais… En vain.

— Heureusement que les provisions sont arrivées aujourd'hui, dit-elle. Et si j'en crois mes narines, Marge et Cybill sont en train de nous préparer quelque chose de délicieux.

— Elles sont épatantes. Il faut dire qu'elles doivent être habituées à la chaleur, elles, puisqu'elles sont australiennes. Moi, je ne tiendrais pas plus d'une minute ou d'eux dans la cuisine. Une vraie fournaise.

— Elles sont originaires d'une petite ville tout près d'Alice Springs, et Marge m'a affirmé qu'il règne là-bas des températures épouvantables.

— Eh bien moi, repartit Sal, je ne suis pas pressée d'être en été. La femme d'Emmanuel m'a dit que l'on n'en était qu'au tout début et, sans cette maudite guerre, les villageois auraient déjà fichu le camp dans les montagnes, où ils ont l'habitude de s'installer chaque année en juillet et en août.

Annabelle tourna le regard vers la calotte de neige, qui continuait de coiffer obstinément le sommet le plus haut. Elle s'essuya le visage avec un pan de son tablier. Elle imagina, l'espace d'un instant, l'air frais de la montagne, l'eau glacée des ruisseaux courant à travers les prairies opulentes… *Si j'en avais la possibilité, moi aussi je grimperais tout là-haut…*

La nuit ne tarderait plus à tomber, mais on étouffait encore. Le sol aride de la vallée demeurait brûlant, une brume de chaleur estompait l'horizon, tandis que dans un ciel toujours décoloré, le soleil commençait à se coucher. Le décor était spectaculaire. La terre, là-bas, ressemblait à de la poudre de piment, où luisaient les minces entailles argentées de cours d'eau peu profonds. La serranía de Cuenca s'enveloppait de profondes ombres indigo. De hauts cactus, des touffes d'herbe jaune et des oliviers aux troncs biscornus ponctuaient la plaine rocailleuse, et par-delà le village, très loin, Annabelle distinguait le gris-vert, pâle et trouble, de vastes pâturages.

— Ça ressemble vraiment pas à chez nous, soupira Sal. Je donnerais n'importe quoi pour un peu de pluie et de vent bien froid.

— Tu ne tarderais pas à te plaindre aussi, se mit à rire Annabelle. Rappelle-toi les torrents d'eau et de boue que nous avons dû affronter il n'y a pas si longtemps.

Sal hocha la tête en grimaçant :

— Ils font pas les choses à moitié, dans le secteur. Soit on cuit, soit on se noie.

Annabelle observa le sol parcheminé, les oliviers abrutis de chaleur, les tourbillons de poussière en train de traverser la place désertée du village… Elle se rappela l'herbe grasse des parcs londoniens, le glouglou des fontaines, le vert tendre des premières feuilles… Il lui arrivait aussi de penser aux petits matins froids et brumeux, de regretter le crachin, le soleil de plein été, autrement plus aimable que celui qui consumait actuellement cette région de l'Espagne…

— Je ferais mieux de filer, dit Sal. J'ai promis au sergent Smith de lui lire sa lettre. Il va croire que je l'ai oublié.

Demeurée seule à l'ombre de la bâche, Annabelle s'assit sur le banc fabriqué par le menuisier. Elle alluma une cigarette. Elle avait pris cette habitude quelques semaines plus tôt, et bien que le tabac bon marché lui irritât la gorge et qu'elle en jugeât le goût plutôt mauvais, fumer l'aidait à se détendre et à lui faire oublier brièvement la faim qui la tenaillait. Mais ce jour-là, comme les arômes de l'oignon en train rissoler et le fumet de la viande flottaient jusqu'à elle, elle sentit gronder son estomac.

Les provisions s'étaient peu à peu raréfiées, au point que l'équipe médicale s'était vue dans l'obligation de se rationner drastiquement pour permettre à ses patients de continuer à manger à leur faim. Une croûte de pain, une poignée de riz dans une soupe trop claire… On mastiquait avec lenteur, et l'on avalait, pour tenter de se rassasier davantage, de l'eau bouillie ou de larges gorgées de ce curieux cocktail de café et de thé. Lorsque le convoi était enfin arrivé, on s'était empressé de décharger les cartons de boîtes de conserve, ainsi que les sacs de farine et de riz. L'ambiance, soudain, était presque à la fête, et les patients eux-mêmes semblaient reprendre du poil de la bête à l'idée de découvrir, le soir dans leurs assiettes, autre chose que le mélange ordinaire de riz et de légumes.

Annabelle s'adossa au banc, porta instinctivement les doigts à la bague qu'Henri lui avait offerte et qui, glissée sur un mince lacet de cuir, ne quittait pas son cou. Elle revint de nouveau à l'Angleterre, aux êtres qu'elle y chérissait. À l'évidence, la nouvelle vie de George le comblait, mais s'était-il seulement aperçu que Felicity Jenkins était en train de lui faire du plat ? Elle eut la surprise de se découvrir un peu contrariée à la perspective de savoir son ami attiré par une autre femme. Elle eut beau réfléchir, elle ne parvint pas à résoudre ce mystère.

Camille lui avait écrit plusieurs lettres, dans lesquelles elle redisait sa crainte que sa fille ne fût pas en sécurité – elle avait appris depuis peu le décès d'Arthur. Toutefois, elle continuait à se démener avec Philippa Howden pour lever des fonds permettant d'acheter, via Aline, du matériel médical en France, qu'ensuite on acheminait vers l'Espagne. Edwin approuvait les actions charitables de son épouse, dans la mesure où elles lui permettaient de fréquenter avec elle la fine fleur de la société anglaise – Annabelle soupçonnait néanmoins sa mère d'avoir tu à son mari la véritable destination des sommes recueillies.

La mort d'Arthur avait frappé durement Richard et Philippa, et les missives de Caroline, que son amie recevait à intervalles très irréguliers, disaient, elles aussi, tout le désarroi de la jeune femme, qui songeait même à regagner Londres pour y soutenir ses parents endeuillés. Annabelle doutait plus que jamais de parvenir à la voir avant leur retour en Angleterre. Combien de temps s'écoulerait-il d'ici là ? Personne n'en savait rien, car les combats se révélaient toujours aussi âpres, sans qu'aucun des belligérants n'exprimât le désir de s'avouer vaincu.

Dans ses lettres, Aline évoquait, pour sa nièce, ses propres efforts pour récolter de l'argent en faveur de causes nobles. Elle lui parlait des allées et venues de ses pensionnaires. Son exposition avait obtenu un succès retentissant. Cela lui avait permis d'éponger presque toutes ses dettes et de faire en partie réparer le toit de son logis. Mais l'allégresse ne l'emportait jamais sur son effroi de savoir Annabelle en grand danger. À présent qu'elle s'était prouvé à elle-même que rien ou presque ne lui faisait peur, pourquoi, insistait l'épistolière, ne pas regagner enfin Paris ?

La jeune femme avait en outre reçu des nouvelles d'Henri. Des lettres brèves, et des billets, qu'elle conservait précieusement, au même titre que les petites esquisses qu'il y joignait, le figurant, avec Étienne, en train de se tirer des situations les plus délicates. Quant à ses mots doux, ils venaient du cœur, indubitablement, effaçant, même pour une poignée de secondes, la distance qui les séparait l'un de l'autre.

Annabelle n'ignorait pas, cependant, qu'entre les mots griffonnés à la hâte se dissimulaient l'horreur et la peur, et le souvenir des atrocités dont le jeune homme avait forcément été le témoin, et qui resterait à jamais gravé dans sa mémoire. Car Annabelle avait recueilli maintes fois les confidences des blessés qu'elle soignait, elle avait constaté sur eux le ravage de ces cauchemars qui chaque nuit les hantaient… Henri, à coup sûr, ne faisait pas exception à la règle.

Elle avait été surprise de recevoir deux lettres d'Étienne, qui jusqu'alors s'était contenté de quelques mots amusants au bas de celles d'Henri. S'exprimant seul, il conservait ce ton badin, ajoutant des vers de mirliton qu'il avait troussés pour se moquer âprement de son supérieur hiérarchique, honni de tous ses hommes. La destruction de Guernica les avait bouleversés, mais du moins savaient-ils que leurs deux familles étaient saines et sauves.

Annabelle avait appris avec tristesse la mort de Joaquin et de Pedro, durant un bombardement. Elle avait pleuré, songeant à la force et au courage de Pedro, à la vitalité de son ami, à son amour immodéré de l'existence. Fauchés l'un et l'autre… Elle avait allumé une bougie dans la petite chapelle du village, et prié pour eux.

Comme elle écrasait son mégot sous sa semelle, elle posa les yeux sur la chapelle. Elle entretenait avec la religion des relations plutôt distantes, et la guerre avait ébranlé un peu plus sa foi déjà ténue, mais il était des instants où elle trouvait un peu de réconfort entre ces murs.

Elle traversa la place du village. La nuit était tombée à toute vitesse, comme à l'accoutumée – elle se laissait guider par les quelques lanternes allumées dans les demeures délabrées. Elle rendit leurs saluts aux hommes et aux femmes sortis tirer de l'eau au puits, évita un troupeau de chèvres dont les clochettes pendues à leurs colliers tintaient dans la pénombre.

Les murs épais de la chapelle et ses fenêtres étroites préservaient les lieux de la chaleur. Les semelles en caoutchouc de la jeune femme grincèrent sur les dalles de marbre. Elle remonta l'allée centrale, flanquée de bancs grossièrement équarris. Au contraire des églises qu'elle avait découvertes à Tarragone, celle-ci ne possédait ni tabernacle doré ni cierges. Pas d'étoffe richement brodée sur l'autel non plus, pas d'images précieuses figurant les quatorze stations du chemin de croix. Pas de chaire délicatement sculptée. L'autel consistait en une table ordinaire couverte d'un tissu de dentelle réalisé par l'une des paroissiennes, et l'on avait sculpté le crucifix dans du bois d'olivier. Les flammes de courtes chandelles disposées dans des bocaux en verre palpitaient sous une statue en plâtre de la Vierge. Les fresques ternies, qui jadis ornaient les murs de l'édifice, avaient peu à peu succombé à l'humidité des siècles.

Annabelle déposa une pièce de monnaie dans le tronc, alluma une chandelle et s'assit. Elle se sentit presque aussitôt paisible, et son esprit si las s'en trouva ragaillardi. Les lieux agissaient sur elle, l'enveloppaient dans leur chaleur sacrée, dans leur tendresse. Pour un peu, elle aurait entendu les prières murmurées par les nombreuses générations de fidèles qui avaient fréquenté cet endroit avant elle. Pour modeste qu'elle fût, la chapelle possédait le pouvoir de soigner, de guérir. La jeune femme ferma les paupières pour s'abandonner à cette énergie bienfaisante.

On eut beau lui toucher l'épaule avec douceur, elle tressaillit, car elle s'était si totalement livrée à la quintessence des lieux qu'elle n'avait pas entendu que quelqu'un approchait.

— Pardon, Annabelle, fit Marge, mais on vient de nous prévenir par radio de l'arrivée imminente d'un convoi d'urgence. Et vu le nombre de blessés, on va avoir besoin de tout le monde.

La jeune femme, qui déjà s'était ressaisie, quitta la chapelle à la suite de l'Australienne. On entendait gronder au loin les moteurs des camions, les villageois sortaient de leurs habitations, apeurés, cependant que tous les membres du personnel de l'hôpital se tenaient devant ses portes, armés de civières.

— Tout va bien, fit Annabelle aux villageois pour tenter de les rassurer. Ces camions ne transportent que des blessés.

Aussitôt, les femmes coururent vers l'hôpital pour prêter main-forte aux soignants.

— Tu sais d'où vient le convoi ? demanda Annabelle à Marge.

— Voyons, Annabelle. Tu sais aussi bien que moi qu'il peut venir de n'importe où. Cela dit, je suppose qu'il y a un lien avec les combats qui font rage aux abords de Madrid.

— Dans ce cas, pourquoi n'ont-ils pas emmené les blessés à Madrid ? Ses hôpitaux sont beaucoup mieux équipés que le nôtre.

Marjorie haussa les épaules.

— Bah… Il est trop tard pour s'en préoccuper : les voilà.

Camions et ambulances émergèrent des ténèbres, soulevant derrière eux d'épais nuages de poussière. Le véhicule de tête s'immobilisa. Son chauffeur en descendit pour aller ouvrir les portes arrière.

À mesure que paraissaient les brancards, ou que pénétraient dans l'hôpital, aidés par des volontaires, les blessés capables de marcher, Annabelle et le Dr Beecham évaluaient, d'un bref coup d'œil expert, la sévérité des blessures. Il s'agissait essentiellement de blessures par arme à feu, mortelles pour certaines.

— Un pareil trajet a dû aggraver leur état à tous, fit remarquer Annabelle, comme deux ambulances supplémentaires se présentaient devant l'hôpital.

— Au moins, répondit Marge, la plupart ont survécu.

Elle se porta au secours d'un homme sur des béquilles.

Annabelle loucha sur les cinq civières alignées dans l'entrée. Cinq infortunés sous leur couverture…

La jeune femme avait le cœur lourd. Ailleurs, un garçon tout près de mourir appelait sa mère à mi-voix. Peu avant l'arrivée du convoi devant l'hôpital, il avait reçu une injection de morphine, aussi ne souffrait-il plus. Tandis qu'on l'installait avec précaution sur un lit, Annabelle serra sa main dans la sienne :

— Tout va bien, murmura-t-elle. Tu es en sécurité, maintenant.

Il tourna sa tête bandée vers elle, mais son regard demeurait flou.

— Maman ? C'est toi ?

— Oui, mon chéri, répondit-elle encore. Je suis là.

Elle caressa la joue duveteuse.

— Pardon, maman, je… je…

Sa tête roula sur l'oreiller. Un soupir. Il était mort.

Annabelle baisa sa main crasseuse, inspecta ensuite ses poches, au fond desquelles elle dénicha ses papiers d'identité. Elle les posa sur sa jeune poitrine, puis couvrit le défunt d'un drap. Ce garçon pouvait avoir seize ans, peut-être moins, et bien qu'elle eût vu mourir déjà de nombreux adolescents, et qu'à eux aussi, elle eût menti comme elle venait de mentir à celui-là, elle dut cligner des yeux pour en chasser les larmes, avant de se diriger vers le patient suivant.

Le Dr Beecham se déplaçait de lit en lit, aboyant des ordres, expédiant infirmières et volontaires auprès des uns ou des autres selon leurs besoins. Le chaos s'organisait. On nettoyait, puis on pansait les plaies les plus légères, on ôtait de très menus éclats d'obus, on pratiquait des bains d'œil – certaines inflammations oculaires, si on ne les soignait pas, pouvaient parfois mener à la cécité.

Bientôt, tous les lits se trouvèrent occupés.

— Posez les civières sur le sol, indiqua Annabelle aux nouveaux venus. Et arrangez-vous pour que l'on puisse circuler entre elles.

— Annabelle ?

Elle se figea, se retourna vers l'homme qui venait de l'interpeller. Son cœur bondit dans sa poitrine. Amaigri, les traits marqués par l'épreuve, Étienne lui parut presque méconnaissable.

— Étienne ? Est-ce que tu es blessé ?

Il secoua la tête.

— Pas moi. Henri. Il a reçu deux balles.

Dans un cri, la jeune femme se laissa tomber à genoux à côté du brancard, tendit une main tremblante vers l'amas de couvertures. Elle dégagea le visage. Ouvrit tout grand la bouche, horrifiée. Le teint d'Henri était de craie, son pouls très faible, et rapide. Il était brûlant de fièvre. Cette fois, Annabelle repoussa tout entière la couverture. En dépit du bandage, la chemise était trempée de sang.

— Quelqu'un a-t-il essayé d'extraire les balles ? exigea-t-elle de savoir, tandis qu'elle ôtait le pansement pour examiner les lèvres déchiquetées de la plaie.

— La première est ressortie toute seule, mais pas la seconde. Il ne va pas mourir, n'est-ce pas ?

— Pas si je dispose de tout ce qu'il faut pour le soigner, répondit Annabelle, la mine résolue. Lui a-t-on déjà administré de la morphine ?

— Oui, dans l'ambulance.

— Docteur Beecham, appela-t-elle. Il faut opérer celui-ci immédiatement.

Elle se tourna vers Étienne.

— Aide-moi à le transporter dans cette salle, là-bas.

Bientôt, on plaçait le patient sur la table d'opération, sous son dais de draps propres. Annabelle, ayant allumé toutes les lumières, découpa la chemise d'Henri, sans cesser de lui prodiguer d'une voix très douce des paroles de réconfort, dont elle savait pourtant qu'il ne les entendait pas.

On n'attendait plus, à présent, que le chirurgien.

— Docteur Beecham ! brailla-t-elle à pleins poumons. J'ai besoin de vous de toute urgence !

Elle nettoya la plaie, retira les petits fragments d'étoffe, la poussière et les salissures.

Le chirurgien pénétra dans la salle d'un pas de grenadier, l'œil furibond.

— Je n'apprécie guère que…

— Je m'en fiche, l'interrompit Annabelle. Vous devez opérer cet homme. Sur-le-champ.

Il jeta un coup d'œil à la blessure.

— J'ai des cas beaucoup plus urgents que celui-ci, maugréa-t-il. Il va devoir attendre.

— Il n'en est pas question. Cet homme s'appelle Henri Pascal. Nous sommes fiancés. Je vous préviens que si vous refusez d'ôter cette balle, je m'en chargerai personnellement.

Le Dr Beecham haussa un sourcil, puis croisa les bras sur sa poitrine :

— Eh bien, allez-y. Vous en êtes parfaitement capable.

Annabelle écarquilla de grands yeux incrédules. Certes, elle avait maintes fois secondé le chirurgien dans de telles circonstances. Mais… mais il s'agissait d'Henri, et s'il mourait à cause d'elle, jamais elle ne se le pardonnerait.

— Je… je…

Il renâcla avec dédain.

— On est déjà moins présomptueuse, si je comprends bien ? Poussez-vous, infirmière, et allez donc vous occuper des autres patients.

— Mais…

— Ce cas vous touche de trop près, la cingla-t-il. Vous êtes à fleur de peau. Dites à Cybill de venir. Et pendant que vous y êtes, emmenez ce type-là avec vous.

Il fusilla Étienne du regard.

— Fichez-moi le camp. Tous les deux.

Annabelle courut chercher Cybill, avant de revenir à Étienne, qui, le teint blême, tremblait de désarroi.

— L'arrogance de Beecham est pénible, dit la jeune femme, mais je t'assure qu'il sait ce qu'il fait.

— Il va s'en sortir, hein, Belle ? Il faut que je ramène le camion au quartier général, mais, avant de partir, je veux être sûr qu'il va bien.

— Tant que le chirurgien n'aura pas terminé, nous ne saurons rien.

Elle posa une main sur l'avant-bras de l'homme.

— Essaie de ne pas te mettre martel en tête. Il est entre de bonnes mains.

Elle s'aperçut qu'un peu plus loin, Marjorie se trouvait aux prises avec un patient qui, dans son délire, tentait de l'agresser.

— On a besoin de moi, Étienne. À plus tard.

Ayant aidé sa collègue à calmer le malheureux blessé, elle courut, non sans avoir jeté d'abord un coup d'œil inquiet en direction de la salle d'opération, vers un patient dont elle nettoya consciencieusement la plaie à la cuisse. Comme elle finissait de réaliser des points de suture, une porte s'ouvrit. Cybill parut, elle portait, avec le Dr Beecham, la civière où gisait Henri.

— Il va s'en remettre, fit le chirurgien sur un ton bourru. J'ai extrait la balle, et je lui ai donné quelque chose pour l'aider à lutter contre l'infection. Veillez à ce qu'il ne se déshydrate pas. Et n'oubliez pas que d'autres patients plus grièvement atteints que lui requièrent votre attention.

Vexée, Annabelle se sentit rougir. Elle se tourna vers Henri, qu'entre-temps on avait allongé sur un lit. Il avait repris quelques couleurs, son pouls était plus fort, et plus régulier maintenant. Sans plus se soucier du regard de Beecham, qu'elle sentait dans son dos, la jeune femme caressa les cheveux de son fiancé, puis lui baisa le front, avant de le confier aux bons soins de Sal Piper, qui allait le dévêtir, le laver et l'installer le plus confortablement possible.

Les deux heures suivantes passèrent très vite, durant lesquelles les blessés les plus graves furent opérés, sans exception. On nettoya les plaies des autres patients, on les recousit, puis on les pansa. À présent, vingt hommes dormaient. Les deux infortunés dont on savait qu'ils ne passeraient pas la nuit avaient été installés dans un coin de la salle, puis isolés du reste de la pièce au moyen d'un rideau jeté sur une corde à linge. L'une des infirmières les veillerait jusqu'au bout.

À pas de loup, Annabelle se rendit au chevet d'Henri. Il dormait d'un sommeil alourdi par la morphine, mais il respirait beaucoup mieux désormais, et bien que sa température demeurât un peu élevée, son état s'améliorait.

La jeune femme lui prit la main, qu'elle porta à son cœur.

– Dieu merci, te voilà hors de danger, mon amour, murmura-t-elle. Repose-toi, mon chéri, je reviendrai te voir tout à l'heure.

Elle regagna le couloir avec lenteur, où sept corps supplémentaires attendaient d'être inhumés. On les enterrerait dans le lopin situé derrière la chapelle, à l'aurore, pendant qu'il ferait encore frais. On planterait pour chacun une croix confectionnée par Emmanuel, et l'on graverait leur nom dans du bois d'olivier.

Ivre de fatigue, Annabelle sortit dans la nuit tiède et silencieuse, levant le nez vers les étoiles. Un spectacle saisissant, et l'air fraîchi était un baume. Elle dormait presque debout.

— Tu es épuisée, observa Étienne, qui venait de la rejoindre. Assieds-toi un peu.

Sans se faire prier, elle se laissa tomber sur le banc.

— Il dort, fit-elle en allumant une cigarette, et tout porte à croire qu'il va se rétablir complètement. Mais il va devoir rester chez nous pendant un moment.

— Je sais, oui. Je suis passé le voir et j'ai bavardé avec le médecin.

Le jeune homme considéra la cigarette avec amusement.

— Je constate que tu as succombé à la tentation.

— Nous fumons tous, répondit Annabelle sur un ton égal. Cela nous permet de rester éveillés et d'oublier un peu notre faim.

Elle eut un haut-le-corps :

— Mince alors ! J'avais totalement oublié que ce soir, nous avions enfin de quoi faire un repas digne de ce nom.

— Et délicieux, par-dessus le marché, compléta Étienne avec un sourire. Il en reste. Nous n'avons pas tout mangé.

— Encore heureux !

— Il faut que je m'en aille, Annabelle, mais avant de partir, je tenais à te dire que tes consœurs et toi réalisez un boulot formidable.

— Nous avons fait des études exprès pour ça, répondit la jeune femme en haussant légèrement les épaules.

Étienne se leva, puis, torturant sa casquette entre ses doigts sales :

— Merci de ce que tu as fait pour Henri, dit-il, presque timide à présent. Je ne t'aurais jamais crue capable de montrer les crocs de cette façon.

Annabelle s'esclaffa.

— Je n'ai pas l'habitude de sortir de mes gonds. Mais… il s'agissait de circonstances exceptionnelles.

Étienne prit sa main, dans la paume de laquelle il déposa un baiser.

— Tu es une femme exceptionnelle, Belle. Henri a beaucoup de chance.

Il plongea son regard dans celui de son amie, avant de tourner les talons pour s'éloigner d'un pas tranquille.

Étienne était décidément l'homme le plus énigmatique que la jeune femme eût jamais rencontré. Il jouait volontiers les fanfarons, ou bien les séducteurs pleins d'assurance. Il pouvait aussi faire preuve d'un raffinement un peu distant, sans se départir jamais de son humour ni de sa vivacité d'esprit. Il avait en outre prouvé, durant les derniers mois écoulés, son courage, ainsi que sa fidélité à la cause qu'il avait embrassée. Quant à l'amitié qu'il portait à Henri, elle se révélait indéfectible. Ce soir, il avait montré à Annabelle un visage inédit, plus attentionné et plus doux, qu'il préférait la plupart du temps dissimuler, comme elle le devinait. Pour la première fois depuis leur rencontre, elle éprouva pour lui une réelle affection, et une immense admiration.

Se rappelant soudain qu'elle n'avait rien avalé depuis le petit-déjeuner, elle se dirigea vers la cuisine.

11

Le mois de juillet touchait à sa fin, et Henri se trouvait hospitalisé depuis presque un mois. Après s'être assurée que tout allait bien dans les salles, Annabelle prévint Marge qu'elle s'accordait une pause.

— Je resterai devant l'hôpital. Si tu as besoin de moi…

— Va-t'en donc passer un peu de temps avec ton irrésistible fiancé, et, surtout, ne te tracasse pas pour nous.

Henri se trouvait au jardin, où, le bras toujours en écharpe, il essayait de faire comprendre à Sal, dans un anglais de cuisine, la manière dont il souhaitait la voir prendre soin des plants de tomates.

— Arrêtez votre charabia, s'exaspéra la jeune femme. Je ne comprends pas un traître mot de ce que vous racontez.

— Il veut que tu retires les feuilles qui, en leur faisant de l'ombre, empêchent certaines tomates de mûrir, traduisit Annabelle avant de se tourner en souriant vers l'homme, à qui elle s'adressa en français. J'ignorais que tu t'y connaissais en jardinage.

— Je te rappelle que nous avions une ferme. Bien sûr que je sais comment faire pousser les fruits et les légumes.

— Bah…, ronchonna Sal. De toute façon, il fait trop chaud.

Elle se remit debout, frotta l'une contre l'autre ses mains souillées de terre.

— Je vous laisse, les tourtereaux.

— L'aurions-nous fait fuir ? s'enquit Henri.

— J'en doute, s'amusa Annabelle. Il en faut beaucoup pour lui faire perdre contenance.

Elle embrassa ses lèvres.

— Comment te sens-tu, cet après-midi ?

— Nettement mieux, bien que je trouve mon épaule encore un peu raide et un peu douloureuse. Mais au moins, mes doigts ont recommencé à fonctionner normalement, ce qui me soulage beaucoup. J'ignore ce que j'aurais fait s'il m'était devenu impossible de dessiner ou de peindre.

— Tu aurais trouvé une solution, répondit sa fiancée avec tendresse.

Henri alluma deux cigarettes, et ils fumèrent tous deux, à l'ombre de la bâche, dans un silence complice, contemplant la place du village dévorée de chaleur, où des garçonnets jouaient au ballon sans enthousiasme.

— Le Dr Beecham pense que je pourrai rejoindre les Brigades internationales d'ici une semaine, dit le jeune homme un peu plus tard.

— Faut-il vraiment que tu partes ? lui demanda Annabelle, saisie d'effroi. L'idée que tu pourrais être blessé de nouveau m'est insupportable, et je pense qu'il serait plus sage pour toi de rentrer à Paris. Après tout, tes dessins dans la presse t'ont permis de te faire connaître d'un public plus large, tu pourras donc facilement…

Il la fit taire au moyen d'un baiser.

— Je ne suis pas un déserteur, Belle. Et je n'ai pas l'intention de laisser Étienne et nos courageux camarades se battre pour une cause qui m'est chère, pendant que je peindrai paisiblement dans mon atelier.

Il l'embrassa encore.

— Nous allons surmonter cette épreuve, toi et moi. Tu verras.

La jeune femme s'apprêtait à discuter lorsqu'ils entendirent des pas.

— Ah, vous voilà, fit le Dr Beecham. J'ai repris votre dossier, Henri. À l'évidence, vous vous retapez magistralement. Or, comme nous manquons de lits, je me demandais si vous verriez un inconvénient à ce que je vous laisse sortir plus tôt que prévu…

— Il ne va quand même pas retourner se battre déjà ! glapit Annabelle. Son épaule ne supportera jamais le recul d'un fusil, et la fièvre l'a affaibli.

— J'en suis parfaitement conscient, infirmière Blake, c'est la raison pour laquelle je suis venu lui proposer de se rendre sur la côte sud, dans un endroit où il pourra achever sa convalescence sous un climat moins chaud que le nôtre. Il s'agit d'un logement assez rudimentaire, mais mon épouse et moi y avons passé maintes fois d'excellentes vacances.

Annabelle ravala ses récriminations, car si elle ne souhaitait certes pas se séparer déjà d'Henri, elle savait que des températures plus clémentes lui feraient le plus grand bien.

— Allons, allons, infirmière Blake, reprit le chirurgien avec, aux lèvres, une ébauche de sourire, inutile de vous raidir de cette façon. Je ne vais tout de même pas permettre à mon patient de nous quitter

sans attacher à son service une infirmière compétente pour veiller sur lui… Et, puisque vous vous échinez depuis de nombreux mois sans jamais vous être accordé le moindre repos, c'est à vous que j'ai songé pour l'accompagner.

La jeune femme le considéra avec de grands yeux chargés d'espoir et d'impatience… Mais, déjà, elle ravalait son sourire, songeant qu'elle ne pouvait décemment abandonner le navire ni accabler ses collègues éreintés du poids de son absence.

— J'ai… j'ai des tas de choses à faire ici…, commença-t-elle.

— En effet, le travail ne manque pas, la coupa le Dr Beecham en lui décochant cette fois un large sourire. Mais demain matin, un camion nous arrivera de Saragosse, avec, à son bord, du matériel médical, ainsi que deux infirmières chargées de nous prêter main-forte. Ce véhicule est à vous pour dix jours, Annabelle, après quoi vous devrez le ramener à l'hôpital de Belchite. L'officier supérieur d'Henri est d'accord, bien que j'aie eu un peu de mal à le convaincre, et il veillera à ce que quelqu'un vienne le chercher au terme de cette période. Je m'arrangerai de mon côté pour que l'on aille vous récupérer et vous ramener ici.

Annabelle bondit sur ses pieds et se pendit au cou du chirurgien.

— Oh, merci, merci ! fit-elle à travers ses larmes. Vous n'imaginez pas tout ce que votre geste représente pour nous.

Soudain gêné, le Dr Beecham se racla la gorge.

— Je crois que si. J'ai été jeune moi aussi, figurez-vous.

Il se libéra de son étreinte.

— Je vous ferai porter mes instructions après le dîner.

Il était reparti.

— Henri..., souffla Annabelle. Tu te rends compte ?

Celui-ci, dont l'anglais sommaire ne lui avait pas permis de suivre la conversation, fronça les sourcils.

— Je me rendrais peut-être compte si je comprenais quelque chose à toute cette histoire, répondit-il. Et pourquoi t'es-tu jetée dans ses bras de cette façon ? Je croyais que tu ne l'appréciais pas ?

— C'est un homme merveilleux, prévenant, gentil. Ne compte pas sur moi pour dire du mal de lui.

Elle se hâta de lui résumer la situation.

Un sourire s'épanouit bientôt sur le visage d'Henri.

— Oh là là, mademoiselle Annabelle ! la taquina-t-il. Es-tu en train de me dire que nous nous apprêtons à passer dix jours en tête à tête ? Rien que toi et moi ?... Cela signifie-t-il que tu me fais assez confiance pour ne pas craindre que je profite de la situation ?

Elle piqua un fard violent, avant de pouffer :

— Si tu ne profites pas de la situation, je me sentirai affreusement déçue. Pour tout dire, il se peut même que je fasse le premier pas. Gare à toi...

— Mademoiselle Blake ! fit-il mine de se récrier. Jamais je n'aurais pensé que vous étiez ce genre de fille.

Ils partirent en chœur d'un grand éclat de rire, puis ils s'embrassèrent, avant d'imaginer la maison dans laquelle ils allaient séjourner, se demandant au passage combien de temps il leur faudrait pour s'y rendre.

Le camion se présenta peu après le lever du jour et, tandis qu'il s'immobilisait dans une pétarade, la jeune femme qui le manœuvrait fit joyeusement retentir le klaxon. Elle coupa le contact, avant de descendre avec sa compagne de voyage. Chemises tachées de sueur, pantalons douteux et gros souliers.

— Eh bien..., souffla-t-elle. Je suis drôlement contente d'être arrivée à bon port.

Elle tendit sa main droite au Dr Beecham :

— Infirmière Alice Frobisher, monsieur, pour vous servir. Et voici l'infirmière Caroline Howden.

Ce nom parvint aux oreilles d'Annabelle à l'instant où elle se présentait dans le hall avec sa valise.

— Caroline ? s'écria-t-elle en lâchant son bagage pour se précipiter au-dehors. C'est bien toi ?

— Absolument, répondit l'intéressée.

Et les deux amies de s'étreindre longuement. Puis Annabelle considéra la nouvelle venue. Le soleil avait bruni son teint. Elle était aussi plus mince, et plus robuste qu'avant son départ.

— Oh, Caroline... Ça tombe affreusement mal. Je m'apprête à partir pour la côte.

— Si je comprends bien, se mit à rire Caroline, c'est toi qui vas récupérer notre tacot. Je te souhaite bien du plaisir. Il a fallu que je le dorlote depuis Saragosse, et je peux t'assurer qu'il possède un tempérament passablement lunatique.

— Je te promets que nous allons en prendre grand soin.

L'œil sombre de Caroline étincela, et elle haussa un sourcil.

— « Nous » ? Comment ça, « nous » ?

Les joues de son amie rosirent.

— Henri et moi. On nous a accordé dix jours de congé.

Caroline avisa, sur le perron de l'hôpital, un Henri quelque peu interdit, qui promenait à présent la valise de sa fiancée.

— Dieu du ciel ! murmura-t-elle. Tu ne m'avais pas dit dans tes lettres combien il était séduisant… Bien joué, Annabelle !

Cette dernière, troublée, fit les présentations. Les volontaires allèrent aider l'infirmière Frobisher et le Dr Beecham à décharger le matériel médical.

Ayant décoché à Caroline son sourire le plus avantageux, Henri plaça la valise ainsi que sa sacoche, à l'intérieur du camion où, dès lors, il patienta sagement sur le siège passager.

— Tu en as de la veine, s'extasia Caroline.

Annabelle gloussa – son amie n'avait pas changé d'un pouce.

— Je le sais, mais, que veux-tu… il était temps, non ?

Comme Caroline acquiesçait, elle enchaîna :

— En revanche, je suis vraiment navrée de ne pas pouvoir rester plus longtemps. J'ai honte de filer de cette façon sans demander mon reste.

— Ne sois pas bête, voyons. Si j'étais à ta place, tu ne me verrais pas le derrière par la poussière.

Caroline adressa à son amie un sourire espiègle.

— Promets-moi seulement de passer dix journées formidables, et de tout me raconter à ton retour.

Mais Annabelle n'avait aucune intention de lui faire des confidences, car ce qui allait se jouer entre Henri et elle ne concernerait qu'eux.

— Tu t'installes ici, alors ?

— Disons que je ne peux aller nulle part sans mon camion.

Caroline prit de nouveau son amie dans ses bras.

— Tu m'as manqué atrocement, et je me réjouis de te découvrir aussi en forme. Et puis aussi heureuse. Tu m'as l'air comblée.

Elle recula d'un pas.

— Je serai là à ton retour. Alors, fiche le camp. Ouste. Moi, je vais faire ma toilette et manger un morceau.

Annabelle salua ses collègues, tandis qu'à bord du camion, le matériel médical cédait le pas à une réserve d'eau potable, et un jerrican d'essence. La jeune femme grimpa à son tour, chaussa ses lunettes de soleil.

— Pardon de t'avoir fait attendre, mais Caroline et moi ne nous étions pas vues depuis une éternité.

— Vous aurez tout le temps de papoter à ton retour, lui apprit son compagnon. Le Dr Beecham m'a indiqué qu'elle allait passer six mois chez vous.

Annabelle était ravie de l'entendre, mais elle ne tarda pas à se tortiller sur son siège, comme Henri avant elle. Le cuir sous leurs cuisses était craquelé, et sa chaleur franchissait la mince barrière de leurs vêtements de coton. Elle fit tourner la clé de contact. Le moteur toussa, puis se mit à gronder. La carcasse du véhicule frémit.

— Tu n'as pas oublié la feuille avec les indications de Beecham pour se rendre là-bas ? Ni les pastilles de sel ?

— Non, ma chérie. Et si nous partions, maintenant ? Avant de rôtir dans cette boîte de conserve…

Annabelle sourit, relâcha le frein à main, puis, après avoir salué, de la main, Caroline et ses collègues rassemblés devant l'hôpital, elle appuya sur la pédale de l'accélérateur pour s'engager sur le sentier cahoteux menant à la route principale, au bout de laquelle le couple découvrirait bientôt les eaux bleues de la Méditerranée.

La jeune femme regagna l'habitacle, coulant au passage un regard appréciateur aux jambes brunies et musclées d'Henri. Elle posa à ses pieds le sac à provisions. La petite épicerie s'était révélée singulièrement bien achalandée, compte tenu de son isolement. On pourrait attendre plusieurs jours avant de devoir se ravitailler à nouveau.

Annabelle redémarra. La fatigue, à présent, pesait sur elle, et ses yeux la piquaient à force de fixer le décor lumineux à travers un pare-brise rayé. Mais le jeu en valait la chandelle, sur ce point, elle n'avait pas le moindre doute. Elle avait passé toute la journée à conduire, et sa robe collait à sa peau moite, mais en dépit de sa lassitude et de l'inconfort de la cabine, elle se sentait galvanisée par l'aventure.

— Tu es sûre de ne pas vouloir que je te relaie au volant ? lui proposa Henri pour la énième fois. Je déteste me sentir aussi inutile.

— Il n'est pas question que tu conduises. Ton épaule est encore trop raide, elle te ferait souffrir. Par ailleurs, tu m'as tenue éveillée et tu m'as détendue avec tes anecdotes. Si ça, ce n'est pas se rendre utile…

— Je me demande où en sont les combats, murmura-t-il en tentant de capter, à la radio, la fréquence des militaires au beau milieu de puissants parasites.

Annabelle éteignit la radio.

— Nous nous étions pourtant mis d'accord, articula-t-elle par-dessus le rugissement et les cliquetis du moteur. Tu m'avais promis de ne pas évoquer la guerre pendant ces dix jours. Dix jours pour nous seuls, rappelle-toi, loin du monde et de son tumulte.

— Tu as raison.

Il se cala sur son siège avec un soupir satisfait, avant de saisir le plan sommaire dessiné par le Dr Beecham, accompagné d'une série d'instructions.

— Au prochain croisement, tu prendras à gauche. Nous traverserons une petite forêt, puis ce sera la côte.

Bientôt, ils s'engageaient sur une route étroite bordée de pins et d'eucalyptus, recouverte en voûte d'un berceau de verdure. La température avait déjà diminué de quelques degrés, et l'on détectait, dans l'air, l'âcre odeur de la mer. Lorsque la route céda le pas à un chemin de terre, qui montait doucement, le cœur d'Annabelle se mit à cogner plus fort dans sa poitrine. Parvenue au sommet, elle immobilisa le camion, la bouche et les yeux grands ouverts.

Devant eux, flamboiement d'azur piqué d'étincelles, s'étendait la Méditerranée, et à l'horizon se devinaient, dans une brume bleutée, la silhouette de plusieurs îles. Des arbres ourlaient un croissant de sable doré, au bord duquel dans une eau peu profonde animée d'un friselis pêchaient des goélands et des pluviers. À l'autre extrémité de la baie, les pins abondaient, ainsi que des fleurs aux couleurs vives. Des éboulis de rochers rouges formaient un port naturel.

Annabelle et Henri descendirent de leur véhicule et, rendus muets par l'émotion, ils marchèrent main dans la main jusqu'à la maisonnette en bois blottie parmi les arbres – les fleurs d'un bougainvillier ruisselaient sur son toit et l'un de ses murs blancs. Annabelle contempla les volets bleu vif, les tuiles en terre cuite, d'un orangé surprenant, avant de tendre l'oreille vers le discret chuintement des vagues sur le sable. Un oiseau chantait dans les branches.

Henri, qui avait sorti la clé de sa poche, lui adressa un sourire un peu triste :

– Je suis censé te prendre dans mes bras pour franchir le seuil, mais je crois que j'en suis incapable.

Elle lui baisa la joue, puis se mit à rire.

– Contente-toi d'ouvrir la porte, j'ai hâte de voir l'intérieur de la maison.

À y regarder de plus près, la peinture sur les murs et les volets se révéla pâlie, cependant que les longues épines du bougainvillier s'insinuaient entre les lattes de bois. À peine les visiteurs eurent-ils posé le pied dans la demeure qu'une odeur de chaud et de renfermé leur sauta aux narines. Broutilles… Tout le reste les comblait.

Ayant échangé un sourire radieux, ils se hâtèrent d'ouvrir volets et fenêtres pour permettre à l'air marin d'entrer. Le logis était maintenant tout baigné de soleil. Les jeunes gens empressés découvrirent d'abord la pièce principale, où se trouvaient une cheminée en pierre massive, ainsi que plusieurs canapés aux tons éteints. Une double porte menait à une véranda sous l'auvent de laquelle s'entassaient, pêle-mêle, des chaises longues, des cannes à pêche et des filets, ainsi que des ballons de plage. Une petite marche permettait d'accéder à un caillebotis, qui, en partie recouvert de sable, atteignait presque le niveau des hautes eaux.

La cuisine ne comportait qu'un évier muni d'un robinet pour l'eau froide, deux brûleurs à gaz et, accrochées aux murs, quelques étagères. Il y avait encore une table et des chaises, des casseroles, des couverts et de la vaisselle sur un égouttoir en bois. L'unique concession au luxe consistait en un réfrigérateur à gaz. À côté de la cuisine était un petit espace carré, ceint de murs mais dépourvu de toit, où l'on avait installé une douche, non loin des toilettes extérieures.

De retour dans la maison, Annabelle et Henri visitèrent la chambre, au charme suranné, équipée d'un lit au cadre de cuivre décoré, assorti d'un épais matelas de crin et de deux oreillers bosselés. La pièce contenait encore une petite coiffeuse et son tabouret, un vieux tapis, une commode et un tableau d'amateur figurant une danseuse de flamenco, suspendu au-dessus d'un portant.

Observant le lit, ils se sentirent un peu bêtes à la perspective de devoir y dormir ensemble le soir même. Annabelle fut la première à rompre la glace : lâchant la main d'Henri, elle se mit à fouiner dans les tiroirs de la commode.

– Oh…, fit-elle. Regarde, ajouta-t-elle en les brandissant. Des maillots de bain. Chacun le sien. Tant mieux, parce que je croyais que nous allions devoir nous baigner nus.

Elle s'empourpra, s'en fut soulever, pour reprendre contenance, le couvercle d'un grand coffre en bois de cèdre posé au pied du lit. Il contenait des draps et des serviettes.

– Tu n'as qu'à aller chercher les provisions dans le camion pendant que je prépare la chambre. Ensuite, je nous ferai un petit quelque chose à boire.

Henri hocha la tête, avant de filer sans demander son reste. Elle en conclut qu'il se sentait aussi gêné qu'elle. Elle ouvrit les fenêtres, les volets, puis fit le lit. Les draps étaient de bonne qualité, et, contre toute attente, avaient échappé à l'humidité. Les taies d'oreiller, bordées de dentelle, apportaient aux lieux une petite touche de faste. Enfin, elle contempla son ouvrage, et son cœur se mit à battre plus vite. Henri serait le premier homme avec lequel elle dormirait. Un frisson la parcourut, tandis que son imagination prenait les commandes. Elle se trouva brusquement arrachée à ses rêveries érotiques par le bruit de la porte d'entrée que l'on claquait. Elle se précipita. Henri, qui avait retiré l'écharpe à son bras, rangeait les provisions dans la cuisine.

— Veux-tu que je prépare un peu de thé ? proposa-t-elle, honteuse de ses joues rosies, qui disaient son émoi.

— J'ai une bien meilleure idée.

Il se détourna du réfrigérateur avec, dans les mains, une bouteille de vin, un tire-bouchon et deux verres.

— Descendons sur la plage pour fêter comme il se doit le début de nos vacances.

Annabelle lui emboîta le pas aussitôt, non sans avoir, en passant, récupéré une couverture sur le dossier de l'un des canapés. Ils empruntèrent le caillebottis, puis déployèrent la couverture, sur laquelle ils s'assirent pour ôter leurs chaussures. Henri planta la bouteille dans le sable chaud. Ce dernier coulait entre leurs orteils lorsqu'ils quittèrent l'ombre des arbres pour s'abandonner à la chaleur brûlante du soleil, tempérée néanmoins par la brise qui soufflait de la mer.

Ils marchèrent dans l'eau, puis s'éclaboussèrent avec de grands rires. Ils dénichaient ici de jolis coquillages ou des morceaux de bois flotté, là un crabe courant de toutes ses pattes le long du rivage… Debout dans l'eau, ils se tournèrent vers la maisonnette. De toutes parts, la plage se dérobait aux regards indiscrets, le sable était uniformément lisse, marqué seulement d'empreintes d'oiseaux… Ces derniers chantaient dans la végétation, la mer scintillait sous un ciel chauffé à blanc, la brise salée était une caresse… Les jeunes gens avaient trouvé leur paradis.

– Cet endroit est parfait, souffla Annabelle.

– C'est toi qui es parfaite, répondit Henri en souriant, avant d'embrasser sa joue avec douceur. Viens, buvons un peu de vin avant le coucher du soleil.

Ils retournèrent sans hâte à la couverture, où il ouvrit la bouteille puis emplit les verres.

– J'espère qu'il n'est pas trop râpeux, dit-il, presque timide.

Elle lui sourit à son tour, troublée aussi.

– Je l'ai payé trois fois rien, mais ça n'a aucune importance.

Elle avala une gorgée, jugea le breuvage fruité, velouté sur sa langue.

– Pas mauvais, observa Henri. Même si je regrette que nous n'ayons pas trouvé de champagne.

Le vin était opulent, le soleil, à travers les feuilles des arbres, jetait de petites taches mouvantes sur la couverture, un parfum de mimosa flottait dans l'air… C'était parfait… Ils n'avaient nul besoin de champagne…

Annabelle reposa son verre, puis plongea son regard dans celui du jeune homme. L'œil d'Henri lui parut plus bleu encore que d'ordinaire, dans son visage bistré. Par ce regard-là, son désir se voyait attisé davantage. À son tour, il abandonna son verre pour parcourir, du bout des doigts, l'os de la mâchoire d'Annabelle, et son menton.

Celle-ci ne bougeait plus, craignant à chaque instant de rompre le charme. Il lui caressa les cheveux, en saisit une boucle, qu'il enroula autour de son doigt, avant de la replacer derrière l'oreille de sa fiancée.

— Ma belle, ma si belle Belle…

Il murmurait, faisait à présent courir ses doigts sur sa gorge. Le cœur d'Annabelle battait la chamade, cependant que son désir, en paresseuses volutes, lui picotait la peau et la rendait languissante, subjuguée par les mains aimables d'Henri. Elle ferma les paupières.

— Regarde-moi, chuchota-t-il.

Elle ne respirait plus qu'à peine ; son reflet, à présent, se trouvait emprisonné tout entier dans le regard du jeune homme. Comme les doigts de celui-ci glissaient plus bas sur la gorge d'Annabelle, ses pupilles s'élargirent et sa respiration se fit rauque.

Elle tremblait, maintenant, soumise à son désir, et elle osa effleurer le visage adoré d'Henri, dont elle suivit tendrement les traits. Il avait une fossette au menton, et une petite cicatrice sur l'une de ses pommettes hautes. Ses sourcils noirs lui semblèrent de la soie, puis elle s'attarda autour de ses yeux, caressa les pattes d'oie, avant de brosser, en les touchant à peine, ses cils épais.

Henri, qui cette fois passait un doigt sur la bouche d'Annabelle, pour le glisser ensuite entre ses lèvres, hypnotisait sa partenaire de son regard très bleu. Elle posa une main sur son cœur, s'émut de la chaleur de sa peau à travers la chemise. Elle languissait, ses sens s'égaraient dans l'étrange tourbillon d'un désir entêtant qu'elle n'avait encore jamais éprouvé. Elle savait, d'instinct, que ce désir était en train de la mener au seuil d'une chose absolument extraordinaire. Elle gémit doucement, se cambra… Tout son être appelait le jeune homme, le pressait de la prendre dans ses bras, puis de l'aimer. De la posséder corps et âme…

Henri passa un bras autour d'elle, avec d'infinies précautions, pencha la tête vers elle, et, retenant d'abord son souffle, l'espace d'un instant, l'embrassa longuement. Annabelle ne souhaitait plus que se fondre en lui, et son corps se pressait contre le sien ; elle brûlait de s'unir à lui, il fallait qu'ils ne fissent plus qu'un… Lentement, ils s'allongèrent sur la couverture, et elle sentit qu'elle s'ouvrait comme une fleur au soleil.

12

Étienne avait survécu à la bataille de Brunete, et, bien qu'il eût été blessé à la cuisse, son officier supérieur n'avait pas jugé son état assez grave pour justifier une hospitalisation. On avait extrait la balle dans un hôpital de campagne, avant de nettoyer la plaie, puis de la recoudre. Quelques heures plus tard, il retournait au combat. Au terme de la bataille, les nationalistes, contre toute attente, ayant revendiqué la victoire, Étienne et ses camarades se virent accorder quelques jours de repos. L'écrivain en profita pour se rendre brièvement dans sa ville natale, située au nord de Saint-Sébastien.

Les membres de sa famille avaient été ravis et soulagés de le revoir car, bien que leur région eût été largement épargnée par les fascistes de Franco, ils avaient eu vent de combats féroces de l'autre côté des Pyrénées, auxquels ils supposaient qu'Étienne avait pris part. Au cours de ces trois belles journées auprès des siens, il avait rendu visite aux parents d'Henri pour leur expliquer que leur fils se remettait de ses blessures au bord de la mer ; il n'allait plus tarder à rentrer.

Le dernier jour, Étienne plia son bagage à l'heure où le soleil commençait à décliner. Sa mère, en pleurs, saisit son visage entre ses mains en coupe.

— Retourne à Paris, implora-t-elle. Cette guerre a déjà tué beaucoup trop de jeunes gens. Je n'ai pas envie que tu sois blessé à nouveau.

— Si je faisais une chose pareille, on me fusillerait pour désertion.

Il la serra dans ses bras, se pencha pour embrasser ses cheveux, qu'il jugea plus uniformément gris que dans son souvenir. Cela lui rendit leurs adieux plus déchirants encore.

— Henri et moi allons aider les Espagnols à gagner cette guerre, puis, quand elle sera terminée, nous viendrons ici passer de très longues vacances. Je te le promets.

Elle leva les yeux vers lui, ses yeux sombres pleins de larmes, et sur ses traits se peignit un terrible chagrin.

— Nous sommes fiers de vous, parvint-elle à articuler. Que Dieu te protège, mon garçon.

Il étreignit sa mère avec force, puis s'éloigna d'un pas rapide pour rejoindre son père, Xabier, qui l'attendait avec les chevaux. Ils allaient se rendre ensemble à Saint-Sébastien, où un membre des Brigades internationales emmènerait Étienne, en camion, au camp de Logroño. Pendant ce temps, son père regagnerait la France avec ses deux montures.

— Ta mère n'a qu'un seul fils, fit Xabier sur un ton bourru. C'est pour ça qu'elle pleure. Il faut lui pardonner.

Il y avait, dans son visage buriné et son regard très noir, beaucoup de noblesse.

— Je suis fier de toi, Étienne. Ne l'oublie jamais.

Il referma une grosse main noueuse sur l'épaule de son fils, la serra longuement, puis sauta sur sa selle.

— La route est longue, grommela-t-il. Dépêchons-nous.

Ayant à son tour grimpé sur son cheval, Étienne contempla une dernière fois la demeure familiale, où il avait grandi. Il adressa un sourire réconfortant à sa mère, qui, debout sur le seuil, continuait de pleurer. Enfin, il posa un regard mélancolique sur les champs que ses sœurs et ses cousines récoltaient. Bientôt, elles laboureraient la terre. Quand reverrait-il ce décor et ces gens ?… Certes, la tentation était grande de tout abandonner pour retourner à Paris, mais le Pays basque valait assurément que l'on se battît pour lui, voire que l'on se sacrifiât pour le sauver des mains scélérates des fascistes. Jamais il ne pourrait supporter de vivre avec la honte d'avoir tourné le dos à ses compagnons de lutte, ou d'avoir déçu son père.

Ce matin-là, ils avaient quitté très tôt la maisonnette. Henri s'était installé derrière le volant et Annabelle, ayant posé une main sur la cuisse du jeune homme, rassemblait en silence, avec un soin jaloux, les précieux souvenirs de ces dix jours au paradis.

Ils avaient finalement renoncé à se servir des maillots de bain découverts dans un tiroir de la commode, préférant se baigner nus. Ces belles journées s'étaient étirées, lentement, dans une brume bienfaisante d'amour et de volupté – ils avaient fait l'amour sur la plage, et dans le grand lit ; ils avaient fait cuire leurs aliments sur des feux de bois flotté, bu du vin, allongés sur la couverture, les yeux dans les étoiles au-dessus d'eux.

Henri avait offert à sa fiancée un collier de coquillages, avant de graver leurs deux prénoms dans l'écorce d'un arbre noueux dont les branches effleuraient presque le bord de l'eau. Et pendant qu'Annabelle, repue, s'alanguissait après l'amour, il la peignait à l'aquarelle dans son carnet de croquis. Elle avait glissé l'un de ces portraits, bien à plat, au fond de sa valise, résolue à l'aimer pour toujours.

Henri gara le camion sur le bas-côté de la route, puis éteignit le moteur. Sans mot dire, il attira Annabelle à lui pour la serrer dans ses bras. Il l'embrassa ensuite, submergé par l'émotion, et leurs larmes bientôt se mêlèrent. Ils pleuraient joue contre joue.

— Je t'aimerai jusqu'à mon dernier souffle, Belle, dit-il d'une voix rauque. Et quand cette guerre sera terminée, nous nous marierons, et plus jamais rien ni personne ne nous séparera.

La jeune femme se cramponnait à lui.

— Je t'aime de tout mon cœur, souffla-t-elle en contemplant le petit grenat à son annulaire, qui chaque jour lui rappelait leurs serments réciproques. Je ne veux plus qu'il t'arrive quoi que ce soit. Je ne le supporterais pas.

Il baisa ses larmes avec une telle tendresse qu'elle crut, l'espace d'un instant, que sa volonté allait se briser. Mais, déjà, il s'écartait, faisait tourner la clé dans le contact. Le camion s'ébranla, retrouva la route. La dure réalité se profilait à l'horizon, où un inconnu attendait Henri pour le conduire de nouveau en plein cœur des combats. Annabelle, pour sa part, regagnerait Santa Rosa. Elle sécha ses pleurs, alluma deux cigarettes, regarda, par la fenêtre, se profiler des bâtisses élégantes, ainsi que le clocher d'une église ancienne.

Belchite avait beau ne pas être une ville importante, il y avait de la grandeur dans ses édifices, dont beaucoup se composaient de briques fabriquées avec la terre aux tons d'ocre pâle que l'on trouvait dans la région. Ses rues étroites étaient pavées, et l'église, magnifique, se dressait majestueusement à la limite de la commune, ses superbes vitraux contemplant un vaste pays désertique qui s'étendait à perte de vue. Henri roula au pas jusqu'à dénicher l'hôpital, modeste bâtiment posé à l'écart, dans une petite rue, mais il décida de ne pas y garer tout de suite le camion, préférant profiter encore de ses derniers moments en tête à tête avec Annabelle – ils avaient mis moins de temps que prévu à rejoindre Belchite.

— Le petit-déjeuner est déjà loin, dit-il en immobilisant le véhicule en face d'une rangée d'immeubles gris dont toutes les fenêtres s'ornaient de rambardes en fer forgé. J'ai repéré une boulangerie. Je pourrais y acheter du pain frais et du fromage, ou bien des pâtisseries, et nous ferions un pique-nique. Qu'en penses-tu ?

— C'est une excellente idée. Et pendant que tu vas à la boulangerie, je vais acheter du vin. J'ai vu une bodega un peu plus haut.

Ayant déposé un baiser léger sur les lèvres de la jeune femme, Henri s'éloigna d'un pas leste, en sifflotant, et sa sacoche se balançait à son épaule. Annabelle récupéra son porte-monnaie au fond de son sac, avant de prendre la direction opposée, en quête du petit bistrot.

Il y faisait sombre et frais, en sorte qu'elle dut prendre un peu de temps pour habituer son œil au demi-jour. Les bouteilles de vin occupaient un mur entier, cependant que, sur le comptoir, était posé un tonneau muni d'un robinet, qui, sans doute, contenait un petit vin de la région. Annabelle demanda à le goûter.

Tandis que le commerçant en versait un peu dans un verre, on entendit un grondement au loin. L'homme haussa les épaules et lui tendit le verre :

— Il fait très chaud aujourd'hui. C'est sûrement le tonnerre. On attend l'orage depuis deux semaines.

Son verre à la main, Annabelle se rendit sur le seuil et leva les yeux vers un ciel sans nuage. Le vin lui plut. Quant au grondement, il demeurait lointain, mais les oiseaux semblaient troublés – ils quittaient, en vastes nuées, les toits sur lesquels ils se trouvaient jusqu'alors perchés, en poussant des cris.

Le commerçant, qui entre-temps était venu se planter à côté d'elle, se raidit, et elle avec lui, en constatant que ce qu'il avait d'abord pris pour du tonnerre était en réalité le rugissement de nombreux moteurs d'avions. Ils échangèrent un regard.

— Ce sont les nôtres ou les leurs ? s'enquit Annabelle.

L'homme haussa les épaules, tandis qu'une main en visière, il scrutait le ciel.

— Nos ennemis n'ont aucune raison de s'en prendre à nous, répondit-il. Cela ne leur servirait à rien.

La jeune femme s'apprêtait à enchaîner, quand un chasseur Fiat hurla au-dessus de leurs têtes. Ses mitrailleuses cliquetèrent. Des balles crépitèrent, qui s'enfonçaient dans la chaussée et les murs des maisons. Annabelle, instinctivement, se baissa et, le vin de son verre s'étant mis à couler sur la pierre de seuil peinte en blanc, un autre Fiat s'égosilla, bientôt suivi de beaucoup d'autres.

— Vite, vite ! Par ici !

L'homme la prit par le bras pour l'obliger, sans ménagement, à se retrancher dans la pénombre de la bodega, où il lui fit signe de s'accroupir, en même temps que lui, derrière le volumineux comptoir en bois.

— Il faut que j'aille chercher Henri ! cria-t-elle assez fort pour être entendue malgré le raffut des mitrailleuses.

— Non, vous devez rester ici ! répondit le commerçant, les yeux agrandis par l'effroi – les balles, cette fois, mordirent le toit de l'établissement, et percèrent sa façade.

Annabelle se recroquevilla, terrorisée à l'idée qu'il pût arriver quelque chose à Henri. Elle voulait, contre toute raison, courir le retrouver, mais ç'aurait été du suicide, elle ne l'ignorait pas. Il ne lui restait plus qu'à espérer que, comme elle, il était parvenu à se mettre à l'abri.

Aux stridences des chasseurs succédèrent l'assourdissant mugissement des bombardiers, puis le fracas des explosions. La bâtisse, secouée, vit trembler les bouteilles de vin, qui bientôt tombèrent de leurs étagères pour voler en éclats sur le sol. Des balles glissaient contre le métal, qu'elles faisaient tinter, contre la pierre et les pavés. La cloche de l'église, touchée maintes fois, sonnait chaotiquement.

Alors, une formidable explosion souffla les vitres, ces dernières projetant, de tous côtés, leurs meurtrières échardes. Annabelle et son compagnon d'infortune se rétractèrent encore derrière le comptoir, ils tremblaient avec violence. Soudain, ils se mirent à hurler en entendant gémir atrocement l'un des bâtiments voisins, sur le point de s'effondrer.

Ils retinrent leur souffle. Le gémissement se fit de plus en plus fort, puis du verre se brisa, les poutres de bois crièrent, se rompirent sous l'intolérable pression… Enfin, l'édifice tout entier se disloqua et s'écroula.

Un nuage de débris, compact et gigantesque, s'engouffra dans le café par la porte grande ouverte, ne laissant d'autre choix aux deux occupants des lieux que de se baisser davantage et de couvrir leur visage de leurs mains en attendant que la poussière fût retombée. Au loin, des bombes continuaient à faire trembler le sol, et lorsqu'Annabelle se risqua enfin à lever le nez, un cri d'horreur lui échappa. Une lézarde démesurée, au tracé erratique, avait presque ouvert en deux la paroi dans leur dos.

— Nous devons quitter cet endroit ! dit-elle. Ce mur s'apprête à tomber. Nous allons être pris au piège. Y a-t-il une autre sortie ?

L'homme secoua la tête. Dans son visage couvert de poussière grise étincelaient deux yeux fous. Il était en état de choc. Annabelle comprit qu'en dépit de sa propre terreur, c'était à elle, maintenant, qu'incombait la lourde tâche de les sauver l'un et l'autre.

— Venez, le pressa-t-elle en lui saisissant le bras. Il faut que l'on s'en aille.

En guise de réponse, il geignit en boulant entre deux étagères situées sous le comptoir.

— Non, non, c'est trop dangereux.

Une autre explosion eut raison de la façade, puis le toit craqua horriblement, tandis que la fissure derrière eux s'élargissait. Ivre de peur, Annabelle trouva la force de remettre l'homme, dont elle serrait le bras, sur ses pieds.

— Le toit va…

Le plafond céda. Du plâtre se mit à dégringoler, et il pleuvait des tuiles, qui éclataient en touchant le sol. La cheminée en pierre, à son tour, s'effondra…

Annabelle, qui ne lâchait plus son compagnon, l'entraîna, parmi les gravats, en direction de la porte d'entrée. La poussière dont l'air était saturé l'empêchait de distinguer quoi que ce soit, mais une odeur de brûlé lui piquait les narines, et les grondements au ciel reprenaient, annonçant le retour des bombardiers. Une fois dans la rue, sans plus se séparer du commerçant, elle se fraya un chemin entre les gravats de toute sorte. Elle n'avait plus qu'une idée en tête : se rendre à la boulangerie.

Les explosions ne cessaient plus, et les bâtiments s'effondraient autour d'eux les uns après les autres. Des balles sifflèrent aux oreilles d'Annabelle, qui, dès lors, chercha éperdument un endroit où s'abriter. Elle repéra une volée de marches très raides, descendant vers un lieu que l'obscurité ne lui permettait pas d'identifier. Sans plus réfléchir s'il s'agissait là d'une manœuvre avisée ou d'une pure folie, elle fonça, entraînant son compagnon dans l'inconnu.

Ils se retrouvèrent dans la cave d'une habitation qu'une bombe avait intégralement détruite, où ils se tapirent, tandis que, par vagues successives, les avions ennemis changeaient la ville de Belchite en un grand champ de ruines. Il n'était plus nulle part où aller, nulle part où se cacher. On se trouvait en état de siège. Annabelle, épouvantée, se mit à vagir.

Le bombardement leur avait semblé durer de longues heures, pourtant, lorsque les appareils se furent enfin éloignés, et qu'Annabelle consulta sa montre, elle se rendit compte que quarante-cinq minutes seulement s'étaient écoulées depuis le début de l'attaque. Ils gravirent les marches de la cave avec hésitation, couvertes à présent de débris et d'éclats de terre cuite, puis, ayant saisi la main du commerçant, elle osa regarder dans la rue.

On aurait cru une scène de *L'Enfer* de Dante. À très peu près, il ne restait plus rien. Réduits à l'état de squelettes sans vie, les bâtiments béaient au ciel, et des vestiges dérisoires étaient visibles entre leurs flancs, rideaux déchirés à des fenêtres vides, meubles empoussiérés chancelant à l'extrême bord de sols éventrés… Dans la rue, en contrebas, gisaient, en tas fumants, des objets de toutes sortes, qu'à n'en pas douter, les occupants des lieux avaient naguère chéris.

Les rambardes en fer forgé, autrefois pleines d'élégance, se tordaient maintenant sur les pavés. L'église avait perdu son toit et son clocher. Entre des pans de mur encore debout, on distinguait des fresques trop abîmées pour que l'on pût espérer les restaurer un jour, et les arcs des fenêtres, si beaux encore une heure plus tôt, dévoilaient, sous un ciel d'un bleu vif, leurs courbures navrées. La pierre sculptée se révélait criblée d'impacts de balle, cependant que des bouillons de nuages gras et noirs, masquant presque la lumière du soleil, empuantissaient l'air et expulsaient sans relâche des cendres. On étouffait.

Annabelle plaqua un mouchoir contre sa bouche et son nez. Son compagnon, dont l'effarement ne se modérait plus, contemplait les maigres traces de son commerce. La jeune femme lui pressa le bras pour lui signifier qu'elle compatissait à son malheur, puis, comme il se dirigeait vers le troquet en titubant sur les décombres, elle prit une autre direction.

— Henri ! appela-t-elle, et elle toussait à cause des cendres et de la fumée. Henri ! Où es-tu ?

Des cris de femmes piégées sous les vestiges de leurs maisons s'élevèrent, auxquels firent écho des pleurs d'enfants et les appels des hommes – ceux qui avaient survécu et pouvaient encore marcher découvraient les ravages avec incrédulité, avant de secouer leur torpeur pour se mettre à creuser, dans l'espoir de délivrer des victimes.

Annabelle, à chaque instant plus éperdue, glissait sur des tuiles, sur des bouts de bois, sur des morceaux biscornus de tuyaux en plomb, sur des câbles électriques. Sur des objets, qui, brisés, disloqués ou brûlés, jonchaient le pavé des rues. Elle ne reconnaissait plus rien. Impossible, désormais, de trouver un point de repère…

— Henri ! appelait-elle frénétiquement. Henri ! Où es-tu ?

Nulle réponse. Rien que les cris des habitants, terrorisés ou blessés. Alors, elle reprenait son périple malaisé, toussant toujours, et crachant, à chaque instant plus affolée. Elle avisa le camion sous de lourds décombres, dont le toit s'était partiellement affaissé, et les portières déformées… Des débris couvraient les sièges et, sur le plancher du véhicule, la jeune femme vit son sac à main.

Glissant un bras entre les échardes de verre encore attachées au châssis d'une vitre, elle récupéra son bien, avant de forcer les portières arrière pour s'emparer cette fois de sa valise – il n'était pas question que l'aquarelle d'Henri se perdît ou fût endommagée.

— Annabelle ? Annabelle ! Où es-tu ?

Elle se tourna vers sa voix, submergée dans l'instant par un immense soulagement et une joie sans borne. Elle grimpa tant bien que mal sur le capot du camion pour tenter de l'apercevoir malgré la poussière et les tourbillons de fumée.

— Henri ! Henri ! Je suis là !

Lui. Enfin. Faisant sortir d'une cave un groupe de femmes et d'enfants éberlués. Brûlant de le rejoindre, la jeune femme manqua de tomber du capot.

— Je suis là ! Henri !

L'ayant repérée, il lui adressa un signe de la main, mais, pour l'heure, il se souciait surtout de ses protégés, qu'il aidait à quitter les parages d'un bâtiment dévoré par les flammes.

Annabelle ne tarda d'ailleurs pas à le perdre de vue au milieu de l'épaisse fumée noire exhalée par les ruines. Elle s'empara de sa valise mais, comme elle s'apprêtait à se mettre en marche dans la direction qu'elle lui avait vu prendre, Étienne émergea d'une petite rue voisine. Des traînées de suie, de sueur et de cendres lui barbouillaient le visage, et il y avait du sang sur son front.

— Que fais-tu ici ? Tu es blessé ? Je vais t'examiner.

— Je vais bien, se hâta-t-il de la rassurer. Je suis venu chercher Henri pour le ramener au camp. Où est-il ?

— Un peu plus loin. Il est en train de mettre à l'abri un groupe de femmes et d'enfants. Il faut que j'aille le retrouver, Étienne.

— Vous êtes donc tous les deux sains et saufs, Dieu merci.

Il prit la valise des mains de son amie, avant de l'aider à avancer parmi les restes d'une maison.

— Un vrai miracle, ajouta-t-il.

Les yeux de la jeune femme demeuraient irrités, à cause des fumées âcres, et elle avait mal à la gorge. Elle progressait avec peine.

Soudain, les avions ennemis furent au-dessus d'eux à nouveau, dont les balles et les bombes tentèrent d'avoir raison des survivants, aussi bien que des bâtisses encore debout.

Étienne entraîna Annabelle dans l'ombre épaisse d'une colonne tronquée. Les mitrailleuses des chasseurs, sans désemparer, semaient, une fois encore, la terreur et la mort. Une bombe explosa non loin, mais la jeune femme tressaillit à peine, uniquement préoccupée par le sort d'Henri ainsi que du petit groupe dont il s'efforçait d'assurer la sécurité.

Hélas… Pénétrant dans un défilé de ruines, le chasseur actionna ses mitrailleuses, qui, sans merci, fauchèrent les infortunés.

— Non ! hurla Annabelle. Henri ! Non !

Elle se débattit, cherchant à se soustraire à la poigne d'Étienne, mais il était trop fort. Elle ne put lui échapper. Les yeux écarquillés par l'effroi, les deux jeunes gens virent alors le bâtiment auprès duquel se trouvaient encore le peintre et ses protégés quelques instants plus tôt, se mettre à vaciller. De gigantesques fissures s'ouvrirent, des blocs de maçonnerie se détachèrent, pour s'abattre sur les corps au-dessous d'eux, puis, lentement, avec une certaine majesté dans la défaite, l'édifice oscilla encore et s'écroula dans un bruit formidable. Un volumineux nuage de poussière s'éleva.

Les bombardiers s'éloignèrent, suivis de leurs monstrueuses cohortes de chasseurs. Le silence se fit. Un silence de mort. Des gravats continuaient de dégringoler çà et là, ailleurs résonnait le crépitement du bois incendié. Des flammes orangées jetaient des lueurs sur le décor tragique, de lourdes fumées le dérobaient de loin en loin aux regards. Annabelle, tout à la fois incrédule et brisée, contemplait d'un œil fixe l'endroit où elle avait entraperçu Henri pour la dernière fois.

— Reste ici et, surtout, ne bouge pas, lui ordonna Étienne, la mine sombre. Je vais le chercher.

Elle obéit sans broncher, tétanisée par la terreur, incapable du moindre mouvement.

— Il n'est pas mort, ce n'est pas possible, fit-elle à voix basse. Il n'a pas le droit. Je Vous en prie, mon Dieu, je Vous en supplie, faites qu'il ne soit pas mort.

À peine sortis de leur cachette, des rescapés ahuris suivirent Étienne, qui leur commandait d'une voix ferme de l'aider à creuser.

— Il y a des femmes et des enfants là-dessous ! hurlait-il. Nous devons les secourir au plus vite !

Annabelle, toujours pétrifiée, les regarda faire… Des hommes, des femmes, et des enfants parfois, repoussaient des gravats, déplaçaient des débris, fouissaient, fouissaient encore. Lorsqu'une femme hurla, berçant, hébétée, le corps amolli d'un bambin, ce fut pour Annabelle comme une décharge électrique.

Elle rejoignit les autres en dépit des obstacles sur lesquels elle glissa, contre lesquels elle se cogna, au beau milieu desquels elle manqua, à de nombreuses reprises, de perdre l'équilibre. Et, comme les autres, elle se mit à creuser. Furieusement. Résolue, désormais, à retrouver Henri.

Étienne, cependant, ne tarda pas à l'écarter du funèbre chantier :

— Arrête, dit-il tristement. Il n'y a plus que des cadavres là-dessous.

— Tu n'en sais rien ! lui répondit-elle. Il peut très bien être encore en vie. Si ça se trouve, en ce moment même, il se bat pour réussir à s'en sortir. Nous devons continuer à creuser.

Joignant le geste à la parole, elle s'empressa de nouveau parmi les gravats. Ils creusèrent ainsi pendant plus de deux heures, deux heures durant lesquelles ils ne découvrirent que les corps emmêlés de deux femmes et de cinq enfants. Tous avaient été blessés par balle, après quoi l'édifice le plus proche, en tombant, les avait ensevelis.

Annabelle s'acharnait cependant, et des larmes ruisselaient sur ses joues tandis qu'elle s'affairait.

— Henri, sanglotait-elle. Henri, parle-moi. Je t'en supplie, mon amour, ne meurs pas.

Elle mit au jour deux autres cadavres d'enfants ensanglantés, demeurés main dans la main comme ils l'étaient à l'instant où les balles ennemies les avaient fauchés. C'en fut trop pour elle. Elle s'effondra sur le sol, sa plainte désespérée s'entrelaçant avec les plaintes infinies des femmes de Belchite.

— Je suis là, Annabelle, fit Étienne avec douceur en l'aidant à se relever avant de la serrer entre ses bras, et ses larmes, à présent, s'associaient à celles de son amie. C'est fini, Belle. Il nous a quittés.

Elle avait compris qu'elle ne reverrait plus Henri, mais comment se persuader qu'il était bel et bien parti ? Comment un être pétri de talent et plein de vie pouvait-il disparaître ainsi de la surface de la terre en une fraction de seconde ? Perdu corps et biens. Emportant avec lui tous les espoirs de sa fiancée, tous les rêves et tous les projets d'avenir qu'ils avaient faits ensemble ?

Une douleur intense la déchirait, et ses sanglots jaillissaient du plus profond d'un insondable puits de chagrin, tandis qu'elle revoyait, comme en boucle, l'affreuse scène. Elle s'accrochait à Étienne, à la force qui émanait de lui, à ses bras puissants qui l'empêchaient de tomber à genoux. Hélas, il ne s'agissait pas des bras d'Henri, qui plus jamais ne se refermeraient sur elle.

— Viens, Belle. Je vais te ramener à Santa Rosa, où tes amis t'aideront à surmonter cette épreuve.

— Je ne la surmonterai jamais, hoqueta-t-elle. Jamais, jamais.

Étienne, sans mot dire, s'empara de la valise et du sac à main de son amie, qu'il guida parmi les décombres.

Annabelle, accablée, n'avançait plus que comme un automate. Ses pleurs et la fumée l'aveuglaient. Elle ne se souciait plus de ce qui pourrait maintenant advenir, elle se moquait de savoir où elle allait se rendre. Maintenant qu'Henri ne cheminait plus à ses côtés, l'existence pour elle avait perdu tout son sens.

Elle n'entendit pas la déflagration de la bombe qu'un avion avait larguée plus tôt sans qu'elle eût explosé. En revanche, elle sentit le terrible choc dans son dos qui lui fit lâcher la main d'Étienne. Ce souffle l'ayant projetée dans les airs, elle retomba lourdement sur le sol, beaucoup plus loin, puis elle perdit conscience.

13

George avait dû faire preuve de fermeté avec Felicity Jenkins, qui, peu à peu, était devenue trop familière et commençait à lui faire les yeux doux, à suggérer qu'ils pourraient se rendre ensemble au cinéma, ou aller prendre un verre. Jugeant ces situations affreusement incommodes, il avait mis un point d'honneur à se montrer d'une délicatesse et d'une politesse exemplaires, quand, pourtant, il aurait préféré lui déclarer tout de go qu'il n'était pas intéressé du tout. Il avait fait valoir que le célibat lui seyait à merveille, et qu'il n'avait aucune intention d'être pour Felicity quelqu'un d'autre que son employeur.

Cela avait été un moment épineux, et, depuis, sa secrétaire lui battait froid, au point qu'il se demandait si elle ne songeait pas à lui remettre sa démission. Il ne le désirait pas, car la jeune femme se révélait une employée modèle, dont l'efficacité n'était plus à démontrer ; sans elle, son cabinet pourrait péricliter.

Le mois d'août s'écoula puis vint septembre, et Felicity demeurait à son poste. George en conclut qu'elle lui avait pardonné, et que, peut-être, elle s'était éprise d'un autre, ce qui le soulageait beaucoup.

George haïssait les situations embarrassantes, en particulier lorsque s'y trouvaient mêlées de jeunes femmes. Et puis… Et puis, il restait, à son corps défendant, hanté par le souvenir d'Annabelle, et ce souvenir l'empêchait de songer seulement à s'engager dans une autre relation. Il savait, bien sûr, qu'il était ridicule de s'accrocher ainsi à quelqu'un qui, à l'évidence, ne l'aimait pas, mais il ne pouvait rien faire pour y changer quelque chose.

Le soleil de la fin septembre était chaud, et George, assis dans son paisible jardin, jouissait d'un rare après-midi de congé. Il buvait, à petits traits, un remarquable whisky irlandais. La partie de golf qu'il avait disputée plus tôt le laissait dans un état de douce lassitude, et il lui tardait de retrouver, le soir même, à son club de rugby, quelques amis avec lesquels il discuterait de la prochaine saison.

Il alluma sa pipe, et ses pensées, comme toujours en ces moments sereins, se dirigèrent vers Annabelle. Il n'avait pas eu de ses nouvelles depuis le mois de juillet, et redoutait, pour cette raison même, qu'il lui fût arrivé quelque chose. Maudissant en silence les lenteurs de la poste espagnole, sur laquelle on ne pouvait décidément pas compter, maudissant plus encore la guerre civile, il avala une autre gorgée de whisky, puis résolut de rester optimiste. Pas de nouvelles, bonnes nouvelles, s'obligea-t-il à penser.

Des voix dans son dos l'alertèrent et, comme il se retournait, il vit Felicity s'empresser dans sa direction.

– Docteur Ashton, je suis désolée, mais cette femme insiste pour que…

Caroline, sans s'embarrasser de précautions, la doubla :

— George. Dieu merci, tu es chez toi.

Un simple coup d'œil lui suffit à comprendre. Aussitôt, sa bonne humeur reflua pour céder la place à une terrible angoisse.

— Qu'y a-t-il, Caroline ? Que s'est-il passé ?

— Ne t'affole pas, George, s'il te plaît. Annabelle est vivante, et l'on attend maintenant son complet rétablissement.

La jeune femme se tourna vers Felicity, qui continuait à la fusiller du regard.

— Auriez-vous l'amabilité de nous laisser, s'il vous plaît ?

La secrétaire quitta le jardin d'un pas de grenadier, offusquée, pendant que Caroline prenait le bras de George.

— Je sais que ce doit être pour toi un choc terrible, mais je t'assure qu'Annabelle est en train de se retaper.

— Que s'est-il passé ? Où est-elle ?

— Elle a été blessée dans un bombardement. C'est grâce à Étienne qu'elle est toujours en vie : malgré ses propres blessures, il s'est démené pour qu'on la soigne. Elle a été emmenée dans un hôpital de campagne à Logroño, où se trouve l'un des quartiers généraux des Brigades internationales. Ils lui ont dispensé les premiers soins, après quoi elle a rejoint Toulouse à bord d'un train-hôpital. On l'a transférée un peu plus tard à Paris. Quand les médecins lui en donneront l'autorisation, elle s'installera chez Aline pour y passer sa convalescence.

Le cœur de George cognait dans sa poitrine.

— Quel était le degré de gravité de ses blessures ?

Caroline alluma une cigarette d'une main mal assurée.

— Étienne et elle ont eu de la chance dans leur malheur. Ils ne se trouvaient pas trop près de la bombe lorsqu'elle s'est déclenchée. Mais ils ont bien sûr souffert de nombreuses fractures et de blessures internes. Annabelle a également des cicatrices, à cause des brûlures, mais les médecins pensent qu'elles ne tarderont pas à disparaître. Selon eux, elles sont superficielles.

— Et les blessures internes ?

— Il a fallu lui enlever la rate ainsi que l'un de ses reins, répondit posément la jeune femme.

— Je vais aller la voir.

Comme il faisait un premier pas en direction de sa maison, Caroline lui barra la route.

— Avant que tu te précipites, il y a encore certaines choses que tu dois savoir.

Ses jambes flageolèrent soudain. Il retomba dans son fauteuil.

— Dis-moi tout, s'il te plaît. Et ne tourne pas autour du pot. Ne me cache rien.

Caroline lui parla d'Henri, de leur histoire d'amour, des courtes vacances qu'ils avaient passées ensemble juste avant le drame.

— La ville a été complètement rasée. Les quelques rescapés l'ont abandonnée, de sorte que l'on n'a plus la moindre nouvelle. Mais Étienne m'a assuré que personne n'avait pu survivre sous les décombres.

L'estomac de George se noua. Ainsi, sa chère Annabelle en avait aimé un autre, et elle l'avait aimé si fort qu'elle s'était donnée à lui. Cramponnant les accoudoirs de son fauteuil de jardin, il serra les dents. Il devait rester calme, et raisonner sainement. Annabelle et Henri s'étaient trouvés l'un et l'autre projetés dans les affres d'une guerre. Il était tout à fait possible qu'en des temps si troublés, les émotions et les sens eussent tendance à s'exalter. Que, confronté à des dangers partout présents, et saisi par l'ardeur, un homme, ou une femme, eût ressenti, plus que jamais, un besoin d'amour et de réconfort. Mais, imaginant sa bien-aimée entre les bras d'un autre, George se sentit dévasté.

— Je vois, commenta-t-il avec circonspection, désireux de ne rien laisser paraître de son désarroi. Mais… Tu m'as dit qu'elle était en voie de guérison. Le pronostic est donc favorable ?

Caroline hocha la tête.

— Mais chaque jour, elle pleure Henri, ce qui ne facilite pas les choses, tu le sais aussi bien que moi. Au moins, maintenant qu'elle se trouve à Paris, Aline va pouvoir veiller sur elle.

Posant le regard sur le visage de son interlocutrice, il y vit pour la première fois de vilains cernes noirs. Elle avait les traits tirés.

— Tu n'es pas rentrée en Angleterre exprès pour me parler d'Annabelle, je suppose… ?

— J'ai obtenu une permission pour lui rendre visite à Paris, mais je ne me trouvais en France que depuis quelques jours quand j'ai appris la mort de Bertram.

Elle ravala courageusement ses larmes.

— Mes deux frères ont disparu. Il fallait que je rentre chez nous. Mes pauvres parents sont effondrés. Je ne pouvais décemment pas ajouter à leurs tourments en regagnant l'Espagne.

— Oh, Caroline…, soupira-t-il. Je suis navré.

— Papa avait raison, dit-elle avec force. La guerre est une chose horrible et cruelle. Mais, au moins,

Étienne et Annabelle, eux, sont toujours en vie. Ils ont eu une chance folle.

George lui tapota maladroitement le dessus de la main, incapable de trouver les mots susceptibles d'apaiser un peu sa terrible souffrance.

— Quand penses-tu qu'Annabelle se sentira assez en forme pour regagner l'Angleterre ?

Caroline haussa les épaules.

— Tout dépendra de ses projets d'avenir.

Elle hésita.

— Certains… certains éléments déterminants risquent de rendre son retour extrêmement difficile. Il est évident qu'elle n'acceptera jamais de se réinstaller chez Camille et Edwin. Quant à mes parents, même si je ne doute pas qu'ils l'accueilleraient à bras ouverts, ils ne sont vraiment pas en état de prendre soin d'elle.

— Elle pourrait venir chez moi. Je m'occuperais d'elle.

— Oh, George, tu es adorable. Mais ce ne serait pas convenable, voyons.

— Fadaises ! s'agaça-t-il. Crois-tu réellement que je me soucie du qu'en-dira-t-on ? Par ailleurs, de quels « éléments déterminants » parles-tu au juste ?

Caroline baissa les yeux, écrasa son mégot.

— Des éléments d'ordre médical, laissa-t-elle tomber après quelques instants de silence.

— Tu vois ! Je suis bel et bien la personne la plus à même de se charger d'elle. Que ça lui plaise ou non, je vais aller la chercher à Paris, puis la ramener avec moi.

— Oh, George…, soupira son amie. Essaie, pour une fois, de faire preuve d'un peu de tact. Ne l'oblige pas à faire quelque chose qu'elle n'a pas envie de faire.

— Pour qui me prends-tu, Caroline ? Je ne l'obligerai à rien, cela va de soi. Je me contenterai d'insister sur le fait que c'est ici, chez moi, en Angleterre, qu'elle se sentira le mieux, et qu'elle aurait grand tort de refuser mon aide.

La jeune femme gloussa.

— Bonne chance, alors. Elle sait se montrer souvent aussi têtue que toi, et j'aimerais beaucoup être une petite souris le jour où vous aurez cette conversation.

On était le 2 octobre. Un feu pétillait dans la cheminée du salon, où Annabelle, calée contre les oreillers qu'Aline lui avait apportés, se reposait sur le canapé. Elle se réjouissait d'avoir enfin quitté l'hôpital, et de redécouvrir le joyeux bric-à-brac de cette maison, dont les vives couleurs discordantes lui étaient un baume, après les murs blancs et froids de l'hôpital, après ses rutilants sols nus.

— J'ai préparé du thé comme tu l'aimes, fit Aline. Et Miriam a apporté pour toi une tranche de son délicieux gâteau au chocolat.

— Ça fait plaisir de te revoir, dit Miriam en disposant la part de gâteau sur une assiette. Je suis sûre qu'ici, tu vas te remettre beaucoup plus vite que si tu étais restée à l'hôpital.

Annabelle lui adressa un sourire pâle, et, de nouveau, elle se sentit au bord des larmes.

— Vous avez tous fait preuve d'une incroyable gentillesse, murmura-t-elle. Mais, s'il vous plaît, ne soyez pas aux petits soins avec moi. Je sais que vous avez tous beaucoup à faire, et je tiens à effectuer ma part du travail.

— Bien sûr que nous devons être aux petits soins avec toi, déclara sa tante en retapant les oreillers. Tu es notre petite princesse, et nous tenons à nous occuper de toi de notre mieux. Maintenant plus que jamais.

Les doigts d'Annabelle effleurèrent son ventre plat.

— C'est un miracle…, souffla-t-elle.

— En effet, répondit Aline. C'est pour cette raison que tu vas me faire le plaisir de te laisser dorloter. Et pas question de nous aider à quoi que ce soit dans cette maison. D'ailleurs, tu me connais : je fais toujours de mon mieux pour m'épargner les tâches ménagères. La vie est trop courte pour se soucier de deux toiles d'araignée ou de trois grains de poussière.

Annabelle, qui songeait au petit être infime dans son ventre, se sentit tout près de pleurer. Le dernier présent d'Henri, son cadeau le plus précieux, avait déjoué les pronostics des chirurgiens et des docteurs accourus au chevet de la jeune femme. Contre toute attente, il avait survécu. Ce bébé, elle l'aimerait à la folie, il serait la preuve éclatante et tangible de l'amour qui l'avait liée pour jamais Henri.

— Essaie de ne pas être triste, fit Miriam. Henri continuera de vivre dans cet enfant, et quand il, ou elle, sera assez grand pour comprendre, tu lui parleras de son père, pour que son souvenir ne s'efface pas.

— Merci, Miriam. D'où te vient cette belle sagesse ?

La jeune femme haussa les épaules.

— Au fil des années, Malachi et moi avons perdu tous ceux que nous aimions, et l'on nous a si souvent déplacés d'un lieu à un autre, que nous sommes presque devenus des bohémiens. Notre maison, maintenant, c'est l'endroit où nous nous trouvons ensemble, et jamais nos proches ne sombreront dans l'oubli, puisqu'ils sont pour toujours dans nos cœurs.

Annabelle serra la main de la jeune femme. De quoi son avenir serait-il fait ? Ici, chez Aline, elle se trouvait en sécurité, mais une fois que le bébé serait venu au monde, elle ne pourrait exiger de sa tante qu'elle les gardât tous les deux sous son toit. Il lui serait toutefois impossible de retourner chez ses parents, et quant à ceux de Caroline, ils avaient déjà trop souffert pour qu'elle leur imposât le fardeau de sa présence auprès d'eux en compagnie de son enfant. Au-dessus de Londres continuait en outre à planer l'ombre d'Edwin, qui, à coup sûr, prendrait un malin plaisir, si elle s'y réinstallait, à tout faire de nouveau pour qu'elle ne décrochât pas d'emploi. Que faire ?…

— Attention au chat ! fit Napoléon d'une voix stridente. Oh là là !

Mignonnette passa discrètement devant la cage pour sauter d'un bond léger sur les genoux d'Aline, où elle se mit en boule en ronronnant.

Soudain, on frappa fortement à la porte, le perroquet brailla « entrez, entrez, attention au chat ! », puis sa maîtresse ayant déposé avec précaution la chatte sur un coussin, elle se leva pour aller ouvrir.

Annabelle, de son côté, s'efforçait de faire honneur au gâteau de Miriam, mais elle manquait d'appétit. Elle but un peu de thé, tandis que sa tante parlait avec quelqu'un sur le pas de sa porte. Aline revint bientôt, les joues rouges et le ton animé.

— Annabelle, tu as de la visite.

La jeune femme fronça les sourcils :

— Je ne me sens pas vraiment d'attaque pour voir du monde. Qui est-ce ?

— Moi.

George pénétra dans la pièce, la mine grave et le pas résolu.

Annabelle laissa échapper un petit cri de surprise, puis l'appréhension l'emporta, car elle le jugeait terriblement solennel.

— Bonté divine, souffla-t-elle en essayant, tant bien que mal, de s'extraire du canapé affaissé.

— Reste où tu es, lui ordonna-t-il en se ruant auprès d'elle pour la contraindre à se rallonger. Tu ne devrais pas bouger après avoir subi une si lourde opération.

Annabelle vit le regard de George glisser sur ses traits pour s'attarder sur les vilaines zones froncées, sur sa joue, son cou et son poignet. Quel effet cela lui faisait-il ?...

— Tu es beaucoup trop maigre, observa-t-il sur un ton radouci, mais ces cicatrices auront tôt fait de disparaître. Ce n'est rien du tout.

— C'est ce que le médecin m'a dit aussi, en effet. Je suis ravie de te voir, George, mais que diable fais-tu à Paris ?

Assis au bout du canapé, il la dévisagea avec une telle intensité qu'elle finit par se sentir mal à l'aise.

— Caroline m'a appris ce qui t'est arrivé. Je suis venu pour te ramener chez moi.

— Je vais refaire du thé, murmura Aline. Miriam, tu pourrais peut-être venir m'aider à la cuisine ?

Les deux femmes quittèrent le salon, mais ni Annabelle ni George ne parurent s'en apercevoir, concentrés l'un et l'autre sur l'échange à venir.

Annabelle effleurait nerveusement sa joue meurtrie, songeant qu'il devait la juger bien laide.

— Inutile de dissimuler ces cicatrices, fit-il d'une voix enrouée. Tu es toujours aussi belle, tu sais.

— Tu parles, répondit-elle avec hésitation. Je fais peur à voir. Mais je te remercie pour le compliment.

— Je suis passé par l'hôpital avant de venir ici, et je me suis entretenu avec l'un des médecins. Il m'a dit que tu devais te reposer le plus possible, mais que tu serais bientôt d'attaque pour retourner en Angleterre.

— Je ne retournerai pas en Angleterre, décréta Annabelle avec fermeté.

— Allons, ne sois pas ridicule. L'Angleterre est ton pays, et je possède toutes les qualifications requises pour m'occuper convenablement de toi.

— Je n'en doute pas une seconde, mais je ne retournerai pas là-bas.

La mâchoire de George se crispa, tandis que son œil bleu jetait des étincelles.

— Caroline m'a tout expliqué concernant ta relation avec Henri, et j'ai bien conscience qu'il te sera difficile de refaire ta vie après tout ce qui s'est passé. Mais je suis là pour te tendre une main secourable. Je te fournirai un logement, et je t'aiderai à retrouver du travail.

— George… C'est très gentil de ta part, mais…

Il s'empourpra.

— Je ne fais pas cela par gentillesse, Annabelle. Je suis ici parce que je t'aime. Franchement, tu es la femme la plus exaspérante que j'aie jamais rencontrée.

Annabelle tressaillit.

— Ne me bouscule pas de cette façon, George, s'il te plaît. Et si c'est ainsi que tu te prépares à me demander de nouveau en mariage, je te conseille d'y renoncer immédiatement.

Il prit une profonde inspiration, luttant de son mieux pour tempérer son émoi.

— Je n'ai pas la moindre intention de me ridiculiser une deuxième fois, énonça-t-il d'une voix posée. Je te propose seulement un toit, et la possibilité de reprendre bientôt ton métier d'infirmière.

La jeune femme piqua un fard sous le regard perçant de George.

— Tu es un homme extrêmement généreux, mais...

— Laisse-moi finir, Annabelle, je t'en conjure. L'un de mes locataires vient d'investir dans un cabinet médical situé à Londres, et l'autre est récemment rentré chez lui, en Afrique du Sud. Il me serait très facile de convertir leurs deux chambres, situées à l'étage, en un petit appartement, où tu serais chez toi. Pour ce qui est du travail, j'ai déjà parlé à l'infirmière en chef de l'hôpital général de Dartford. Ils cherchent justement une infirmière de bloc opératoire.

Annabelle le fixa, incapable désormais de retenir ses larmes. Il l'aimait toujours, en dépit de tout ce qui s'était récemment passé, et il l'aimait assez pour avoir pris toutes sortes de dispositions afin qu'elle se sentît de nouveau chez elle en Angleterre. Dire qu'il avait fait le voyage depuis le Kent pour se voir rabrouer par une femme ingrate, qui l'avait cruellement trahi en tombant amoureuse d'un autre.

Il sortit de sa poche un mouchoir immaculé.

— Ne pleure pas, Annabelle, tu sais que je déteste te voir malheureuse.

Il attendit qu'elle se fût un peu ressaisie pour enchaîner :

— Ne refuse pas ma proposition sous prétexte qu'il pourrait s'agir d'une situation embarrassante entre nous. Les potins, je m'en chargerai, et, là-haut, tu jouiras de toute l'intimité dont tu auras besoin. Je te promets de me comporter toujours en parfait gentleman.

Il sourit, et dans son œil brilla beaucoup de chaleur et d'affection.

— Alors... qu'en dis-tu ?

Il était temps, pour la jeune femme, de lui dévoiler la véritable raison pour laquelle elle ne pourrait jamais regagner l'Angleterre, mais son cœur saignait à la perspective de lui faire mal.

— Je te suis infiniment reconnaissante pour tout ce que tu te sentais prêt à faire, George, mais je ne mérite pas toutes ces attentions. Vois-tu... Il y a certaines choses que tu ignores encore. Des choses qui se sont passées pendant que je me trouvais en Espagne, et que tu ne supporterais probablement pas si nous devions partager la même maison.

— Je sais que ton chagrin d'avoir perdu Henri est encore vif, et qu'il te faudra beaucoup de temps pour commencer à t'en remettre. Mais, je t'en prie, Annabelle, ne me juge pas trop durement. J'accepte sans arrière-pensée ce que tu as vécu en Espagne, et tout ce que je désire à présent, c'est que tu te rétablisses au plus vite.

Leurs regards se croisèrent, puis ne se lâchèrent plus.

— As-tu envie de regagner l'Angleterre, Annabelle ?

Elle ne pouvait plus lui mentir. Oui, elle souhaitait de tout cœur retrouver son pays natal, bien que sa situation rendît la chose impossible. Elle hocha la tête, incapable de prononcer les mots qui, à coup sûr, allaient éteindre la lueur qui brillait dans son regard. Et sans doute allait-il, dès lors, lui tourner le dos pour toujours.

— Dans ce cas, pourquoi t'obstines-tu à refuser mon offre ? Qu'est-ce qui te retient ?

— Je… Ce n'est pas aussi simple…, commença-t-elle avec hésitation. Bien sûr que j'adorerais rentrer en Angleterre, y décrocher un emploi et avoir un logement. Mais… mais certaines complications se sont présentées, et je serais folle de penser que tu accepterais d'endosser cette responsabilité supplémentaire.

Le jeune homme fronça les sourcils.

— Ni Caroline ni ton docteur n'ont évoqué la moindre complication, mais, de quelque nature qu'elles soient, je suis parfaitement à même de m'en débrouiller. N'oublie pas que je suis médecin, moi aussi.

Annabelle croisa les doigts sur son giron. Comment lui dire ?…

— Les complications dont je parle n'ont aucun rapport avec mes blessures…

Elle releva les yeux vers lui, et ses mains, comme pour le protéger, se posèrent instinctivement sur son ventre.

— Vois-tu, George, malgré les terribles épreuves que j'ai dû endurer, un miracle s'est produit.

Il fronça de nouveau les sourcils. Il ne comprenait rien… Jusqu'à ce que son regard se posât sur les doigts sans repos d'Annabelle. Alors, il inspira dans un hoquet… S'ensuivit un interminable silence, un silence retentissant.

— Tu attends un enfant, articula-t-il sur le ton du constat. Caroline était-elle au courant lorsqu'elle m'a rendu visite ?

Annabelle devinait son immense douleur derrière le masque impavide.

— Elle se trouvait à l'hôpital au moment où les médecins m'ont annoncé la nouvelle, mais je lui ai fait jurer de garder le secret. Ne sois pas fâché contre elle, s'il te plaît.

Il se tenait avec raideur au bout du canapé, inatteignable désormais. Un nerf menu palpitait à sa mâchoire.

— George, fit Annabelle doucement, en se redressant, et elle lui prit la main. George… Ce bébé à naître m'interdit de regagner l'Angleterre, tu le comprends, n'est-ce pas ? Merci mille fois de m'avoir conservé toute ton amitié après le mal que je t'ai fait. Je tiens à ce que tu saches combien je me sens navrée de t'infliger cela.

Les doigts de George demeuraient inertes entre ceux de la jeune femme. Il fixait ses chaussures.

— George, je t'en prie, dis-moi quelque chose.

Relevant enfin la tête, il prit une profonde inspiration.

— Je me suis toujours tenu pour un homme sensé et intelligent, capable de faire face à n'importe quelle situation. Mais dès lors qu'il s'agit de toi, Annabelle, je me sens perdu.

Il posa sur elle un regard chargé d'intensité.

— Je t'ai aimée à l'instant même où nous nous sommes rencontrés, poursuivit-il d'une voix altérée par l'émotion. J'ai fait tout mon possible, crois-moi, pour cesser de t'aimer, mais je n'y suis pas parvenu.

Comme elle s'apprêtait à prendre la parole, il enchaîna.

— Si tu rentres en Angleterre avec moi, je te promets de veiller sur toi. Et sur ton bébé. Et si tu tiens à tout prix à éviter le scandale, c'est avec joie que je t'épouserai. Il s'agira bien entendu d'une union de convenance. Je n'exigerai absolument rien de toi, sinon ton amitié. Si tu ne veux pas te marier, nous inventerons une histoire, la plus proche possible de la vérité, mais qui satisfera les commères de tout poil.

Annabelle écarquilla de grands yeux, et son cœur se mit à battre plus fort.

— Tu ferais cela pour moi, après tout ce qui s'est passé ?

Il hocha la tête, les yeux singulièrement brillants en dépit de son menton résolu et de sa mine grave.

— Je peux certes paraître parfois bourru, autoritaire, et j'ai tendance à dire un peu trop souvent le fond de ma pensée, à piétiner les sentiments des autres… Mais derrière cette armure se cache un homme qui aspire simplement à vivre auprès de la jeune fille qu'il aime, sans poser de conditions.

Il s'interrompit pendant quelques secondes.

— C'est pour cette raison que je t'offre la respectabilité du mariage, ainsi qu'un toit, pour ton enfant et toi. Je n'ignore pas que tu éprouves pour moi de l'amitié, et non pas de l'amour. Aussi, je te promets de te laisser libre de vivre ta vie comme bon te semblera. Cet arrangement me conviendrait parfaitement.

Elle prit sa main et la posa sur sa joue. George était en train de sacrifier toutes ses chances de trouver un jour le vrai bonheur aux côtés d'une femme qui, cette fois, le chérirait comme il la chérirait… Qu'avait-elle à lui offrir en retour ?

— Oh, George… Je ne te mérite pas. Es-tu bien sûr que c'est ce que tu souhaites ?

— Si j'en doutais, répondit-il avec raideur, je ne t'aurais rien dit.

Comme elle contemplait les traits de l'homme, dont le flegme apparent trahissait ici et là ses véritables sentiments, elle songea aux paroles de sa mère, les jugeant, tout à coup, plus sages qu'elle ne l'avait d'abord pensé. Peut-être, en effet, une amitié sincère valait-elle mieux, pour qui désirait se marier, qu'un amour passionné.

— Alors, j'accepte, déclara-t-elle doucement.

George s'éclaircit la voix, avant de poser sur le front d'Annabelle un baiser léger.

— Affaire conclue, dit-il. Sur ce, rallonge-toi, s'il te plaît, et repose-toi pendant que je vais demander à Aline de me donner un coup de main pour les dispositions à prendre. Je suis prêt à parier qu'un mariage, en France, est une affaire éminemment compliquée. Les Français ne font jamais les choses simplement.

Forte d'un large cercle de connaissances, Aline fit des prouesses : le mariage serait célébré à la fin du mois de novembre. George avait dû regagner Dartford après son premier séjour à Paris, et, durant sa longue absence, Annabelle s'efforça de partager l'enthousiasme de sa tante pour les événements à venir.

Un mariage de convenance n'était cependant pas la meilleure façon d'entamer une nouvelle existence, et bien qu'elle aimât George pour sa gentillesse et pour l'indéfectible amitié qu'il lui témoignait, elle ne pouvait s'empêcher de comparer cet amour à la passion qu'elle avait naguère éprouvée pour Henri. Ils avaient fait ensemble tant de projets… Chaque fois qu'elle pensait à lui, elle fondait en larmes.

Annabelle avait écrit à sa mère pour lui annoncer qu'elle allait épouser George – il va sans dire qu'elle s'abstint de lui révéler sa grossesse. Camille lui avait répondu par retour du courrier, rendue suspicieuse par la vitesse à laquelle tout cela s'était décidé. Elle promettait néanmoins à sa fille d'offrir un cadeau aux jeunes mariés, dès qu'ils auraient regagné l'Angleterre. Elle avait joint à sa missive un bref message de félicitations rédigé par Philippa Howden. Enfin, elle faisait part à Annabelle de sa décision de taire cette nouvelle à son époux.

Octobre touchait à sa fin, le soleil brillait, et les cicatrices d'Annabelle avaient pratiquement disparu. Elle quitta la maison d'Aline, acheta une rose chez un fleuriste du quartier, puis se dirigea sans hâte vers le Pont-Neuf pour la dernière fois.

Elle s'y remémora sa rencontre avec Henri. Une attirance immédiate et réciproque, qui dès lors n'avait fait que s'intensifier, au point que ni l'un ni l'autre ne s'était bientôt trouvé en mesure d'y résister. Ils s'étaient promis de se retrouver ici même après la guerre, puis d'officialiser leurs fiançailles. Hélas, le sort en avait décidé autrement, et la jeune femme demeurait inconsolable.

Ayant baisé la rose rouge, elle la jeta dans la Seine, qui l'emporta aussitôt.

— Au revoir, mon amour, murmura-t-elle. Je ne t'oublierai jamais.

George revint la veille du mariage à Paris, où il prit une chambre d'hôtel. Il avait les nerfs à fleur de peau, craignant qu'Annabelle ne changeât d'avis à la dernière minute. Celle-ci avait fait de son mieux pour le rassurer, bien qu'elle se sentît dévorée par le doute. Aline lui avait donné du courage en lui faisant boire du vin et en lui servant un repas roboratif, avant de l'envoyer jouir des plaisirs des bars de la capitale en compagnie de ses locataires.

Elle se rendit ensuite dans la chambre de sa nièce, qu'elle trouva à sa fenêtre, le regard fixe, éperdue. Elle faisait tourner autour de son doigt le petit grenat offert par Henri.

— Il ne fait jamais bon vivre dans le passé, Annabelle, dit-elle avec douceur. Henri restera pour toujours dans ton cœur, mais il est temps, à présent, de l'autoriser à n'être plus qu'un souvenir. Un souvenir précieux. Tu dois te tourner vers l'avenir.

— Crois-tu que je suis folle d'accepter d'épouser George, si tôt après… après… ?

— Au contraire, souffla Aline en la prenant dans ses bras. Je pense que tu fais preuve de sagesse. Parfois, la raison doit prendre le pas sur le cœur, et George est un homme bon, qui t'aime énormément. Peut-être, avec le temps, finiras-tu par l'aimer aussi. Sans doute pas avec la même passion que celle qui t'attachait à Henri, plutôt quelque chose de doux, un sentiment fait pour durer.

Elle relâcha son étreinte, recula, considéra la jeune femme avec tristesse.

— La passion est une chose merveilleuse, exaltante, mais elle s'éteint vite. Un feu qui brûle trop fort ne dure pas, tu sais, et s'il n'y a pas, au sein d'un couple, une véritable amitié, des goûts en commun, alors il ne reste bientôt que des cendres refroidies.

Le cœur lourd, Annabelle contempla, dans le miroir derrière sa tante, la robe en dentelle crème et la veste de soie que Miriam avait confectionnées pour la grande occasion.

– J'ai l'impression de les trahir tous les deux, chuchota-t-elle.

– Pourquoi ? Parce que tu n'aimes pas George comme il aurait souhaité que tu l'aimes ? Bah, ne t'inquiète pas. Il a de l'amour pour deux. Quant à Henri, je suis sûre qu'il ne voudrait pas que l'on traite plus tard son enfant de bâtard.

Ce mot affreux fit tressaillir Annabelle.

Aline l'obligea à relever le nez, puis, plongeant son regard dans le sien :

– Pardon d'utiliser un langage aussi cru, mais le monde est ainsi fait. Je ne doute pas qu'Henri approuverait ton choix et, en George, tu as trouvé l'homme le plus à même de se tenir à tes côtés.

Elle lui tapota la joue.

– Maintenant, sèche tes larmes. Il est l'heure de te préparer.

Vêtu d'un costume neuf, George patientait stoïquement sur les marches de la mairie, certain, à présent, qu'Annabelle avait tourné casaque, et qu'elle ne viendrait pas. Il avait jusqu'alors vécu avec l'assurance qu'il n'échouerait jamais, mais cette fois, les choses étaient différentes. Son bonheur à venir ne dépendait plus de lui, mais d'Annabelle, qui devait hésiter à s'engager dans cette union précipitée.

Il consulta sa montre. Une minute seulement s'était écoulée depuis qu'il l'avait consultée pour la dernière fois. Il se mit à faire les cent pas dans l'espoir de venir à bout de cette pénible nervosité, qui ne lui était pas coutumière.

Lorsque la voiture se gara au bord du trottoir, il exhala un soupir de soulagement. Il s'efforçait de reprendre contenance. Avec son tailleur chic en soie grise et son formidable chapeau bleu canard, Aline avait très fière allure, mais il n'eut d'yeux que pour Annabelle, qui descendait du véhicule en lui décochant un sourire.

Elle portait une robe en dentelle crème sous une petite veste en soie dont l'unique bouton, fermé, soulignait sa taille mince, et son chapeau de paille jetait artistement une ombre sur les cicatrices à sa joue, presque imperceptibles à présent. Elle tenait dans ses mains un petit bouquet de roses crème, nichées parmi des feuilles de fougère et de vaporeuses fleurs de gypsophile.

— Tu es magnifique, fit-il, troublé, en lui prenant la main. Je suis l'homme le plus chanceux de France.

Elle l'embrassa sur la joue.

— C'est moi qui ai de la chance, et je te promets que jamais tu n'auras à regretter ce qui va se passer aujourd'hui.

Lorsque le maire de l'arrondissement les eut déclarés mari et femme, les jeunes gens hésitèrent une fraction de seconde, puis s'embrassèrent, et les quelques invités présents à la cérémonie applaudirent.

L'édile, ensuite, leur remit leur livret de famille. Il contenait, leur dit-il, leur certificat de mariage, ajoutant, avec un clin d'œil entendu, que, bientôt, sans doute, les actes de naissance de leurs enfants s'y trouveraient aussi.

Et, déjà, on regagnait la demeure d'Aline, car les jeunes mariés avaient prévu de partir pour l'Angleterre en fin d'après-midi. La maîtresse de maison, avec l'aide de Miriam, avait préparé un copieux buffet, mettant à l'honneur la cuisine et les vins français.

Face à George, qui rayonnait, Annabelle essayait, de toutes ses forces, de laisser enfin le passé derrière elle pour profiter pleinement de la petite réception. L'absence d'Étienne la chagrinait un peu, car elle se fût sentie soulagée d'obtenir sa bénédiction. D'un autre côté, s'il s'était trouvé là, cela n'aurait fait que lui rappeler plus douloureusement Henri. Peut-être, après tout, valait-il mieux qu'il fût encore en Espagne, où il se remettait lentement de ses blessures.

Au moment de partir pour l'aéroport, et tandis que tous les membres de la maisonnée escortaient le jeune couple jusque dans la rue, Annabelle se cramponna à sa tante en pleurant.

— Nous nous reverrons, Aline, murmura-t-elle. Je te le promets. Et merci encore. Pour tout.

— Surtout, ma chérie, n'oublie pas de sourire, et réjouis-toi. Je ne te demande rien d'autre.

Le taxi attendait, et George consultait sa montre avec impatience. La jeune femme salua une dernière fois, de la main, la joyeuse compagnie, avant de prendre place à côté de son époux. Quelques minutes plus tard, la voiture se dirigeait à vive allure vers l'aéroport et la nouvelle vie qui allait commencer pour eux à Dartford.

Comme Aline et ses locataires regagnaient leur maison, aucun d'entre eux ne repéra Étienne, qui, dissimulé dans l'ombre d'un pas de porte, observait la scène. Prenant appui sur une canne pour atténuer la douleur dans sa jambe blessée, il regarda s'éloigner le taxi. Mille pensées, mille émotions contradictoires l'assaillaient.

Lui qui, chaque jour, continuait de pleurer Henri, enrageait d'avoir vu sourire et rire Annabelle le jour de son mariage. Comment pouvait-elle faire une chose pareille ? Si vite après la tragédie ? L'avait-elle donc si peu aimé, malgré ses dires ? Et qui donc était cet Anglais qu'elle venait d'épouser ? Si elle avait tant besoin de réconfort, pourquoi ne pas s'être tournée plutôt vers lui, Étienne, le meilleur ami du défunt ? Il aurait su, mieux qu'un autre, la consoler, puisque tous deux avaient aimé Henri, et, qui sait, peut-être auraient-ils fini, avec le temps, par s'aimer…

Il se détourna, se mit à clopiner avec peine en direction du Pont-Neuf, où tout avait commencé. Penché sur le parapet, il contempla la Seine, le Louvre, puis les toits de Paris. Jamais encore il ne s'était senti si seul.

Deux semaines s'étaient écoulées depuis le mariage d'Annabelle, et Aline avait déjà reçu une carte postale, sur laquelle sa nièce l'informait de leur arrivée sans encombre à Dartford, ajoutant qu'elle passait ses journées à meubler et décorer les deux pièces dont elle avait la jouissance exclusive dans la superbe maison de George. Elle se sentait bien, presque heureuse, contre toute attente, et le matin même, le bébé, pour la première fois, lui avait donné un coup de pied.

Aline frissonna, jeta sur ses épaules son épais gilet de laine, avant de se rendre dans le hall parcouru de courants d'air, pour y récupérer son courrier sur le paillasson. Il faisait si froid dans la demeure que les chats avaient préféré se réfugier à la cuisine, où ils dormaient tout près de la cuisinière, qui, seule, dispensait de la chaleur.

La maîtresse de maison s'empara des lettres, y jeta un coup d'œil, puis soupira. Des factures, pour la plupart, et elle se demandait comment elle allait bien pouvoir les régler, car elle n'avait, pour l'heure, aucune exposition en vue, et elle n'avait pas eu l'occasion, cette année, de descendre dans le Sud pour y peindre.

Elle fronça les sourcils en découvrant la dernière enveloppe. Elle avait été postée en Espagne, mais Aline n'identifiait pas l'écriture. Elle la tourna, la tourna encore, soudain mal à l'aise. Qui pouvait bien lui écrire d'Espagne ? Caroline avait quitté le pays depuis un bon moment, Étienne était rentré à Paris… Qui d'autre connaissait son adresse ?

Son trouble s'intensifiait et, tourmentée à présent par un mauvais pressentiment, elle hésitait à déchirer l'enveloppe.

— Allons, Aline, se gronda-t-elle à mi-voix. Tu ne vas quand même pas rester plantée là toute la journée à regarder cette fichue lettre. Ouvre-la.

Elle déchira l'enveloppe avec des doigts malhabiles, fit surgir l'unique feuillet qu'elle contenait, lut le court message rédigé par une infirmière.

— Mon Dieu, laissa-t-elle tomber. Oh, Henri…, murmura-t-elle encore à travers ses larmes. Si seulement cette lettre était arrivée plus tôt. Mais c'est trop tard, maintenant. Beaucoup trop tard.

14

Angleterre, 1956

George, qui l'avait prise dans ses bras, posa un doux baiser sur la joue d'Annabelle. Quel homme adorable, et bien qu'il souffrît lui aussi du vide laissé par le départ de leur fille Eugénie pour Paris, il avait compris son désir de sortir seule.

— Je serai rentrée à temps pour les consultations du soir, lui promit-elle. Mais je ne veux pas que tu broies du noir pendant mon absence. Tu pourrais peut-être appeler le Dr Harvey pour lui proposer une partie de golf ?

George fit la grimace.

— Je n'en ai pas très envie, pour tout dire. Je crois que je vais plutôt rentrer à la maison et faire un peu de jardinage.

— Ne sois pas triste, chéri, murmura-t-elle en effleurant son visage. Eugénie va vivre des choses formidables en compagnie d'Aline. Et puis, dans un an, elle nous reviendra. Ce n'est pas si long.

Il hocha la tête.

— La maison va quand même me paraître atrocement vide sans elle, dit-il, avant de serrer la main d'Annabelle. Profite bien de ta promenade. À tout à l'heure.

Elle le regarda s'éloigner. Silhouette robuste sous un costume bien taillé. Épaules larges, démarche énergique… Il ne paraissait pas ses quarante-neuf ans, d'autant plus que les fils d'argent qui luisaient dans sa chevelure sombre se comptaient sur le doigt d'une main. Son emploi du temps surchargé et ses parties de golf le maintenaient en forme.

Annabelle sourit avec tendresse, noua son foulard sous son menton, puis se dirigea vers le pont de Westminster, ses hauts talons frappant le trottoir à brefs coups secs. C'était une belle journée ensoleillée de la fin août, et il régnait sur la Tamise une intense circulation: bateaux de tourisme, péniches, vedettes… Quelques athlètes pratiquaient l'aviron à contre-courant. Sous le soleil, le palais de Westminster exhalait de chaudes lueurs, tandis que sur le pont se croisaient des piétons, des taxis noirs, des voitures et de rouges autobus à impériale.

Tournant résolument le dos à cette agitation, Annabelle se pencha sur le parapet pour contempler les eaux noires, qui se précipitaient sous les arches du pont. Il s'était passé tellement de temps depuis qu'elle s'était tenue ainsi sur un autre pont, dans une autre ville, pour observer les flots d'un autre fleuve… Il s'était passé tellement de temps qu'il lui semblait aujourd'hui n'avoir pas vécu pour de bon cette période de son existence. Pour un peu, il se serait agi d'un rêve, ou alors elle avait regardé quelqu'un d'autre jouer son rôle à sa place. Même la douleur d'avoir perdu Henri avait fini par s'estomper, cédant le pas à la douce plénitude de son union avec George.

À l'époque, elle avait rapidement fait taire ses craintes d'avoir agi avec trop de précipitation, car son époux avait respecté ses promesses à la lettre, n'attendant rien d'autre d'elle que de l'amitié. Annabelle avait pris ses quartiers dans l'appartement aménagé pour elle à l'étage. Elle descendait au rez-de-chaussée pour l'aider à préparer les repas et à entretenir la demeure. Le soir, il lui arrivait souvent de s'asseoir confortablement auprès de George dans le salon, pour lire, ou pour écouter la radio.

Camille s'était certes scandalisée de comprendre, grâce à un calcul simple, que sa fille était déjà enceinte au moment du mariage, mais c'était Felicity Jenkins qui avait posé le plus de problèmes à la jeune femme. L'animosité de la secrétaire l'embarrassait beaucoup. Elle s'était sentie soulagée le jour où cette dernière avait remis sa démission à George pour s'en aller travailler dans un autre cabinet médical. Annabelle la remplaça sur-le-champ, ravie de répondre au téléphone ou de taper les comptes rendus. Lorsque sa grossesse sauta aux yeux de tous, elle passa maître dans l'art d'esquiver les questions embarrassantes.

Les changements survenus dans sa relation avec George se produisirent si imperceptiblement que ni l'un ni l'autre ne s'en aperçut, mais la naissance d'Eugénie représenta pour eux un jalon essentiel. Annabelle sourit, se rappelant l'ébahissement qu'elle avait lu sur les traits de son époux lorsqu'il l'avait vue donner le sein à l'enfant, et les larmes qui avaient brillé dans ses yeux le jour où, pour la première fois, il avait pris Eugénie dans ses bras. Son regard d'adoration avait infiniment touché Annabelle. Le souvenir de ces instants la bouleversait encore, et elle entendait toujours résonner à ses oreilles les mots qu'il avait alors prononcés, et qui avaient fait d'eux une famille à part entière :

– Eugénie, avait-il murmuré. Quel nom magnifique pour ma fille chérie, ma fille si belle… Je te promets aujourd'hui de t'aimer, cher petit trésor, de te protéger et de te guider dans l'existence jusqu'à mon dernier souffle.

Annabelle, qui avait cligné des yeux pour en chasser les larmes, se jugea un peu sotte de s'émouvoir encore à ce point, quand tant d'années s'étaient écoulées depuis ce jour-là. Il n'empêche. C'était à partir de ce moment que George et elle s'étaient peu à peu rapprochés : lorsqu'elle se fut enfin remise de l'accouchement, qui avait été difficile, il lui sembla tout naturel de partager désormais le lit de son époux.

Ils avaient vécu parfaitement heureux durant un an et demi, jusqu'à ce que la Seconde Guerre mondiale éclatât. George avait été appelé sous les drapeaux. Ils avaient ardemment souhaité qu'Annabelle tombât de nouveau enceinte, ce qui, hélas, ne se produisit pas. Ils en conçurent une tristesse qui continuait à les envahir sans bruit de temps à autre.

Un médecin généraliste à la retraite avait accepté de remplacer George jusqu'à son retour et, suivant les préconisations du gouvernement, Annabelle avait quitté le Kent avec Eugénie pour s'installer au pays de Galles, où elles se trouveraient plus en sécurité pour attendre la fin du conflit. Mère et fille y avaient vécu dans une maisonnette de location, dont les fenêtres donnaient sur la mer. Annabelle avait offert ses services à l'hôpital local, cependant qu'Eugénie rejoignait une garderie où, en dépit de son très jeune âge, elle ne tarda pas à manifester de réelles aptitudes pour la peinture et le dessin.

Sa mère estimant que la maîtrise du français serait un atout pour sa fille, elles prirent l'habitude de ne plus s'exprimer que dans cette langue chaque fois qu'elles étaient seules. Annabelle avait aussi placé une photographie de George sur la table de chevet d'Eugénie et, quand elle eut un peu grandi, elle se mit à lui parler de son père chaque jour, et elle lui lisait les lettres qu'il leur faisait parvenir, afin que, lorsqu'il regagnerait son foyer, l'enfant ne le tînt pas pour un parfait inconnu.

Cela avait été une période éprouvante, chargée d'angoisses. Aline avait catégoriquement refusé de quitter Paris occupé, et les autorités militaires avaient expédié George à l'étranger pour qu'il exerçât ses compétences médicales dans des théâtres de guerre parmi les plus dangereux au monde. Sa bravoure lui vaudrait d'ailleurs plusieurs médailles, qu'il traiterait avec mépris. Pour fière qu'elle se sentît, Annabelle tremblait pour lui. Elle ne le vit pratiquement pas durant les six années de combats. Le jour où il avait regagné la maison de Dartford, il s'était agenouillé pour se présenter à la petite fille timide qui se cachait derrière les jupes de sa mère. Lorsqu'Eugénie eut enfin compris de qui il s'agissait, elle écarquilla de grands yeux ravis, avant de se jeter dans les bras du jeune homme en criant « papa ! » avec infiniment d'allégresse.

Depuis qu'Annabelle était rentrée en Angleterre avec George, Caroline et elle ne s'étaient plus perdues de vue. Une fois la guerre déclarée, Caroline avait rejoint les rangs de la WAAF[1]. On l'avait envoyée exercer ses talents d'infirmière dans un hôpital situé sur la côte méridionale de l'Angleterre. Elle écrivait souvent à son amie, ajoutant toujours une jolie carte ou un cadeau pour Eugénie, sa filleule, dont elle était folle.

Ses parents étaient demeurés à Fulham. Robert avait fort à faire au Parlement, Philippa comptant parmi les nombreuses bénévoles du WRVS[2]. Par bonheur, ils ne se trouvaient pas chez eux le jour où une bombe était tombée sur leur maison. Edwin, en revanche, avait eu moins de chance. Il avait été tué par un V2, qui avait explosé en touchant le toit du bureau de tabac où il s'était rendu pour acheter le journal.

Annabelle se détourna des flots de la Tamise pour se diriger vers le St Thomas' Hospital et les ruelles étroites s'étendant au-delà. La vie, parfois, était étrange, songea-t-elle en longeant des zones bombardées qui attendaient encore qu'on les déblayât, puis que l'on entamât leur reconstruction. Après le décès de son époux, Camille avait rejoint Annabelle et Eugénie au pays de Galles, où elle avait collecté des fonds et organisé divers événements en faveur d'associations caritatives. Elle avait si bien œuvré qu'à la fin du conflit, elle s'était vu décerner une médaille pour sa participation active à l'effort de guerre.

---

1. WAAF : Women's Auxiliary Air Force, ou Force féminine auxiliaire de la Royal Air Force.
2. Women's Royal Voluntary Service : organisme bénévole dont l'objectif est d'aider les gens dans le besoin, en Angleterre, en Écosse et au pays de Galles.

Camille ne se réinstalla jamais dans la demeure de Fulham. Après l'avoir vendue, elle avait acheté une maisonnette dans le village gallois où elle s'était fait de très nombreux amis. Elle ne tarda pas à s'y remarier. Aujourd'hui, âgée de soixante-cinq ans, elle coulait des jours heureux avec Dai Davies, homme enjoué et généreux, qu'elle menait par le bout du nez et qui la couvrait de cadeaux, parce que, aimait-il répéter, il se sentait aux anges d'avoir épousé une « Parisienne très chic ».

Annabelle passa devant des maisons préfabriquées qui, depuis le temps qu'on les avait construites, commençaient à se dégrader. On les avait érigées dans l'urgence, pour abriter celles et ceux dont les bombardements avaient détruit le domicile, mais, à l'évidence, des gens continuaient d'y vivre, même après toutes ces années.

Londres portait encore de nombreux stigmates de la guerre – zones bombardées, bâtiments noircis, boutiques ou maisons condamnées, murs criblés de trous… Cependant, il flottait dans l'air un optimisme et une résolution de plus en plus vifs à mesure que le pouvoir en place desserrait le rationnement et que s'éloignait la pénurie. Des tours d'habitation sortaient de terre pour remplacer les taudis dévastés de l'East End, des projets voyaient le jour, qui promettaient plusieurs milliers de logis dans le Barbican Estate, et le somptueux Royal Festival Hall avait été inauguré en 1951, dans le cadre du Festival of Britain. Des immeubles de bureaux poussaient comme des champignons sur les cendres du centre-ville.

Maintenant que l'on avait recouvert de gazon les lopins cultivés pendant le conflit, les parcs de

Londres renouaient pleinement avec cette verdure intense qui faisait leur charme, et, bien que certains produits fussent encore soumis aux restrictions, les Londoniennes avaient remisé leurs vêtements portés pendant la guerre, pratiques, certes, mais uniformément gris, noirs ou bleu marine, pour les troquer contre des tenues colorées. On aurait dit des papillons tout juste sortis de leur chrysalide. Elles se promenaient en souliers blancs à talons hauts, en robes d'été sur des jupons d'organza.

Rebroussant chemin d'un pas nonchalant, Annabelle repéra une place sur un banc depuis lequel on pouvait contempler la Tamise. Elle lissa sa jupe et ses jupons, s'assit, rajusta son gilet sur ses épaules, avant de chausser ses lunettes de soleil. La réverbération, à la surface de l'eau, était éblouissante, mais il faisait bon se tenir là, paisiblement, loin de l'agitation… C'est qu'il avait fallu se démener pour préparer le voyage d'Eugénie, mettre les bouchées doubles. Et que dire du chagrin de l'avoir vue partir ?…

Elle devait se trouver à Paris, maintenant, songea sa mère avec mélancolie – s'était-elle arrêtée quelques instants sur le Pont-Neuf avant de trouver son chemin jusqu'à la demeure de sa grand-tante ? Bien sûr que non, voyons, elle n'avait aucune raison de le faire, car elle ignorait tout de la signification que ce lieu revêtait pour Annabelle, et celle-ci avait expressément demandé à Aline de ne jamais évoquer Étienne ou Henri devant la jeune fille.

Elle soupira, extirpa de son sac à main un paquet de cigarettes. Elle en alluma une, avant de regarder passer plusieurs bateaux. Des oiseaux suivaient en criaillant l'une des péniches, qui descendait lentement la Tamise en direction des chantiers navals. Le jour de la naissance d'Eugénie, sa mère avait compris qu'elle ne pourrait jamais lui avouer la vérité, et, comme elle plongeait le regard dans celui de George, penché au-dessus de la tête de l'enfant endormie, l'un et l'autre avaient décidé, par un accord tacite, qu'il était son père à présent.

Les années passant, le médecin et sa fille avaient tissé des liens étroits, ils se vouaient un amour profond. Annabelle se félicitait chaque jour d'avoir pris la bonne décision. George et Eugénie s'adoraient. Il aurait été cruel de risquer d'altérer leur relation. D'ailleurs, pour quelle raison sa mère aurait-elle dû lui parler d'Henri, puisqu'il était mort depuis de nombreuses années ? Quant à Étienne, il n'avait jamais rien su de la grossesse de la jeune femme, et Aline, à n'en pas douter, garderait ce secret jusqu'à la fin de ses jours.

Le mensonge, néanmoins, l'avait préoccupée de loin en loin, à mesure qu'Eugénie grandissait pour devenir une fillette pleine d'entrain, puis une superbe et talentueuse jeune femme. Par moments, elle ressemblait à Henri – une expression fugace, sa façon de hausser un sourcil interrogateur. Elle possédait en revanche les mêmes yeux bleus que George, et elle avait hérité de sa mère ses cheveux d'un blond pâle, où se mêlaient l'or et le miel. Eugénie tenait encore de son père ses dons artistiques, mais lorsqu'elle avait demandé à qui elle pouvait bien les devoir, Annabelle avait répondu, sans ciller, qu'ils avaient probablement sauté une génération et qu'il s'agissait là du legs de tante Aline. Ces mensonges, sa mère les disait par amour, et parce qu'elle voulait à tout prix protéger sa famille. À ce titre, mentir devenait acceptable.

Ayant terminé sa cigarette, elle se remit en route vers le pont de Westminster. Elle avait, bien sûr, évoqué pour son enfant le séjour qu'elle avait effectué à Paris, elle lui avait parlé de son voyage en Espagne, lors duquel elle avait été si grièvement blessée qu'elle avait dû regagner l'Angleterre. Il s'agissait d'une version expurgée de l'aventure, évidemment, mais aux nombreuses questions d'Eugénie, elle avait fourni des réponses.

Comme George, Annabelle était très fière de sa fille, car celle-ci avait été acceptée à la Slade School of Fine Art de Londres alors qu'elle n'était encore âgée que de dix-sept ans. Puis, l'année suivante, au mois de mai, elle s'était vue récompensée par une bourse d'études d'un an pour l'École nationale supérieure des beaux-arts, à Paris. Ses parents, qui ne s'y attendaient pas, avaient d'abord accusé le coup, mais c'était bien là le genre d'occasion à côté de laquelle, malgré son jeune âge, il n'était pas question qu'Eugénie passât. D'autant plus qu'elle parlait maintenant couramment le français, et qu'Aline pourrait veiller sur elle.

Toutefois, quoiqu'elle n'en fît pas état, Annabelle se tourmentait. Car une fois à Paris, Eugénie allait forcément emprunter les rues qu'elle avait en son temps empruntées avec Henri, elle allait visiter les mêmes lieux… En un sens, Annabelle se sentait un peu jalouse. Elle aurait aimé accompagner sa fille de l'autre côté de la Manche. C'était égoïste et stupide, se rabroua-t-elle en silence, tandis qu'elle traversait le pont. Qu'aurait-elle gagné à marcher ainsi au-devant de ses souvenirs les plus tristes ? Et puis, il fallait permettre à Eugénie de vivre seule son aventure, de découvrir son propre Paris.

15

Paris, 1956

Par-delà les années, il avait continué à espérer qu'un miracle lui permettrait de la revoir, de sorte qu'il se demanda, quand il la vit, s'il devait cette soudaine apparition à la seule puissance de son désir.

Le cœur battant et le souffle coupé, penché en avant dans son fauteuil roulant, à la fenêtre du troisième étage, oublieux de sa cigarette et de son verre de vin, il s'efforçait de croire qu'il s'agissait bel et bien d'elle. Vingt ans s'étaient écoulés, et ses yeux avaient perdu de leur acuité. Étaient-ils en train de lui jouer un vilain tour ? Son imagination avait-elle rompu ses digues ? Pourtant… Tandis que, du Pont-Neuf, elle contemplait le cours impétueux de la Seine et, plus loin, la tour Eiffel et les toits de Paris, c'était comme si toutes ces années se trouvaient soudain balayées. Elle lui était revenue.

Il se pencha encore, assuré qu'elle ne pouvait le voir, dans l'obscurité grandissante de la pièce, mais doutant toujours de la réalité des informations que son regard lui transmettait. Elle avait les cheveux plus longs que dans son souvenir, qui cascadaient à présent sur ses frêles épaules en boucles soyeuses, mais de sa silhouette mince continuait d'émaner cette grâce délicate, qui dissimulait une énergie farouche et une détermination sans faille. Vêtue d'un pantalon étroit et d'un chandail, elle avait plié son manteau sur son avant-bras et tenait un carton à dessins. Des valises patientaient à ses pieds.

— Belle ? souffla-t-il, incrédule. C'est bien toi ?

Comme si elle l'avait entendu, elle cessa de contempler la Seine pour se tourner vers les grands immeubles du quai de la Mégisserie, dont les fenêtres et les balcons donnaient sur le fleuve.

Un réverbère éclaira son visage et, l'espace d'un instant, il crut que son œil cherchait le sien, mais, déjà, elle regardait ailleurs. Quelle déception. Il ne s'agissait pas de Belle. Il ne pouvait s'agir de Belle. Trop de temps s'était écoulé, et cette jeune fille n'avait pas même l'âge de Belle en ce jour où ils s'étaient rencontrés sur le pont. Et pourtant… Quelque chose, chez cette inconnue, faisait écho à ses souvenirs…

— Est-ce que tout va bien, monsieur ?

La lumière, qui venait de jaillir, le surprit, l'obligeant à cligner des yeux.

— Éteins-moi ça tout de suite et viens ici, ordonna-t-il au jeune homme, tandis qu'une fois encore il se tournait vers la fenêtre. Tu vois cette fille ? Va lui demander qui elle est et d'où elle vient. Dépêche-toi, avant qu'elle file.

Le jeune homme le considéra avec perplexité, un sourire au coin des lèvres.

— Elle est un peu jeune, monsieur, non ? Même pour vous.

— Contente-toi de faire ce que je te demande, Max, le moucha-t-il, rendu hargneux par l'impatience. Je t'expliquerai plus tard.

Comme Max quittait la pièce, il se remit à la vitre. Elle avait levé le nez vers les balcons en fer forgé, attirée peut-être par la lumière aussi soudainement allumée qu'éteinte. De nouveau, elle parut plonger son regard dans le sien, et, avant qu'elle se hâtât de rompre le charme en tournant la tête, il eut le temps de percevoir son malaise.

Il effleura la vitre, comme si ce geste possédait le pouvoir de la retenir, mais Max n'était pas encore dans la rue qu'elle avait repris ses valises, puis tourné les talons pour se perdre dans la foule des employés de bureau et des touristes.

Il se laissa aller contre le dossier de son fauteuil, profondément meurtri. Il ferma les paupières pour tenter de dissiper un peu sa douleur, mais il ne distinguait plus que la jeune et fougueuse Belle, qui elle aussi s'était un jour tenue sur le Pont-Neuf, il y avait de cela de très nombreuses années. Il se sentait sur le point d'être englouti par le flot de ses souvenirs et de son chagrin.

Eugénie était tombée amoureuse de Paris à l'instant où elle était sortie de la gare du Nord, aussitôt happée par l'énergie des lieux. Par ces piétons élégamment vêtus, par le grondement de la circulation sur les pavés des rues… Par la sonorité de la langue et des voix, celui des cloches des églises… Et les fleuristes ambulants, les petites terrasses des cafés… Tout cela s'était allié pour lui souhaiter la bienvenue, dans une ville dont sa mère lui avait parlé avec une infinie tendresse.

Elle s'était pourtant émue de ce long périple, elle qui n'avait encore jamais voyagé seule, sinon pour se rendre en Irlande, chez ses grands-parents paternels. Une fraction de seconde lui avait suffi à se sentir chez elle à Paris.

Après avoir consulté l'itinéraire que sa mère lui avait dessiné, elle avait décidé d'aller d'abord marcher le long de la Seine, afin de découvrir vraiment la ville pour la première fois. Lorsqu'elle s'était avisée que le Louvre se situait à deux pas de la rue qu'elle devait emprunter pour se rendre chez sa grand-tante, elle n'avait pu résister à la tentation d'admirer les merveilleux tableaux des vieux maîtres qui y étaient exposés. Ayant mis sous clé ses valises et son carton à dessins au vestiaire, elle avait absorbé, deux heures durant, la magnificence de l'endroit et celle des trésors qu'il contenait.

Elle se tenait sur le Pont-Neuf, où elle contemplait la Seine, les toits, les clochers, quand, soudain, elle se sentit mal à l'aise. La nuit tombait, et, bien qu'il se trouvât autour d'elle de très nombreux passants, elle avait l'impression qu'on l'épiait.

Se détournant du fleuve, elle fit courir son regard sur les façades des grands immeubles gris qui la bordaient, et dont les fenêtres, de l'autre côté de leurs rambardes en fer forgé, avaient presque disparu dans la pénombre. Là-bas… Quelqu'un, là-bas, au troisième étage, regardait-il dehors ? La vue de la jeune femme était excellente et, comme elle observait la fenêtre avec une attention accrue, son malaise s'intensifia. Quelqu'un se tenait bel et bien assis de l'autre côté de la vitre.

Elle se détourna à l'instant où la lumière s'allumait dans la pièce, mais, quand elle regarda de nouveau, les ténèbres remangeaient la fenêtre. Le long voyage et l'exaltation de se savoir à Paris avaient-ils enflammé son imagination ? Pourquoi diable quelqu'un serait-il en train de l'observer ? Elle préféra toutefois ne pas s'attarder et, saisissant ses bagages et son carton à dessins, elle se hâta de franchir le pont, puis de traverser la rue pavée pour poursuivre son trajet sur un large boulevard très fréquenté.

Il faisait presque noir, et les réverbères ne dispensaient qu'une lumière chiche, mais elle distinguait encore le plan réalisé par sa mère. Elle en lut les indications, qui la menèrent à bon port. Comme prévu, elle découvrit la petite rue, le banc, puis elle poussa un peu plus loin pour s'assurer que tout se révélait conforme à la description maternelle – peut-être les lieux s'étaient-ils un peu décrépits entre-temps. L'arbre au tronc noueux tenait bon, la placette n'avait pas bougé.

Elle s'approcha de la maison, dont les volets bleus s'étaient décolorés avec les années, gravit les quelques marches du perron. Elle avait vu des photos de tante Aline, et sa mère lui avait parlé du formidable désordre qui régnait chez elle. Annabelle avait évoqué les chats, le perroquet. Eugénie pria pour que tout ou presque fût demeuré en l'état, car, à l'évidence, il s'agissait jadis d'un endroit où il faisait bon vivre. Elle actionna le heurtoir de cuivre. Patienta avec appréhension.

— Entrez, entrez ! cria-t-on de l'autre côté de la porte.

La jeune fille fronça les sourcils, tenta de pousser la porte. En vain. Elle frappa de nouveau. Cette fois, elle entendit des pas lents approcher. Comme la porte s'ouvrait, elle recula. Deux yeux bruns et méfiants se posèrent sur elle.

— Tante Aline ?

La porte s'ouvrit plus largement. Face à Eugénie se tenait une toute petite bonne femme très mince, dont la tignasse d'un blanc de neige se trouvait retenue par une bande de soie violet foncé. Elle portait une robe noire, sous un long châle gris, et, pour tous bijoux, un collier de perles bon marché.

— Annabelle ?

Eugénie se sentit désarçonnée. Sa grand-tante était-elle sourde ? Était-elle un peu dérangée ? En tout cas, elle ne correspondait en rien aux portraits photographiques que sa mère lui avait montrés.

— Non, tante Aline, fit-elle en s'exprimant d'une voix forte – elle veilla aussi à bien articuler. Je suis Eugénie, la fille d'Annabelle.

Un large sourire illumina les traits de la maîtresse de maison, dont les yeux, maintenant, étincelaient. Ses doigts voletèrent :

— Mais bien sûr ! Oh là là, quelle idiote je fais. Ma vue baisse, que veux-tu, et je déteste porter des lunettes. Ces instruments de torture sont tellement peu flatteurs…

Eugénie hésitait sur le seuil, ses lourdes valises au bout des bras.

— Papa et maman t'embrassent bien fort, et j'ai aussi des cadeaux. Dans ma valise, ajouta-t-elle avec l'espoir qu'Aline saisirait l'allusion.

Cette dernière battit des mains comme une petite enfant.

— Formidable ! Allons, ne reste pas plantée là, entre. Ces valises m'ont l'air de peser des tonnes, et tu dois être fatiguée après ton long voyage.

Eugénie la suivit dans l'entrée, aux murs de laquelle étaient accrochées des toiles colorées. Un portant croulait sous les manteaux et les chapeaux, et le sol, dessous, était jonché de chaussures. Il se trouvait encore un escalier de bois brun, qui déçut beaucoup la jeune fille – où donc étaient passés les angelots de plâtre ? Et toutes les babioles suspendues çà et là ? Le plafond demeurait d'un bleu pâli, mais il ne restait plus aucune trace des nuages évoqués par Annabelle. Même le rideau de perles avait été remplacé par une affreuse porte en bois.

— Pose tes affaires et suis-moi. Je parie que tu as envie d'une tasse de thé. Ta mère ne buvait jamais autre chose.

— En fait, si ça ne t'ennuie pas, j'aimerais autant du café.

— Bien sûr, bien sûr. Et ne te formalise pas des criailleries de Napoléon. Il raconte n'importe quoi.

— Il vit encore ?

— Oh, que oui. Et il est fort possible qu'il nous enterre tous, fit Aline avec un sourire en coin.

Lorsqu'Eugénie, emboîtant le pas à sa grand-tante, pénétra dans le salon poussiéreux et encombré, elle constata avec tristesse que le papier peint se décollait, que les meubles avaient souffert. Les canapés affaissés, quoiqu'ensevelis sous des couvertures, des coussins et des châles, exhibaient leurs ressorts et vomissaient leur bourre. Au lieu du lustre magnifique décrit par sa mère, la jeune fille découvrit au plafond, taché d'humidité, une ampoule nue. Même les plumes de Napoléon semblaient ternies... En revanche, son petit œil rond n'avait rien perdu de son éclat méchant – il considérait la nouvelle venue derrière les barreaux de sa cage.

— Si elle était venue avec toi, ta mère n'aurait sans doute pas reconnu grand-chose. Autrefois, j'avais une belle maison.

Aline soupira.

— J'ai dû vendre tous les objets de valeur pour manger à peu près à ma faim pendant l'Occupation. Bah, j'ai survécu, c'est ce qui compte. Nombre de mes amis n'ont pas eu autant de chance.

— Te séparer de tes affaires les plus précieuses a dû te briser le cœur..., murmura Eugénie, navrée.

— Bah... Ce que j'ai eu le plus de mal à digérer, c'est de me retrouver avec les boches sous mon toit. Ils ont réquisitionné ma maison, rien que ça, et en deux coups de cuiller à pot, ils étaient chez eux, piétinaient tout avec leurs grosses bottes, braillaient tant et plus... Et ils avaient des exigences, par-dessus le marché. Ils en avaient du matin au soir. Oh, je t'accorde qu'ils étaient parfaitement capables de se montrer charmants quand il leur en prenait l'envie, mais en règle générale ces sales types étaient des malappris.

— Oui, maman m'a raconté qu'ils s'étaient installés ici, dit sa petite-nièce avec douceur. J'espère au moins qu'ils t'ont bien traitée.

— En tout cas, ils se sont mieux comportés avec moi qu'avec Miriam et Malachi, maugréa Aline en pénétrant dans la cuisine. Ces pauvres chers cœurs s'étaient cachés, mais quelqu'un les a dénoncés. Tout ce que l'on sait ensuite, c'est que les Allemands les ont expédiés dans l'un de leurs camps de la mort.

Ayant placé la cafetière sur le fourneau, elle croisa les bras sur sa poitrine.

— La guerre est une chose affreuse, Eugénie. Une chose inhumaine. J'imagine que ta mère te l'a déjà dit. Pourtant… Pourtant, ce qu'elle a vécu en Espagne ne ressemblait en rien aux horreurs de ce conflit contre Hitler. Et regarde un peu où nous en sommes. Voilà maintenant que c'est du côté d'Aden que nous avons des problèmes. Nous n'apprendrons décidément jamais rien.

La jeune fille caressa le vieux chat qui somnolait sur une chaise. Il la récompensa de ses attentions en se mettant à ronronner. La cuisine se révélait en aussi piteux état que le salon. Comme Aline avait dû souffrir pendant la guerre…

Eugénie profita de ce que celle-ci était en train de préparer le café, de disposer sur un plateau du lait, du sucre et des tasses, pour l'observer à la dérobée. Bien qu'elle eût cinq ans de moins que sa sœur Camille, elle paraissait beaucoup plus âgée – les rides, sur son visage, disaient les épreuves qu'elle avait endurées, ses chagrins, ses tourments. Quant à ses doigts déformés, sans doute ne lui permettaient-ils plus de saisir ses pinceaux qu'au prix de lourds efforts. Quelle tristesse… Eugénie regretta soudain d'être venue, car les images que son imagination avait produites au fil des récits de sa mère, ainsi que toutes ses attentes, se trouvaient douchées par la cruelle réalité.

Aline parut avoir deviné sa déception.

— Allons, fit-elle, assez de jérémiades. Emporte donc le plateau dans l'autre pièce. Nous allons bavarder. Je tiens à savoir précisément pourquoi tu te trouves à Paris, et tu en profiteras pour me donner des nouvelles fraîches de tes parents et du reste de la famille. J'ai cru comprendre que ma sœur avait enfin repris ses esprits, au bout de tant d'années. Cette fois, elle a épousé un homme moins riche, mais plus affectueux que le sale bonhomme entre les pattes duquel elle s'était jetée pour son premier mariage.

Eugénie réprima un sourire – sa grand-tante avait la dent dure. Dans la famille, personne n'ignorait que les deux sœurs ne s'entendaient pas très bien. Il semblait qu'avec le temps, les choses ne se fussent pas arrangées. La jeune fille s'étant emparée du plateau, elle chercha un endroit où le poser, mais toutes les surfaces planes se trouvaient encombrées de livres, de magazines, d'ouvrages de tricot ou d'assiettes sales. Elle n'eut d'autre choix que d'abandonner son plateau sur le sol pour débarrasser d'abord une table basse des revues qui l'envahissaient.

Tandis qu'Aline versait le café dans des tasses minuscules, elle lui donna, comme prévu, des nouvelles de ses parents, avant de lui remettre le mandat que son père lui avait confié avant son départ, et dont le montant correspondait à ses trois premiers mois de loyer.

Sa grand-tante écarquilla de grands yeux en découvrant la somme indiquée sur le feuillet, qu'elle s'empressa de placer sur le manteau de la cheminée.

— Je le déposerai à la banque dès demain matin, dit-elle. Il s'agit d'un montant fort généreux, et j'avoue sans honte que cet argent est le bienvenu.

— Papa te fera parvenir la même somme tous les trois mois. Maman et lui savent combien la vie est chère, et ils te sont extrêmement reconnaissants d'avoir bien voulu m'accueillir chez toi.

Aline se rassit dans le canapé, où elle but son café à petites gorgées.

— Je suis ravie d'apprendre que tes parents se portent bien et qu'ils sont heureux. Et cela me fait plaisir de savoir que Camille a bel et bien fini par dénicher un homme qui l'apprécie à sa juste valeur. Elle avait commis une terrible erreur en épousant Edwin, tu sais. Il a rendu tout le monde malheureux. J'avoue d'ailleurs que sa mort ne m'a fait ni chaud ni froid, et je suis prête à parier que Camille s'est sentie soulagée d'être enfin débarrassée de lui.

— Je ne l'ai pas connu, commenta Eugénie sur un ton égal. Quand il s'est fait tuer, je n'avais que cinq ou six ans.

Aline pencha la tête. Une vive curiosité faisait briller ses yeux.

— Et toi, Eugénie ? Mon petit doigt m'a dit que tu es bourrée de talent, et que tu es promise à une belle carrière d'artiste.

La jeune fille rougit.

— J'ai obtenu une bourse d'études d'un an, pour pouvoir suivre les cours aux Beaux-Arts, dit-elle, soudain timide. On m'a dit que je comptais parmi les plus jeunes étudiants à avoir décroché une telle récompense. J'ai hâte de commencer.

Le regard myope d'Aline se posa, par-dessus le bord ébréché de sa tasse, sur le visage d'Eugénie. La maîtresse de maison ne cillait pas.

— Les enseignants aux Beaux-Arts sont des gens très exigeants, très durs avec leurs élèves. Quel est ton domaine de prédilection ?

— L'architecture et son histoire. J'ai toujours aimé les bâtiments anciens, et je sais que Paris en regorge.

D'autant plus que, contrairement à Londres, la ville n'a pas beaucoup souffert des bombardements.

— Les boches ont compris que Paris était un véritable trésor, c'est pour cette raison qu'ils se sont arrangés pour qu'elle reste presque en un seul morceau.

Alice soupira.

— Si tu savais comme je t'envie, enchaîna-t-elle. Une année entière à t'immerger dans l'art et la peinture. Quelle veine !

Elle posa le regard sur ses mains noueuses.

— Je ne peux plus peindre. Un jour, pendant la guerre, l'un des officiers boches qui logeaient chez moi s'est fâché parce que j'avais brûlé son fricot. Il m'a écrasé la crosse de son fusil sur les doigts. Pour me donner une leçon, a-t-il précisé. Je n'ai jamais récupéré tout à fait l'usage de ma main droite. J'ai bien essayé de peindre de la main gauche… Peine perdue. D'autant plus que c'est maintenant l'arthrose qui me joue des tours. J'arrive tout juste à tenir une tasse.

Eugénie grimaça, émue par le calvaire de sa grand-tante, bouleversée, aussi, par le ton de calme constat sur lequel elle venait de l'évoquer.

— Pourquoi n'es-tu pas allée en Angleterre quand il en était encore temps ? Je sais que maman t'a écrit à de nombreuses reprises en te suppliant de venir.

— Ici, c'est chez moi. Paris est ma ville. Il n'était pas question pour moi de laisser les Allemands en disposer à leur guise.

Elle renifla avec dédain, puis haussa le menton, l'œil chargé de défi.

— On m'a peut-être contrainte à les accueillir ici, à leur faire la cuisine et à laver leur linge, mais j'ai entendu certaines choses, j'en ai vu aussi, et ces informations ont permis à mes amis de lutter plus efficacement contre eux.

La curiosité de la jeune fille était piquée.

— Tu appartenais à la Résistance ?

Aline secoua la tête.

— Non. Mais plusieurs de mes amis en faisaient partie, répondit-elle tristement. Certains d'entre eux sont morts, les autres ont survécu pour voir enfin leur pays libéré. Il nous arrive encore de nous rencontrer.

Elle sourit à sa petite-nièce, avant de changer de sujet :

— Tu ressembles beaucoup à ta mère, mais tu as les yeux de ton papa.

— Ils sont d'un bleu plus foncé que les siens, et, surtout, j'aurais préféré hériter de ceux de maman. La couleur de ses yeux est incroyable.

Elle pouffa.

— Papa m'a d'ailleurs dit que c'était à cause de ses yeux qu'il avait eu le coup de foudre.

Aline hocha la tête avec mélancolie.

— Je comprends, murmura-t-elle.

Elle but un peu de café, puis parut chasser loin d'elle un chagrin dont elle ne voulait pas parler.

— Maintenant que tu es ici, je vais avoir l'impression de revivre le bon vieux temps, et je suis certaine que tu vas bien t'entendre avec les autres étudiants qui habitent chez moi, même s'ils sont plus âgés que toi. Fleur et Jean-Michel sont en dernière année aux Beaux-Arts. Antoine et Pascal, eux, étudient la musique au Conservatoire. J'ai toujours aimé m'entourer d'artistes. Parce que je les comprends.

Eugénie était enchantée.

— J'ai hâte de faire leur connaissance.

— Ils devraient rentrer tôt, pour le dîner. La plupart du temps, après les cours, ils se retrouvent dans un café, ou dans un bar, pour échanger des nouvelles et tenter de convaincre quelqu'un d'important de devenir leur mécène.

La maîtresse de maison consulta brièvement la pendule à deux sous posée sur le manteau poussiéreux de la cheminée.

— Nous allons t'installer avant qu'ils arrivent.

Ayant récupéré ses bagages dans l'entrée, Eugénie suivit sa grand-tante qui, avec lenteur, gravit les marches de l'escalier. Sur les murs se devinaient les pâles traces des fresques dont ils s'ornaient jadis. Sur ceux de l'étage étaient accrochés des tableaux représentant des paysages aux couleurs vives. Des exécutions talentueuses. De la belle ouvrage, songea la jeune fille. Dire qu'Aline avait dû renoncer pour toujours à peindre. Quelle tragédie…

— Nous y sommes, fit celle-ci en ouvrant une porte sur le palier du premier étage. C'est dans cette chambre que ta mère logeait, juste à côté de la mienne. J'espère qu'elle te plaira.

Eugénie examina les murs bleus, le long desquels, tout là-haut, courait une frise décolorée figurant des fleurs de cerisier. Sur un mur d'autres paysages étaient suspendus. On recensait encore un imposant lit à baldaquin – les autres meubles, robustes, étaient en acajou.

— C'est magnifique, dit-elle, sincèrement admirative. Et vu les descriptions de maman, je constate qu'elle a à peine changé depuis son séjour ici.

— Tu as raison. J'ai presque réussi à garder ma chambre et celle-ci telles qu'elles étaient autrefois.

Après avoir posé ses affaires sur le couvre-lit en patchwork, la jeune fille se rendit à la fenêtre, où elle s'agenouilla sur le coussiège rembourré pour contempler les toits de Paris, ses cheminées, ainsi que les étoiles qui brillaient au-dessus d'eux.

— J'ai du mal à croire que je me trouve ici pour de bon, souffla-t-elle.

Aline, qui s'était approchée, posa une main sur l'épaule de sa petite-nièce.

— Paris est un endroit à part, Eugénie. Si tu prends le temps de l'explorer, si tu ouvres tout grand tes yeux et tes oreilles, tu ne tarderas pas à te rendre compte que cette ville est en train de t'accueillir à bras ouverts, comme elle a accueilli ta mère en son temps.

La jeune fille quitta la fenêtre pour se blottir dans les bras de sa grand-tante. En dépit de sa minceur extrême et de son apparente fragilité, celle-ci possédait, à n'en pas douter, une volonté de fer, que même la férocité de la guerre n'était pas parvenue à faire plier. Eugénie allait vivre heureuse dans cette maison, elle le savait. Quant aux nombreuses questions qui la taraudaient depuis qu'elle avait découvert certains secrets dissimulés dans le grenier de la maison de Dartford, elles pouvaient bien patienter un jour de plus.

16

Max Preston n'était pas un homme vaniteux, mais il n'avait pas tardé à constater, une fois à Paris, que si les jeunes femmes appréciaient certes sa grande taille, elles se montraient également sensibles à son chapeau de brousse, ses lourdes bottes et ses pantalons en velours de coton. Aussi résolut-il, puisque cette tenue l'avantageait, de continuer à la porter en toute circonstance. Max, un grand blond aux yeux noisette, âgé de vingt-cinq ans, était fier d'être australien, mais enchanté de vivre à Paris, d'autant plus à présent qu'il maîtrisait la langue française et que le Basque l'avait pris sous son aile. Il habitait une vaste chambre dans l'appartement de son bienfaiteur, situé au bord de la Seine. Celui-ci mettait aussi à sa disposition un atelier, installé au grenier, que le jeune homme partageait avec trois autres artistes, pleins de talent et d'entrain, avec lesquels il s'entendait à merveille.

L'existence au cœur d'une cité pétrie d'art, de culture et d'histoire ne ressemblait en rien à celle qu'il avait d'abord menée dans un vaste ranch isolé du Territoire du Nord, en Australie, au point que, même s'il vivait à Paris depuis déjà cinq ans, la ville continuait à le fasciner. Il avait encore du mal à croire en sa chance.

Il enfonça les mains dans les poches de son pantalon, fit demi-tour, pour retourner, d'un pas nonchalant, dans l'appartement où le Basque attendait avec impatience qu'il lui parlât de la jeune fille. La raison pour laquelle il souhaitait à tout prix qu'on lui mît la main dessus demeurait mystérieuse, mais Max ne s'en offusquait pas. Tôt ou tard, son bienfaiteur lui expliquerait tout.

Il entra dans l'immeuble, contourna l'ascenseur branlant, qu'il jugeait trop étroit, monta les marches quatre à quatre. Au troisième étage, on avait réuni deux grandes pièces, afin d'obtenir un espace extrêmement lumineux, éclairé par deux fenêtres. Il s'agissait de l'atelier de son mentor, où il passait le plus clair de son temps. Encombré de tableaux achevés, de toiles vierges, il contenait plusieurs chevalets, sur l'un desquels trônait sa dernière œuvre, ainsi qu'une table à tréteaux jonchée de tubes de peinture, de pinceaux, de croquis et de palettes.

Contre un mur se trouvait une méridienne tendue de velours rouge, au-dessus de laquelle, sur une étagère, se coudoyaient une collection de minéraux, des morceaux de bois biscornus, lentement sculptés par les éléments naturels, un superbe verre coloré et une coupelle en cristal emplie de coquillages. On avait posé, spectacle pour le moins étrange, sur une chaise dont l'assise était protégée par une serviette de toilette pliée avec soin, une série d'haltères, cependant qu'à un portemanteau pendaient des châles, des foulards, des peignoirs en soie aux motifs exotiques, et des boas de plumes. Autant d'accessoires destinés à l'incessant flot de modèles que l'on voyait chaque jour se succéder dans l'atelier.

Le Basque n'avait pas quitté sa place habituelle, à la fenêtre sans rideau du salon. Il se tenait assis dans son fauteuil roulant, les jambes sous une couverture légère. Âgé de quarante-huit ans, il demeurait bel homme, son regard bleu, plein d'intelligence, pétillait sous ses sourcils noirs ; sa chevelure sombre commençait à peine à grisonner. Il portait une barbe et une moustache bien taillées, et il devait son torse musculeux à des exercices quotidiens, auxquels il ne se dérobait jamais, qui lui permettaient de compenser la faiblesse induite par ses jambes mortes.

À peine Max fut-il entré dans la pièce que l'homme se tourna vers lui avec avidité.

— Alors ? L'as-tu trouvée ?

— Désolé, monsieur, mais elle a disparu dans la foule. Je l'ai complètement perdue de vue.

Max s'assit dans un fauteuil, auprès du Basque, afin que celui-ci n'eût plus à lever les yeux pour lui parler.

— D'après ce que j'ai eu le temps de voir, elle m'a l'air drôlement jolie. Mais pas dans le genre de vos modèles habituels. Qu'est-ce qui vous a à ce point attiré chez elle ?

La mine sombre, le Basque observait, par la fenêtre, le fleuve plongé dans les ténèbres et les scintillements de la Rive gauche.

— Elle m'a rappelé quelqu'un que j'ai connu il y a longtemps, répondit-il à voix basse. Si tu la revois, je veux que tu lui parles pour essayer de découvrir qui elle est.

Max étendit ses longues jambes et se carra dans son fauteuil.

— C'est grand, Paris, fit-il remarquer. Si ça se trouve, elle ne remettra plus jamais les pieds dans notre quartier.

Son mentor lui sourit.

— Pour un artiste, je te trouve bien peu observateur, taquina-t-il le jeune Australien. Elle avait avec elle un carton à dessins, ce qui signifie qu'elle pratique le dessin, ou la peinture. Cette ville n'est pas si vaste que tu sembles le penser. Tu vas la revoir, j'en ai la certitude.

Max lui décocha un large sourire.

— Si vous voyez juste, comptez sur moi pour l'aborder. Cela dit, je ne l'ai qu'entraperçue, monsieur. Il se pourrait que je ne la reconnaisse même pas.

— Mais si. Tu as l'œil pour les jolies jeunes femmes, lui assena le Basque avec sécheresse, avant de s'attarder sur les traits du jeune homme. Puisqu'il est question de jolies femmes, enchaîna-t-il, as-tu terminé la toile pour M. Delacroix ?

— Je crois bien. J'avais l'intention de l'examiner une dernière fois demain matin, au cas où je devrais faire encore quelques retouches avant que Delacroix vienne la voir.

— Va la chercher. Delacroix est un type difficile à satisfaire.

Max, ayant quitté la pièce, bondit vers l'atelier désert. Le portrait de la jeune épouse de M. Delacroix patientait sur un chevalet. Il prit le temps de l'observer encore avant de redescendre pour le montrer à son mentor.

Revenu au salon, il plaça la toile sur un autre chevalet de manière que le lustre l'éclairât directement. Puis il attendit avec angoisse le verdict du

Basque, navré par la proximité de son tableau avec l'œuvre la plus récente de son mentor, figurant une fleuriste ambulante – jamais son propre travail ne soutiendrait la comparaison…

Sophia Delacroix était une splendide jeune femme, qui pouvait avoir un peu plus de trente ans, dont Max espérait être parvenu à saisir au mieux l'essence – cette peau de lait, sa chevelure très sombre et le regard éloquent qu'elle devait à son ascendance italienne. Elle s'était révélée d'une exquise compagnie durant les longues heures où elle avait posé pour lui, et bien qu'elle eût ouvertement tenté de le séduire, il avait pris soin de ne jamais l'encourager sur cette pente. En effet, M. Delacroix était un homme fortuné, évoluant dans un milieu où l'on achetait volontiers des toiles, où l'on appréciait les plus belles choses que l'argent permettait d'obtenir. Aussi charmante fût-elle, Max n'avait aucune envie d'hypothéquer son avenir pour les beaux yeux de Mme Delacroix.

Le Basque se rapprocha de la toile, se tint face à elle en silence, la fixa en lissant sa barbe et sa moustache.

— Elle a la tête d'une femme qu'un homme vient de posséder avec ardeur, grommela-t-il enfin. J'espère que tu n'y es pour rien.

Il tourna la tête, l'œil pétillant d'espièglerie.

— Pas cette fois, monsieur, répondit Max. Son mari est une grosse légume. Et puis… J'ai l'impression qu'elle m'aurait dévoré tout cru.

Le Basque s'esclaffa.

— Je me réjouis de constater que tu as bien appris ta leçon, mon garçon. Les femmes célibataires et consentantes sont pléthore. Il serait idiot de susciter la divine colère d'un mari jaloux.

Il fit aller sa chaise roulante d'avant en arrière, puis d'arrière en avant, sans plus lâcher la toile du regard.

— Tu as parfaitement réussi les nuances de la peau, et j'aime bien la façon dont la lumière, sur son visage, en révèle la structure osseuse.

Il sourit, avant de retourner à sa fenêtre.

— Bravo, Max. Tu as fait d'énormes progrès.

Le jeune Australien rougit de plaisir. Un compliment du Basque, qui en était avare, constituait une formidable récompense.

— Demain, contente-toi de retoucher légèrement son index, reprit ce dernier en allumant une cigarette. Je le trouve un peu trop long. Et peut-être faudrait-il que la lumière joue un peu sur la bague.

— J'aurais dû me douter que quelque chose n'irait pas, commenta Max, sans la moindre rancœur, et, considérant à son tour son travail, il s'aperçut que l'œil aiguisé de son mentor avait bel et bien repéré des défauts qui lui avaient échappé.

— C'est pour cette raison que je suis le maître et que tu es le disciple, répondit le Basque.

Il s'empara de son verre de vin rouge et but une gorgée.

— Mais bientôt, tu n'auras plus besoin de moi, Max. Tu ne vas plus tarder à voler de tes propres ailes.

Il poussa la carafe de vin vers le jeune homme, qui s'assit.

— As-tu une idée plus précise, à présent, de l'endroit où tu t'installeras après Paris ?

— En tout cas, je ne retournerai pas en Australie, répondit Max en se versant du vin dans un verre propre. Même si je serais très content d'y rendre visite à mes proches.

— L'Europe représente le cœur de notre univers, Max. À ta place, je resterais ici.

Le Basque fumait sa cigarette en regardant par la fenêtre.

— Je me demande ce qu'elle fait à Paris, murmura-t-il. Tu crois qu'elle pourrait être étudiante aux Beaux-Arts, de l'autre côté de la Seine ?

Il fallut un moment au jeune homme pour comprendre de qui parlait son mentor.

— Si c'est le cas, elle doit avoir un sacré talent. Aux Beaux-Arts, on ne prend que les meilleurs.

Il se tourna vers son interlocuteur :

— La femme à laquelle elle vous fait penser a beaucoup compté pour vous, n'est-ce pas ?

Le Basque exhala un lourd soupir.

— En effet.

La tristesse qu'il lut dans le regard de son mentor intrigua le jeune Australien. Cet homme aimait les femmes, qui le lui rendaient bien, mais jamais il ne s'était marié. À cause de cette femme mystérieuse ?

— Vous avez envie d'en parler ?

Le Basque secoua la tête.

— Cette histoire s'est déroulée il y a très longtemps, et elle me fait encore mal. Mais cette fille, ce soir…

Il fixa Max, avec, au fond des yeux, un chagrin secret et profond :

— Retrouve-la. Fais toutes les écoles d'art de la capitale, pour voir si elle est inscrite quelque part.

Ratisse Montmartre, tous les artistes finissent là-bas. Et si tu fais chou blanc, tente ta chance du côté des pensions de famille. Va voir dans les bars et les cafés.

— C'est quelqu'un d'important, à ce que je vois.

L'homme haussa les épaules.

— Je suis sans doute ridicule. Voilà ce que c'est que de rester coincé dans ce fauteuil à longueur de temps, sans grand-chose pour s'occuper sinon faire fonctionner son esprit. Le fait est que je ne trouverai pas le repos tant que j'ignorerai qui elle est.

— Je ferai de mon mieux, c'est promis.

*

Il arrivait rarement au Basque de bien dormir. Il était presque 3 heures ce matin-là, lorsqu'il quitta le salon pour se rendre dans sa chambre. Sa femme de ménage, une veuve, lui avait concocté une délicieuse bouillabaisse, qu'en compagnie de ses protégés il avait dégustée avec de l'aïoli et du pain aux herbes. Il allait sans doute avoir une digestion difficile, mais la tentation avait été trop forte, il s'était révélé incapable d'y résister.

Ayant refermé la porte derrière lui, il alluma la lumière. Mme Doumer avait fermé les rideaux et débordé le lit. Une femme merveilleuse que cette Mme Doumer, la perle rare qu'il se félicitait chaque jour d'avoir dénichée, car s'occuper de lui et de ses quatre jeunes étudiants en art n'était assurément pas une tâche facile. Raison pour laquelle il avait accepté, sans rechigner, qu'elle s'installât gratuitement dans l'appartement au sous-sol. Son médecin l'avait prévenu qu'un jour viendrait où son infirmité l'obligerait à se faire aider davantage, mais, pour le moment, il se débrouillait fort bien, réussissant à conserver un niveau d'indépendance acceptable.

Il raffolait de sa demeure, car, pendant longtemps, son envie d'acquérir un tel bien était restée du domaine du rêve. Mais, à la suite de son exposition de 1949, qui avait remporté un franc succès, son étoile n'avait plus cessé de monter, au point qu'à présent son nom d'artiste était connu dans le monde entier. Il sourit avec une ironie mélancolique. Les Allemands, les premiers, s'étaient mis à l'appeler « le Basque », et il avait dès lors résolu de s'y tenir par pur entêtement, ainsi que par dédain. Les avait-il fait courir, ces sales types… Il avait bien mérité de se laisser aller un peu à cet élan de fierté.

Comme il se préparait à se coucher, il lorgna à plusieurs reprises vers le placard qu'il avait installé dans la niche située à côté de la cheminée. La clé minuscule permettant de l'ouvrir pendait à sa chaîne de montre et ne le quittait pas, sauf lorsqu'il se mettait au lit. Personne ne possédait de double. Il était hors de question que quiconque posât les yeux sur les souvenirs les plus précieux de sa jeunesse.

Il enfila son peignoir, se rendit dans les toilettes aménagées exprès pour lui, puis roula jusqu'au placard. Après avoir glissé la clé dans la serrure, Henri-Pascal Baptiste en ouvrit les deux petites portes, pour contempler le portrait d'Annabelle dans son cadre.

Ce portrait, il l'avait commencé le jour où il avait fait sa connaissance sur le Pont-Neuf, puis, à mesure que passaient les semaines, à mesure qu'il apprenait à mieux la connaître, il avait consacré de longues heures à tenter de saisir son essence même. Son imagination, aujourd'hui, lui avait-elle joué un vilain tour ? Car, cette jeune femme qu'il avait vue tout à l'heure, si elle avait en effet un petit quelque chose d'Annabelle, maintenant qu'il regardait le portrait… Voyons… Non, il ne s'agissait nullement de « sa » Belle.

Combien de temps était-il demeuré là, perdu dans ses souvenirs et sa contemplation ? Soudain, il s'aperçut que le ciel commençait à pâlir. Il pressa un bouton caché, et un tiroir secret s'ouvrit sous le tableau. Il en extirpa son carnet de croquis, qui avait réchappé du bombardement de Belchite dans un bien meilleur état que lui.

Les dessins et les aquarelles qu'il avait exécutés durant les dix jours enchanteurs que le jeune couple avait passés sur la côte espagnole se révélaient d'une bien meilleure facture que le portrait du Pont-Neuf. C'étaient aussi des œuvres plus personnelles – l'amour immense qui avait présidé à leur création se devinait dans le moindre des traits de la jeune femme, dans chacune des courbes exquises de son corps nu.

Il tourna les pages une à une, ressuscitant ces jours bénis entre tous. Où était-elle à présent ? Était-elle heureuse ? Avait-elle conservé l'aquarelle qu'il lui avait offerte ? Lui arrivait-il seulement de penser à lui ?

– Mais pour elle, je suis mort, murmura-t-il, navré, en refermant le carnet, qu'il remit à sa place. Mort et enterré sous les décombres, à Belchite. Au moins, si elle se souvient de moi, c'est un homme robuste qu'elle se rappelle, jeune, vigoureux, puissant, avec deux jambes en parfait état de marche. Et sans aucune cicatrice sur le visage.

Il se lissa la barbe, effleurant, du bout des doigts, les vilains plis de peau décolorée qu'elle dissimulait. C'était tant mieux, conclut-il en refermant à clé la porte du placard, avant de se diriger à nouveau vers son lit. Les souvenirs se révélaient plus indulgents que la réalité crue des ravages de la guerre et de l'âge. Annabelle avait aujourd'hui une petite quarantaine d'années, elle avait dû s'épaissir, elle s'était mariée, avait à coup sûr engendré une ribambelle d'enfants. Elle se débattait à présent dans les mille exigences de la vie de famille. Cela ne changeait certes rien aux sentiments qu'Henri lui portait, car son amour demeurait assez puissant pour faire fi du temps et des vicissitudes.

Après avoir entrouvert les rideaux, il s'allongea pour regarder le ciel blanchir. Il s'était battu comme un lion pour survivre, et c'était pour elle qu'il l'avait fait. Il avait enduré les traitements qu'on lui imposait, supporté ces longues semaines, épouvantables entre toutes, durant lesquelles il avait été aveugle. Pour Annabelle, il avait catégoriquement refusé de s'appesantir sur son sort et de céder à la tentation d'abandonner le combat pour qu'il fût mis un terme à ses souffrances. Pourtant, il ignorait alors si la jeune femme avait survécu. Il n'avait reçu aucune nouvelle d'elle ni d'Étienne. Il n'avait pas tardé à comprendre que lui-même avait été laissé pour mort sous les décombres de Belchite. C'était un miracle qu'on l'eût découvert. Après avoir retrouvé la vue, puis acquis l'assurance qu'il n'allait pas mourir, il avait demandé à une aide-soignante d'écrire à Aline en son nom.

— Trop tard, murmura-t-il. Je m'y suis pris trop tard.

Des larmes se mirent à couler lentement sur ses joues, mouillant son oreiller. Sa trahison continuait à lui transpercer le cœur. Elle ne l'avait pas aimé, du moins pas comme il l'avait chérie. Comment expliquer autrement qu'elle eût épousé quelqu'un d'autre si tôt après sa mort présumée ?

Étant parvenu tant bien que mal à rouler sur le flanc, Henri attira à lui son oreiller, puis y enfouit son visage, afin que personne, dans la maison qui s'éveillait, ne pût entendre ses sanglots de désespoir.

Allongée dans le grand lit à baldaquin, Eugénie regardait le ciel blanchir au-dessus des toits. Elle avait beau s'être couchée tard, à 5 heures du matin elle se sentait prête à affronter cette journée, ainsi que celles qui suivraient, durant lesquelles elle s'inscrirait aux Beaux-Arts et découvrirait Paris pour de bon.

Sur l'École des beaux-arts, fondée au XVIIe siècle, elle avait lu tout ce qui avait pu lui tomber sous la main. Elle avait vu des images qui l'avaient impressionnée car les lieux semblaient aussi vastes que le Louvre lui-même, situé de l'autre côté de la Seine. En revanche, le haut niveau d'exigence des professeurs, tant pour la qualité que la quantité du travail à leur fournir, et l'entière dévotion à l'étude, ne lui faisaient pas peur. Au contraire, elle avait hâte de se colleter avec les standards de l'école et de voir de quoi elle était capable. Unique ombre au tableau : aux Beaux-Arts, elle ne connaîtrait personne.

On avait souvent du mal à la croire, lorsqu'elle affirmait qu'elle était timide, car tout, dans son comportement, le démentait. Pourtant, au beau milieu d'une pièce pleine d'inconnus, elle se sentait terrorisée. Caroline l'avait aidée en lui conseillant, dans de telles circonstances, d'imaginer ces gens tout nus, ou de demander à son hôtesse de la présenter à certains d'entre eux, avec lesquels elle pourrait avoir des affinités. Et, surtout, de sourire. De sourire envers et contre tout. Il n'en restait pas moins qu'Eugénie s'ennuyait de Dianna, sa meilleure amie, ainsi que du petit groupe qu'elle fréquentait à Londres. Dans le secret de son âme, elle redoutait le premier jour d'école.

Elle avait prié pour se lier d'amitié le soir même avec Fleur et Michel, mais quelques minutes suffirent à doucher ses espoirs. Fleur, petite Parisienne blonde et pétulante, adorait se trouver au centre de toutes les attentions. Étudiante en deuxième année, elle fit comprendre sans détour à Eugénie qu'elle n'appréciait guère qu'une autre jeune fille vînt lui faire de l'ombre sous son toit. Car elle avait des vues sur Antoine, le musicien suisse. Le fait que ce dernier, qui se croyait irrésistible, avait fait ouvertement du plat à l'Anglaise durant toute la soirée, sans se soucier des regards noirs que lui lançait Fleur, n'arrangea pas les affaires.

Venu de Belgique, Michel fréquentait aussi les Beaux-Arts. Ce grand garçon dégingandé, passablement grognon, se vêtait d'amples haillons, se jetait sur la nourriture comme s'il n'avait rien avalé depuis des lustres, et ne s'exprimait que par monosyllabes. Ce n'est que quand il montra, de mauvaise grâce, ses dessins d'après modèle à Eugénie, qu'elle comprit qu'il se révélait à la fois maladivement timide et bourré de talent.

Quant à Pascal, originaire d'un petit village du Sud de la France, il s'agissait d'un jeune homme silencieux à l'œil sombre. Comme Antoine, il étudiait la musique au Conservatoire. Il jouait de la guitare classique, du piano et du violon. Il avait conclu la soirée en interprétant, à la guitare, une mélodie espagnole, douce et triste, qui avait subjugué Eugénie.

Celle-ci s'aperçut ce soir-là qu'existait, entre les trois hommes, une certaine rivalité, mais, malgré leur intérêt marqué pour les femmes et le vin, il était évident que leur art passait avant tout le reste. Eugénie ne pouvait que les approuver.

Incapable de trouver à nouveau le sommeil, elle se leva. Après s'être assurée, à la fenêtre, que Paris se trouvait bel et bien là et qu'elle n'avait pas rêvé, elle fit sa toilette, puis se vêtit, avant de descendre au rez-de-chaussée.

Bobo, le vieux chat, s'étira, bâilla, se frotta aux chevilles de la jeune femme, jusqu'à ce qu'elle eût posé sur le sol une soucoupe emplie de nourriture. Le silence régnait dans toute la maison, car il était encore très tôt, mais Eugénie n'en avait cure. Elle prépara du thé. Puis, ayant observé les assiettes sales dans l'évier, les reliefs du repas de la veille sur la table et, plus largement, le désordre de la pièce, elle résolut de s'en charger.

Après avoir lavé la vaisselle, puis nettoyé la table et le sol, elle but deux tasses de café, puis s'en fut poursuivre ses tâches ménagères au salon. Elle rangea les livres et les magazines, retapa les coussins, vida les cendriers, débarrassa les canapés des vêtements que l'on y avait abandonnés, des croûtes de pain. Elle jeta dessus, artistement, des châles et des foulards. Enfin, elle recula pour juger de l'effet produit. Elle éprouva une immense satisfaction, car, comme son père, elle aimait les intérieurs soignés.

Elle tira les rideaux décolorés par le soleil, que l'on avait fermés la veille au soir, puis les noua au moyen de cordelières à glands, qu'elle passa ensuite sur des crochets de cuivre terni. Elle ouvrit la porte-fenêtre pour aérer les lieux. Le jardinet se trouvait encore dans l'ombre. Elle y distingua néanmoins des meubles décrépits, une fontaine asséchée, dont le chérubin à l'aile brisée disparaissait presque sous la mousse, les vestiges ébréchés d'une fresque en mosaïque. Des mauvaises herbes se frayaient un passage entre les dalles, tandis que, dans les pots en terre cuite, alignés le long d'un mur, ne demeuraient que les restes flétris d'herbes aromatiques mortes depuis longtemps. Eugénie considéra ce spectacle avec tristesse, car sa mère lui avait dépeint tout autrement ce havre de verdure.

Songeant à ce qu'elle pourrait faire pour aider sa grand-tante, elle se mit en quête d'un ramasse-poussière, d'un balai, d'encaustique et de chiffons, afin de redonner vie au salon. Napoléon menait grand tapage sous l'étoffe qui couvrait sa cage, mais Eugénie décida qu'il lui faudrait patienter jusqu'à ce qu'elle eût fini son ménage. Une fois l'opération terminée, le salon demeurait certes miteux, mais l'ordre y régnait de nouveau, et il sentait le frais.

Elle ôta le tissu sous lequel s'exaspérait le perroquet, lui servit des graines, remplit d'eau sa soucoupe, puis retourna dans la cuisine, où elle dénicha de vieux journaux et un autre chiffon. Il était encore tôt, et, puisque personne ne se manifestait à l'étage, elle commença à nettoyer les vitres.

— Oh là là, tu as accompli des miracles ! s'extasia Aline, aux anges, lorsqu'elle descendit un peu plus tard. Tu n'arrivais plus à dormir, ma chérie ? Tu n'es pas bien couchée ?

Sa petite-nièce lui ayant baisé la joue, elle secoua la tête.

— J'étais trop agitée pour dormir. C'est comme ça que j'ai eu l'idée de dépenser une part de mon énergie en faisant un brin de ménage.

Elle eut peur, soudain, qu'Aline pût prendre cette initiative en mauvaise part.

— J'espère que ça ne te dérange pas, se dépêcha-t-elle d'ajouter.

La maîtresse de maison ajusta son châle en soie rouge sur ses frêles épaules, avant de s'asseoir à la table de la cuisine en souriant :

— Bien sûr que non, répondit-elle. Au contraire. C'est tellement agréable de prendre son petit-déjeuner dans un endroit aussi propret. Cela dit, tu n'es pas ici pour te charger des corvées.

— J'aime bien faire le ménage, tante Alice, la rassura la jeune fille en lui prenant tendrement la main. Soit dit en passant, je trouverais normal que les autres locataires en fassent autant. Tu les dorlotes, et j'ai l'impression qu'ils jugent cela tout naturel.

Aline pouffa.

— Tu as sans doute raison, mais ne sois pas trop dure avec eux. Ils sont très occupés, tu sais. Tu ne tarderas pas à l'être aussi quand tu auras commencé les cours. Surtout, si les tâches ménagères te pèsent trop, il faudra me le dire, n'est-ce pas ? La poussière sera toujours là après nous.

Eugénie lui versa du café.

— J'ignore ce que les autres prennent le matin. As-tu envie que je te fasse cuire un œuf à la coque ? Ou autre chose ?

Cette fois, Aline se mit à rire.

— Nous sommes samedi. Je serais très étonnée de les voir émerger avant midi. Le week-end, en général, je descends acheter du pain et des croissants à la boulangerie.

— Je vais y aller. Où est-ce ?

Aline le lui expliqua, avant de lui confier son porte-monnaie. Déjà, Eugénie avait filé.

— Mon Dieu, Napoléon, murmura sa maîtresse en le caressant. La fougue de la jeunesse… Nous n'en sommes plus là, toi et moi, n'est-ce pas ? Pauvre de nous…

Elle se détourna de la cage pour finir son café, puis alla se rasseoir à la table de la cuisine, où elle se remémora la lettre qu'Annabelle lui avait envoyée pour savoir s'il lui serait possible de loger Eugénie chez elle. D'abord, Aline avait failli inventer une excuse pour refuser, puis trouver un autre hébergement à la jeune fille. Mais elle savait qu'elle ne se déroberait pas. Cela aurait soulevé trop de questions, suscité trop de tourments. Peut-être Annabelle en personne lui aurait-elle rendu visite, ce qui aurait encore envenimé la situation. Aline était prisonnière d'une véritable toile d'araignée, constituée de secrets et de mensonges, auxquels elle avait eu recours pour protéger les êtres qu'elle aimait. Elle avait formulé des vœux pour qu'Eugénie ne ressemblât pas à l'un ou l'autre de ses deux parents.

Hélas. Lorsqu'elle avait examiné la jeune fille plus attentivement la veille au soir, son malaise n'avait fait que croître. Car si elle tenait indéniablement d'Annabelle, il y avait aussi des échos d'Henri dans ses yeux, dans certaines expressions de son visage. Henri lui-même s'en apercevrait-il s'il la voyait ?

Aline frissonna. Elle avait un mauvais pressentiment. Eugénie allait traverser ce pont deux fois par jour, quand Henri, lui, passait le plus clair de son temps à sa fenêtre. Il la verrait. C'était inévitable. Ce qu'Aline lui avait caché, comme elle l'avait caché à Annabelle, se trouverait bientôt découvert, et il n'était rien qu'elle pût faire pour l'empêcher.

17

Eugénie avait passé presque tout le week-end à arpenter Paris, avec, dans son sac en bandoulière, son carnet de croquis. Elle s'était accordé une pause sur les Champs-Élysées, y léchant les vitrines des boutiques de luxe, avait emprunté l'ascenseur menant presque au sommet de la tour Eiffel, exploré, sur la Rive gauche, les rues étroites et sinueuses du quartier des artistes. L'édifice abritant l'École des beaux-arts s'était révélé aussi impressionnant que prévu, mais Michel avait eu la gentillesse de le lui faire visiter, afin qu'elle sût où se rendre le lundi matin.

Le dimanche, bien qu'elle ne fût pas catholique, elle s'était installée sur un banc, dans le fond de la cathédrale Notre-Dame. Elle y avait assisté à une messe en latin, dans d'épais nuages d'encens, pendant que s'élevaient les voix célestes d'une chorale de jeunes garçons. Elle avait ensuite déjeuné à une terrasse de café, après avoir gravi les innombrables marches des escaliers de Montmartre. Puis elle s'était promenée aux alentours, découvrant des ruelles, des places minuscules. L'endroit grouillait littéralement de touristes et de peintres.

Chacun d'eux avait installé un chevalet, et certains peignaient des scènes typiquement parisiennes, que des badauds achetaient en souvenir de leur passage. D'autres exécutaient, en quelques traits rapides, le portrait des touristes qui le leur demandaient. Il se trouvait encore d'excellents dessinateurs humoristiques, dont les œuvres, bien que peu flatteuses pour les promeneurs qu'ils croquaient, se vendaient comme des petits pains.

Le soleil brillait, et le ciel, au-dessus de la capitale qui s'étendait devant Eugénie, était pâle et sans nuage. Il flottait dans l'air de bonnes odeurs de nourriture, mêlées au parfum du café. Des géraniums aux tons éclatants s'épanouissaient à toutes les fenêtres, dont les fleurs se balançaient dans la brise tiède. Une vieille fleuriste de rue avait disposé ses paniers de lavande et de roses sur les marches du Sacré-Cœur, et elle s'était assise parmi eux, de ses mains agiles entrelaçant des brins de lavande pour en faire de petits bouquets odorants.

Eugénie l'observa un moment, puis, ayant déniché une chaise libre à la terrasse d'un café, d'où elle pouvait continuer à regarder la femme, elle y commanda un café, ouvrit son carnet de croquis et se mit à dessiner.

Le visage raviné de la vieillarde disait son âge avancé et l'âpreté de l'existence, mais ses yeux noirs, en boutons de bottine, brillaient d'intelligence et de vie. Entièrement vêtue de noir, elle semblait issue d'une époque lointaine, car ses jupes étaient longues, ses cheveux gris en partie couverts d'un foulard, et elle avait jeté, sur ses épaules étroites, un châle brodé.

Le sujet parfait, songeait Eugénie en faisant courir son crayon sur le papier. *Mais j'aurais dû apporter mes couleurs*. Car le contraste se révélait saisissant, entre celle des fleurs, le noir fatigué des vêtements et la blancheur étincelante de la basilique à l'arrière-plan.

— C'est un modèle en or, n'est-ce pas ?

La jeune fille tressaillit, et, levant le nez, vit un homme penché vers elle. Son chapeau à large bord plongeait son visage dans l'ombre, et il portait des bottes, ainsi qu'un pantalon épais, qu'Eugénie jugea plutôt incongrus, vu la chaleur ambiante.

— En effet, répondit-elle avec l'espoir qu'il allait filer.

Il effleura le bord de son couvre-chef :

— Pardon, je vous ai fait peur. Puis-je vous offrir un autre café ?

S'il avait l'intention de la draguer, il avait mal choisi sa proie.

— Non, merci. Si ça ne vous dérange pas, j'aimerais terminer mon esquisse, et vous me bouchez la vue.

Nullement décidé à déguerpir, le jeune homme s'assit sur une chaise libre à côté d'elle, puis fit signe au serveur, auquel il commanda deux cafés.

Eugénie prit une profonde inspiration. Si elle n'avait à ce point tenu à finir son dessin, elle se fût levée pour partir. Elle fit de son mieux pour l'ignorer. Cependant, elle le sentait auprès d'elle, puis elle entendit le serveur revenir avec les consommations… Rien à faire… Pour se débarrasser de l'importun, il fallait qu'elle s'en aille. Elle se hâta donc d'ajouter quelques traits, avant de saisir son sac.

— Vous êtes drôlement douée, dites donc. Et figurez-vous qu'en ce moment le peintre qui m'a pris sous son aile est justement en train de faire le portrait d'une fleuriste. Ça pourrait même être la même que la vôtre.

Eugénie referma son carnet de croquis avec vigueur, avant de l'enfouir dans son sac.

— Écoutez, fit-elle, fâchée. J'ignore ce que vous manigancez, mais j'aime autant vous dire que je ne suis pas intéressée.

— Attendez, ne partez pas ! Je vous cherche depuis vendredi, et si je vous perds encore une fois, le peintre dont je vous parle risque de faire grise mine.

La jeune fille éprouva une soudaine inquiétude.

— Vous me suivez ?

Il secoua la tête.

— Je suis venu ici en dernier recours, et c'est par le plus grand des hasards que je suis tombé sur vous.

Il se redressa sur son siège.

— Écoutez… On pourrait peut-être repartir sur de meilleures bases, qu'en dites-vous ? Je m'appelle Max Preston. Je suis australien.

— Tout s'explique.

L'œil du jeune homme s'étrécit.

— Comment ça ?

— Votre affreux accent et vos vêtements ridicules.

— Soyez gentille, mademoiselle. J'essaie seulement d'être aimable.

Un large sourire éclaira son beau visage.

— Et vous, vous êtes anglaise, n'est-ce pas ? Que faites-vous à Paris ?

— Je m'apprête à suivre des cours dans une école d'art.

Comme elle doutait encore des intentions de son interlocuteur, elle hésitait à lui en dire trop.

— Et vous ? Qu'est-ce qui a bien pu pousser un Australien à venir jusqu'ici ? À part l'envie d'incommoder les jeunes filles ?

Il croisa les chevilles et se renversa sur sa chaise, trop petite pour sa grande carcasse.

— Je me suis installé ici il y a cinq ans pour m'inscrire, moi aussi, dans une école d'art. J'ai profité d'un programme d'échange avec celle de Sydney.

Il contempla un moment la foule avec affection.

— J'ai passé beaucoup de temps ici, à tenter de gagner assez d'argent pour manger et payer mon loyer. C'était dur, mais le jeu en valait vraiment la chandelle.

Eugénie avait beau se méfier de lui, le personnage l'intriguait.

— Pourquoi ? Que s'est-il passé ?

Il sourit de nouveau.

— Je me suis trouvé un bienfaiteur. Et, tenez-vous bien. Pas un vulgaire barbouilleur. Le Basque en personne.

La jeune fille ouvrit tout grand la bouche et les yeux.

— Pas le Basque auquel je pense, tout de même ? Celui dont les toiles sont exposées à la Tate Gallery de Londres en ce moment ? Celui dont les dessins et les peintures qu'il a rapportés d'Espagne après la guerre civile sont maintenant au programme de tous les cours de toutes les écoles d'art ?

— Lui-même, confirma Max, l'œil étincelant. J'ai eu une chance folle. Je me suis trouvé au bon endroit, au bon moment. J'étais en train de peindre au bord de la Seine, et il est passé. Il a regardé mon travail, puis il a décrété que j'avais besoin d'apprendre la peinture pour de bon, et il m'a pris sous son aile. C'est grâce à lui que je commence à me faire un nom.

Eugénie, qui demeurait sur ses gardes, le regarda d'un air songeur.

— Vous avez eu une chance folle, en effet. D'autant plus que, selon la rumeur, il vit presque en reclus.

L'Australien se fit grave.

— Il continue à donner des conférences, et à fréquenter les cafés où se réunissent les peintres, mais la plupart du temps, c'est vrai, il reste dans son atelier. Il ne peut plus se déplacer beaucoup, maintenant, mais cela ne signifie nullement qu'il se désintéresse de ce qui se passe en dehors de chez lui. Il sait, plus vite que tout le monde, qui vient d'arriver à Paris, qui a obtenu une commande, qui on va bientôt exposer… Quels espoirs sont en train de percer au sein de la jeune génération…

— Dieu du ciel ! souffla la jeune femme. J'adorerais le rencontrer. Pensez-vous que ce soit possible ?

— Je crois que oui. Cela dit, nous avons tout le temps. Et vous n'avez pas encore avalé la moindre gorgée de café. Nous pourrions peut-être commencer par apprendre à nous connaître mieux, vous et moi, qu'en dites-vous ?

Eugénie planta son regard dans celui du jeune homme.

— Vous êtes en train de me faire du gringue ? Parce qu'encore une fois : si c'est le cas, je vous assure que vous perdez votre temps.

Max souffla.

— Bon sang… Qu'est-ce qu'un bonhomme normalement constitué est censé vous dire pour vous convaincre qu'il n'essaie pas de vous séduire ? Euh…

C'est le Basque qui m'a demandé de vous retrouver. Je vous assure que, sans son intervention, je ne vous aurais jamais adressé la parole.

En dépit de sa circonspection, la jeune femme se sentit vexée, mais, comme il lui paraissait à chaque instant plus sincère, elle se prépara à écouter, d'une oreille attentive, ce qu'il accepterait de lui confier.

— Comment sait-il que je suis ici ? s'enquit-elle. Et pour quelle raison vous aurait-il ordonné de me mettre le grappin dessus ?

— Il possède un appartement au bord de la Seine, et il vous a vue sur le Pont-Neuf, vendredi dernier. En fin d'après-midi.

Il finit son café.

— Je sais que ça peut sembler invraisemblable, mais le fait est que vous lui rappelez une femme qu'il a connue il y a bien des années. C'est pour ça qu'il a envie de savoir qui vous êtes.

La jeune femme réfléchissait à toute allure.

— J'aurais parié que quelqu'un m'épiait ce jour-là, murmura-t-elle. Je l'avais senti.

Un frisson lui parcourut l'échine.

— Cette histoire est un peu louche, vous ne trouvez pas ?

— Je ne pense pas qu'il ait de mauvaises intentions vous concernant, répondit Max en allumant une cigarette. Je crois qu'il a simplement envie de vous connaître, d'apprendre ce que vous venez faire à Paris. Si vous me racontez tout, je pourrai lui transmettre ces informations, de sorte que vous n'aurez même pas besoin de le rencontrer si vous ne le souhaitez pas.

Il considéra Eugénie par-dessus la flamme de son briquet.

— Mais je devine que vous restez sceptique…

— Parlez-moi d'abord de vous, décréta la jeune femme. Ensuite, je déciderai si je peux ou non vous accorder ma confiance.

Il lui parla du vaste ranch, qui appartenait à sa famille depuis trois générations, de ses frères et sœurs, de ses études à l'école d'art de Sydney, du mal qu'il avait éprouvé à apprendre à peu près correctement le français. Il se détendait peu à peu. Il évoqua encore le Basque, ainsi que ses autres protégés. Il lui révéla qu'Henri faisait régulièrement des pieds et des mains pour que les garçons qu'il avait pris sous sa coupe pussent décrocher des commandes.

Un peu plus âgé qu'Eugénie, Max pouvait avoir vingt-cinq ans. Un bel homme, filiforme et joliment découplé. Si la jeune fille ne parvenait pas à se l'imaginer en train d'évoluer dans les salons huppés ou les galeries d'art, en revanche, elle le voyait sans peine à cheval, au beau milieu de l'outback australien. Ses vêtements lui allaient bien, tout compte fait, même s'il détonnait au milieu de la foule. Après tout, peut-être était-ce l'effet escompté. Nombreux étaient les artistes à désirer qu'on les remarquât. Il était de bon ton, selon eux, de se distinguer du commun des mortels.

Lorsqu'il eut terminé, il se tourna vers Eugénie.

— À vous, maintenant. J'apprécierais beaucoup que vous consentiez à me révéler d'abord votre nom.

Elle s'empourpra.

— Je m'appelle Eugénie Ashton.

— Enchanté, Eugénie Ashton.

Il serra, dans sa grande main, la main beaucoup plus menue de la jeune fille.

— Comment se fait-il que l'on vous ait donné un prénom français ? Vu votre nom de famille, votre père est anglais, n'est-ce pas ?

— Irlandais, rectifia-t-elle, puis elle sourit. Ma grand-mère maternelle est française, et ma mère a vécu quelque temps à Paris dans sa jeunesse, chez sa tante. Aline Fournier. Chez laquelle j'ai trouvé à mon tour à me loger.

Max écarquilla les yeux.

— Aline ? Pas possible ?

Comme la jeune femme lui faisait signe que si, avec, sur le visage, une expression incrédule, il siffla entre ses dents.

— Ça alors. Le monde est décidément bien petit, c'est le moins que l'on puisse dire. Aline et le Basque se connaissent depuis de très nombreuses années. D'ailleurs, je suis déjà allé chez elle deux ou trois fois, pour dîner.

Il considéra Eugénie avec une pénétration accrue.

— J'y ai connu une jeune femme, qui habitait chez elle. Mais, depuis, elle est retournée en Amérique.

Son interlocutrice baissait progressivement la garde car, s'il y avait en lui une incontestable effronterie, il semblait, dans le même temps, sincère et franc. Alors, elle lui parla de ses parents, de leur jolie maison à Dartford, où son père partageait son cabinet médical avec un jeune praticien. Sa mère, elle, occupait le poste d'infirmière de district. Elle enchaîna sur ses études entamées à Londres, qui avaient miraculeusement débouché sur une occasion en or. Et c'était ainsi qu'elle était venue à Paris pour étudier aux Beaux-Arts, une année durant.

— La lettre est arrivée au mois de mai, enchaîna-t-elle. Jamais je n'aurais pu imaginer plus merveilleux cadeau pour mes dix-huit ans.

Elle rayonnait. Max l'observa, plissant les yeux dans la fumée de sa cigarette.

— Ils sont rares, ceux qui décrochent une pareille timbale. Vous devez être une brillante élève. Avez-vous déjà choisi une spécialité ?

— L'architecture et son histoire.

— Dans ce cas, commenta-t-il avec un grand sourire, vous êtes pile au bon endroit. Paris regorge d'édifices formidables. J'imagine que vous vous en êtes déjà rendu compte.

— Et vous, que peignez-vous ?

— Des portraits, en règle générale. Mais j'aime aussi les natures mortes, et les dessins d'après modèle.

— Le Basque est le maître incontesté du portrait, murmura Eugénie. Vous avez vraiment mis dans le mille.

— Vous avez raison, Eugénie. Et, croyez-moi, je connais ma chance. À part cela, je suis certain, maintenant, qu'il serait ravi de faire votre connaissance. Permettez-moi d'abord de lui parler. Il se méfie un peu des visiteurs qui se présentent à sa porte sans s'être d'abord annoncés. Dès que j'aurai arrangé un rendez-vous, je vous contacterai chez Aline.

— Vrai de vrai ? Vous ne me racontez pas de bobards ?

— Jamais je ne ferais une chose pareille. Car il ne m'a pas échappé que l'art représentait toute votre vie.

Il tira une dernière fois sur sa cigarette.

— Vous pourriez profiter de l'occasion pour venir avec votre carton à dessins. On ne sait jamais. S'il appréciait ce que vous faites, il pourrait décider de s'occuper de vous.

La jeune femme eut un petit cri de surprise pareil à un hoquet.

— Vous croyez vraiment ? s'enquit-elle, le souffle court.

— Oh… Je ne vous promets rien, se dépêcha-t-il de rectifier. Mais du moins pourrait-il vous prodiguer quelques conseils, et vous donner un coup de main, s'il estime que votre travail en vaut la peine.

L'enthousiasme avait ôté à Eugénie l'usage de la parole.

— Il faut que j'y aille, fit Max avec un large sourire.

Il se leva, effleura, de l'index, le bord de son chapeau.

— Je me réjouis d'avoir fait votre connaissance, Eugénie. Je vous dis à plus tard.

Elle le regarda s'éloigner à vives enjambées. Un homme très grand, bien fait de sa personne, qui avançait d'une démarche chaloupée, se frayant un passage parmi la foule des touristes, sans se soucier des regards admiratifs des jeunes filles sur son passage. Quelle étrange histoire ! songea Eugénie. Il faudrait qu'elle y pense à tête reposée avant de prendre la moindre décision. Cependant, son cœur battait la chamade, et de l'adrénaline courait dans son organisme à la pensée que le Basque l'avait repérée au beau milieu de la cohue et qu'il souhaitait à présent la rencontrer. Quelle veine insensée elle aurait, s'il lui demandait de lui montrer son portfolio. Ayant récupéré son sac, elle traversa la place au pas de course. Elle brûlait de tout raconter à Aline.

D'abord, cette dernière s'était réjouie de voir revenir sa petite-nièce au bercail, les joues rougies par cette journée passée au grand soleil et débordant d'enthousiasme. Mais lorsqu'Eugénie s'ouvrit à elle de son aventure, elle déchanta. Elle avait donc eu raison d'avoir peur… Et cela se produisait si vite…

— À ta place, dit-elle, je ne ferais pas grand cas de Max. Il a tendance à s'emballer pour un oui, pour un non. Le Basque a dû penser que tu ferais un bon modèle. Une fois qu'il saura que tu vis chez moi, il abandonnera l'affaire.

— Mais j'adorerais le rencontrer pour lui montrer mon travail, insista la jeune fille, le souffle court. Oh, tante Aline. S'il appréciait ce que je fais, ce pourrait être le début de quelque chose d'incroyable.

Ce serait un désastre, songea Aline, au comble de l'émoi. Elle s'efforça de paraître calme, mais son cœur cognait dans sa poitrine, et la tête lui tournait.

— L'école dans laquelle tu t'apprêtes à étudier compte parmi les plus prestigieuses au monde. Tes professeurs t'apporteront tout ce dont tu as besoin. Pourquoi donc placer ainsi tes espoirs dans un homme qui, aujourd'hui, vit en ermite ?

Mais l'œil d'Eugénie étincelait. Sa grand-tante ne l'avait pas convaincue. Elle changea de tactique.

— Vous vous en êtes dit, des choses, Max et toi. Je te comprends, va. C'est un garçon charmant, avec lequel on a toujours plaisir à bavarder. Mais… J'ai peur que tu lui en aies raconté un peu trop. Personnellement, je préfère toujours en garder sous le coude, en attendant de mieux connaître la personne.

Eugénie piqua un fard, baissa les yeux sur ses mains jointes.

— Je me suis laissé emporter, j'avoue… Je lui ai parlé de notre famille, je lui ai dit que maman avait habité chez toi pendant un moment avant de partir en Espagne pour y être infirmière. Je lui ai dit aussi que j'étais venue à Paris pour étudier dans une école d'art, et que c'était moi, cette fois-ci, qui m'étais installée dans cette maison.

Dieu du ciel… Aline se laissa tomber sur un canapé, où elle alluma une cigarette d'une main tremblante. Lorsqu'Henri apprendrait toutes ces informations de la bouche de son jeune protégé, il exigerait de voir Eugénie, cela ne faisait pas le moindre doute. Alors, il lui ferait subir un interrogatoire serré, et la jeune fille, naïve, enchantée qu'un artiste aussi important que lui s'intéressât à elle, lui raconterait tout. Henri n'était pas idiot. Il ne tarderait pas à découvrir la vérité. Il fallait à tout prix étouffer cette histoire dans l'œuf. Et le plus tôt serait le mieux.

— J'ai l'impression que ça ne te fait pas plaisir, tante Aline, se navra Eugénie. Je dirais même que tu as l'air de me désapprouver. Le Basque et toi vous êtes-vous disputés ?

Aline se mit à réfléchir à toute vitesse. Elle devait choisir ses mots avec une grande prudence. Sinon, ses erreurs, à coup sûr, reviendraient la hanter pour longtemps.

— Beaucoup de gens affirment que le Basque est un coureur de jupons. Il a beau être cloué dans son fauteuil roulant, cela ne l'a jamais empêché de très mal se comporter avec ses modèles. Les scandales se sont multipliés au fil des années. On lui a prêté des liaisons avec des femmes mariées, entre autres. Je t'accorde qu'à Paris, cela ne choque pas grand monde.

Les aventures sont partie intégrante de l'existence que l'on mène ici. Le fait est qu'il abrite, sous son toit, trois jeunes hommes pleins de vigueur que, bien entendu, il s'abstient de blâmer quand ils sortent des clous. C'est pourquoi je pense qu'il vaudrait mieux que tu t'abstiennes d'aller chez lui. Tu es très jeune, ne l'oublie pas, et ta mère me fait confiance pour veiller sur ta réputation.

Eugénie pouffa.

— Je suis tout à fait capable de semer une chaise roulante si le Basque s'avise de se lancer à ma poursuite. Voyons, tante Aline… Plus sérieusement, je fais toujours très attention.

— Je n'en doute pas, ma chérie, mais je te rappelle que Max a réussi à t'embobiner en te faisant miroiter que le Basque pourrait te prendre, toi aussi, sous son aile. Il n'avait pas le droit d'agir de cette façon, et je ne serais pas surprise qu'il ne t'ait dit cela que pour t'en mettre plein la vue.

Elle posa une main sur le genou de sa petite-nièce.

— Je te conseille de te tenir loin de Max. Il traîne la même réputation que son mentor, et jamais tu ne réussirais à courir plus vite que lui.

Les épaules d'Eugénie s'affaissèrent, et toute la joie qu'elle avait engrangée durant cette belle journée se volatilisa en une fraction de seconde.

— Oh, tante Aline… Je suis une sotte, n'est-ce pas ? Je soupçonnais Max de chercher à m'éblouir, mais, dans le même temps, j'avais tellement envie que ce rêve devienne réalité… J'ai fini par perdre la tête.

— Max est coutumier du fait. Il s'agit de sa stratégie préférée. Si tu veux mon avis, oublie-les tous les deux, et garde pour toi seule le souvenir de cette superbe journée. Et je te déconseille d'écrire à ta mère pour lui rapporter cette drôle d'anecdote. Tu risquerais de l'inquiéter inutilement.

La jeune fille eut un sourire contrit.

— Tu as raison. Et vu le nombre de fois où elle m'a mise en garde contre les hommes un peu trop empressés que l'on croise souvent à Paris, elle ne serait pas fière de moi…

Elle se remit debout, posa un baiser sur la joue de sa grand-tante.

— Je vais faire du thé. Ensuite, je préparerai le repas. Je te trouve fatiguée.

Bien qu'Eugénie se fût rangée à ses vues, Aline sentait le poids de l'angoisse peser encore très lourd sur son cœur.

— C'est à cause de la chaleur, mentit-elle dans un soupir. Même avec les portes ouvertes, on étouffe dans cette maison.

— Si tu veux, je peux remettre un peu d'ordre dans le jardin, pour que tu t'y installes. Je suis à peu près sûre d'avoir repéré une ombrelle tout à l'heure, sous l'escalier.

— Contente-toi de me préparer du thé, ma chérie. Ça va aller. Je t'assure.

À peine la jeune fille avait-elle quitté la pièce qu'Aline se laissa aller contre les coussins. Son cœur cognait douloureusement contre ses côtes. Que faire avec Henri ?

Vu ce que la jeune femme avait confié à Max, il devait savoir déjà qu'elle était la fille d'Annabelle. Le fait qu'elle logeât chez sa grand-tante lui semblerait naturel. En revanche, s'il rencontrait Eugénie, il connaîtrait bientôt son âge, et, dès lors, comprendrait qu'on lui mentait depuis dix-huit ans…

Henri devina que Max l'avait dénichée à l'instant où, après avoir gravi les marches de l'escalier quatre à quatre, il surgit sans préavis dans l'atelier, l'œil embrasé. Lui opposant un visage dénué d'expression, il écouta son récit, posant, çà et là, quelques questions, afin que le jeune homme demeurât concentré.

Ainsi, la fille d'Annabelle se trouvait à Paris. Le pouls d'Henri s'était accéléré. Et elle vivait chez Aline… Et elle s'apprêtait à étudier aux Beaux-Arts… Sans doute avait-elle hérité de sa grand-tante cette fibre artistique. Il brûlait de faire sa connaissance, de bavarder avec elle et d'examiner son travail. Il devrait cependant agir avec tact, car, de toute évidence, personne ne lui avait parlé de la relation qu'il avait entretenue autrefois avec sa mère.

— Elle m'aura donné du fil à retordre, lui confia Max en se versant un grand verre de vin de la carafe qui trônait toujours sur la table. Pour sûr que sa mère a dû lui répéter souvent qu'il fallait se méfier des inconnus. Mais, dès que j'ai prononcé votre nom, elle s'est détendue. Ensuite, ça a marché comme sur des roulettes.

Le jeune Australien s'abandonna sur la méridienne avec un large sourire satisfait. Henri, que l'arrogance de la jeunesse ne cessait de stupéfier, se rappela ses folles années, l'insolence dont il faisait preuve aussi à l'époque. Comment aurait-il pu blâmer son protégé ?…

— Bravo, murmura-t-il en s'éloignant de la toile qu'il était en train de peindre, pour poser sur elle un regard critique.

La fleuriste possédait un visage intéressant, plein de caractère, et Henri estimait en avoir correctement saisi l'expression, mais le tableau était loin d'être terminé.

— Elle était en train de dessiner cette vendeuse sur les marches du Sacré-Cœur, c'est bien ça ?

— Quelle coïncidence, hein ?

Et Max de lui décocher, une fois de plus, l'un de ses éclatants sourires, sans rien deviner du chaos qui régnait à présent dans l'esprit et le cœur de son mentor.

— Elle se débrouillait drôlement bien. J'ai compris tout de suite pourquoi ils l'avaient acceptée aux Beaux-Arts.

— Cela vaudrait peut-être le coup que je la rencontre, laissa tomber Henri sur un ton détaché. Histoire de me rendre compte par moi-même.

— Maintenant que je l'ai retrouvée, monsieur, vous sentez-vous plus en paix avec certains fantômes de votre passé ?

Au contraire. À tel point qu'Henri regrettait d'avoir exigé du jeune homme qu'il se mît en quête de l'inconnue… Mais cela, jamais il ne l'admettrait devant Max.

— Tu as outrepassé ton rôle en lui laissant miroiter que je pourrais m'occuper d'elle. Ce n'était pas à toi de le faire.

Max affecta obligeamment un air de contrition.

— Oui, je sais, monsieur. Veuillez m'excuser. Je me suis un peu emballé.

— Avec les jolies filles, soupira Henri, tu t'échauffes toujours trop. Mais je te saurai gré de bien vouloir laisser celle-là tranquille.

Le jeune homme lui jeta un regard interrogateur, le contraignant à se justifier. Sans pour autant se mettre à nu.

— Si elle est aussi douée que tu le penses, elle va avoir besoin de jeter toutes ses forces dans son art. Le genre de distraction que tu as en tête n'est pas propice à l'étude.

— Elle n'est pas comme ça, monsieur, je vous assure. Même allongé à côté d'elle dans un lit, je ne réussirais probablement pas à la séduire. Et puis, de toute façon, elle est un peu trop jeune pour moi. Je préfère les femmes plus mûres. Elles ont plus d'expérience.

— Quel âge a-t-elle ?

Max haussa les épaules.

— Elle a fêté ses dix-huit ans au mois de mai.

Il avala, d'un trait, le vin qui restait dans son verre, avant de se remettre debout.

— Je meurs de faim. Je vais aller faire un tour à la cuisine.

Henri, très droit à présent dans sa chaise roulante, ne l'entendit même pas quitter la pièce. Son cœur battait la chamade. Le calcul n'était pas son fort, mais il n'était pas bien compliqué de conclure qu'Annabelle était tombée enceinte durant leur escapade romantique sur la côte espagnole. Le choc était très rude.

— C'est ma fille, souffla-t-il, hébété.

Il ferma les paupières, se remémorant ces journées idylliques dans la maisonnette au bord de la plage. La passion les avait alors submergés l'un et l'autre, au point qu'ils n'avaient pas pris la moindre précaution. Annabelle, bien sûr, n'avait pas su tout de suite qu'elle attendait un enfant, elle l'ignorait encore lors du bombardement de Belchite. Ce drame affreux qui avait fait voler en éclats leurs rêves d'avenir. Mais elle avait survécu à la tragédie, et le bébé avec elle. Il s'agissait, ni plus ni moins, d'un miracle.

Il s'approcha de la fenêtre, regarda le soleil se coucher dans une débauche d'orange et d'écarlate. Il se rappelait, au mot près, la lettre d'Aline, dans laquelle elle lui expliquait qu'on l'avait cru mort, qu'Étienne et Annabelle avaient réchappé de l'attaque aérienne, mais qu'à présent, la jeune femme était mariée, et qu'elle était rentrée chez elle, en Angleterre. Une courte lettre, rédigée avec tendresse, et beaucoup de compassion. Lorsqu'il était revenu à Paris, il avait rendu visite à Aline pour la remercier d'avoir fait preuve d'une telle délicatesse en lui annonçant la terrible nouvelle.

— Quelle perfidie, articula-t-il d'une voix rauque, les poings serrés sur les accoudoirs de son fauteuil roulant. Quelle cruauté… Tout ça parce que j'ai mis trop de temps à les prévenir que je m'en étais sorti.

Il ploya la nuque, et ses larmes se mirent à couler abondamment sur ses joues, et son cœur saignait, car il songeait à toutes ces années perdues, qu'il aurait pu passer auprès d'Annabelle et de leur fille…

Il était plus de 21 heures lorsque le téléphone sonna dans l'entrée. Aline abandonna ses locataires à leurs discussions enflammées pour aller répondre. Qui pouvait l'appeler à cette heure tardive ?

— C'est moi. Henri.

Son cœur bondit dans sa poitrine, et elle se hâta de refermer la porte de la cuisine.

— Bonsoir, Henri, dit-elle avec nervosité. Comment vas-tu ?

— Max m'a parlé d'Eugénie, lui assena-t-il sans préambule. Je veux la voir.

— Ce serait imprudent, je crois. Une parole malheureuse, un souvenir impromptu… La moindre chose risque de piquer sa curiosité. Une question en entraînerait une autre, et, pour finir, cela risquerait de faire souffrir Annabelle. Et de nuire à beaucoup de gens.

— Tu veux dire que tout le monde apprendrait que tu n'es qu'une menteuse ? Je sais qui elle est, Aline. L'année et le mois de sa naissance m'ont éclairé.

Aline ferma les yeux, s'adossant au mur pour ne pas tomber. Eugénie en avait révélé beaucoup plus à Max qu'elle avait bien voulu le dire.

— Il ne faut pas qu'elle l'apprenne, Henri. Jamais.

— Elle a le droit de savoir. Et puisque j'ignorais tout jusqu'à aujourd'hui, j'ai aussi le droit de passer du temps avec elle.

Aline cramponna le combiné.

— Tu joues un jeu égoïste et dangereux, Henri, réagit-elle avec fougue. Je ne te laisserai pas faire.

— Tu n'as pas d'ordres à me donner, la moucha son interlocuteur. Tes manigances ont déjà fait assez de dégâts.

Comment pouvait-il qualifier de manigances cet acte d'affection et d'amour ?… Aline n'en croyait pas ses oreilles.

— Cela fait dix-huit ans qu'Annabelle te croit mort, laissa-t-elle tomber avec froideur. Quant à Eugénie, elle adore l'homme qui lui a donné son nom le jour de sa naissance. Je refuse de dévaster cette famille. Elle ne te connaît que parce que tu es devenu célèbre dans le monde de l'art. Laisse-la tranquille, Henri. Sinon, tu détruiras tout ce qu'Annabelle a fait pour elle.

Un long silence se fit à l'autre bout de la ligne, et, en tendant l'oreille, Aline crut entendre des pleurs.

— Je suis sincèrement désolée, Henri, dit-elle doucement, mais je ne voyais pas d'autre solution. Nous étions tous persuadés que tu étais mort. Annabelle a découvert qu'elle était enceinte, et George lui a proposé un mariage de convenance pour qu'elle puisse élever son enfant en toute respectabilité. Mets-toi à ma place. Comment aurais-je pu te parler d'Eugénie ? Comment aurais-je pu annoncer à Annabelle que tu avais survécu, alors qu'il était beaucoup trop tard pour faire machine arrière ?

— Un mariage de convenance, dis-tu ? Alors, elle ne l'aimait pas ?

La voix d'Henri s'était brisée.

— Elle te pleurait chaque jour, souffla Aline, atterrée. Elle t'aimait toujours. Même le jour de son mariage, ajouta-t-elle, elle ne pensait qu'à toi. Depuis, elle a découvert auprès de George une autre sorte d'amour. Ils forment un couple soudé.

— Je comprends, commenta Henri avec tristesse. Mais cela n'enlève rien au fait qu'Eugénie est ma fille, et qu'à ce titre, je veux… Non… J'ai besoin d'apprendre à la connaître. Je te promets de ne jamais évoquer devant elle mes liens avec sa mère.

— Dans sa prochaine lettre à Annabelle, elle lui racontera forcément qu'elle a retenu l'attention de l'un des plus grands peintres de notre époque, s'alarma Aline. Connaît-elle ton véritable nom ?

— Max m'a affirmé qu'il ne le lui avait pas révélé, et je le crois.

— Arrange-toi pour que ça ne change pas. Si vous vous rencontrez, elle en parlera à sa mère.

Heureusement, Annabelle ne connaît strictement rien à l'art ni aux artistes. Elle ignore ce que tu as fait pendant la guerre. Il est peu probable qu'elle sache que tu peins sous le surnom que les Allemands t'ont donné à l'époque.

— Peux-tu lui dire que j'ai appelé ? Et que je l'attends chez moi demain après-midi ? Dis-lui aussi de m'apporter son portfolio.

— C'est un peu tôt, Henri. Tu pourrais peut-être attendre et…

— J'attends depuis dix-huit ans, l'interrompit-il sur un ton amer. Ça suffit.

Aline ferma les paupières, avant de prendre une profonde inspiration.

— Dans ce cas, je vais l'accompagner, dit-elle. De cette façon, je veillerai à ce que tu tiennes ta promesse, et que tu ne lui racontes pas des choses qu'elle n'a absolument pas besoin de savoir.

— Tu es toujours la bienvenue, répondit aimablement Henri. Et je te demande d'excuser ma brutalité. Mais… ces révélations constituent pour moi un terrible choc.

— Pour moi aussi, tu sais. Nous nous verrons donc demain, une fois qu'elle aura déposé son dossier d'admission, puis participé à la visite guidée de l'école. Nous devrions être chez toi vers 16 heures.

Elle raccrocha, s'agrippa à la rampe pour garder l'équilibre. Son cœur fonctionnait moins bien depuis la guerre. Il avait souffert des privations et de la violence imposées par les Allemands. Il lui faisait mal à présent, et ses battements étaient irréguliers. La tête lui tournait, elle n'était pas solide sur ses jambes.

Elle se tourna vers la porte de la cuisine, derrière laquelle ses locataires parlaient d'abondance, riant à quelque chose qu'Antoine venait de dire. Mais, en ce moment précis, Aline n'avait aucune envie de les rejoindre, de supporter leur caquetage incessant et puéril. Elle ne désirait pas davantage rester debout jusqu'à tard dans la nuit. Elle ne rêvait plus que de regagner sa chambre, d'y jouir du confort de son lit et de sa solitude.

Lorsqu'elle se rendit compte que sa grand-tante avait déserté la cuisine depuis très longtemps pour aller répondre au téléphone, Eugénie se rendit dans l'entrée. Personne. Elle gravit sans bruit l'escalier, pour se poster devant la porte de la chambre d'Aline. Elle tendit l'oreille. Aline ouvrait et fermait des tiroirs, se parlait à voix basse. La jeune fille en conclut que tout allait bien. Elle avait résolu, à titre exceptionnel, de se coucher tôt.

À la fin de la soirée, comme Fleur, Michel, Pascal et Antoine s'apprêtaient à regagner leur chambre à leur tour, Eugénie leur proposa de l'aider à remettre d'abord de l'ordre dans la cuisine et le salon. Fleur lui adressa un regard aigre, tandis que les trois garçons haussaient mollement les épaules. Eugénie insista, les contraignant à débarrasser, puis nettoyer la table, elle-même se chargeant de la vaisselle.

— Si nous mettons chaque jour la main à la pâte, dit-elle encore, avec fermeté, Aline se fatiguera nettement moins. Pour le moment, nous profitons impudemment de son bon cœur, et ce n'est pas juste.

Elle sourit pour atténuer la portée de ses propos.

— Cela ne nous prendrait que quelques minutes, mais pour elle, cela ferait une énorme différence.

Fleur renâcla avec dédain, abattit les verres sales sur l'égouttoir :

— Tu devrais établir un tableau de service, tant que tu y es. Ce n'est pas parce que c'est ta tante que ça te donne le droit de nous mener à la baguette.

Elle quitta la pièce en hâte, sans laisser à Eugénie le temps de répliquer. Celle-ci se tourna vers les garçons, qui lui firent l'honneur de paraître gênés.

— Ne te laisse pas faire, dit Michel. Fleur n'est qu'une sale gosse qui, jusqu'à présent, n'a jamais eu besoin de lever le petit doigt pour obtenir quelque chose.

Il essuya les assiettes. Antoine remit de l'ordre dans le salon, tandis que Pascal balayait le sol de la cuisine.

Quelques minutes plus tard, les deux pièces étincelaient, et, après qu'Eugénie eut couvert de son étoffe la cage de Napoléon, elle suivit ses camarades dans l'escalier. Quelle drôle de journée. Elle se rendit dans la salle de bains. Ces montagnes russes émotionnelles l'avaient éreintée.

Une fois dans sa chambre, elle ferma les volets, afin d'empêcher les insectes d'entrer, car elle avait décidé de laisser la fenêtre ouverte pour la nuit. À l'idée qu'elle pût rencontrer le bienfaiteur de Max, Aline s'était cabrée. Mais, pour quelle raison ? Comment pourrait-elle, de son plein gré, renoncer à obtenir l'avis d'un peintre aussi prestigieux que lui sur son travail ? C'était un peu comme si sa grand-tante dénigrait le Basque lui-même. Pourtant, à en croire Max, elle le connaissait depuis de très nombreuses années. Peut-être savait-elle, sur lui, des choses qu'elle ne désirait pas dévoiler à une jeune fille de l'âge d'Eugénie ? Tant pis. Cette fois, elle passerait outre les recommandations d'Aline. Elle rencontrerait le Basque. Coûte que coûte.

Elle se glissa sous les couvertures. Oui, vraiment, quelle drôle de journée… ! Propice à l'enthousiasme autant qu'à la déception. Le lendemain serait chargé, lui aussi, c'est pourquoi elle devait s'offrir à présent une bonne nuit de sommeil. Hélas. Allongée dans le noir, elle patienta, mais sa cervelle brassait mille questions sur le séjour de sa mère à Paris. Des questions qu'elle destinait à sa grand-tante. Le Basque, à l'époque, devait déjà y vivre aussi. Sans doute avait-il fréquenté régulièrement la demeure d'Aline, célèbre en son temps au sein du monde de l'art. Sa mère l'avait-elle rencontré ? Si oui, était-elle au courant qu'entre-temps il était devenu l'une des figures les plus marquantes de l'art contemporain ?

Eugénie ferma les paupières. Le Basque… Quel pouvait bien être son véritable nom ? Demain matin, elle interrogerait sa grand-tante.

Annabelle se pelotonna contre George, dans le canapé. Ils écoutaient un concert à la radio :

— Sais-tu que je n'aurais aucun mal à te garder pour moi toute seule ? Même si Eugénie et ses amis me manquent terriblement.

Il posa sa joue sur le crâne de son épouse.

— Elle me manque aussi, mais j'avoue que leur affreuse musique tonitruante, elle, ne me manque pas du tout. Je n'arrive pas à comprendre ce qu'ils peuvent bien trouver à ce Little Richard. Sa voix me transperce le cerveau. Quant à Elvis Presley, je reconnais qu'il chante bien, mais son déhanché, allons… Quelle indécence…

Annabelle gloussa et lui assena un coup de coude dans les côtes.

— Mais tu es en train de devenir un vieux schnock, ma parole, le taquina-t-elle. Elvis est la coqueluche des demoiselles, tu sais, et je reconnais qu'à voir les photos dans les magazines d'Eugénie, je ne peux que leur donner raison.

George la serra plus fort, piqua un baiser sur ses cheveux.

— Rosemary Clooney, elle, me fait battre le cœur. En voilà, une vraie jeune fille. Et quelle voix…

Annabelle le bouscula de nouveau, avant de se blottir mieux contre lui. Le concert touchait à sa fin.

George, lui, n'écoutait la musique que d'une oreille distraite, trop absorbé qu'il était par le parfum d'Annabelle, par sa chaleur. Annabelle, dont l'amour l'avait, au fil des ans, adouci et comblé. Néanmoins… Peut-être, au plus profond de son cœur, enviait-elle leur fille de se trouver à Paris.

Il avait caressé maintes fois l'idée d'offrir à son épouse un séjour là-bas, mais, invariablement, il avait reculé. Paris, dans l'esprit d'Annabelle, demeurerait pour toujours associé à Henri. George ne pourrait jamais rien y faire.

Au début de leur union, il était arrivé à la jeune femme d'évoquer le peintre de loin en loin. Puis elle avait cessé d'en parler. George, de son côté, ne l'avait pas encouragée, préférant qu'elle se cantonnât, dans ses récits, à tout ce qu'elle avait vécu auprès d'Aline, ou aux terribles épreuves qu'il lui avait fallu endurer pendant la guerre d'Espagne. Mais à présent qu'Eugénie avait pris ses quartiers chez sa grand-tante, Annabelle, à coup sûr, s'était replongée corps et âme dans son passé parisien.

Il la serra plus fort durant le crescendo, puis la musique déclina, une note finale s'éleva, qui s'attarda, une note obsédante, qui lui parut s'apparier avec ses angoisses les mieux enfouies. Certes, Henri était mort depuis longtemps, mais il restait, pour George, une ombre menaçante entre Annabelle et lui, bien qu'à n'en pas douter, celle-ci se fût récriée s'il lui avait confié ses craintes. Comment pouvait-il se battre contre un fantôme ? Contre un souvenir ?…

Comme elle traversait la pièce pour éteindre la radio, il se réprimanda en silence. Il se sentait éreinté, ce qui expliquait sans doute ce brusque excès de mélancolie malvenue. Leur union était solide. Ensemble, ils avaient muselé le passé. Peu importait ce que l'avenir pourrait bien leur réserver. Ils feraient front vaillamment, ainsi qu'ils l'avaient toujours fait.

18

Après une bonne nuit de sommeil, Eugénie s'était levée tôt, afin de pouvoir prendre le temps de se vêtir avec soin pour cette journée d'exception. Elle choisit une jupe rouge, dont le bord s'ornait de notes de musique brodées sur leur portée – elle avait copié un modèle déniché dans l'un des magazines de mode américains de Caroline. La jupe dissimulait un jupon d'organza rose pâle. Un chemisier blanc, une large ceinture noire ainsi que des ballerines noires complétaient sa tenue. Elle attacha sa chevelure au moyen d'un ruban rouge, dont elle ajusta le nœud juste au-dessus de son oreille droite. Elle ajouta quelques bracelets en plastique coloré, opta pour une paire de boucles d'oreilles rouges, assorties à son rouge à lèvres. Enfin, elle s'observa dans le miroir, où son reflet la satisfit.

Elle s'était ensuite rendue à la boulangerie. Lorsque le reste de la maisonnée se présenta dans la cuisine, elle avait déjà préparé le café. Aline arborait un teint de craie, qui lui fit peur.

— Tu es sûre que ça va ?

— Je me sens un peu fatiguée, c'est tout, lui sourit sa grand-tante en s'asseyant à la table. Tu es superbe, ma chérie. Je constate que tu as hérité de ma passion pour les couleurs vives.

— Tu ne trouves pas que c'est un peu trop ? s'enquit la jeune fille, saisie soudain d'un doute.

— C'est parfait, au contraire. Tu as tout de l'étudiante en art.

Michel et Pascal s'affairaient autour de la maîtresse de maison, lui versant du café au lait sucré, veillant à lui donner la meilleure part de la baguette. Fleur et Antoine se disputaient : qui avait bien pu plonger le couteau à beurre dans le pot de confiture ?

— Tu as hâte d'y être ? demanda Aline. Ou tu appréhendes seulement ?

— Les deux, lui confia Eugénie. Mais le fait est qu'il me tarde de commencer les cours. Après le petit-déjeuner, je crois que j'irai faire un tour pour me détendre.

— Promène-toi donc dans le parc au bout de la rue, se hâta de lui suggérer Aline. Tu y trouveras une pièce d'eau et un charmant petit belvédère couvert de passiflores et de roses.

— Quelle riche idée. Je vais y aller.

Elle avait, en réalité, prévu de se rendre sur le quai de la Mégisserie pour lorgner la demeure du Basque. Peut-être se trouverait-il alors à sa fenêtre, qui sait. Mais, si oui, que ferait-elle alors ? Sans doute lui adresserait-elle un sourire, un petit signe de la main, avant de décamper.

— À quelle heure s'était finie ta journée d'inscription, Fleur ? demanda Aline.

Fleur haussa les épaules.

— Vers 16 heures, je crois. Mais ça fait déjà un an, je n'en suis plus très sûre.

Elle se tourna vers Eugénie, revint à Aline.

— Vous n'avez quand même pas l'intention de l'accompagner ? Elle risquerait d'avoir l'air ridicule. Sauf, bien sûr, ajouta-t-elle avec mépris, si la pauvre chérie a besoin qu'on lui tienne la main.

Aline considéra Fleur avec froideur, d'un œil qui ne cillait pas.

— Je sais que tu es très fière de ton joli minois, Fleur. Mais permets-moi de te dire que, côté bonnes manières, tu n'es vraiment pas jojo.

La jeune femme rougit, tandis que les garçons pouffaient.

— Pardon, fit-elle entre ses dents. Je ne voulais pas être désagréable.

— Moi, je crois que si, murmura Aline. Et il n'est pas question que cela se reproduise. Tu es ici chez moi, et j'exige que tu respectes celles et ceux qui vivent sous mon toit.

Elle porta à ses lèvres sa tasse, qu'elle avait saisie entre ses deux mains, puis se mit à boire, sans lâcher Fleur des yeux.

Eugénie, navrée pour la jeune femme, tentait d'attirer son regard pour lui faire comprendre qu'elle ne lui en voulait pas. Cependant, Fleur s'était montrée extrêmement impolie, et, à l'évidence, elle ne regrettait pas ses propos. Tout bien considéré, mieux valait l'ignorer.

On prit le petit-déjeuner dans un silence incommode. Lorsqu'à l'exception d'Eugénie, ses locataires eurent déguerpi en claquant la porte derrière eux, Aline parut se décontracter.

— Elle est jalouse, dit-elle à sa petite-nièce. Ne t'occupe pas d'elle.

— Jalouse ? Mais pourquoi ? Antoine ne m'intéresse pas. Pour tout te dire, je le trouve un peu m'as-tu-vu.

Aline sourit.

— Il me fait penser à Étienne. Il flirtait avec tout ce qui portait jupon, c'était plus fort que lui. Et il se haussait du col.

Elle cligna des yeux.

— Pardon, ma chérie. Je songeais à quelqu'un que j'ai connu il y a très, très longtemps… Sur ce, j'ai quelque chose d'important à te dire.

Eugénie fronça les sourcils.

— J'ai pris toutes mes dispositions pour cet après-midi. En attendant que tu sortes de l'école, je m'installerai dans le petit café situé au coin de la rue.

— Quelles dispositions ?

— Tu verras bien, répondit Aline sur le ton du mystère. Mais, surtout, ne va pas t'imaginer des merveilles. J'ai plutôt dans l'idée que tu vas t'ennuyer à mourir.

Eugénie émit un petit rire.

— Je ne vois pas comment je pourrais m'ennuyer avec toi. Mais pourquoi me fais-tu des cachotteries ?

Sa grand-tante haussa les épaules.

— Que veux-tu, je suis une vieille dame. Il m'arrive d'avoir mes petits caprices.

Après s'être levée de table, elle se rendit sans hâte au salon, dont elle ouvrit les rideaux.

— Je m'installerais volontiers dans le jardin avant qu'il fasse trop chaud, mais ces fauteuils ne me disent rien qui vaille. Pourrais-tu m'apporter une chaise de cuisine ? Et puis un parasol, tiens, si tu en trouves un.

Eugénie s'étant exécutée, elle pénétra dans le jardin. Elle n'avait pas le temps de le désherber, ni de dépoter les plantes mortes maintenant, mais peut-être pourrait-elle s'y atteler le soir. Elle aimait le jardinage, qu'elle pratiquait souvent en compagnie de son père, dans une silencieuse harmonie, l'un et l'autre laissant vagabonder leurs pensées, tandis qu'ils désherbaient, binaient ou établissaient le programme de leurs plantations pour la saison suivante. Une vague de nostalgie la submergea. Que faisaient ses parents en cet instant précis ? Comment vivaient-ils l'absence de leur fille ?

Bientôt, Aline trônait sous un parasol, devant sa tasse de café. Sa petite-nièce, qui lui avait aussi apporté son journal, l'embrassa sur la joue :

— Je suis vraiment trop crispée. Une promenade me fera le plus grand bien.

— Bonne chance, ma chérie. À cet après-midi.

Eugénie s'étant emparée de son sac et de son carton à dessins, elle quitta l'appartement, dont elle referma la porte derrière elle, pour se diriger vers le parc, ainsi que le lui avait suggéré Aline. Ensuite, seulement, elle se rendrait au bord de la Seine. Si sa grand-tante lui posait plus tard des questions, elle n'aurait pas besoin de lui mentir.

Le parc n'était pas bien grand, mais il s'ornait de parterres aux couleurs vives, émaillant des pelouses drues et vertes. Le belvédère était exquis. Eugénie s'y assit un moment, dans le parfum des roses blanches qui prenaient d'assaut le treillis, en concurrence avec les fleurs violacées des passiflores. La jeune fille regarda évoluer, à la surface du bassin, des canards et des cygnes. Comme elle demeurait tendue, elle finit par se lever pour marcher cette fois vers la Seine.

Ses flots se précipitaient sous les ponts, cependant que la statue équestre d'Henri IV se découpait sur un ciel uniformément bleu. Eugénie emprunta le quai pavé, son œil s'attardant sur les fenêtres des grands immeubles. Le Basque vivait dans l'un d'eux, mais lequel ? Elle examinait, en passant, les noms à côté des boutons de sonnette.

Les bâtisses, pour la plupart, se divisaient en appartements, mais sur la dernière n'apparaissait aucun nom. Seulement un numéro, peint sur le vitrail au-dessus de la porte. Le pouls d'Eugénie s'accéléra. Elle considéra la porte d'un noir luisant, le rutilant heurtoir de cuivre. Oserait-elle l'actionner, puis se présenter à qui lui ouvrirait la porte ?

Un bruit de pas, à l'intérieur de l'édifice, la fit détaler jusqu'au pont. Une femme dodue, vêtue d'un ample tablier, se matérialisa sur le seuil, où elle se mit à astiquer le heurtoir en forme de dauphin. S'agissait-il de l'épouse du Basque ? De sa femme de ménage ? Du peintre, Eugénie ne connaissait que son œuvre, et elle n'avait pas même songé à demander son vrai nom à Aline.

Elle observa pendant un moment la femme au tablier, puis, tout à coup, devina un mouvement à l'une des fenêtres du troisième étage. Elle plissa les yeux. Son cœur battait follement. Il avait approché son fauteuil roulant de la vitre, et dévisageait à présent Eugénie.

La barbe et la moustache qui lui mangeaient la moitié du visage permettaient difficilement de lui donner un âge. Il devait être vieux, cependant, plus âgé que son père. Autrement dit, il avait au moins cinquante ans. Toutefois, ses épaules larges firent pencher la jeune fille pour un homme plus jeune. D'ailleurs, ajouta-t-elle pour elle-même, sa barbe et ses cheveux demeuraient très noirs.

Il leva la main et sourit, à quoi Eugénie répondit en levant à son tour une main hésitante. Elle lui rendit aussi son sourire, mais le sien se chargeait d'inquiétude. C'est alors que les cloches d'une église sonnèrent le quart : si elle ne filait pas, elle arriverait en retard. Avec un geste rapide du bras, elle prit congé du peintre, se détourna, puis, franchissant le pont, courut vers la Rive gauche.

L'école des Beaux-Arts se situait au cœur du quartier de Saint-Germain-des-Prés, dans le VIe arrondissement de Paris. Eugénie en traversa la cour au pas de course, rajusta son chemisier dans sa large ceinture, lissa sa jupe, jeta son sac sur son épaule. Enfin, serrant le portfolio en cuir que ses parents lui avaient offert pour son anniversaire, elle pénétra dans le hall en marbre, tout résonnant d'échos.

Parvenue devant la porte de la salle que l'on venait de lui indiquer, elle hésita, se remémorant le récit que sa mère lui avait livré de sa journée d'examen, à de nombreuses années de là, pour tenter de devenir infirmière en France. Pauvre maman qui, finalement, avait échoué, sous prétexte que son français n'était pas assez bon. Sur ce point, Eugénie savait n'avoir strictement rien à redouter, car elle avait suivi des cours de perfectionnement l'année précédente, insistant auprès de son professeur pour qu'il lui enseignât tout ce dont elle aurait besoin si la porte des Beaux-Arts venait bel et bien à s'ouvrir devant elle. Elle en rêvait depuis si longtemps. Ce rêve, sa mère, par surcroît, l'avait encouragée à le faire sien, et voilà qu'elle se trouvait ici pour de bon… Son émotion était telle qu'elle pouvait à peine respirer.

— Tu m'as l'air aussi mal en point que moi.

Eugénie se retourna. Une grande fille aux cheveux sombres, aux yeux bruns… Deux yeux immenses dans un visage très pâle.

— Ça fait peur, hein ? fit Eugénie. Nous pourrions peut-être entrer ensemble.

La jeune fille hocha la tête.

— Si ça ne te dérange pas… Au fait, je m'appelle Elspeth. Mais je préfère Ellie.

Eugénie se présenta. Ellie, âgée de vingt-trois ans, arrivait d'Angleterre, où, au terme de sa troisième année d'études, elle avait obtenu un diplôme de la Slade School of Fine Art. Un peu rassérénées l'une et l'autre, elles prirent en chœur une profonde inspiration, avant de pénétrer à l'intérieur de la salle.

Lorsqu'elle eut atteint le Pont-Neuf, Aline ralentit le pas pour jouir de la brise légère apportée par le fleuve. Mais cette brise charriait avec elle une odeur froide et humide, c'était un souffle sépulcral, tandis que les flots intemporels de la Seine passaient sous les ponts de la capitale à vive allure… Paris, décidément, ne changerait jamais.

Parvenue au milieu du pont, elle s'arrêta, et le vent très doux ébouriffa ses cheveux, froissant, sans les malmener, son long manteau orange et, dessous, sa robe violette. Après avoir vu, quelques heures plus tôt, Eugénie se parer de couleurs vives, sa grand-tante avait résolu de l'imiter, elle qui, depuis que Paris était tombé aux mains des Allemands, ne se vêtait plus que de noir – ainsi pleurait-elle sa ville et, au plus profond d'elle-même, ce qui constituait le cœur battant de son art… Elle avait aussi fait le deuil de cette formidable vitalité qui lui avait permis jadis, avec l'insouciance de la jeunesse, de surmonter tous les obstacles qu'elle avait eu alors à franchir.

Son retour à la couleur marquait ses retrouvailles avec un orgueil qu'elle avait cru à jamais perdu. Le noir représentait la vieillesse et l'oubli. Surtout, en noir, Aline avait le teint cireux, et toute élégance la désertait. Eh bien, quoi ! Oui, elle allait célébrer son soixante-dixième anniversaire. Oui, elle avait le cœur fatigué. Mais il suffisait de souffler sur les braises de son feu intérieur pour lui permettre de renaître. Il fallait s'y atteler dès maintenant – le temps passait si vite.

Alors qu'elle tournait lentement la tête vers les immeubles alignés le long du quai, elle sentit comme un picotement. Il était en train de l'observer. Il leva une main vers elle, elle lui répondit en hochant le menton, avant de s'éloigner pour se rendre sur la rive opposée de la Seine, en direction du petit troquet, au coin de la rue Bonaparte. Tout à l'heure, elle se rendrait avec Eugénie chez le peintre, et, bien qu'il lui eût promis de tenir sa langue, elle se tourmentait à l'idée que, bientôt, le père et la fille fussent réunis dans la même pièce.

Aline se trouvait confortablement installée à une petite table, sur la terrasse qu'un store rayé de bleu et de blanc protégeait du soleil. Elle buvait, à petites gorgées, un verre d'un excellent vin rouge en écoutant, d'une oreille amusée, les conversations des jeunes gens autour d'elle. Pourquoi diable ne s'offrait-elle pas plus souvent ce genre de menu plaisir ? se demanda-t-elle.

Elle avait, jadis, fréquenté les troquets avec assiduité, où elle coudoyait d'autres artistes, et où, subjuguée, elle écoutait les enseignants des écoles d'art parler avec leurs étudiants de technique picturale, ou s'empoigner avec eux autour des divers courants de l'avant-garde artistique. Une faune passionnante et tumultueuse peuplait les cafés d'avant-guerre, mais Aline se rendait compte que cette nouvelle génération, telle qu'elle la découvrait en ce moment même, ne se révélait pas moins raisonneuse, pas moins captivante que ses aînés.

Elle renonça à ses cogitations en voyant Eugénie franchir les grilles des Beaux-Arts en compagnie d'une autre jeune femme. Elles bavardaient avec animation, s'attardant sur le trottoir et gesticulant comme si elles se connaissaient depuis de longues années. Aline sourit. Sa petite-nièce s'était déjà fait une amie, et cette première journée, à l'évidence, avait été moins éprouvante qu'elle ne l'avait d'abord cru.

— Je te présente Elspeth, tante Aline. Mais on l'appelle Ellie. Figure-toi que sa mère est française, son père irlandais, et qu'elle a grandi à Londres. Tu parles d'une coïncidence !

Aline serra la main de la jeune femme en souriant.

— J'ai l'impression que vous venez de passer une excellente journée. Pour la peine, je vous offre un verre. Asseyez-vous, vous allez tout me raconter.

Elle fit signe au serveur, leva son verre en lui faisant comprendre qu'elle en voulait trois autres.

Bien que les deux jeunes femmes eussent obtenu en Angleterre leur diplôme de français, expliqua Eugénie à sa grand-tante, elles avaient dû repasser l'examen avant de subir une épreuve orale dont elles avaient bien cru ne jamais voir la fin. Le serveur reparut, et l'on s'interrompit pour boire un peu de vin, que l'on jugea goûteux, et, déjà, Eugénie et Ellie, chacune son tour, décrivaient à Aline l'amphithéâtre d'honneur, les ateliers formidables et les travaux époustouflants réalisés par les étudiants. Elles s'extasiaient l'une et l'autre sur l'architecture de l'école.

Aline souriait, se délectant de leur enthousiasme juvénile, ravie que sa petite-nièce eût croisé si tôt la route d'une jeune femme aussi charmante qu'Elspeth. Elle s'attarda sur ses yeux sombres, qui jetaient des feux, sur sa peau de lait, sur ses longs cheveux noirs, attachés en queue-de-cheval au moyen d'un ruban bleu, sur ses proportions élégantes. Elle lui rappelait vaguement Amélie, qui jadis avait posé pour Henri – de l'une et de l'autre émanait une sensualité radieuse.

— Alors, tante Aline, de quelle surprise parlais-tu ce matin ?

Aline consulta sa montre.

— Mon Dieu, il est horriblement tard. Je suis navrée, Ellie, mais nous devons filer.

— Ellie pourrait peut-être se joindre à nous ?

— Pas aujourd'hui, ma chérie. Une autre fois, qui sait.

Elle sourit à la nouvelle venue en saisissant ses gants et son sac à main.

— N'hésite pas à passer à la maison dès que tu en auras envie. Et, surtout, n'attends pas que je t'invite. Ma porte est toujours ouverte.

Elspeth prit congé, puis s'éloigna en direction de son logis, situé non loin de la rue Bonaparte.

— Elle est gentille, n'est-ce pas ? fit Eugénie en prenant le bras de sa grand-tante. En plus, elle a choisi le même sujet d'étude que moi. Nous allons donc suivre les mêmes cours.

— Je suis heureuse pour vous deux.

Elles se dirigeaient vers le Pont-Neuf.

— Tes amies anglaises doivent beaucoup te manquer.

— Où allons-nous ?

— Nous allons rendre visite à quelqu'un qui habite juste là, dans cet immeuble.

Eugénie se figea, l'œil agrandi par la surprise, les joues rosies soudain par l'émotion.

— Nous allons voir le Basque ? C'est vrai ? Mais comment as-tu... ? Quand... ?

— Il a appelé hier soir. Viens, il est déjà très tard et, le soir venu, il se sent fatigué.

— Je ne peux tout de même pas l'appeler le Basque, dit la jeune fille en reprenant sa route. Comment s'appelle-t-il ?

— Il refuse catégoriquement de révéler son nom, répondit Aline avec fermeté. Tu n'auras qu'à l'appeler « monsieur », ça lui ira très bien.

— Mais... Max m'a expliqué que tu le connaissais depuis longtemps. Il n'était pas encore célèbre. Tu dois forcément connaître son nom, toi... Allons, tante Aline, dis-le-moi.

C'est cette dernière qui, cette fois, s'immobilisa.

— Tu l'appelleras « monsieur », te dis-je, et n'en parlons plus.

Son ton s'était fait cassant.

— Est-ce que c'est bien clair ?

Eugénie s'empourpra et baissa la tête.

— Oui, bien sûr. Pardon de t'avoir mise en colère…

Ayant hoché la tête pour lui signifier qu'elle acceptait ses excuses, Aline se dirigea vers la porte noire, dont elle actionna le heurtoir. Bientôt, des pas se firent entendre. Max ouvrit la porte.

— Bonjour. J'ignorais que vous deviez venir aujourd'hui. Je comprends mieux, maintenant, la raison pour laquelle le Basque s'affaire depuis ce matin. Il n'a cessé de harceler Mme Doumer pour qu'elle brique la maison du sol au plafond.

Il s'effaça pour permettre aux visiteuses d'entrer.

— Je me réjouis de vous revoir, Eugénie.

Aline attendit qu'il eût fait coulisser la porte accordéon métallique de l'ascenseur situé au centre du hall, puis s'engouffra à l'intérieur.

— Tu viens avec moi, Eugénie, décréta-t-elle. Ces engins me font horreur.

L'Australien ferma la petite grille, Aline actionna un levier. L'ascenseur frémit, grinça, avant de s'élever dans une plainte, avec lenteur. Max, de son côté, emprunta l'escalier, fit aux passagères des grimaces à chaque palier, puis, lorsqu'elles eurent atteint le troisième étage, il leur ouvrit la porte.

— Je vous laisse, dit-il avec entrain. J'ai rendez-vous dans un bistrot du quartier.

Aline, en réalité, ne craignait nullement les ascenseurs, mais elle avait eu peur qu'en gravissant l'escalier avec Max, Eugénie n'arrivât là-haut avant elle et ne fît la connaissance d'Henri sans son chaperon. Elle tapota les rangs de perles colorées à son cou, cala son sac à main contre son bras, puis sortit de l'ascenseur avec des façons placides et impérieuses de duchesse, savamment étudiées.

Henri, à qui Aline trouva bonne mine, patientait sur le seuil, vêtu d'un costume agrémenté d'une pochette en soie. Il avait taillé avec soin sa barbe et sa moustache. Il n'avait d'yeux que pour Eugénie. Sa grand-tante, qui l'avait remarqué, s'avança résolument vers lui pour l'embrasser sur les deux joues.

— Je suis contente de te découvrir en aussi grande forme, murmura-t-elle.

— C'est réciproque, répondit Henri distraitement.

Il consentit, toutefois, à lâcher Eugénie du regard.

— Tu t'es enfin décidée à quitter ton interminable deuil. Ces couleurs te vont à ravir. Aussi bien qu'avant.

Déjà, il revenait à Eugénie.

— Je te présente ma nièce, Eugénie Ashton, déclara Aline en poussant cette dernière en avant – la jeune fille, rendue muette par l'émoi, avait l'œil brillant. Pardonne-lui sa timidité, ajouta-t-elle sur un ton léger. Je crois que tu l'impressionnes beaucoup.

— Enchanté, Eugénie.

Il lui fit le baisemain.

— C'est un honneur pour moi de vous rencontrer, monsieur, balbutia-t-elle. J'aime énormément votre travail. J'ai vu certaines de vos toiles à la Tate Gallery. Et, bien sûr, enchaîna-t-elle sans même songer à reprendre son souffle, je connais vos croquis de guerre, que j'ai étudiés à l'école et…

Henri eut un rire discret.

— Avant d'avoir complètement perdu haleine, vous pourriez peut-être me suivre dans mon atelier.

Nous avons jusqu'à ce soir pour faire plus ample connaissance. Inutile d'essayer coûte que coûte de tout nous raconter en cinq minutes.

Eugénie rougit jusqu'à la racine des cheveux, tandis que sa grand-tante lui emboîtait le pas. Ils pénétrèrent tous trois dans le vaste atelier baigné de lumière, qui faisait également office de salon. Ni Henri ni la jeune fille ne se souciaient plus d'Aline, mais peu lui importait, du moment que le peintre ne se laissait pas emporter par son enthousiasme, au risque de prononcer des paroles qu'il regretterait ensuite jusqu'à la fin de ses jours.

Il suggéra à son invitée de s'asseoir dans le fauteuil situé près de la fenêtre, où elle pourrait profiter du soleil sans être éblouie pour autant. À Aline, il proposa l'autre fauteuil, à côté de lui. Il versa du vin dans leurs verres, s'amusa de voir Eugénie scruter les moindres recoins de la pièce, sans plus tenter de dissimuler sa vive admiration.

— C'est la fleuriste, souffla-t-elle, lorsque son regard se posa sur la toile en cours. La même que celle que j'ai dessinée hier. Mais vous avez si bien saisi son expression… Et cette lueur dans ses yeux…

Elle s'interrompit, s'empourpra de nouveau.

— Pardon, monsieur, je ferais mieux de me taire.

— Je vous en prie, Eugénie. Cela ne me dérange nullement que l'on parle de mes tableaux. Au contraire. La critique est essentielle à l'artiste. Même une critique acerbe peut se révéler très utile, à qui sait en tirer avantage.

Il sourit, avala une gorgée de vin.

— En dernière analyse, l'art demeure une affaire de goût. Soit on comprend une œuvre, soit on ne la comprend pas. Les critiques eux-mêmes ont leurs préférences en matière de styles ou de sujets. On accuse en outre certains d'entre eux de s'extasier parfois sur le travail d'un jeune peintre, à la fois incompréhensible et assez mal exécuté, dans l'unique but de paraître plus malins que leurs confrères. Plus perspicaces. Le monde de l'art fait quelquefois preuve de beaucoup de prétention.

– J'ai tellement de choses à apprendre, soupira Eugénie.

– Permettez-moi d'en juger par moi-même. Vous pourriez peut-être me montrer votre portfolio et votre carnet de croquis ?

La jeune fille hésitait, tiraillée entre l'euphorie et la terreur.

– Je ne suis pas très douée, vous savez, et les travaux que j'ai apportés commencent déjà à dater…

Henri s'esclaffa.

– Il n'y a pas de place en ce monde pour la modestie, Eugénie. Montrez-moi ce dont vous êtes capable, et surtout, n'oubliez pas : soyez toujours fière de votre travail.

Elle ouvrit son portfolio, pendant que le peintre tirait une petite table exprès pour elle.

Bientôt, il se plongeait, avec lenteur et méthode, dans l'examen attentif des travaux qui avaient permis à Eugénie, dont les mains jointes, à présent, se tordaient dans son giron, de décrocher une année d'étude dans l'une des écoles d'art les plus prestigieuses de la planète.

Aline, qui les observait, recensait, sans mot dire, les ressemblances physiques entre le père et la fille. Les yeux, indubitablement, la structure osseuse du visage. Leurs mains à la paume étroite, aux doigts effilés, étaient les mêmes…

Elle se concentra ensuite sur Henri, qui étudiait chaque peinture, chaque dessin avec un soin maniaque. Ce devait être si dur pour lui… Il venait de se découvrir une enfant dont, jusqu'à hier, il n'avait jamais soupçonné l'existence, mais il lui était interdit de la reconnaître comme telle aux yeux de tous. Tout espoir d'agir en père lui était d'office refusé.

Ayant refermé le portfolio, il se tourna vers le carnet de croquis. Eugénie en avait fait beaucoup, la veille, durant sa longue promenade dans Paris, qu'il passa en revue, les lèvres pincées, avant de s'arrêter sur le portrait de la fleuriste.

— Combien de temps t'a-t-il fallu pour exécuter celui-ci ? demanda-t-il au terme d'un long silence.

— Environ une demi-heure, je crois. Je n'ai pas fait très attention à l'heure.

— Il s'agit certes d'une ébauche hâtive, comme tous les petits travaux de ce carnet, mais tu es parvenue à capter l'essence même de cette femme.

Il referma le carnet, but un peu de vin.

— Tu es une jeune femme bourrée de talent, Eugénie Ashton, et je ne suis absolument pas surpris que l'on t'ait acceptée aux Beaux-Arts. Néanmoins, il te reste un très long chemin à parcourir avant de t'épanouir pleinement.

Eugénie hocha la tête. La lueur d'espoir, au fond de ses yeux, le disputait au froncement de ses sourcils, qui disaient son appréhension.

— Te sens-tu prête à travailler dur, jusque dans les petits détails, les détails assommants, ces choses que tu juges à ce point ardues qu'elles te rebutent ?

— Je jetterai toutes mes forces dans l'étude, monsieur. Je mesure la chance que j'ai de pouvoir fréquenter les Beaux-Arts pendant un an. Et de me trouver avec vous aujourd'hui.

Elle baissa la tête, et ses joues rosirent encore.

— Croyez-vous que je pourrais réussir ?

— J'en suis même certain, répondit Henri avec conviction. Mais pas dans l'immédiat.

Il lui sourit.

— Ne te décourage pas, Eugénie. Ces choses-là exigent beaucoup de temps et d'efforts.

Elle le considéra avec angoisse.

— Tu dois d'abord grandir, apprendre à connaître la vie, à connaître le monde qui t'entoure. À voir les choses, non tant avec tes yeux qu'avec ton cœur. Alors, alors seulement, tu pourras peut-être trouver le succès.

— Vous le pensez vraiment ?

— Chacun sait combien il est difficile de percer dans le milieu de l'art, dit-il avec douceur. Le monde regorge de peintres, d'acteurs, de dramaturges et de poètes talentueux, qui tirent le diable par la queue sans parvenir jamais à s'accomplir tout à fait. C'est très triste, mais l'existence est ainsi faite. Nous n'obtenons pas forcément ce dont nous avons pourtant très envie. Ce que nous pensons nous revenir de droit nous échappe souvent…

Il sourit de nouveau, pour atténuer la rigueur de ses propos.

— Mais réjouis-toi au moins de pouvoir partir sur d'excellentes bases. Il s'agit là, déjà, d'une formidable réussite.

— Vous avez raison, monsieur. J'ai parfaitement conscience de cet immense privilège.

Il se racla la gorge, but du vin.

— La chance compte beaucoup, c'est entendu, mais, en vieillissant, tu découvriras que l'ambition ne suffit pas. Seul le véritable talent importe.

Eugénie semblait perplexe.

— Le véritable talent, selon moi, c'est lorsque ton art représente une part essentielle de toi, une part vivante, dont tu ne saurais nier l'évidence. Le talent vrai, c'est ce feu qui brûle dans tes entrailles, c'est ton absolue certitude d'être née pour peindre. On te refusera des toiles, tu essuieras des critiques désastreuses. Tu devras te battre pour garder un toit au-dessus de ta tête, te battre aussi pour qu'un jour, on reconnaisse ta valeur… Mais tout cela, Eugénie, en vaut la peine, crois-moi.

Elle hocha la tête avec gravité.

— Rodin a été recalé trois fois au concours des Beaux-Arts, enchaîna Henri. Mais il avait le feu sacré. Une foi inébranlable en son talent. Finalement, il a prouvé au monde entier qu'il avait eu mille fois raison de croire en lui, de ne jamais se laisser abattre par les avis de ceux qui ne partageaient pas sa conviction.

— Mais… Et si je me fourvoyais ? Si j'avais tort de penser que je pourrais réussir une carrière d'artiste ?

— Ah… le poison du doute…, soupira Henri. Il nous ronge tous. Même à mon âge très avancé, il continue de me tourmenter. Méfie-toi du doute, Eugénie, qui risque à tout instant de te submerger, et de réduire à néant tous tes efforts.

Il leva son verre dans sa direction.

— N'aie pas peur, Eugénie. Ton travail contient de nombreuses promesses, et j'espère que, le jour où tu exposeras pour la première fois, tu m'enverras une invitation.

La jeune fille rayonnait et, lorsqu'elle trinqua avec le peintre, Aline dut cligner des yeux pour en chasser les larmes. Instants exquis, instants précieux entre un père et sa fille. Instants dont Annabelle aurait pu être le témoin, si un sort cruel n'en avait décidé autrement.

Eugénie quitta l'immeuble du Basque sur un petit nuage, se retournant vers la fenêtre du salon pour lui sourire et agiter la main, avant de rejoindre sa grand-tante au pas de course.

– C'est merveilleux ! s'exclama-t-elle. Il est tellement patient, tellement avisé. J'espère de tout mon cœur que je ne l'ai pas trop enquiquiné. Je l'ai bombardé de questions.

– Je ne le pense pas, murmura Aline. Il adore parler d'art, et tu semblais à ce point conquise… Cela a dû le ravir.

– Te rends-tu compte de l'honneur qu'il m'a fait ? Pendant plus de deux heures, il ne s'est occupé que de moi.

La jeune fille avait le souffle court.

– Je suis certaine que les autres étudiants vendraient leur âme au diable pour vivre de pareils moments.

– À ta place, la mit en garde Aline, je ne leur raconterais rien. Tu risques de faire des jaloux, et, la prochaine fois que tu lui rendras visite, ils voudront tous t'accompagner.

– Tu crois vraiment qu'il y aura une prochaine fois ?

— Il m'a l'air suffisamment intéressé par ton travail pour te proposer de revenir le voir, oui.

Aline s'immobilisa devant sa maison.

— Je comprends que ton enthousiasme te donne une furieuse envie de partager cette expérience avec d'autres, mais j'aime autant te prévenir : le Basque est un homme très secret. En particulier depuis qu'il se retrouve cloué dans un fauteuil roulant. Il n'apprécierait guère que tu profites de sa gentillesse envers toi pour lui amener n'importe qui.

— Jamais je ne ferais une chose pareille, tante Aline, se récria Eugénie avec force. Mais… tu penses sincèrement qu'il me permettrait de lui rendre visite à nouveau ?

— C'est possible. Mais ne prends pas les devants. Attends qu'il se manifeste. Ne va surtout pas t'imaginer que tu peux maintenant te permettre de débarquer chez lui quand bon te semblera.

— Bien sûr que non. En tout cas, je serais ravie de discuter encore avec lui. Contre toute attente, je me suis sentie à l'aise, cet après-midi. Sans compter qu'il est drôlement beau. Même si je me demande bien pourquoi il dissimule son visage sous une barbe et une moustache.

— Il a été grièvement blessé. C'était il y a très longtemps. Il en a gardé de vilaines cicatrices.

— C'est aussi à cause de ça qu'il se trouve dans une chaise roulante ?

Aline, qui venait de pénétrer dans le hall, se débarrassa de ses souliers, puis se dirigea pieds nus vers le salon.

— Non. C'est arrivé après.

Napoléon accueillit les deux femmes à sa façon.

— J'avalerais volontiers une tasse de café avant de commencer à préparer le dîner, dit-elle.

— Je m'en occupe.

Tandis qu'Eugénie s'affairait, elle songeait aux mille et une questions qu'elle désirait poser à sa grand-tante, si nombreuses qu'elle ignorait par laquelle commencer. Mais Aline semblait de bonne humeur, elles étaient seules dans la maison… Le moment était venu, pour elle, de se lancer :

— Maman a-t-elle rencontré le Basque, à l'époque où elle vivait chez toi ?

S'ensuivit un long silence. Lorsque la jeune fille se retourna, Aline était en train d'allumer une cigarette, vaguement décontenancée.

— Je serais bien incapable de te le dire, répondit-elle enfin. Cette maison était alors un vrai moulin. Les gens allaient et venaient continuellement.

Eugénie n'y croyait qu'à demi.

— Maman m'a expliqué qu'elle était ensuite partie pour l'Espagne, mais je n'ai jamais très bien compris avec qui.

Elle posa, sur la table, la cafetière et les tasses.

— Elle m'a parlé de gens originaires du Pays basque. Elle m'a dit aussi qu'elle avait dû faire une partie du trajet à cheval. Le Basque n'était quand même pas de ce voyage, lui aussi ?

— À ce moment-là, beaucoup de Basques vivaient à Paris, tu sais, dit Aline pour tenter de noyer un peu le poisson. Par surcroît, des trains entiers de volontaires affluaient du monde entier. Sur ce, assez de questions, Eugénie. Je me sens fatiguée.

Avisant les traits tirés de sa grand-tante, la jeune fille s'en voulut de l'avoir harcelée. Toutefois, comme elle versait le café dans les tasses, elle songea aux innombrables questions qu'elle avait encore besoin de poser. Peut-être, s'il lui était permis de revoir le Basque, pourrait-elle lui demander directement s'il connaissait sa mère…

Fleur, Michel, Antoine et Pascal regagnèrent la demeure, puis l'on s'attabla dans la cuisine pour dîner. Eugénie brûlait de leur révéler, à tous quatre, ce qu'elle avait fait de son après-midi. Mais Aline avait eu raison de lui conseiller le silence, car Fleur, qui déjà la traitait avec froideur, se montrerait plus désagréable encore si, à son antipathie initiale, venait s'ajouter de la jalousie.

Épuisée par les émotions de la journée, elle salua ses compagnons très tôt dans la soirée, et rejoignit sa chambre.

Un parfum de magie flottait dans l'atelier du Basque, et Eugénie avait posé un regard ébloui sur la toile en cours, les pots emplis de pinceaux, les couteaux, les esquisses préliminaires, les palettes et les innombrables tubes de peinture. L'odeur de l'huile et de la térébenthine, celles du cigare et des vins de qualité… Des flots de lumière pénétraient des deux côtés de la pièce, faisant naître des étincelles sur les lustres…

Le Basque avait un regard très bleu, d'une telle intensité qu'elle s'était sentie instantanément attirée par lui, cependant que sa voix douce l'apaisait, faisait disparaître en elle toutes les tensions. Il avait en outre répondu à l'ensemble de ses questions, lui avait prodigué des conseils… Il semblait éprouver une sincère curiosité pour ses ambitions et ses rêves.

Mais, surtout, il avait compris cet irrépressible besoin, en elle, de les réaliser le plus vite possible.

Il n'était pas question qu'elle gardât pour elle seule cette expérience fondamentale. Elle en était incapable. S'emparant de son bloc de correspondance, elle entreprit d'écrire à ses parents. Ils ne s'intéressaient guère au monde de l'art, aux artistes encore moins, qu'ils tenaient pour des êtres volontiers dissolus, trouvant leur bonheur dans la vie de bohème. Mais peut-être trouveraient-ils le temps de se rendre bientôt à la Tate Gallery pour y découvrir les toiles du Basque, avant qu'elles ne regagnent New York. Si oui, ils constateraient par eux-mêmes que leur fille ne s'était pas entichée d'un quelconque badigeonneur indigne de foi, mais bien de l'un des peintres les plus respectés au monde.

Henri s'était longuement attardé à sa fenêtre après le départ d'Eugénie, il avait observé la Seine et le Pont-Neuf, où tout avait commencé. Il s'était efforcé d'accepter la situation dans laquelle il se trouvait à présent. Bien sûr, il regrettait d'avoir agi dans la précipitation, et fait venir la jeune fille chez lui pour satisfaire une curiosité égoïste. Il allait à présent devoir vivre avec les conséquences de son comportement.

Eugénie avait hérité de sa mère son élégance, son extraordinaire chevelure, son énergie et sa détermination. Cependant, lorsqu'il l'avait regardée dans les yeux, il lui avait semblé contempler un miroir, et il ne lui avait pas échappé qu'ils possédaient les mêmes mains fines. Quant à son talent, bien que brut encore, il était indéniable, de même que son ambition – si elle savait tirer avantage des occasions qui se présenteraient à elle, elle irait très loin.

Il éprouva une immense fierté. Sa fille se révélait conforme aux plus beaux rêves qu'il eût pu faire à son sujet, et sa jeunesse ainsi que sa vitalité lui redonnaient goût à l'existence. Il se remémorait aussi le bonheur qu'il avait connu jadis. Et pourtant…

Il exhala un profond soupir de désarroi. Jamais elle ne saurait qu'il était son père. Jamais elle n'entendrait parler de l'immense amour qu'il avait partagé avec sa mère, jamais personne ne lui raconterait la tragédie qui les avait irrémédiablement séparés l'un de l'autre. Elle représentait une part d'Annabelle, mais elle n'était pas Annabelle. Eugénie était le fruit de leur passé commun, mais, hélas, jamais il ne pourrait se permettre de la traiter comme telle.

Il finit par se détourner de la fenêtre pour rejoindre sa chambre, où, après avoir fermé la porte derrière lui, il ouvrit le petit placard pour contempler le portrait d'Annabelle.

— Notre fille est une jeune femme superbe et très douée, murmura-t-il, l'œil embué de larmes. Je vais la conseiller. Je vais la protéger. Je ferai tout mon possible pour qu'elle donne bientôt la pleine mesure de ses capacités. Et, quoiqu'il m'en coûte beaucoup, je te jure, Annabelle, de respecter l'amour que George et toi avez dispensé à notre enfant. Jamais je ne trahirai notre secret.

19

On était au début du mois de septembre, et Annabelle, profitant d'une exceptionnelle matinée de congé, s'était installée au soleil, dans le jardin. N'ayant pas reçu de nouvelles d'Eugénie depuis deux semaines, elle commençait à s'inquiéter un peu, mais cela signifiait sûrement qu'elle était accaparée par ses études, occupée en outre à se faire des amis. Elle-même, en son temps, avait quelque peu tardé à écrire à ses proches après son installation à Paris, aussi ne pouvait-elle pas blâmer sa fille de marcher dans ses pas, de se laisser emporter par son enthousiasme tout neuf. Elle devait trouver la vie parisienne beaucoup plus attrayante que celle qu'elle menait à Dartford.

Ayant chaussé ses lunettes noires, elle exposa son visage aux rayons du soleil, ravie d'avoir récemment appris, lors de sa visite annuelle chez le spécialiste d'Harley Street, qu'elle se portait comme un charme. Du moins pour quelqu'un qui n'avait plus de rate et se contentait depuis longtemps d'un seul rein. Elle eut une pensée émue pour tous ceux et celles qui avaient trouvé la mort en ce jour lointain. Sa survie tenait du miracle.

Songeant à Henri, elle eut l'impression qu'un nuage passait devant le soleil. Elle se ressaisit, s'obligea à penser à autre chose.

La maison avait peu souffert durant la guerre, et le quartier lui-même renaissait à la vie depuis plusieurs années. De nouvelles demeures étaient sorties de terre, ainsi que des immeubles, des écoles et des équipements de loisirs – une piscine couverte, un bowling, et même une patinoire. Les jeunes gens se rassemblaient dans les troquets qui fleurissaient un peu partout. Le cabinet médical, de son côté, avait vu grossir sa clientèle, à tel point que George avait dû dénicher un autre associé, en plus du Dr Goodall. Annabelle, infirmière de district, ne chômait pas non plus. Son époux et elle avaient certes des emplois du temps très chargés, mais ils se sentaient l'un et l'autre comblés.

— Nous avons enfin reçu une autre lettre d'Eugénie, lança George en traversant la pelouse tout sourire. Je commençais à croire qu'elle nous avait complètement oubliés.

— Que dit-elle ? Est-ce qu'elle va bien ?

— Lis donc toi-même, répondit George en se laissant tomber dans un fauteuil à côté d'elle. C'est une longue lettre, écrite en plusieurs fois. En tout cas, j'ai l'impression qu'elle trouve sa nouvelle vie palpitante.

Ayant abaissé le bord de son chapeau pour protéger ses yeux du soleil, Annabelle entama sa lecture avec avidité.

Eugénie vivait à Paris depuis près d'un mois, mais elle demeurait extrêmement occupée. L'école des Beaux-Arts, plus stricte que la Slade School of Fine Art, exigeait de ses élèves qu'ils eussent atteint un niveau irréprochable en dessin figuratif avant de leur permettre de se concentrer sur la spécialité qu'ils avaient choisie, voire, simplement, de poser une touche de peinture sur une toile vierge. La jeune fille piaffait.

— Comme je suis heureuse de voir qu'elle a déjà des amis, murmura Annabelle. Cette Elspeth Grey m'a l'air d'être une chic fille. Elle a aussi attiré l'attention d'un peintre célèbre, qui lui a proposé de la prendre sous son aile…

Elle reposa la lettre.

— Je me fais du souci pour elle, George. À Paris, on a tôt fait de se laisser distraire, et on dirait bien que ce type a le béguin pour elle. J'espère qu'il n'a pas de mauvaises intentions.

— Tu as tort de t'inquiéter, répondit George. Tu sais bien qu'elle est très mûre pour son âge, et que l'on peut faire confiance à Aline pour veiller sur elle. Si elle avait le moindre doute au sujet de ce peintre, elle mettrait immédiatement le holà.

— Tu as sans doute raison, soupira Annabelle, avant de poursuivre sa lecture. Le fait est qu'il lui en a mis plein la vue. Elle ne parle que de lui à longueur de pages. Pourvu qu'elle ne néglige pas ses études, sous prétexte de passer le plus de temps possible auprès de lui.

George, ayant allumé sa pipe, étira ses longues jambes.

— S'il est aussi illustre que le dit Eugénie, sa fréquentation ne peut que lui être bénéfique. Continue à lire, et tu apprendras que plusieurs tableaux de cet homme sont exposés à la Tate Gallery en ce moment-même. Tu pourrais aller y faire un tour, qu'en dis-tu ? Cela suffirait peut-être à apaiser tes craintes.

Annabelle termina la missive.

— Je me demande bien pour quelle raison il se fait appeler le Basque. C'est un peu prétentieux, non ? Pourquoi n'utilise-t-il pas son vrai nom ?

— Sans doute parce qu'il doit s'agir d'un patronyme affreusement banal. Tu connais la propension des Français à tout idéaliser…

— Peut-être…

Annabelle parcourut de nouveau la lettre, avant de glisser les feuillets dans leur enveloppe.

— Il est encore tôt. Tu as eu une très bonne idée. Je crois que je vais faire un saut à la Tate. Tu viens avec moi ?

— Cet après-midi, je donne un cours au groupe prénatal. Ensuite viendront les consultations du soir. Goodall a été appelé au chevet de l'un de ses patients, qui ne va sans doute plus tarder à nous quitter, et Jones s'est rendu à l'usine pour le contrôle médical annuel des employés. Je ne peux pas me permettre de quitter le navire.

Il sourit à son épouse.

— Vas-y, toi, et profites-en bien. En sortant, tu n'auras qu'à t'offrir un petit plaisir. Achète-toi un nouveau chapeau, par exemple. Tu travailles tellement dur. Il faut que tu penses à te détendre un peu.

Il saisit la main d'Annabelle, à l'instant précis où le téléphone se mit à sonner.

— Si j'en ai la possibilité, j'essaierai de m'échapper un peu. Je te promets d'ores et déjà de t'emmener au spectacle ce week-end, puis de t'inviter à dîner.

— J'ai hâte d'y être.

Elle baisa la joue de son mari, avant de retourner dans la maison, où elle croisa la secrétaire, qui se rendait au jardin pour prévenir le médecin qu'on l'attendait chez l'un de ses patients.

Annabelle décida de prendre le train. Elle changea de robe, enfila un gilet léger, puis des souliers à talons plats. Elle ajouta un chapeau à large bord, retoucha son maquillage, avant de s'emparer de son sac à main et d'une paire de gants blancs. Lorsqu'elle regagna le rez-de-chaussée, George avait déjà filé. Elle se rendit à la gare d'un pas allègre.

De nombreux visiteurs se pressaient dans les salles de la Tate Gallery, mais à l'extérieur, un grand panneau d'affichage annonçait l'exposition de ce peintre français dont elle n'avait jamais entendu parler, avant que sa fille mentionnât son existence dans sa lettre. Eugénie avait bien tenté de l'intéresser à l'art pictural, mais Annabelle, en dépit de ses efforts, associait irrémédiablement Henri à la peinture, à tel point qu'elle avait fini par s'en détourner tout de bon.

Elle suivit les panneaux, parvint devant une salle, auprès de laquelle se tenait assis un homme âgé.

— C'est bien ici, l'exposition du Basque ?

— Oui, madame. Vous avez bien fait de venir, car la plupart des toiles et des dessins présentés ici nous ont été prêtés. Ils regagneront New York dans une semaine.

Annabelle le remercia et entra dans la salle. Des lustres étincelaient au plafond, des visiteurs chuchotaient. D'autres, assis sur des banquettes tendues de cuir, contemplaient les tableaux avec admiration.

J'avoue que c'est très beau, songea Annabelle, en avisant une œuvre où des enfants jouaient dans des flaques d'eau de mer parmi les rochers. La lumière qui les baignait était d'une qualité exceptionnelle. Pour un peu, Annabelle aurait perçu le cri des mouettes, ainsi que le bruit des vagues qui venaient mourir doucement sur le sable – une brise salée ébouriffait un peu les cheveux des enfants.

Sud de la France, 1950, lut-elle sur le cartel à côté du tableau.

Elle poursuivit sa visite, admirant, à maintes reprises, le talent de l'artiste pour les éclairages – il peignait la lumière à petites touches délicates. Ce procédé lui rappela quelque chose, mais quoi ? Quand était-ce ? Et où ? Sans doute dans l'un des magazines que Caroline avait coutume de lui prêter, décréta-t-elle, et elle n'y pensa plus.

Elle se pencha sur un autre cartel, qui lui apprit que le peintre avait immortalisé cette jeune paysanne en Espagne, en 1949. Il y avait dans ces toiles une incontestable maestria – là, c'était la chaleur du soleil sur la peau olivâtre de l'adolescente qu'Annabelle à présent n'était pas loin de humer.

Au fil de ses découvertes, son admiration pour l'artiste ne cessa de croître. Si c'était bien lui qui distillait son enseignement à Eugénie, on ne pouvait que s'en réjouir. C'est alors qu'ayant traversé l'une des salles d'un pas nonchalant, elle se retrouva nez à nez avec un portrait qu'elle ne connaissait que trop bien.

Son cœur bondit dans sa poitrine, et elle crut, l'espace d'un instant, qu'elle allait s'évanouir. Elle tituba jusqu'à la banquette la plus proche, sur laquelle elle s'assit lourdement, l'œil rivé au beau visage d'Amélie. La jeune femme, qui avait été le modèle d'Henri, était allongée dans un hamac, parmi les mouchetures d'une lumière filtrée par la ramure des arbres au-dessus d'elle. Son livre et son chapeau de soleil étaient posés, au bas de la toile, sur l'herbe piquée de violettes sauvages.

Annabelle, le souffle coupé, se tourna vers le tableau suivant, puis le suivant encore. Amélie, partout. Et, partout, les œuvres qu'elle avait admirées, bien des années plus tôt, dans l'atelier d'Henri. Mais, non… c'était impossible…

Elle trouva la force de se remettre debout pour rebrousser chemin. Les cartels lui indiquèrent que ces toiles avaient été peintes à la fin des années 1930, et que le modèle se prénommait bel et bien Amélie. Elle revint à la petite paysanne penchée sur sa fourche, aux bambins dans les rochers. Celles-là dataient de bien après la guerre. La tête lui tournait… Elle eut envie de vomir, s'affala sur une chaise.

— C'est impossible, souffla-t-elle. Ce n'est pas possible…

Levant le nez, elle s'aperçut qu'elle se tenait auprès d'un mur couvert de dessins dans leurs cadres, des dessins qu'Henri avait exécutés durant la guerre d'Espagne. Des dessins qu'il lui avait montrés lors de leur parenthèse enchantée, sur la côte espagnole.

Des larmes à présent ruisselaient sur les joues d'Annabelle et, à toute force, elle réprimait une affreuse envie de hurler sa détresse. Henri était vivant. Et elle ne l'avait jamais su.

— Est-ce que tout va bien, madame ?

Elle considéra le visage angoissé du conservateur à travers ses larmes.

— Le Basque s'appelle Henri-Pascal Baptiste, n'est-ce pas ? lui demanda-t-elle d'une voix rauque.

— Peu de gens le savent, répondit l'homme en sortant de la poche de sa veste un grand mouchoir qu'il lui tendit. Sans doute avez-vous été bouleversée par ces dessins. Ils sont très impressionnants, je l'avoue. Certaines personnes les jugent même insoutenables. S'ils vous ont troublée, sachez que j'en suis navré. Puis-je vous proposer une tasse de thé, ou de café ?

Il se mettait en quatre, mais Annabelle n'éprouvait pas la moindre envie de bavarder avec lui, encore moins d'avaler une tasse de thé en sa compagnie.

— Tout va bien, dit-elle en s'efforçant de se ressaisir et de sécher ses larmes. Merci pour le mouchoir. Je vous le rapporterai ces jours-ci.

Elle voulut se remettre debout, mais ses jambes ne la portaient plus.

— Oh, mon Dieu…, lâcha-t-elle d'une voix tremblante.

Elle se rassit. L'homme s'installa auprès d'elle, manifestement inquiet.

— Puis-je vous demander dans quelles circonstances vous avez rencontré le Basque ?

— C'était il y a longtemps, répondit Annabelle en fixant de nouveau les dessins d'Henri. Je croyais qu'il avait été tué à Belchite.

L'œil du conservateur brillait de curiosité.

— Je crois comprendre que vous le connaissiez bien, murmura-t-il. Mais, contrairement à ce que prétendait la rumeur, il a survécu au bombardement de Belchite. Il habite Paris.

De toute évidence, il lui restait bien des choses à raconter, mais Annabelle ne souhaitait pas les entendre. Tout ce qu'elle savait, c'est qu'il était vivant, et qu'il avait pris leur fille sous son aile, celle à qui on mentait depuis dix-huit ans.

— Pardon, mais il faut que je m'en aille, dit-elle en saisissant son sac, ses lunettes de soleil et ses gants. Merci infiniment pour votre aide, je me sens beaucoup mieux maintenant. Je vous assure.

Elle quitta les lieux en trombe, dévala les marches du perron pour héler un taxi. Elle tenait à arriver chez elle au plus vite, afin d'y reprendre ses esprits avant le retour de George.

Assise sur un banc, à côté du fauteuil roulant, Eugénie se concentrait sur la structure du Louvre, qu'elle tentait de reproduire en aquarelle. Ils se tenaient à l'entrée du jardin des Tuileries, sur une place inondée de soleil. Henri, qui la regardait travailler, sourit en la voyant glisser le bout de sa langue à la commissure de ses lèvres, tant elle s'appliquait. Annabelle, se rappelait-il, ne faisait pas autre chose lorsqu'elle écrivait une lettre.

Depuis leur première rencontre, ils se voyaient presque chaque jour, et, bien qu'il doutât qu'Aline fût au courant, il n'avait pas eu le cœur de lui en parler. Elle mettrait, à coup sûr, un terme définitif à ces rendez-vous, or, maintenant qu'il commençait à connaître mieux sa fille, il lui était devenu impossible d'imaginer son existence sans elle. Dans moins d'un an, elle retournerait en Angleterre. Cela passerait comme l'éclair. Chaque instant lui était précieux, si précieux pour lui qu'il commençait à maudire les heures qu'Eugénie passait aux Beaux-Arts.

Il avait de nombreuses questions à lui poser, et il pressentait qu'elle aussi cherchait des réponses à quelque chose qui la tourmentait sans qu'elle en eût parfaitement conscience, mais en cet instant précis, il s'abandonnait tout entier au bonheur de se trouver avec elle.

Il l'observa encore un moment, approuvant la manière dont elle s'emparait des couleurs et des textures de l'édifice. Puis il alluma une cigarette – son borsalino, qu'il portait bas sur le front, le soustrayait aux regards inquisiteurs des passants. Il faisait bon quitter l'atelier pour jouir du soleil et de l'air frais. Il avait passé trop de temps entre ses quatre murs – s'il n'y prenait garde, il ne mettrait bientôt plus le nez dehors. Peut-être, après le départ d'Eugénie, se rendrait-il dans le sud de la France. Il s'y installerait dans une maison qu'il avait déjà louée juste après la guerre. Il y avait fait du bon travail, il y avait enfin trouvé la paix dont il avait besoin. Là-bas, il était même parvenu à museler un peu son immense douleur d'avoir dû abandonner Annabelle à un autre.

Eugénie, ayant lavé ses pinceaux, considéra son aquarelle d'un œil critique.

— J'ai un peu raté ma perspective à cet endroit. Et les ombres se déplacent tellement vite que j'ai eu un mal de chien à capter les tons. Mais, dans l'ensemble, ce n'est pas trop mal. Qu'en pensez-vous, monsieur ?

— Tu as raison pour la perspective, et tu as un peu bâclé ces fenêtres, mais tu as fait des progrès depuis la dernière fois.

Elle rangea dans son sac ses pinceaux et ses tubes d'aquarelle, puis, après avoir retiré sa peinture, replia le petit chevalet de bois.

— Nous pourrions aller boire un Pernod dans un café ? C'est que j'y ai pris goût.

Henri se sentit aussitôt mal à l'aise. Les troquets grouillaient de monde, on risquait de le reconnaître. Il avait réussi jusque-là à tenir leurs rencontres secrètes – seule Elspeth, la meilleure amie d'Eugénie, était au courant. Si d'autres étudiants des Beaux-Arts les surprenaient ensemble, il y aurait à coup sûr des jalousies, des réflexions désagréables…

— J'ai une meilleure idée, dit-il. Je te propose de nous installer plutôt dans le salon de thé du musée de l'Orangerie. D'ailleurs, tu es trop jeune pour boire du Pernod.

Elle sourit d'une oreille à l'autre, s'assura que son aquarelle avait eu le temps de sécher, avant de la glisser entre les pages de son carnet de croquis.

— On dirait un père en train de gronder sa fille, taquina-t-elle Henri. Mais si c'est du thé que vous voulez, va pour le thé.

Ayant rangé son carnet dans son sac, elle relâcha le frein du fauteuil roulant, qu'elle se mit à pousser doucement en direction du musée. Lorsqu'ils se furent installés à une table, puis qu'ils eurent passé commande, Henri aborda enfin le sujet qui l'intriguait depuis si longtemps.

— Parle-moi de ton père, Eugénie. Est-il un père et un époux aimant ? Est-il gentil avec ta mère et toi ?

— Il lui arrive de se montrer un peu brutal parfois, mais je l'adore, répondit-elle avec un large sourire. Il est médecin, et nous vivons tous les trois dans une grande maison située dans la ville de Dartford.

Tandis qu'elle lui parlait de ses parents et de leur demeure, Henri sentit son estomac se nouer. Quel tableau idyllique… Il ne faisait aucun doute que cette famille était heureuse, mais si le destin en avait décidé autrement, c'est lui qui, avec Annabelle, aurait regardé grandir leur enfant. Auraient-ils vécu heureux, eux aussi ? Ou la passion qui les avait dévorés au premier regard se serait-elle éteinte rapidement ? Jamais il ne le saurait. Ces élucubrations, se gronda-t-il, n'avaient aucun sens.

Le thé arriva, ainsi qu'une assiette de sandwichs et une autre chargée de gâteaux.

— Tu vois, fit-il, espiègle à son tour. Il n'y a pas que les Anglais qui savent prendre le thé dans les règles de l'art.

— Vous êtes-vous déjà rendu en Angleterre, monsieur ?

— Une seule fois. Mais je ne voyage pas beaucoup, pas depuis…

Il tapota ses jambes inertes sous la couverture.

Eugénie choisit un sandwich à l'œuf, qu'elle mâcha d'un air pensif.

— Il y a quelque chose que j'ai envie de vous demander depuis longtemps. J'ai interrogé Aline à ce sujet, mais elle n'est pas loquace.

Il la regarda, amusé, prendre un autre sandwich, heureux de constater qu'elle possédait l'appétit de la jeunesse, quand lui-même ne mangeait plus que du bout des dents.

— De quoi s'agit-il ? Je te préviens que, si c'est trop personnel, je ne te répondrai peut-être pas non plus.

— Avez-vous rencontré ma mère lorsqu'elle habitait chez tante Aline, à la fin des années trente ?

Henri tressaillit, avala une gorgée de thé.

— Paris est une grande ville, dit-il avec prudence, et la maison d'Aline ne désemplissait pas.

— Oui, elle m'a dit la même chose. Mais, enchaîna-t-elle, si vous aviez fait sa connaissance, vous vous en souviendriez. Elle se prénomme Annabelle, et elle a des yeux d'un bleu-violet extraordinaire.

Henri avançait à présent sur le fil du rasoir.

— Je m'en souviendrais, en effet, murmura-t-il. Peut-être nous sommes-nous croisés, mais c'était il y a très longtemps, tu sais, et ma mémoire me joue parfois des tours.

Il pencha la tête, l'œil suspicieux.

— Pourquoi me poses-tu cette question, Eugénie ?

Après avoir englouti son troisième sandwich, elle se pencha en avant.

— Je suis prête à parier qu'elle est tombée amoureuse pendant son séjour ici, répondit-elle sur le ton de la confidence. Je pensais que, peut-être, vous sauriez de qui.

— Tout le monde tombe amoureux à Paris, lança-t-il avec légèreté, pour mieux dissimuler son angoisse. Il ne devait s'agir que d'une bluette.

La jeune fille secoua lentement la tête.

— J'ai découvert certaines choses, juste avant mon départ, et même si je n'en ai encore parlé à personne, depuis, ces choses ne cessent de me préoccuper.

— As-tu envie de m'en parler ? À moins que ce ne soit trop personnel…

— Quand j'étais beaucoup plus jeune, maman m'a parlé de Paris, et de sa traversée des Pyrénées pour se rendre en Espagne. Elle m'a décrit les hôpitaux dans lesquels elle a travaillé, les amis qu'elle s'est faits là-bas. Elle m'a même raconté le bombardement lors duquel elle a failli mourir. Maintenant, elle n'évoque presque plus jamais ces souvenirs, mais chaque fois qu'il lui arrive de mentionner Paris, ou l'Espagne, je lis de la tristesse dans son regard. Je suis à peu près certaine qu'elle a aimé quelqu'un, à l'époque, puis qu'elle l'a perdu, mais qu'elle continue de penser à lui.

— Les souvenirs heureux rendent toujours nostalgiques, tu sais. Pour ma part, je crois surtout que tu possèdes une imagination débordante.

— Non… Ce n'est pas mon imagination. Il s'est passé quelque chose à ce moment-là. Et, ajouta-t-elle, la mine sombre, cela a entraîné certaines conséquences.

Quoique s'obligeant à lui opposer un visage dénué d'expression, Henri sentait son cœur s'emballer.

— Des conséquences ? parvint-il à articuler.

Elle hocha la tête.

— Je crois être cette conséquence, qui l'a conduite à épouser papa six mois seulement avant ma naissance.

Un frisson glacé parcourut l'échine du peintre.

— Beaucoup de couples se dépêchent de se marier quand ils s'aperçoivent qu'un bébé est en route. Tu te montes la tête, Eugénie.

— Mais j'ai des preuves, monsieur, repartit-elle, et elle ne lâchait plus son interlocuteur du regard. J'étais en train de chercher une valise dans le grenier lorsque je suis tombée sur un vieux carton à chapeau avec une serrure rouillée. Comme je suis curieuse, j'ai brisé cette serrure. À l'intérieur de la boîte, j'ai trouvé un collier de coquillages, une bague avec un petit grenat et un portrait de ma mère, aux couleurs pâlies. Elle doit avoir une vingtaine d'années, dessus. C'est un portrait sensuel, plein d'abandon, dont je mettrais ma main au feu qu'il a été peint par l'homme qu'elle avait rencontré à Paris.

Elle a gardé le portrait, songea Henri. L'adolescente avait raison, l'œuvre était imprégnée de langueur, et pour cause : il l'avait réalisée au terme d'un long et délicieux après-midi d'amour.

Eugénie le dévisageait intensément. Avait-elle tout deviné ? Avait-elle identifié la patte du peintre ? Attendait-elle de lui une confirmation ? La gorge nouée, il tenta de s'éclaircir la voix.

— Un tableau n'est jamais qu'un souvenir. Il a pu être fait n'importe où. Pas forcément à Paris. En tout cas, si elle l'avait remisé au grenier, c'est qu'elle ne devait pas y attacher une grande importance.

Cette fois, dans le regard de la jeune fille, qui s'attardait sur lui, il crut lire une vive déception. Puis elle se détourna.

— Il y avait autre chose dans le carton à chapeau. Le livret de famille que l'on a remis à papa et maman le jour de leur mariage.

Henri haussa les épaules avec un détachement feint.

— Rien de plus normal.

L'œil d'Eugénie, à présent, se faisait accusateur :

— Maman était déjà enceinte de moi, et elle commençait à peine à se remettre de ses blessures. Papa n'était encore jamais venu à Paris. Il ne s'y est rendu que pour épouser ma mère.

Elle ne cillait toujours pas.

— Ce qui signifie, monsieur, qu'il ne peut pas être mon père.

Il demeura sans voix, submergé par un désarroi qu'il discernait aussi sur les traits de la jeune fille. Son cœur battait la chamade, mais, bien qu'il brûlât de tout lui dire, il avait juré qu'il n'en ferait jamais rien.

Elle attendait qu'il parle. Il puisa, au plus profond de lui-même, l'affreux courage de lui mentir encore.

— Peut-être ton père était-il venu à Paris avant, mais il ne t'en a jamais parlé. Peut-être même avait-il rejoint ta mère en Espagne pour la soutenir après le bombardement de Belchite.

Elle secoua la tête avec impatience.

— Impossible. J'ai consulté ses carnets de rendez-vous de l'époque. Il n'a jamais quitté Dartford durant cette période.

— Oh… tu es bouleversée, certes. Mais, si l'on y réfléchit à deux fois, tout cela n'a pas beaucoup d'importance.

— Bien sûr que si, siffla l'adolescente avec humeur. Il se peut que mon père ne soit pas mon père, et que ma mère ainsi que ma grand-tante m'aient menti. Pour tout dire, ils me mentent tous les trois depuis toujours. Je ne sais pas quoi faire.

Eugénie, au bord des larmes, attendait manifestement qu'Henri confirmât ses soupçons, mais elle ne se résolvait pas à lui poser la question qui, pourtant, lui brûlait les lèvres. De son côté, Henri aurait tout donné en cet instant pour la serrer dans ses bras en lui avouant la vérité. Mais, s'il agissait de la sorte, personne n'en sortirait rasséréné, au contraire. Qui plus est, il aurait foulé aux pieds sa promesse.

— Oh, ma chère enfant, soupira-t-il. Je comprends parfaitement ton trouble et ta colère.

Il posa une main sur celle d'Eugénie.

— Mais, vu la façon dont tu m'as parlé de ton père, il ne fait aucun doute que tu l'adores, et qu'il t'adore aussi. Tes parents t'ont offert leur amour, sans arrière-pensée. Continue d'accepter cet amour, continue de le chérir, sans y instiller le poison du doute.

Il souffrait mille morts, et les larmes qu'il se refusait à verser étaient tout près de l'étouffer. Il exhala un long soupir tremblant.

— Il faut laisser le passé là où il se trouve, Eugénie, car en convoquer les lointains secrets ne peut que faire du mal. Pour quelle raison blesserais-tu ceux que tu aimes ?

Elle renifla, puis hocha la tête.

— Vous êtes un homme d'une grande sagesse, murmura-t-elle. Mais il s'agit pour moi d'un terrible choc, et je me demande toujours quoi faire de ce que j'ai découvert.

— À ta place, je ne ferais rien du tout. Je viens de te le dire : à remuer le passé, on ne suscite que du chagrin. Ton père biologique n'a jamais occupé la moindre place dans ta vie, mais celui qui a assumé ce rôle depuis ta naissance mérite amplement que tu continues à l'aimer et à lui faire confiance. Ne détruis pas tout ce qu'il a fait pour toi, Eugénie.

— Je ne supporterais pas de lui faire du mal. C'est un père formidable.

Elle posa sur Henri un regard brouillé par les larmes.

— Il n'empêche qu'une partie de moi manque à l'appel ; une pièce du puzzle, que je tiens à dénicher coûte que coûte pour pouvoir me sentir entière de nouveau. Pensez-vous que, si je me confiais à tante Aline, elle accepterait de m'aider à retrouver cet homme ?

— Je crois plutôt qu'elle te donnerait le même conseil que moi. D'ailleurs se dépêcha-t-il d'ajouter, il se peut qu'Aline ne sache rien du tout.

La jeune fille hocha la tête, se consola avec une part de gâteau, qu'elle mastiqua consciencieusement, avant de lécher le chocolat sur ses doigts. Elle paraissait ragaillardie, car elle se mit à sourire.

— Je ferais mieux d'être reconnaissante envers mes parents pour l'amour qu'ils me portent, plutôt que de vouloir me battre contre des moulins à vent, comme Don Quichotte, n'est-ce pas ?

Henri acquiesça d'un signe de tête. L'heure semblait avoir sonné pour lui, pour Annabelle, Aline et George, de rendre des comptes pour leurs actes passés. Il se racla la gorge, puis, repoussant son fauteuil :

— Je me sens un peu fatigué, Eugénie. Quant à toi, tu ferais mieux de rentrer avant qu'Aline se demande où tu as bien pu passer.

Annabelle avait mal à la tête. De retour à Dartford, elle avait d'abord songé à appeler Aline pour exiger une explication. Pourquoi et comment, avait-elle osé permettre à Eugénie de côtoyer Henri ? À la réflexion, elle avait renoncé – elle était encore trop choquée. Elle n'aurait fait qu'empirer les choses.

Elle avait essayé de se détendre un peu et de remettre ses idées en place en prenant un long bain. Peine perdue. Elle prépara le dîner, puis s'assit au salon en attendant le retour de George. Elle devait lui annoncer la nouvelle, mais elle redoutait l'immense douleur qu'il allait forcément éprouver. Après qu'elle lui avait avoué sa grossesse, ils n'avaient plus évoqué Henri qu'en de rares occasions. Et, lorsque George lui avait fait entendre qu'il tenait à laisser le passé derrière eux pour se concentrer sur la famille qu'à présent ils formaient avec Eugénie, elle avait conclu que c'était, en effet, la solution la plus sage.

Le subterfuge avait fonctionné à merveille tant qu'elle avait cru mort son amour de jeunesse, mais ce matin, cela avait été la stupeur, d'abord, puis une joie folle de découvrir qu'il avait survécu. Que penser, en revanche, du fait qu'il se trouvait, en ce moment même, auprès de leur fille ? Mille émotions l'assaillaient à la fois, elle se sentait écartelée entre l'euphorie, la colère – comment Aline avait-elle pu lui mentir pendant tout ce temps ? – et l'inquiétude – combien vif serait le chagrin qui, sous peu, submergerait George et Eugénie…

Aline… Elle ne pouvait qu'être au courant. Quand avait-elle appris qu'Henri avait survécu au bombardement de Belchite ? Par quel sortilège était-elle parvenue à garder pour elle cet effarant secret ?

Le soir tombait. Annabelle alluma les bougies sur le manteau de la cheminée, en profita pour allumer aussi une cigarette. Elle ouvrit les fenêtres. Seul, de loin en loin, le chant d'un oiseau venait troubler la quiétude de cette zone pavillonnaire. Annabelle, au plus profond de son âme, revivait la tragédie de Belchite – pour un peu, elle aurait entendu, au-dessus de sa tête, le funeste grondement des avions ennemis, puis l'explosion des bombes.

— Bonsoir, ma chérie. Que fais-tu là, assise dans la pénombre ?

Elle leva son visage pour qu'il y déposât un baiser.

— C’est une belle soirée, répondit-elle. Je tenais à en profiter pleinement, en me contentant des chandelles.

Il leur prépara un gin tonic, comme il avait coutume de le faire chaque soir, puis s’assit sur le canapé auprès de son épouse.

— La journée a été longue, se plaignit-il. Pouvons-nous attendre un peu pour nous mettre à table ? J’aimerais d’abord me détendre.

— Bien sûr.

Ayant avalé une gorgée d’alcool, il soupira d’aise.

— Je me sens déjà mieux. Alors, es-tu allée à la Tate Gallery ? Tu n’as pourtant rien acheté, dis-moi…

— Je n’avais pas particulièrement envie de faire du shopping. Mais… oui, je me suis rendue à la Tate.

Quelque chose, dans sa voix, avait dû trahir son intime chambardement, car George se pencha, la mine préoccupée.

— Que se passe-t-il, Annabelle ?

— Je me suis renseignée sur le Basque, commença-t-elle sur un ton hésitant. Tu ne vas pas aimer ce que j’ai découvert.

Comme il s’apprêtait à protester, elle se hâta d’enchaîner.

— Mon chéri… j’ai quelque chose de très, très important à te dire. Alors, s’il te plaît, écoute-moi jusqu’au bout avant de réagir.

À mesure qu’elle parlait, elle voyait, dans l’œil de son époux, s’amonceler une douleur à nulle autre pareille, qu’elle n’avait hélas aucun moyen d’apaiser.

Lorsqu’elle se tut, le visage de George était devenu de pierre.

— Comment a-t-il pu survivre ? demanda-t-il. Tu m'as affirmé avoir vu un bâtiment les ensevelir tous, lui et le groupe de femmes et d'enfants. Personne ne saurait réchapper d'un pareil cataclysme ?

— Je n'en sais rien. Tout ce que je peux dire, c'est qu'il s'agit d'un miracle. Le même genre de miracle que celui qui a permis à Eugénie de continuer à vivre dans mon ventre malgré mes blessures. Le fait est, maintenant, qu'il va falloir que je prenne certaines décisions le concernant, et concernant son amitié naissante avec notre fille. Et je dois agir vite.

— Tu vas te rendre à Paris, fit George d'un ton égal.

Elle hocha la tête.

— Il le faut, George, tu le sais aussi bien que moi. J'ignore, pour le moment, s'il a déjà tout deviné au sujet d'Eugénie, et s'il a bénéficié, dans cette histoire, de la complicité d'Aline. Maintenant que j'ai découvert qu'elle m'avait menti, j'ai tendance à le penser. Je dois également m'assurer que, si Henri sait qu'Eugénie est sa fille, il n'a pas l'intention de lui faire des révélations pour autant.

— De toute façon, jamais elle n'aurait l'idée de lui poser les bonnes questions, voyons. Pour elle, il n'est qu'un peintre célèbre qui lui a fait l'honneur de s'intéresser à son travail.

Il serra la main d'Annabelle.

— C'est si tu vas à Paris qu'Eugénie risque de devenir soupçonneuse, la mit-il en garde. Alors qu'à en croire ses lettres, elle ne se doute absolument de rien.

— Je pourrais toujours prétendre qu'elle me manquait et que je désirais rendre visite à ma tante.

Il faut que j'y aille, George. Pour avoir peut-être, ensuite, l'esprit un peu plus tranquille.

Il lâcha lentement sa main. Son œil bleu, soudain, était de glace.

— Tu es sûre que c'est l'unique raison ? Ce ne serait pas plutôt la perspective de revoir Henri qui te donne des ailes ?

— Oh, George, non ! s'écria Annabelle, au comble de la détresse.

Elle se rapprocha de lui pour le serrer de toutes ses forces entre ses bras.

— Je t'aime de tout mon cœur, mon chéri. Je ferais n'importe quoi pour t'empêcher de souffrir.

— Alors, ne va pas à Paris, répondit-il, très raide, refusant de s'abandonner à l'étreinte de son épouse.

— Je ne peux pas faire autrement, voyons. Je dois parler à Aline, les yeux dans les yeux. Et comprendre ce qui s'est au juste passé pour qu'Henri prenne une telle importance dans la vie d'Eugénie. Je veux aussi veiller à ce que notre secret commun demeure entre nous pour toujours.

— Tu pourrais très bien faire tout cela par téléphone.

Il s'était encore tendu, s'arc-boutant obstinément contre son projet de séjour à Paris.

— Durant une conversation téléphonique, on n'a pas le moindre mal à dissimuler ce que l'on désire laisser dans l'ombre, dit-elle avec douceur. Au téléphone, je ne verrai pas le regard d'Aline, ni les traits de son visage. Or, j'ai besoin d'être certaine qu'elle consentira enfin à me dire la vérité.

— Je vois.

Il arborait une expression indéchiffrable. Il se pencha, saisit son verre, but une gorgée d'alcool, avant de le reposer sur la table basse.

— Dans ce cas, laissa-t-il tomber, je viens avec toi.

Elle le considéra sans mot dire, la cervelle en ébullition. S'il l'accompagnait, elle devrait demeurer, à chaque instant, attentive à ses émotions, ses sentiments, alors qu'elle-même se débattrait avec ce qu'Aline lui apprendrait… Aurait-elle la force mentale d'œuvrer ainsi sur les deux fronts ? Toutefois, s'il restait à Dartford, elle s'inquiéterait davantage encore pour lui.

— Tu en es bien sûr ?

— Tu es ma femme, et Eugénie est ma fille, déclara-t-il avec fermeté. Si les relations que cet homme entretient avec notre enfant en viennent à menacer l'intégrité de ma famille, de quelque manière que ce soit, alors j'ai le droit, moi aussi, de me rendre à Paris.

— Mais… Et le cabinet ? Tes engagements professionnels ?

— Je vais faire appel à un remplaçant. Pour le reste, je me débrouillerai avec mes deux associés. Nous sommes vendredi. Laisse-moi jusqu'à lundi pour prendre toutes les dispositions nécessaires. Nous prendrons l'avion mardi.

20

George vivait un véritable enfer depuis quelques jours et, bien qu'il parvînt à s'acquitter de ses tâches quotidiennes avec une efficacité intacte, due à de longues années d'expérience, il avait l'esprit ailleurs.

Après avoir demandé à sa consœur de prendre son secteur en charge durant son absence, Annabelle, de son côté, avait amadoué la secrétaire de son époux, afin qu'elle acceptât sans broncher tous les changements auxquels elle allait devoir brusquement faire face. George, comme il l'avait prévu, s'était arrangé avec ses associés, puis il avait trouvé, in extremis, un remplaçant. Le lundi après-midi, les billets d'avion en poche, il était rentré chez lui pour découvrir que son épouse lui avait préparé une petite valise. Elle avait même eu le temps de récupérer, le matin même, son costume chez le teinturier.

Elle lui parut très calme, presque détachée, mais George devinait que, comme lui, elle se rongeait les sangs. Qu'allait-il se passer à Paris ? Assis tous deux à la table de la cuisine ce soir-là, ils mangèrent avec peu d'appétit, sans trouver le moindre sujet de conversation. Durant la nuit, ils surent l'un et l'autre qu'ils ne dormaient pas, mais n'esquissèrent pas même un geste pour se rapprocher, se réconforter, pour verser un peu de baume sur leurs plaies.

George n'avait jamais imaginé qu'une telle chose pût leur arriver. Que l'avenir, si radieux encore quelques semaines plus tôt, se réduisît soudain à un énorme point d'interrogation, suspendu tout entier à ce que Paris leur réservait. Il n'ignorait pas qu'Annabelle, au même titre que lui, se souciait du bonheur de leur fille, mais lorsqu'il l'avait vue, à deux doigts du départ, hésiter longuement devant l'armoire, en quête de la tenue idéale, il s'était aperçu que ses joues rosissaient, que son œil, peu à peu, étincelait… Elle avait hâte d'y être. Elle s'affairait parmi ses chapeaux et ses gants. Quel sac à main emporter ? Avait-elle filé ses bas ?… George songea qu'il allait lui falloir déployer des trésors de patience et de volonté pour parvenir à supporter cette épreuve sans ruer dans les brancards.

Elle prenait grand soin de son apparence. Plus encore que d'habitude. Parce qu'elle avait prévu de se rendre chez Henri dès leur arrivée ? Pourvu que non. George n'avait pas envie de le rencontrer. Il n'éprouvait à son égard aucune curiosité, maintenant qu'il s'était immiscé dans l'existence d'Eugénie, semant le trouble autour de lui.

Eugénie est ma fille. Assis dans l'avion, qui ne tarderait plus à décoller, George se sentait déterminé. Ce n'était pas Henri qui avait tenu l'enfant dans ses bras quelques minutes après sa naissance. Ce n'était pas Henri qui avait glissé de l'argent sous l'oreiller de la fillette à la place de la petite souris. Jamais il ne lui avait lu de contes de fées. Henri n'avait pas davantage pris la main d'Eugénie pour guider ses premiers pas.

Ce n'était pas Henri qui avait ressenti cette immense fierté à la fin de chaque année scolaire, lors de la cérémonie de remise des prix à l'école. Henri ne l'avait pas aidée à organiser une fête après avoir appris son admission aux Beaux-Arts.

Si seulement on ne lui avait pas accordé cette maudite bourse d'études, songea-t-il en regardant fixement par le hublot, rien de tout cela ne se serait produit. Bah… On ne refaisait pas l'histoire. Il fallait à présent faire face.

Bientôt, ils atterrissaient à Paris. Tandis que les autres passagers, enthousiastes, se dépêchaient de récupérer leurs manteaux et leurs sacs pour s'aligner, les uns derrière les autres, dans l'allée centrale, tout prêts à débarquer, George prit une décision. Quoi que les jours à venir leur réserveraient, il se cramponnerait à la foi profonde qu'il avait dans son mariage, dans tout ce qu'il avait partagé avec Annabelle. Il ferait de son mieux pour la comprendre et la soutenir.

Mardi, fin d'après-midi. Eugénie s'affairait au jardin avec Elspeth, mais elle ne songeait qu'à sa dernière conversation avec le Basque. Elle en avait la tête pleine, et, dans cette tête, se construisait peu à peu un étrange et terrifiant puzzle. Max, lorsqu'il l'avait abordée à Montmartre, lui avait expliqué que le Basque, à sa fenêtre, l'avait un jour repérée sur le Pont-Neuf parce qu'elle lui rappelait une femme qu'il avait connue jadis. L'amour de sa vie, avait ajouté le jeune Australien, arguant du fait que son bienfaiteur ne s'était jamais marié.

Accroupie dans le jardin ensoleillé, elle se rappela encore le vif intérêt que le peintre lui avait manifesté lors de leur première rencontre, l'intensité de son regard, comme si, traquant quelque chose sur le visage de la jeune fille, il avait eu la satisfaction de l'y trouver. Puis il y avait eu cette discussion dans le salon de thé. Il s'était montré si sensible alors, et tellement ému, qu'elle avait cru voir, l'espace d'un instant, briller des larmes dans ses yeux. Elle avait touché une corde sensible, incontestablement. Il ne faisait pas le moindre doute, non plus, qu'il en savait bien davantage qu'il n'avait consenti à lui en dire. Mais il avait commis une erreur. Une seule, mais de taille. Il avait mentionné Belchite. S'il ne connaissait pas sa mère, comment aurait-il pu deviner qu'elle avait été blessée dans cette ville d'Espagne ?

— Hou hou, Eugénie ! lança Elspeth. Tu rêves ? Viens plutôt me donner un petit coup de main, s'il te plaît.

— Pardon, Ellie, j'avais la tête ailleurs.

Elle aida son amie à réinstaller l'angelot de pierre au sommet de la fontaine, mais, comme elles reculaient toutes deux pour juger de l'effet produit, Eugénie prit la décision de se rendre chez le Basque le soir même. Elle devait trouver le courage de lui poser enfin la question qui la hantait depuis trop de jours maintenant.

Paris jouissant de la douceur d'un été indien, les deux amies avaient résolu de remettre en état le jardinet d'Aline, et, tandis qu'elles admiraient leur œuvre, elles éprouvèrent une intense satisfaction. Deux jours plus tôt, elles avaient placé une planche de bois devant la fenêtre, pour que l'on n'espionnât pas l'avancée de leurs travaux – elles avaient, par surcroît, interdit formellement à Aline de jeter le moindre coup d'œil avant que tout fût terminé.

— Tu as magnifiquement bien restauré la mosaïque, s'extasia Eugénie. Je ne sais pas si j'aurais eu la patience de coller tous ces petits tessons sur le mur.

Elspeth repoussa les mèches de cheveux qui collaient à son visage en sueur.

— J'ai adoré faire ça, figure-toi. De ton côté, tu as accompli des prouesses avec ces vieilles chaises.

— Je les ai dénichées dans une brocante, à deux pas d'ici. Une fois décapées et repeintes, elles font leur petit effet, tu as raison.

Elle déplaça légèrement un pot en terre cuite, posa un regard critique sur les jardinières et les pots qu'elle avait garnis de plantes, puis disposés avec art dans le petit espace. Les jeunes femmes avaient encore frotté le sol pour le débarrasser des mousses et de la moisissure qui le prenaient d'assaut. Elles avaient rajusté plusieurs dalles. Elles étaient parvenues à réparer l'aile brisée du chérubin de la fontaine, et cette dernière, qu'elles avaient lavée avec soin, fonctionnait de nouveau – un mince filet d'eau coulait dans la coquille que tenait l'ange à deux mains. Meubles en fer forgé peints en blanc, parasol violet, plantes aux tons vifs joliment agencées devant la mosaïque toute d'argent et de bleu… L'œil du peintre s'ébaudissait…

Elspeth alla chercher le petit pot de pétunias qu'elle avait apporté, pour le poser au centre de la table. Leur violet profond s'assortissait admirablement avec les galettes de siège qu'elle avait cousues.

— Voilà. C'est fini. J'espère vraiment que ça va lui plaire.

Après avoir débarrassé la fenêtre de la planche qui l'obstruait, elles se précipitèrent à l'intérieur de la maison. Aline et les garçons se trouvaient dans la cuisine.

— Nous sommes prêtes pour l'inauguration, tante Aline. Ferme les yeux. Tu ne les rouvriras que quand nous te dirons de le faire.

Aline battit des mains, ferma les paupières, se laissa guider par les deux amies, qui la plantèrent devant la fenêtre, dont elles tirèrent les rideaux avec emphase. Aline, qui avait eu le droit de retrouver la vue, ouvrit tout grand la bouche.

— Mais c'est superbe, souffla-t-elle. C'est beaucoup mieux qu'avant.

Elle posa sur les deux jeunes femmes un regard empli de larmes.

— Merci mille fois. Je ne méritais pas un tel cadeau.

— Voilà bien du tintouin pour pas grand-chose, assena Fleur, qui venait de les rejoindre. Gratouiller la terre, donner quelques coups de pinceau… Tout le monde peut en faire autant.

— Dans ce cas, s'insurgea Elspeth, tu n'avais qu'à venir nous aider.

— Je suis une artiste, cracha Fleur avec mépris. Le jardinage ne m'intéresse pas. Par ailleurs, je paye un loyer pour habiter ici. Il n'est pas question que je m'abîme les mains et les ongles en me chargeant des basses besognes.

— Tu gâches ma surprise, intervint Aline avec colère. Si tu n'es pas capable de faire preuve d'un brin d'amabilité, je te conseille de te taire.

— Comme Eugénie se tait depuis son rendez-vous secret avec un peintre ?

Le sang reflua du visage d'Eugénie, que sa grand-tante considérait à présent d'un œil inquisiteur.

— Tu as revu Max ? exigea-t-elle de savoir. Est-ce pour cette raison que tu rentres tard tous les soirs et que je ne te vois pas de tout le week-end ? Il est un peu trop vieux pour toi, tu sais, et je ne crois pas…

Elspeth l'interrompit :

— C'est moi qui fréquente Max, affirma-t-elle. Nous espérions que personne ne le découvrirait, mais c'était compter sans cette fouineuse qui passe son temps à se mêler de ce qui ne la regarde pas.

— Je ne parle pas de Max, se rebiffa Fleur.

Son dédaigneux œil de glace se posa sur Eugénie.

— Celle-ci préfère les plus gros poissons. Plus vieux et plus riches.

Eugénie la fusilla du regard, mais ne trouva rien à répliquer.

Aline avait froncé les sourcils.

— Tu as revu le Basque, murmura-t-elle. Oh, Eugénie… Non…

— Eh bien, si, déclara la jeune femme, haussant le menton avec un air de défi – elle était soulagée que le pot aux roses fût enfin découvert. Le Basque m'a proposé de lui rendre visite chaque jour après les cours, et il nous arrive de passer ensemble le samedi ou le dimanche après-midi. Il m'enseigne différentes techniques et me donne des conseils pour la perspective.

— Tu n'es vraiment qu'une sale égoïste, se fâcha Fleur. Tu aurais pu m'en parler, et en parler à Michel. Bah… Je ne devrais pas être surprise. C'est toujours tout pour ta pomme, hein ? Quelle vilaine enfant gâtée.

— Parle pour toi ! lança Eugénie, hors d'elle. Tu ferais mieux de la boucler avant que je t'en allonge une.

— Ça suffit ! intervint Aline, qui s'était interposée entre les deux jeunes femmes. Vous avez tout gâché.

Toi, Fleur, avec ta langue de vipère. Et toi, Eugénie, parce que tu m'as trompée. Vous m'avez déçue toutes les deux.

Le silence se fit, tandis que la propriétaire des lieux quittait le salon pour s'installer dans son délicieux jardinet.

— Tu es contente, Fleur ? siffla Elspeth. Tu viens de réduire à néant plusieurs journées de dur labeur, et c'est finalement à Aline que tu fais le plus de mal. Si tu avais ne serait-ce qu'un peu de bonnes manières, tu irais lui présenter des excuses.

Fleur croisa les bras sur sa poitrine. Son œil flamboyait.

— Et pourquoi donc ? Je me suis contentée de dire la vérité, contrairement à vous deux. Tu savais depuis le début qu'Eugénie fréquentait le Basque, pas vrai ?

— Et alors ? s'emporta de nouveau Eugénie. Ce ne sont pas tes affaires.

— Pardon de me sentir concernée quand une autre étudiante s'arroge des passe-droits. Je me demande ce que la direction de l'école penserait, si je lui annonçais que tu prends des cours particuliers… D'ailleurs, ajouta-t-elle méchamment, s'agit-il bien de cours particuliers ? Le Basque traîne une fameuse réputation d'homme à femmes. Cela dit, il a l'âge d'être ton père. Ce n'est pas joli joli, tout ça.

— Tu as l'esprit très mal tourné, répondit Eugénie avec fureur. N'oublie pas que tout le monde ne sort pas du même moule que toi.

Après avoir échangé quelques regards entendus, Antoine, Pascal et Michel quittèrent le salon sans mot dire. Puis, ayant tourné le dos à Fleur, Eugénie et Elspeth se rendirent au jardin pour tenter d'apaiser Aline.

— Je n'en ai pas fini avec toi ! brailla Fleur. Compte sur moi pour tenir les professeurs au courant de tes manigances.

Elle tourna les talons, quitta la pièce, puis la maison, dont elle claqua la porte. Eugénie frissonna malgré la chaleur.

— Tu crois qu'elle peut réellement m'attirer des ennuis, tante Aline ?

— Non. Le Basque est un homme très important, et l'un des principaux mécènes de l'école des Beaux-Arts. Quant à sa réputation de séducteur, elle est indéniable, mais je suis convaincue qu'entre vous, il ne s'agira jamais que de peinture.

Elle poussa un lourd soupir.

— Quelle scène horrible… Fleur n'aime rien tant que la diffamation, et, crois-moi, elle va chercher à se venger. Fais bien attention à toi, Eugénie.

— J'ai déjà eu affaire à ce genre de fille. Elle ne peut pas me faire de mal, car je n'ai rien à me reprocher.

— Mais pourquoi m'as-tu caché que tu le voyais tous les jours ? J'aurais pu t'accompagner. Ce n'est pas comme si j'avais un emploi du temps chargé…

— J'ai pensé que tu verrais cela d'un mauvais œil. Et puis, bien que je te sois très reconnaissante de nous avoir présentés l'un à l'autre, j'ai un peu passé l'âge de me promener avec un chaperon…

Elle s'assit à côté de sa tante, dont elle prit doucement la main.

— Il m'apprend tellement de choses, tu sais, et nous nous entendons bien. S'il te plaît, ne m'empêche pas de le revoir.

Aline se sentait en proie à une vive agitation. Elle ne pouvait assurément pas obliger sa petite-nièce à rompre tout contact avec Henri, d'autant plus qu'il n'était pas de meilleur enseignant que lui.

— Bien sûr que non, répondit-elle. Mais... lorsque vous êtes ensemble, ne parlez-vous que d'art ?

— D'art et de technique, oui. Nous sortons souvent pour dessiner ou peindre ensemble. C'est quelqu'un de réservé, de très sage, et même si nous ne parlons pas beaucoup, nous nous comprenons bien.

Aline s'apprêtait à lui poser d'autres questions, lorsque l'on frappa à la porte d'entrée.

— J'y vais, dit Elspeth en s'emparant de son sac. De toute façon, je file. J'ai rendez-vous avec Max dans dix minutes.

— Merci, Ellie. Merci pour la mosaïque, et pour mon cher petit ange. Tu t'es donné beaucoup de mal.

— Ça m'a fait plaisir.

Elle embrassa Aline, décocha un large sourire à Eugénie, avant de déguerpir alors que l'on frappait de nouveau. Napoléon se mit à pousser des cris stridents.

— Je n'attends personne, observa Aline. J'espère qu'ils vont se lasser et passer leur chemin.

Elle se cala plus confortablement dans son fauteuil.

— Depuis quand Elspeth voit-elle Max ?

— Deux semaines environ. Ils se sont rencontrés dans un café où nous étions avec d'autres étudiants. Un véritable coup de foudre.

— Pourvu que ça dure plus longtemps que d'habitude en ce qui concerne Max, commenta Aline, l'œil espiègle. Ce garçon n'est qu'une canaille, mais je reconnais qu'il est très sympathique. Pas étonnant que les filles en soient folles.

La porte d'entrée claqua.

— Eugénie ? Eugénie, où es-tu ?

Aline se figea, tandis que l'adolescente bondissait sur ses pieds.

— Maman !

— Oui, ma chérie, c'est moi. Papa est là aussi.

Annabelle, ayant pénétré dans le petit jardin, ouvrit tout grand les bras. La mère et la fille s'étreignirent longuement, pendant qu'Aline tordait ses mains meurtries dans son giron. Ils étaient au courant pour Henri, il ne pouvait y avoir d'autre explication. Mais comment... ? Elle leva le nez, croisa le regard froid d'Annabelle. Elle frissonna, comme si de sombres nuages venaient de glisser devant le soleil. L'arrivée intempestive du couple ne présageait rien de bon.

— Quelle merveilleuse surprise ! lança Eugénie, aux anges. Mais qu'est-ce qui vous amène ? Je n'ai quitté la maison que depuis un mois.

— La maison me semble tellement vide sans toi, je mourais d'envie de te voir. Je me suis dit aussi qu'il était grand temps pour moi de rendre visite à tante Aline. Trop d'années se sont déjà écoulées.

— Je suis drôlement contente que vous soyez là, dis donc. Je me demande bien comment tu as réussi à traîner papa hors de son cabinet, mais tant mieux. Combien de temps comptez-vous rester ? Aurez-vous le temps de faire un peu de tourisme et de visiter l'école des Beaux-Arts ?

De nouveau, Annabelle gratifia sa tante d'un coup d'œil meurtrier.

— Ton père ne peut pas se permettre d'abandonner son cabinet trop longtemps. Nous rentrerons en Angleterre après-demain au plus tard.

Elle se tourna vers George.

— Nous prendrions volontiers une tasse de thé. Est-ce que…

— Bien sûr, fit Eugénie. Asseyez-vous, je vais tout préparer.

Lorsque sa fille eut disparu à la cuisine, Annabelle ferma la porte-fenêtre pour que personne ne pût surprendre leur conversation.

— Tu as compris la raison de notre présence ici, je suppose ?

Aline, dont le cœur s'était emballé, avait le souffle court.

— Il ne lui a rien dit, et il m'a promis de ne jamais le faire.

— Il sait qui elle est ?

Aline acquiesça en posant une main sur son cœur douloureux.

— Comment l'a-t-il appris ?

Annabelle avait pris place sur le banc, à côté de son époux.

— C'est toi qui le lui as dit ?

Aline secoua la tête avec une telle vigueur qu'elle se sentit légèrement étourdie.

— Il l'a vue sur le pont, parvint-elle à articuler, et il a d'abord cru qu'il s'agissait de toi. Il a demandé à l'un de ses étudiants de retrouver sa trace et d'en apprendre davantage sur elle. Max n'a pas tardé à en savoir assez pour qu'Henri comprenne tout. Il a exigé que je la lui amène pour faire sa connaissance.

— Tu es restée auprès d'eux pendant toute la durée de la visite ?

— Bien sûr que oui. Il n'a rien dit de fâcheux. Ils ont parlé de ses études, de son travail, et, à sa demande, elle lui a montré son portfolio. Mais, dès ce moment-là, j'ai senti qu'il se passait quelque chose entre eux. Et quand on sait où regarder, la ressemblance est frappante.

À présent, le visage très pâle d'Annabelle semblait être sculpté dans un bloc de marbre.

— Et depuis ? Ils se voient en tête à tête, n'est-ce pas ?

— Je l'ignorais. Je ne l'ai découvert que tout à l'heure. Mais elle ne m'a rien dit qui aurait pu m'inquiéter. Il ne fait aucun doute qu'Henri a continué de tenir sa langue.

— Quand as-tu appris qu'il avait survécu ?

Soumise à cet interrogatoire serré, Aline se remémora la funeste période durant laquelle les Allemands s'étaient installés sous son toit, changeant pour toujours son existence. Elle avait alors trouvé le courage de leur tenir tête, et, face à Annabelle, elle en ferait autant.

Elle haussa le menton, plongea, sans plus ciller, son regard dans celui de sa nièce.

— Une lettre est arrivée ici, environ deux semaines après ton mariage avec George. Il se trouvait encore à l'hôpital, où il se remettait très lentement de ses blessures, à la suite du bombardement de Belchite. Il avait été si grièvement atteint qu'il ne lui avait pas été possible d'écrire plus tôt.

Les épaules d'Annabelle s'affaissèrent.

— J'aurais préféré que tu me racontes tout à l'époque, dit-elle après un long silence. Cela nous aurait épargné la situation douloureuse dans laquelle nous nous retrouvons aujourd'hui.

George rouvrit la porte-fenêtre, afin qu'Eugénie pût apporter son plateau.

— Vous en faites, une drôle de tête, tous les trois, les taquina-t-elle. Il fait un temps radieux, et nous sommes enfin réunis. Déridez-vous, pour l'amour du ciel.

Elle leur adressa un sourire éclatant, avant de repartir chercher le lait à la cuisine.

— Nous reprendrons cette conversation ce soir, décréta Annabelle. J'exige de tout savoir, Aline. Nous n'avons plus le temps de nous perdre en mensonges ou en demi-vérités.

— Ce que j'ai fait, répondit sa tante en pleurant, je l'ai fait par amour. D'ailleurs, tu n'as pas agi autrement avec Eugénie. Peut-être, en fin de compte, devrions-nous tous jouer cartes sur table et laisser le destin décider pour nous.

— C'est moi qui déciderai de ce qui est le mieux pour ma famille, déclara George avec gravité.

Aline le considéra d'un œil triste. Sans doute ce voyage éclair à Paris devait-il lui coûter beaucoup, et, pourtant, malgré cette bravoure, personne n'était en mesure de présager de la suite des événements. À présent, elle ne pouvait que prier pour que l'amour d'Annabelle envers son époux se révélât assez puissant pour la ramener vers lui une fois qu'elle aurait revu Henri. Car elle allait le revoir, cela ne faisait aucun doute.

*

Eugénie essayait de comprendre la raison pour laquelle ses parents et Aline se montraient si raides, si maussades, quand, pourtant, l'occasion était si belle.

Son père et sa mère faisaient tout leur possible pour lui faire croire qu'ils se réjouissaient de se trouver là, mais en vain. Quant à sa grand-tante, elle lui paraissait soudain vieillie, fragile.

Comme elle versait le thé, puis présentait à chacun l'assiette de biscuits, elle lorgna du côté de son père. Elle peinait à admettre qu'il ne fût pas son géniteur, car il s'agissait du plus gentil, du plus tendre des papas. Aujourd'hui, cependant, elle le trouvait tendu, au même titre que sa mère. Que s'était-il passé au juste pour qu'ils accourent à Paris ventre à terre ? Elle demeurait perplexe, mais, plutôt que de les interroger de front, elle choisit d'attendre, et d'écouter en tâchant d'établir des liens logiques entre tout ce qu'elle entendrait.

Elle se mit à leur parler de l'école des Beaux-Arts, de son amie Elspeth, du mal qu'elles s'étaient donné ensemble pour rendre le jardin d'Aline à son charme d'antan. Les trois adultes se détendirent peu à peu, mais, lorsqu'elle évoqua ses rencontres avec le Basque, elle vit de la circonspection se peindre sur les traits de sa mère, et cela l'intrigua.

— Passes-tu beaucoup de temps en sa compagnie ? lui demanda Annabelle sans façon.

— Je vais chez lui chaque jour après les cours, et nous nous voyons aussi le week-end. Il ne sort pas beaucoup, mais je crois qu'il apprécie nos petites virées. Nous allons au jardin des Tuileries, ou bien dans les musées.

— Tu ferais mieux de passer plus de temps avec des amis de ton âge, commenta sa mère. Et tes colocataires ? À en croire tes lettres, ce sont des jeunes gens pleins d'entrain.

— Fleur, oui, mais ce n'est pas quelqu'un avec qui j'ai spécialement envie de me lier. Pour ce qui est des garçons, ils occupent tout leur temps libre à traîner dans les cafés pour y reluquer les filles. Il m'arrive de sortir avec Ellie, mais, maintenant qu'elle fréquente Max, je me retrouve un peu sur la touche. Pour tout dire, je préfère la compagnie du Basque, parce qu'il comprend la passion que j'éprouve pour la peinture, et parce qu'auprès de lui, j'apprends énormément de choses.

— Je suis allée voir ses toiles à la Tate. Elles sont superbes, c'est entendu, mais les dessins qu'il a faits pendant la guerre d'Espagne sont terribles. Lui arrive-t-il de te parler de son passé ?

Eugénie secoua la tête.

— Selon lui, il ne faut pas remuer le passé, sous peine de faire ressurgir des souvenirs pénibles et d'être malheureux. Nous nous concentrons exclusivement sur le présent, et sur notre art.

Elle observa ses parents.

— Si c'est à cause de ma relation avec le Basque que vous êtes venus à Paris, je vous assure que vous n'avez rien à craindre. C'est un homme bien, et un grand peintre, qui ne s'intéresse qu'à mon travail. Il n'a aucune mauvaise intention à mon égard, si c'est ce que vous redoutez. C'est quelqu'un de tout à fait respectable.

— Je ne peux que l'espérer, siffla Annabelle en posant sa tasse sur le plateau avec bruit.

— Je lui ai demandé si vous vous étiez rencontrés quand tu vivais à Paris, enchaîna Eugénie en guettant la réaction de sa mère, dans l'œil de laquelle elle crut voir s'allumer une étincelle. Il m'a répondu qu'il s'agissait d'une époque lointaine, que sa mémoire déclinait et que, depuis, il avait connu de nombreuses femmes.

— Je vois.

Annabelle baissa la tête pour chercher, dans son sac à main, son paquet de cigarettes.

— Rien de plus normal, j'imagine, reprit-elle. Les artistes sont réputés pour leur goût immodéré des femmes et leur vie dissolue.

— Je te remercie, maman, laissa tomber sèchement Eugénie. Je saurai m'en souvenir.

— Tu sais parfaitement ce que je veux dire, répliqua sa mère avec humeur.

L'adolescente résolut de reprendre le fil de la conversation.

— Si je comprends bien, tu ne te souviens pas d'avoir fait la connaissance d'un peintre aux cheveux noirs et aux yeux bleus ? Il est originaire du Pays basque, et il est allé se battre en Espagne pendant la guerre civile.

— Que veux-tu, ma chérie, répondit Annabelle en allumant une cigarette. Je ne fréquentais pas les cercles artistiques.

— Mais tu vivais dans cette maison. Une maison toujours pleine de peintres, de poètes et de musiciens. Aline et lui étaient déjà amis à ce moment-là, et il lui rendait de fréquentes visites. Tu l'as forcément croisé.

— Je te dis que non. Bonté divine, Eugénie, tu m'assommes avec toutes tes questions.

Elle fit tomber la cendre de sa cigarette sur le sol, avant de se mettre à tapoter nerveusement l'accoudoir de son fauteuil. Aline, pour sa part, semblait sur ses gardes, et le père de la jeune fille s'était changé en statue de glace.

— Vous feriez mieux de me révéler la véritable raison de votre présence ici, se lança Eugénie sur un ton impassible.

— Pour te voir, évidemment, répondit trop vite sa mère. Et pour voir Aline.

Elle mentait, cela crevait les yeux. Eugénie en conçut une vive déception.

— Si tu avais tellement envie de revoir tante Aline, pourquoi ne l'as-tu pas embrassée en arrivant ici ? Tu ne lui as même pas dit bonjour. Et ses mains ? As-tu vu ses mains ?

— Je lui ai parlé, voyons, qu'est-ce que tu racontes ? Nous nous sommes saluées pendant que tu allais chercher le thé dans la cuisine.

L'adolescente considéra sa mère avec un mélange de tristesse et d'exaspération.

— Ce n'est ni pour elle ni pour moi que tu te trouves à Paris, maman. Est-ce que je me trompe ?

Annabelle détourna le regard.

— Je crois savoir ce qui t'a poussée à venir, reprit sa fille, implacable.

— Ça suffit, Eugénie, la moucha George. Tu contraries ta mère.

— Je suis désolée, papa, mais il se passe des choses que j'ai besoin de comprendre. Si maman et toi refusez de jouer franc jeu avec moi, alors c'est à moi d'exiger des éclaircissements. Je veux connaître la vérité, papa. J'ai le droit de la connaître. Enfin.

Annabelle jeta un bref coup d'œil inquiet à son époux. Leur fille décida de pousser son avantage.

— Quand j'ai fait mes bagages à la maison, je suis montée au grenier et j'ai découvert votre livret de famille, ainsi qu'un portrait.

Annabelle posa sur Eugénie le regard effaré d'un lapin pris dans les phares d'une automobile.

— Un portrait magnifique, s'entêta l'adolescente. Et maintenant que l'occasion m'a été donnée d'en examiner d'autres du même genre, je reconnais cette technique. Je suis à peu près certaine de savoir qui l'a peint.

Le jardin, tout à coup, semblait s'être figé. Annabelle, George et Aline ne bougeaient plus, impatients et terrorisés d'entendre la suite.

— Le Basque est-il mon père ?

— Ton père, c'est moi, dit George.

Eugénie était bouleversée.

— Bien sûr que c'est toi, dit-elle doucement en lui prenant la main. Tu es mon père, le papa que j'adore. L'homme qui m'aime et qui veille sur moi. Cela ne changera jamais. Mais tu n'étais pas avec maman lorsque j'ai été conçue, n'est-ce pas ?

George serra plus fort la main de son enfant.

— J'aime ta mère plus que la vie même, répondit-il d'une voix rauque. Quand j'ai appris qu'elle avait été blessée à Belchite, puis transférée à Paris, je me suis aussitôt rendu à son chevet. Elle m'a annoncé qu'elle était enceinte, et, bien sûr, j'ai souhaité l'aider de mon mieux.

Il fixa Eugénie de son regard très bleu. Les yeux dans les yeux.

— À l'instant où tu as vu le jour, tu es devenue *ma* fille. Ma fille chérie. Et tu resteras ma fille jusqu'à mon dernier souffle.

— Oh, papa, je suis tellement navrée, sanglota la jeune femme. Ce doit être épouvantable pour toi.

Elle se jeta à son cou, pleura contre sa joue.

— Je sais que tu as fait ça parce que tu m'aimes, et que tu voulais me protéger. Mais je regrette que vous ne m'ayez pas dit la vérité.

— C'est ce que j'avais l'intention de faire, intervint Annabelle, la voix altérée par l'émotion. Mais ton père et moi vivions heureux, et toi, tu étais notre petit miracle. Puisqu'Henri était mort, nous n'avions plus la moindre raison d'exhumer le passé, qui, dès lors, aurait projeté son ombre sur notre avenir à tous les trois.

— Henri ?

— Henri-Pascal Baptiste. Le Basque.

Eugénie essuya ses larmes pour mieux dévisager ses parents, et Aline. Ils continuaient à nager en plein désarroi, mais à présent que la vérité s'était fait jour, ils paraissaient moins crispés.

— Comment as-tu fait sa connaissance ?

L'expression d'Annabelle s'adoucit, et elle se mit à parler d'une voix si basse que sa fille dut tendre l'oreille pour bien l'entendre.

— Je venais d'arriver à Paris, et je m'étais arrêtée sur le Pont-Neuf. Je n'arrivais pas à trouver la maison d'Aline. Henri et son ami Étienne m'ont proposé leur aide, parce qu'ils la connaissaient bien.

L'immeuble dominant le pont, l'habitude prise par le Basque de s'installer si souvent à sa fenêtre… Eugénie y voyait de plus en plus clair. Il avait dû l'aimer follement pour y être encore attaché, après tout ce temps. Ce sentiment toujours vif expliquait du même coup sa détermination à retrouver l'adolescente, dont on soulignait fréquemment la ressemblance avec sa mère.

Ayant saisi la main de George, Annabelle évoqua les semaines enivrantes qu'elle avait passées à Paris, puis son terrifiant séjour en Espagne. Elle livrait des descriptions si précises qu'Eugénie se représentait sans peine la ville de Belchite dévastée par le bombardement. Elle ne comprenait que trop bien pourquoi tous les témoins du drame avaient pensé ensuite qu'Henri n'avait pu survivre à l'horreur.

— Je suis restée un moment à l'hôpital en Espagne, puis on m'a transférée ici, à Paris, dans un service spécialisé. Caroline est parvenue à se libérer quelques jours pour me rendre visite, juste avant d'apprendre la mort de son second frère. Aline, bien sûr, se tenait constamment à mon chevet.

Elle prit cette fois la main de sa tante.

— Pardon de m'être montrée si dure avec toi, dit-elle, mais j'avais peur, et j'étais en colère. Mes émotions ont pris le dessus.

Aline haussa les épaules.

— Cette situation est difficile pour tout le monde.

— Surtout pour papa, s'immisça Eugénie.

George se raidit sur son siège :

— Nous avons eu tort de te cacher la vérité, je m'en rends compte à présent. Quelles que soient les décisions que tu prendras à partir de maintenant, tu peux être assurée de notre soutien.

Il se tourna vers son épouse, qui acquiesça.

— Quoi que tu fasses, tu resteras toujours notre Eugénie. Nous t'aimerons toujours.

L'adolescente, en dépit de ses dix-huit ans, se blottit contre lui, posant sa joue sur sa poitrine. Et tant pis si elle trempait de ses larmes la plus belle chemise de George.

— Moi aussi, je t'aimerai toujours, fit-elle en se ressaisissant. Et comme je ne veux pas vous tourmenter davantage, je renonce à le revoir.

— Non, Eugénie, répondit résolument son père en l'obligeant à s'écarter un peu pour mieux la regarder. Tu dois faire ce qui te semble le mieux pour toi, sans t'occuper de nous. De toute évidence, il sait qui tu es. Je trouve légitime que vous appreniez à vous connaître.

Il adressa à sa fille un sourire plein de tendresse.

— Et puis… avoue qu'il pourra t'en apprendre bien davantage que moi en matière de peinture.

— Alors, ça ne vous dérange pas si je lui rends visite ce soir ? Cela faisait déjà un moment que je me doutais de qui il s'agissait, et je crois qu'il mérite que nous en discutions au plus vite.

— Vas-y, ma chérie, répondit Annabelle. Nous t'attendrons ici.

Henri, selon son habitude, se tenait à la fenêtre, un verre de vin posé sur la table à côté de lui. Une cigarette se consumait dans le cendrier. Ses jeunes pensionnaires ayant choisi de passer la soirée dehors, la demeure était silencieuse, et le peintre, rendu à sa solitude, s'appesantissait sur son sort. Eugénie n'était pas venue cet après-midi, et sa visite lui avait manqué, mais elle lui avait promis de se rattraper le soir même, si elle parvenait à s'échapper. Il consulta la pendule, sur le manteau de la cheminée. L'heure tournait. Sans doute ne viendrait-elle plus.

Il poussa un profond soupir, avant de saisir son verre. Il but une gorgée de vin, puis regarda les jeunes couples d'amoureux flâner sur le pont. Les réverbères et les fenêtres des immeubles s'allumaient les uns après les autres.

Un bruit de pas dans l'escalier lui arracha son premier sourire de la journée. Eugénie. Il reposa son verre, fit tourner son fauteuil en direction de l'entrée.

L'adolescente, le souffle court et les joues empourprées, surgit dans la pièce et se rua vers lui, puis, lui saisissant les deux mains :

— J'ai quelque chose à vous dire, monsieur.

— Que t'arrive-t-il ?

— J'ai découvert votre véritable identité. Vous vous appelez Henri-Pascal Baptiste… et vous êtes mon père.

Il l'observa longuement, trop ému pour parvenir à parler.

— Je suis au courant de ce qui s'est passé, et je connais la raison pour laquelle vous n'avez jamais cherché à me connaître jusqu'à maintenant. Tous ces mensonges accumulés me rendent tristes, mais je sais qu'Aline et mes parents ont agi par amour. Je ne leur en veux plus.

— Oh, ma chère enfant…, murmura Henri en effleurant sa chevelure d'une main tremblante. Je brûlais de tout te raconter, mais j'avais fait une promesse, et je m'en serais terriblement voulu de ne pas la tenir.

— Je l'avais deviné durant notre conversation au salon de thé. J'avoue que, ce jour-là, j'attendais que vous me fassiez des révélations, parce que je ne trouvais pas le courage de vous poser directement la question.

— Je me suis trahi en mentionnant Belchite, n'est-ce pas ?

Elle hocha la tête.

— Aujourd'hui, j'ai enfin reçu les réponses dont j'avais besoin. Papa et maman m'ont rendu visite tout à l'heure, et ils m'ont raconté votre histoire.

— Ta mère se trouve à Paris ? demanda Henri, à la fois choqué et ivre de joie.

— C'est moi qui l'ai fait venir sans le vouloir. Je lui avais parlé, dans l'une de mes lettres, de votre exposition londonienne. Elle est allée la voir… Elle a su presque instantanément que vous étiez l'auteur des toiles qu'elle contemplait.

Le peintre baissa la tête, un peu honteux de ces larmes qui, soudain, lui piquaient les yeux.

— Elle a dû reconnaître mes trois portraits d'Amélie. Je les lui ai montrés la première fois qu'elle est venue dans mon atelier.

— Vous étiez très amoureux d'elle, n'est-ce pas ?

— Oui. Et je l'aime toujours. Ta mère est une femme exceptionnelle. Je n'en ai jamais trouvé une digne de lui succéder.

— Le portrait que j'ai déniché… Son amour pour le peintre saute aux yeux et, bien que je sache qu'elle adore papa et qu'elle est très heureuse auprès de lui, jamais je ne l'ai vue le regarder de cette façon.

Ces paroles chagrinèrent Henri, qui avait espéré qu'Annabelle éprouvait pour son époux une passion aussi intense que celle qui les avait unis jadis.

— Je souhaite te montrer quelque chose, dit-il. Viens, cela se trouve dans la pièce voisine.

Il traversa le hall pour se rendre dans sa chambre. Il sortit la petite clé de la poche de son gilet, puis l'inséra dans la serrure du placard.

— Ce que je m'apprête à te dévoiler, je l'ai exécuté le soir où j'ai fait la connaissance de ta mère.

Ça manque un peu de subtilité, comparé à ce que je fais maintenant, mais cela te donnera, je crois, une idée plutôt fidèle de la femme qu'elle était alors.

Comme il ouvrait les portes, puis allumait la lumière, Eugénie lâcha un petit cri.

— Qu'est-ce qu'elle est belle, souffla-t-elle. Et tellement jeune… On dirait qu'elle nous regarde.

— Nous étions tous deux très jeunes, alors. Nous nous croyions éternels. Elle était magnifique, et prête à tous les sacrifices pour trouver sa juste place dans le monde. Elle débordait d'énergie. Pour ma part, j'étais toujours en un seul morceau, je jouissais d'une santé de fer, et je me prenais pour quelqu'un d'important.

Il observa l'adolescente, qui examinait le tableau. La présence d'Annabelle dans la capitale lui semblait presque insoutenable. Il aurait adoré la revoir, la dévorer des yeux, plonger son regard dans cet œil violet qui, à tant d'années de là, l'avait ensorcelé. Oh… Entendre sa voix, entendre encore une fois son rire, pour se rappeler mieux le bonheur fou du passé. Elle lui aurait raconté tout ce qu'elle avait vécu durant ces longues années qui les avaient séparés l'un de l'autre. Il pencha la tête, avisant ses jambes paralysées sous la couverture légère. On venait de lui jeter la réalité au visage.

— Je ne veux pas qu'elle me voie dans cet état, décréta-t-il en refermant les portes du placard.

Il tourna la petite clé dans sa serrure.

— Autant qu'elle garde de moi le souvenir d'un homme en pleine forme. Je ne supporterais pas de lire de la pitié dans son regard.

— Mais elle va vouloir vous rendre visite. Je ne pourrai pas l'en empêcher.

— Dis-lui que j'ai quitté Paris. Dis-lui que je ne me sens pas bien. Dis-lui n'importe quoi, mais, je t'en supplie, ne l'amène pas ici.

— C'est d'accord, dit Eugénie en posant une main sur l'épaule de son père. Mais n'avez-vous pas envie d'en apprendre davantage sur la femme qu'elle est devenue ? Elle non plus ne souhaite peut-être pas vous montrer combien elle a changé.

— Prends-la en photo. Tu m'apporteras les clichés après son départ.

Sans rien ajouter, il regagna le salon, où il alluma une cigarette, avant d'avaler une gorgée de vin.

— Reviendras-tu me voir, maintenant que tu sais que je suis ton père ?

— Bien sûr que oui.

Eugénie prit place en face de lui. La lumière des réverbères jetait des ombres sur ses traits.

— Je veux apprendre à vous connaître vraiment. Je désire aussi que vous continuiez à m'enseigner la peinture. Mais vous devez comprendre que j'aime énormément George et qu'il restera mon père pour toujours.

— Crois-tu que nous puissions devenir des amis ?

— Oh oui, murmura-t-elle. Les meilleurs amis du monde. De ceux qui se comprennent sans parler, de ceux qui partagent les mêmes passions, les mêmes centres d'intérêt. Je ne me priverais pas d'une pareille amitié pour un royaume.

— Et penses-tu que tu pourrais rester à Paris plus longtemps que prévu ? T'inscrire aux Beaux-Arts pour une deuxième année, voire une troisième ?

— Pourquoi pas ? Il est encore trop tôt pour décider de quoi que ce soit. En tout cas, vous pouvez compter sur moi. Tant que je vivrai à Paris, je vous rendrai visite chaque jour.

Elle jeta un coup d'œil en direction de la pendule.

— Il faut que je file, monsieur…

Elle pouffa.

— Je ne peux plus vous appeler comme cela, maintenant. Comment dois-je vous appeler ?

— Papa Henri, répondit-il en lui rendant son sourire. À condition, bien sûr, que tu me tutoies. Et tant pis pour ma réputation.

Cette fois, il souriait d'une oreille à l'autre :

— Ma réputation, je l'ai déjà écornée au fil des ans. Je ne suis plus à un scandale près.

Elle l'embrassa sur la joue.

— Tu n'es qu'un gredin, mais avec cette étincelle dans le regard, je comprends que les femmes tombent comme des mouches. Bonne nuit, papa Henri. Je reviendrai quand mes parents auront regagné l'Angleterre.

Ses pas dans l'escalier. La porte claquant dans son dos. Henri s'approcha de la fenêtre. Depuis le quai, Eugénie lui sourit, agitant la main dans sa direction pour le saluer.

Des larmes lui montèrent aux yeux, tandis qu'il la regardait s'éloigner, disparaître bientôt. L'adolescente lui avait offert une seconde chance et, cette fois, il ne lui ferait pas faux bond.

21

Lorsqu'Eugénie eut quitté la maison, ils demeurèrent figés tous trois dans un silence malhabile. Bien qu'il eût tout fait pour le dissimuler, Annabelle avait vu brièvement passer de l'angoisse dans l'œil de son époux. Pour émousser cette appréhension, elle ne pouvait que lui tenir la main en priant pour que tous parvinssent à surmonter cette épreuve sans y laisser trop de plumes.

— Si cela ne vous dérange pas, Aline, dit George comme pour briser la glace, je vais aller prendre un bain. La journée a été longue, et Annabelle et vous, j'imagine, avez besoin de vous retrouver en tête à tête.

— Nous n'avons rien nous à nous dire que tu ne pourrais entendre, mon chéri. Ne te sens surtout pas obligé de partir.

— Bien sûr que non, mais je suis fatigué, et j'aimerais me rafraîchir. Un bain me fera le plus grand bien. Après le retour d'Eugénie, si le cœur vous en dit, je vous inviterai toutes les trois dans le restaurant préféré d'Aline.

— Il n'existe plus, dit celle-ci. Les Allemands en ont fait une armurerie pendant la guerre. Les résistants l'ont fait sauter. En revanche, on a récemment ouvert un autre petit bistrot juste au coin de la rue. Nous pourrions aller là.

George consulta sa montre.

— Je sais qu'en France, on mange très tard. Alors, disons 21 heures.

— Il faut que je vous prépare une chambre, mais, en attendant, prenez celle d'Eugénie.

Sur quoi Aline se tut, désireuse d'attendre que George eût gravi l'escalier pour poursuivre :

— As-tu envie d'aller voir Henri ?

— Oh, que oui. Mais cela ferait de la peine à George, alors c'est non. Cette visite lui est déjà assez pénible comme ça, même s'il fait de son mieux pour ne pas le montrer.

— George avait-il déjà vu ce portrait qu'Eugénie a déniché dans votre grenier ?

Annabelle secoua la tête.

— Je ne le pense pas. Si c'était le cas, il m'en aurait parlé.

Elle adressa à sa tante un sourire chagrin.

— George est un homme droit, tu sais, d'une honnêteté à toute épreuve. Garder des secrets n'est pas dans sa nature.

— Il a quand même réussi à garder les tiens.

— Parce qu'il m'aime. Et parce que, dès l'instant où Eugénie est née, elle est devenue sa fille.

Elle alluma une cigarette, dont elle regarda la fumée s'élever en volutes dans l'air doux de cette soirée parisienne.

— Comment Henri est-il parvenu à survivre au drame de Belchite ? s'enquit-elle.

Aline soupira.

— Il m'a raconté qu'il avait d'abord perdu conscience, bien sûr. Quand il est revenu à lui, il se trouvait dans le noir complet. Il entendait des sons ténus, au-dessus de lui. Il a fini par comprendre qu'il était enseveli dans la cave du bâtiment qui venait de s'effondrer, sous une montagne de gravats. Il s'est également rendu compte qu'en dépit de ses blessures, dont il devinait déjà la gravité, il avait eu une chance insensée. La cave avait formé une poche d'air, dans laquelle il pouvait respirer.

« Il s'est évanoui à plusieurs reprises. À part cela, il ne se souvient pas de grand-chose. Il avait peur de mourir avant qu'on le retrouve. Mais, une fois de plus, la chance lui a souri. De sa sacoche, qu'il avait encore en bandoulière, il a réussi à sortir une petite gourde emplie d'eau. Il s'est obligé à n'en boire que quelques gouttes à la fois. Quand les sauveteurs lui ont finalement mis la main dessus, il était inconscient, aveugle, grièvement atteint et totalement déshydraté. La gourde était vide. On lui a expliqué plus tard qu'il était resté enseveli pendant sept jours, et qu'on ne l'avait retrouvé que parce que des parents endeuillés s'étaient obstinés à creuser dans les décombres pour en extraire les cadavres de leurs enfants.

— Quelle horreur, souffla Annabelle en clignant des yeux. Ils étaient si jeunes. Des bébés, pour la plupart. Étienne et moi avons participé aux fouilles, mais ils étaient tous morts. Nous avons fini par renoncer. S'entêter n'aurait pas eu le moindre sens. Dire qu'il vivait encore, et qu'il nous attendait…

Aline posa une main sur l'épaule de sa nièce.

— Tu ne pouvais pas savoir, murmura-t-elle. Et c'est terrible pour ces malheureuses familles. Mais le fait est qu'Henri s'en est tiré, et qu'il a pu raconter son histoire.

— Mais à ce moment-là, commenta Annabelle en essuyant ses larmes, il était trop tard. J'avais déjà épousé George. Non que je le regrette, précisa-t-elle avec fougue. Ça, jamais. George est tout à la fois mon roc, mon ami et mon amant. Et le meilleur père qui se puisse concevoir.

— Quel dommage que vous n'ayez pas eu d'autres enfants, se navra Aline.

— Le sort en a décidé ainsi, et, même si cela nous a pris du temps, nous avons fini par l'accepter. Tout notre amour, nous l'avons donné à Eugénie.

Elle eut un sourire chargé de regrets.

— Nous aurions d'ailleurs pu en faire une épouvantable enfant gâtée, mais, par bonheur, elle est devenue une jeune femme sensée, qui sait ce qu'elle veut.

Aline versa dans leurs verres du vin de la carafe que l'adolescente avait apportée avant de partir.

— Et toi, Annabelle ? Te sens-tu enfin satisfaite ?

— Oui. Je continue d'exercer mon métier d'infirmière, et je me suis fait quelques vrais amis, avec qui il m'arrive notamment de jouer au golf. Affreusement mal, d'ailleurs. Et puis, j'aime passer du temps avec George, dans notre maison.

Elle but une gorgée de ce vin à la robe sombre.

— Caroline quitte de temps en temps son gigantesque appartement-terrasse de New York pour nous rendre une courte visite. Son mari et elle ont deux garçons, deux costauds auxquels ils ont donné les prénoms de ses frères disparus pendant la guerre d'Espagne. Ses parents, bien sûr, ont beaucoup vieilli. Robert a pris sa retraite, il ne s'occupe plus de politique. Son épouse et lui songent à s'installer aux États-Unis pour se rapprocher de leurs petits-enfants.

— Je reçois, de loin en loin, quelques nouvelles de Camille. Elle est heureuse, mais j'ai bien l'impression qu'elle ne remettra jamais les pieds en France.

— Et toi, tante Aline ? Dans tes lettres, tu ne t'es jamais étendue sur tes états d'âme. Tout particulièrement pendant la guerre. Ça a été très dur ?

Aline baissa le regard sur ses doigts abîmés.

— Ils m'ont pris ma ville, ma maison et mes mains, dit-elle calmement. Il a fallu que je me sépare de tous mes chers trésors pour pouvoir manger. Mais, au moins, contrairement à d'autres, je n'ai pas eu besoin de vendre mon corps. Et j'ai survécu. Que pourrais-je te dire de plus ?

Elle était bouleversée. Sa nièce s'empressa de changer de sujet.

— Tu m'as aussi parlé d'Étienne, de ses blessures à la jambe et à la hanche, à cause du bombardement de Belchite. Vit-il toujours à Paris ? À moins qu'il ne se soit fait un nom dans la poésie ou le journalisme, ce qui lui permettrait de mener grand train en Amérique ?

Aline la considéra, et elle parut soudain vieillie :

— Je suis navrée, Annabelle, j'étais persuadée que tu étais au courant. Il a été tué par les nazis pendant une opération menée par la Résistance, à laquelle il appartenait.

Annabelle plaqua une main sur sa bouche entrouverte.

— Que s'est-il passé ? parvint-elle à articuler.

— C'était à l'extrême fin de la guerre. Les Allemands commençaient déjà à battre en retraite, sous la pression des forces alliées. La Résistance avait réussi à couper l'électricité dans leur quartier général de La Rochelle. Ils avaient aussi détruit des chars et d'autres véhicules militaires pour retarder les nazis, qui avaient prévu d'attaquer les Américains dès leur arrivée.

Aline but à son tour, alluma une cigarette d'une main un peu tremblante.

— L'un de ses compagnons s'est fait tirer dessus par des soldats allemands. Constatant qu'il vivait encore, Étienne s'est précipité pour lui venir en aide. C'est à ce moment-là qu'ils l'ont abattu. Quant à son camarade, il a été remis à la Gestapo pour interrogatoire.

Étienne était mort en héros, songea Annabelle, en volant au secours d'un ami. À Belchite, il n'avait pas agi autrement avec elle.

— Pauvre Étienne, laissa-t-elle tomber avec affliction. Je me souviens de ses fanfaronnades, de son bagout… Il faisait du plat à toutes les jeunes femmes qu'il croisait sur sa route… Quelle tristesse.

— On lui a décerné la Croix de guerre à titre posthume, murmura sa tante. Le malheureux homme qu'il avait tenté de secourir n'a pas eu beaucoup plus de chance. Il a été torturé par la Gestapo. C'était un membre éminent de la Résistance, que les Allemands traquaient depuis longtemps. Depuis que Paris était tombé entre leurs mains, il avait mis sur pied de nombreuses opérations d'envergure. Ils avaient perdu, à cause de lui, une quantité phénoménale d'armes, d'hommes et de machines. Ils l'avaient surnommé le Basque.

Ce fut, pour Annabelle, comme un coup de poing en plein visage.

— Henri ? Henri appartenait à la Résistance ? Oh, mon Dieu, Aline, que lui ont-ils fait ? Comment est-il parvenu à s'en tirer encore ?

— Il n'a survécu que parce que les Alliés, qui chaque jour gagnaient du terrain, ont attaqué la prison dans laquelle il se trouvait. Ils l'ont transféré, avec d'autres détenus, dans leur hôpital de campagne. Il ne m'a jamais parlé de ce qui s'était passé exactement. Aucun des anciens prisonniers de la Gestapo n'a voulu raconter son martyre. Le fait est que, depuis, il est cloué dans un fauteuil roulant.

— Mais ils ne lui ont pas abîmé les mains. Il peint toujours…

Aline hocha la tête, regarda, pour la énième fois, ses pauvres doigts déformés.

— Ils ignoraient qu'il était peintre, souffla-t-elle. Sinon, ces salopards lui auraient fait subir le même traitement que l'un d'entre eux m'a infligé.

Elle prit une profonde respiration, qu'elle exhala dans un soupir.

— D'une façon ou d'une autre, nous promenons tous les stigmates de la guerre. Mais maintenant, l'heure est venue d'oublier, pour nous tourner vers un avenir plus radieux et plus apaisé. La jeunesse d'aujourd'hui n'a pas connu la guerre, et je prie chaque jour pour qu'elle ne la connaisse jamais.

Annabelle pensa aux hommes qu'elle avait vus tomber en Espagne, à Étienne, qui avait fait preuve d'une telle bravoure. À Henri, qui avait payé fort cher le prix de son engagement.

— Il faut que je le voie, décréta-t-elle.

— Bien sûr qu'il le faut. À l'heure qu'il est, Eugénie l'a informé de ta présence à Paris. Si tu ne prends pas contact avec lui, cela le blesserait. Il est temps de boucler la boucle, Annabelle. Et tu ne pourras y parvenir qu'en faisant la paix avec l'homme que tu as jadis aimé avec tant de passion.

— Et George ? Comment puis-je lui expliquer tout cela sans le meurtrir aussi ?

— Tu ne le blesseras que si tu te laisses submerger par tes émotions. Mais… je suppose que cela ne risque pas de se produire, n'est-ce pas ?

— Tu as raison. Je vais jouer cartes sur table, informer George que je vais rendre visite à Henri, et lui expliquer les raisons de ma démarche. Il souffrira sur le moment, bien sûr, mais pas assez longtemps, je l'espère, pour que cela mette en péril notre union.

Eugénie rentra peu après que George eut regagné le rez-de-chaussée. Il l'embrassa, l'étreignit, puis lui demanda si elle avait pris des dispositions pour plus tard.

— Il est encore trop tôt pour arrêter des décisions définitives. Mais, si cela est possible, j'aimerais faire une demande d'inscription en deuxième année à l'école des Beaux-Arts. Paris et Londres constituent les deux centres artistiques les plus importants au monde, j'aurais tort de laisser une pareille occasion me glisser entre les doigts.

— Et Henri ?

— Nous allons nous revoir, et, quelle que soit la place qu'il tiendra dans ma vie, je la lui accorderai avec joie. L'heure venue, tu pourras même faire sa connaissance. Je suis prête à parier que vous vous entendriez bien tous les deux.

— Peut-être, murmura George. Mais, tu l'as dit toi-même, on aurait tort de précipiter les choses.

— Moi, j'ai pris une décision, déclara Annabelle en coiffant son chapeau. Je vais lui rendre visite demain matin. Ce serait méchant de ma part de ne pas aller le voir alors qu'il sait que je me trouve à Paris.

— C'est ce qu'il redoutait, intervint Eugénie avec agitation. Je suis vraiment désolée, maman, mais il refuse catégoriquement de te rencontrer.

— Mais pourquoi ? se récria Annabelle, frappée comme par un coup de poignard. De quoi a-t-il peur ?

— Il a beaucoup changé. Il craint de te revoir, parce qu'il ne veut pas que tu le prennes en pitié.

— Je suis au courant pour le fauteuil roulant, et Aline m'a expliqué les circonstances qui l'y ont mené.

Elle se sentait plus résolue que jamais à le voir.

— Je n'ai aucune intention de le traiter avec commisération. Les Allemands lui ont infligé un traitement inhumain, c'est entendu, mais, moi, je veux simplement le voir pour finir, avec lui, de débloquer cette situation. Et y parvenir avec le plus de dignité possible. À partir de maintenant, il fera partie intégrante de ton existence, donc de la nôtre. Nous sommes tous des adultes responsables, il me semble. Nous devrions réussir à régler nos affaires sans nuage

Après les soubresauts de la journée, la soirée se révéla étonnamment légère, et, lorsqu'Eugénie se fut installée pour la nuit sur le canapé du salon, et qu'Annabelle eut fermé derrière elle la porte de la chambre, elle se glissa dans le lit à côté de George.

— Je sais que ces derniers jours t'ont mis à la torture, mais tout sera bientôt terminé, et nous pourrons enfin rentrer chez nous.

Barrant de son bras le torse de son époux, elle lui taquina la joue du bout de son nez.

— George, fais-moi l'amour, murmura-t-elle.

George tourna la tête vers elle et, dans le clair de lune qui baignait en partie la pièce, Annabelle vit, dans son regard, briller l'adoration qu'il lui vouait. Puis il baisa ses lèvres avec douceur, l'attirant contre lui… George était l'homme qu'elle aimerait jusqu'à son dernier souffle.

*

Il était encore très tôt ce matin-là, mais Henri se tenait déjà à sa fenêtre, impatient de voir Eugénie franchir le Pont-Neuf pour se rendre aux Beaux-Arts. Soudain, elle fut là, belle à croquer dans une jupe bleue sur un jupon mousseux en dentelle, dans un gilet blanc… Il y avait un ruban dans ses cheveux.

Elle se tourna vers lui, le salua d'un geste, puis, lorsqu'il lui eut répondu, elle lui souffla un baiser et se mit à courir. Elle était encore en retard, constata-t-il avec amusement. Il faudrait qu'elle perde bientôt cette vilaine habitude. Quoi que l'on pût en penser, la vie d'un artiste digne de ce nom ne se déclinait pas en couchers tardifs, en excès de boisson, en retards de toutes sortes. Non. Il était essentiel, pour qui voulait porter son art à son point d'incandescence, de s'imposer une discipline de fer et de garder toujours l'esprit vif.

Il se détourna de la fenêtre pour avaler quelques gorgées du café au lait que Mme Doumer lui avait apporté plus tôt. Il était tiède à présent. Il observa le portrait de la fleuriste, avant de lever sa tasse dans sa direction.

— Toutes mes félicitations, madame, vous voilà terminée. Bientôt, ce ne sera plus sur les marches du Sacré-Cœur que l'on vous rencontrera, mais sur les murs des galeries d'art les plus prestigieuses.

Pour fêter l'événement, il se dirigea vers la petite table, avec l'intention d'y prendre un cigare. Comme à l'accoutumée, il jeta un coup d'œil machinal vers le Pont-Neuf. Son cœur bondit dans sa poitrine. Annabelle s'y trouvait, telle que dans son souvenir. Le vent malmenait ses cheveux clairs, et dans sa silhouette mince se discernait encore la vigueur de la jeunesse. Elle observait les fenêtres de son immeuble.

Il fit reculer son fauteuil, redoutant tout à coup qu'elle le surprît. Comme elle était belle… Il brûlait de plonger son regard dans le sien, pour y découvrir la femme épanouie qu'elle était devenue. Il s'en serait réjoui mais c'était impossible. Il était hors de question qu'il se montrât à elle sous ce jour calamiteux.

Penchée sur le parapet, elle regardait en amont de la Seine, en direction de la cathédrale Notre-Dame. De son poste d'observation, il ne distinguait rien, en elle, qui fût susceptible de trahir les nombreuses années qui avaient passé depuis qu'ils s'étaient, pour la dernière fois, tenus ensemble sur ce pont. Pourtant, elle devait avoir vieilli. Forcément. Il ne respirait plus qu'à peine, par à-coups précipités. Il la buvait des yeux… Il émit soudain une plainte douloureuse en la voyant déjà prête à partir.

— Ne t'en va pas, mon amour. Reste encore un peu.

Il se pencha, entrouvrit la fenêtre, mais le petit balcon se révélait trop étroit pour qu'il y glissât son fauteuil. Il ne voyait plus rien au-delà de la rambarde. Où était-elle passée ?

La réponse lui parvint sous la forme d'un coup de heurtoir à la porte. Pris de panique, il tenta de se détourner de la fenêtre pour ordonner à Mme Doumer de la chasser. Mais l'une des roues de son fauteuil se prit dans un pied de la table, qui se renversa.

— Ne la laissez pas entrer ! brailla-t-il, furieux et terrorisé. Je vous interdis d'ouvrir cette porte !

Il ferrailla avec les débris de la tasse, les éclats de verre, les livres épars et les dessins. Des gouttes de sueur perlaient à son front, d'autres coulaient le long de son échine – il frissonnait d'appréhension. Il perçut un murmure dans la cage d'escalier, un bruit feutré de pas menus sur les marches. Il était pris au piège.

Il venait à peine de rajuster, avec maladresse, la couverture sur ses jambes, lorsqu'elle parut sur le seuil. Il n'eut d'autre choix que de la fixer en silence, rendu muet par l'émotion.

Le cœur battant, Annabelle pénétra dans le salon, où, d'un regard unique, elle embrassa la scène. Henri coincé dans son fauteuil roulant, les jambes à demi couvertes, la table renversée, les ramas sur le sol. Cependant, l'œil bleu du peintre jetait les mêmes feux ardents que jadis, et, malgré la barbe qui lui mangeait le visage, il avait conservé entière cette beauté ténébreuse, magnétique, à laquelle Annabelle avait autrefois succombé.

— Bonjour, Henri, dit-elle en s'avançant. Ainsi, tu as fait la connaissance de notre fille…

Il avala sa salive avec peine, et, lorsqu'il prononça son nom, ce fut d'une voix éraillée.

— Belle… J'ai attendu si longtemps… Et te voilà… Je n'en crois pas mes yeux.

Comme il posait le regard sur sa visiteuse, elle ressentit un mince frisson pareil à celui qu'elle éprouvait autrefois, et elle se demanda si c'était réciproque.

— Tes yeux continuent de me rappeler les violettes sauvages que j'avais un jour cueillies dans la campagne, murmura-t-il. Tu es toujours aussi belle… On jurerait que le temps s'est arrêté.

Plantée devant lui, qui ne la lâchait plus du regard, Annabelle sentit s'intensifier son malaise.

— As-tu, oui ou non, l'intention de m'offrir un siège ? dit-elle sur un ton de reproche.

— Oh, bien sûr. Bien sûr. Mais cette foutue chaise est coincée, et…

— Attends, je vais me débrouiller.

— Cette saleté refuse parfois de se laisser manœuvrer, maugréa-t-il, mort de honte.

Ayant redressé la petite table, elle replaça dessus tout ce qui devait s'y trouver, puis s'installa en face d'Henri. Elle s'attarda sur ses pattes d'oie, sur l'ombre de ses cicatrices sous la barbe. Elle fut triste pour lui.

Le désir du peintre se discernait dans le regard qu'il faisait à présent courir sur le visage d'Annabelle, sur ses cheveux, ses mains, qu'elle avait jointes sur ses genoux. Jadis, ses doigts avaient effleuré sa peau, et ses lèvres alors survolaient ses paupières, se posaient sur sa bouche. Son charme hypnotique agissait encore. Annabelle se sentait attirée. Irrésistiblement, par-delà les années. Elle nageait dans des eaux dangereuses.

— Eugénie m'a expliqué que tu ne souhaitais pas me voir, dit-elle en s'efforçant de dissimuler le bouillonnement de ses émotions. Mais je ne pouvais décemment pas quitter Paris sans te rendre visite. Pas après tout ce que nous avons signifié l'un pour l'autre autrefois.

— Les années écoulées se sont montrées plus clémentes avec toi qu'avec moi. Comme tu peux toi-même le constater, je me retrouve à jamais prisonnier de cet affreux engin.

— Aline m'a raconté ce qui t'était arrivé. Tu n'imagines pas combien je me sens fière de toi, et combien j'admire ton courage.

Elle détailla son visage, puis ses mains, qui cramponnaient les accoudoirs du fauteuil.

— Quant à tes toiles, elles sont tout bonnement magnifiques. Je me réjouis d'apprendre que tu as obtenu la reconnaissance que tu méritais.

Elle sourit.

— J'ai toujours su que tu deviendrais célèbre, et bien que le fait que tu n'aies jamais trouvé chaussure à ton pied m'attriste, je sais qu'en revanche tu as trouvé la solitude et la paix qui t'étaient nécessaires pour te concentrer mieux et te déployer dans toute ton envergure.

Henri balaya ces compliments d'un haussement d'épaules, mais il brillait dans son œil une lueur de plaisir.

Annabelle résolut d'alléger un peu l'atmosphère, trop pesante à son goût.

— À la Tate Gallery, j'ai revu Amélie. Est-elle toujours aussi belle, aussi affriolante qu'un modèle se doit de l'être ?

Il secoua la tête en gloussant.

— C'est aujourd'hui une quinquagénaire mal fagotée, mariée à un riche fermier. Ils vivent dans le Sud de la France, et je la vois une fois par an, lorsqu'ils montent à Paris pour Noël.

Elle pouffa à son tour.

— Encore heureux qu'elle ait perdu de sa superbe, dis donc. Le contraire aurait été terriblement injuste pour nous, le commun des mortels.

— Mais tu es toujours très belle, tu sais. En toi, je distingue sans peine la jeune femme que tu étais, comme je la distingue, d'ailleurs, dans les traits et les façons d'Eugénie.

— Des rides sont apparues sur mon visage, je commence à avoir des cheveux gris, et je cache au mieux les défauts de mon corps vieillissant sous des vêtements choisis avec soin. Mais je me sens bien. George m'a offert beaucoup plus que j'aurais jamais pu l'espérer.

— Oh, Belle, soupira-t-il en lui prenant la main. Si seulement j'avais pu te dire plus tôt… Si seulement les choses avaient été différentes…

Elle se sentit électrisée par les doigts d'Henri entrelacés avec les siens. Elle allait devoir choisir ses mots avec précaution.

— Nous avons saisi notre chance à l'époque, Henri, et nous avons vécu chaque instant pour ce qu'il était : un cadeau. Aujourd'hui, nous devons nous occuper ensemble d'Eugénie. Nous ne saurons jamais si notre passion aurait survécu à l'épreuve du temps, parce que le destin en a décidé autrement. Mais nous devons continuer à chérir nos souvenirs. Des souvenirs qu'il est temps d'enfouir au fond de nos cœurs, pour qu'ils s'y éteignent peu à peu.

— Je ne veux pas que mes souvenirs s'éteignent.

— Il le faut, Henri. Nous ne pouvons pas continuer à vivre indéfiniment en regardant derrière nous. Au contraire, nous devons porter nos regards vers ce qui viendra ensuite. Vers notre fille. Vers le temps qui nous reste. Je t'ai aimé, et une part de moi t'aime encore. Mais c'est fini, Henri.

Il hocha la tête en ravalant ses larmes.

— Je te souhaite tout le bonheur du monde, Belle. Et je te promets de faire tout mon possible pour aider Eugénie à réussir dans la voie qu'elle a choisie. Et elle réussira. Elle possède un talent exceptionnel.

Annabelle dégagea doucement la main qu'il serrait encore, puis se leva. Elle se pencha vers lui, qui, l'espace d'un instant, se trouva enveloppé par son parfum. Elle l'embrassa sur la joue.

— Au revoir, mon cher Henri, murmura-t-elle.

Elle était partie. Le bruit de ses pas résonna faiblement sur le palier, puis dans l'escalier.

Aveuglé par ses larmes, il tourna son fauteuil en direction de la fenêtre. La porte d'entrée claqua. Elle traversa le pont pour rejoindre l'homme qui l'attendait sur la Rive gauche. George posa une main sur son épaule, et ce geste fit souffrir Henri. Puis les deux époux s'entretinrent un long moment, avant de se perdre bientôt dans le labyrinthe des ruelles.

— Au revoir, ma chérie, ma si précieuse Belle. Tu me quittes pour te diriger vers l'avenir, mais je sais qu'un infime fragment de ton cœur m'appartient pour toujours, comme il appartient à Paris.

Note de l'auteur

L'idée de ce roman m'est venue à Paris, où je me trouvais à l'invitation des éditions de l'Archipel, mon éditeur français. Je venais de passer une délicieuse soirée dans un restaurant, en compagnie d'un groupe de fans enthousiastes et de blogueuses littéraires. Jérôme Pescheux, mon hôte, m'a conseillé, vu la douceur de cette soirée, de longer la Seine avec mon regretté époux pour regagner notre hôtel. Les lumières de Paris se reflétaient à la surface du fleuve aux eaux tumultueuses. Comme d'autres couples, nous avons flâné, main dans la main, jouissant de notre dernière soirée dans la ville la plus romantique au monde.

Nous nous sommes arrêtés sur le Pont-Neuf. Je me suis mise à contempler, de l'autre côté de la rue pavée, la rangée de hauts immeubles en pierre grise, à l'élégance et à l'architecture typiquement françaises. Toutes les fenêtres des cinq étages donnaient sur un garde-corps en fer forgé, tandis qu'ici ou là, derrière un rideau diaphane, on entrapercevait des éclats de lumière et des mouvements, qui nous donnaient une furieuse envie d'en découvrir davantage.

Romancière, douée d'une immense curiosité, je me suis mise à imaginer la vie des gens derrière ces fenêtres, et, tandis que nous nous attardions sur le pont, j'ai fini par me représenter une silhouette derrière la vitre du troisième étage. Il s'agissait d'un homme, solitaire, nimbé de tristesse, et cet homme regardait fixement le pont. Qui était-il ? Quelle était son histoire, et pour quelle raison ne lâchait-il plus le Pont-Neuf des yeux ? Soudain, tout s'est éclairé, et son histoire s'est déployée à l'intérieur de ma tête avec une vigueur égale à celle des flots de la Seine.

Le temps de rejoindre notre hôtel avec Ollie, je tenais mon roman, dont je me suis hâtée de jeter les grandes lignes sur le papier. Il arrive qu'une idée surgisse pour s'évanouir aussitôt, mais celle-là ne m'a plus quittée, et j'ai compris, dès lors, qu'il me fallait la raconter.